मुर्दे नहीं बोलते

AF742555

जेम्स हेडली चेईज

डायमंड बुक्स

www.diamondbook.in

प्रकाशक: डायमंड पॉकेट बुक्स (प्रा.) लि.
X-30, ओखला इंडस्ट्रियल एरिया, फेज-II
नई दिल्ली- 110 020
फोन : 011-40712200
ई-मेल : sales@dpb.in
वेबसाइट : www.diamondbook.in
संस्करण : 2019

MURDE NAHI BOLTE
By : James Hadley Chase

मुर्दे नहीं बोलते

बार में तीन व्यक्ति थे, जो बार के निकट ही बड़ी मेज के इर्द-गिर्द बैठे व्हिस्की की चुस्कियां ले रहे थे।

बाहर सड़क पर झुलसाने वाली धूप पड़ रही थी-परंतु बार का बड़ा-सा हॉल अपेक्षाकृत ठंडा था। तीनों आराम से बैठे व्हिस्की की चुस्कियां भरते गपशप लगा रहे थे।

बार का मोटा मालिक, जो बार के पीछे अपनी मोटी उंगलियों में डस्टर लिए खड़ा उन तीनों की बातें सुन रहा था, वह खुशामदाना अंदाज में उन तीनों की 'हां' में 'हां' मिलाए जा रहा था।

वाल्काट ने बड़ी परेशानी भरे अंदाज में अपनी जेब में पड़े आखिरी सिक्के को टटोला। उसके पास बस यही एक सिक्का बचा था और इसी बात से उसे चिंता हो रही थी-क्योंकि इस बार व्हिस्की का भुगतान उसी ने करना था। फ्रीडमैन और विल्सन उसे एक बार व्हिस्की पिला चुके थे और अब व्हिस्की पिलाने का उसी का नंबर था। वह अपनी बारी निभाने का साहस नहीं जुटा पा रहा था। उसका कमजोर पिचका हुआ चेहरा और भी ज्यादा दयनीय हो उठा। अपने गंदे-से अंगूठे से उसने अपनी मूंछों को छुआ और बेचैनी भरे भाव से पहलू बदलने लगा।

'आजकल तो कहीं जाने को जी नहीं करता।' विल्सन बोला-'कोई-न-कोई बदमाश भिखारी कुछ-न-कुछ मांगता हुआ मिल जाता है। यह सारा शहर तो जैसे भिखारियों से भरा पड़ा है।'

'यहां गर्मी भी तो बहुत अधिक है। है न...? इतनी तेज गर्मी में तो व्हिस्की चखने तक का दिल नहीं करता।' वाल्काट जल्दी से बोला।

फ्रीडमैन और विल्सन ने शक भरी निगाह से उसे घूरा-फिर फ्रीडमैन ने अपना गिलास खाली किया और ठक्क की आवाज के साथ गिलास मेज

पर टिकाता हुआ बोला- 'मुझ पर इस गर्मी का कुछ असर नहीं होता-चाहे जितनी गर्मी क्यों न पड़ रही हो-व्हिस्की पीना तो मैं किसी भी समय पसंद कर सकता हूं।'

जॉर्ज बार से थोड़ा आगे को झुका और वाल्काट से पूछा- 'गिलास फिर से भर दूं सर?'

वाल्काट थोड़ा असमंजस में पड़ता हुआ उन दोनों के फीके, शक भरे चेहरों को देखने लगा, फिर उसने 'हां' में सिर हिलाया।

उसने बुझे मन से आखिरी सिक्का निकाला और उसे काउंटर पर इस भाव से रख दिया, जैसे उसे सिक्के को अपने से अलग करने का अत्यधिक कष्ट हो रहा हो।

'हां भर दो।' वह बोला- 'पर सिर्फ इन दोनों के ही, मेरे लिए नहीं...।'

जॉर्ज के द्वारा गिलास में व्हिस्की डालने तक गहन खामोशी रही। बाकी के दोनों साथियों को मालूम था कि वाल्काट के पास वही सिक्का अंतिम पूंजी थी-पर शायद उन दोनों ने फैसला कर लिया था कि जितना कुछ हो सके, वाल्काट से खर्च करवा लिया जाए।

जॉर्ज ने काउंटर पर पड़े सिक्के को अपनी मोटी उंगलियों से उठाकर देखा-फिर उसे काउंटर पर ठकठकाकर तिजोरी में डाल दिया। वाल्काट उसकी हर हरकत को दुःखद गंभीरता से देखता रहा। वह अपनी कुर्सी पर इस प्रकार घूमकर बैठा ताकि कोई उन दोनों को व्हिस्की पीते न देख सके। उसने अपने दोनों हाथों से अपनी आंखें ढांप लीं।

तभी सैलून का तीन-चौथाई स्प्रिंक से आगे-पीछे खुलने वाला दरवाजा एक झटके के साथ आगे की ओर खुला और एक लड़की तेजी के साथ अंदर हॉल में दाखिल हुई। तपती धूप से एकदम साए में पहुंचकर वह कुछ क्षण दरवाजे पर खड़ी सैलून के अंदर के धुंधलेपन में देखने की चेष्टा करती रही-फिर आगे बढ़ी और बार के सामने जा पहुंची।

'गुड मार्निंग मिस होगन।' जॉर्ज ने बत्तीसी निकालते हुए खुशामदाना अंदाज में कहा- 'आपके पापा तो ठीक हैं न?'

लड़की ने उसकी बात को नजरअंदाज करते हुए कहा- 'एक पोवा स्कॉच का दो।'

जॉर्ज काउंटर के नीचे झुका और एक बोतल निकालकर लड़की के

सामने रख दी। जिस समय वह उसे देने के लिए बाकी के खुले पैसे निकाल रहा था, तो लड़की ने मुड़कर कमरे की ओर देखा। उसने तीनों व्यक्तियों को अपनी ओर घूरते पाया। तीनों बुत बने एकटक उसी की ओर देख रहे थे। लड़की ने बारी-बारी से तीनों पर निरीक्षणात्मक दृष्टि डाली-फिर बार की ओर गर्दन घुमा दी।

'जरा जल्दी हाथ हिलाओ।' वह जॉर्ज से बोली- 'मैंने सारे दिन यहीं नहीं खड़े रहना है।'

जॉर्ज ने रेजगारी काउंटर पर रख दी- 'ओह! मिस होगन...।'

'बस...बस रहने भी दो।' रेजगारी और बोतल उठाकर वह बाहर की ओर चल दी।

उसे जाते देखकर तीनों ने अपनी कुर्सियां घुमा लीं और उसी प्रकार उसकी ओर घूरकर देखते रहे। दरवाजे को धक्का देकर उन्होंने उसे बाहर धूप में सुलगती सड़क पर जाकर गायब होते हुए देखा।

काफी देर तक तीनों में से कोई कुछ भी नहीं बोला।

फिर फ्रीडमैन ने पहलू बदला और बोला- 'देखा-क्या चीज थी। मैं दावे से कहता हूं कि उसने अपने लिबास के नीचे कुछ भी नहीं पहन रखा था।'

वाल्काट अब भी दरवाजे की ओर देखे जा रहा था। ऐसा मालूम होता था, जैसे वह अब भी लड़की के वापस लौट आने की आशा कर रहा हो। उसने अपने घुटनों के ऊपर रखी अपनी टोपी से व्याकुलतापूर्वक हाथ पोंछे।

विल्सन बोला- 'क्या हेकड़ी के साथ बोल रही थी-यदि मैं बच होगन की जगह पर होता तो उसकी पीठ की चमड़ी उधेड़कर रख देता-साली वेश्या कहीं की...।'

'पर इस बात को तो मानना पड़ेगा।' जॉर्ज बोला- 'छोकरी बहुत जोरदार है। इस पूरी बस्ती में इस जैसी पटाखा छोकरी दूसरी और नहीं है। मैं ठीक कह रहा हूं न।'

वाल्काट ने अपनी निगाहें दरवाजे से हटा लीं। वह बोला- 'ठीक कहते हो। देखा नहीं, किस अंदाज से वह अंदर दाखिल हुई थी। धूप में अंदर आते ही वह अपना सब कुछ किस अंदाज में दर्शाती रही थी। छोकरी कुछ ज्यादा ही सयानी लगती है। देख लेना, एक दिन वह जल्दी ही किसी-न-किसी मुसीबत में फंसकर रह जाएगी।'

'तुम कुछ भी तो नहीं जानते।' फ्रीडमैन मुंह बिचकाकर बोला- 'वह लड़की बहुत सेक्सी है-मैंने उसे रात को खेतों में एक इंजीनियर के साथ देखा है।'

इस पर बाकी के दोनों साथियों ने कुर्सियों पर आगे को झुककर बातें करनी आरंभ कर दीं। सहसा उनका स्वर काफी धीमा पड़ गया था। जॉर्ज को जब कुछ भी सुनाई न दिया तो वह थोड़ा और आगे को झुक आया तथा गिलास साफ करने का बहाना करने लगा। वह मन-ही-मन सोचने लगा कि उन लोगों का बूढ़े बच होगन की बेटी के बारे में इस प्रकार की बातें करना उचित नहीं था। बूढ़ा बच होगन अब भी काफी खतरनाक आदमी था।

एक मरियल-से आदमी का लंबा साया सैलून के फर्श पर दिखाई पड़ा-जिसके कारण जॉर्ज ने चौंककर ऊपर सिर उठाकर देखा।

दरवाजे को खोलकर थामे हुए एक आदमी खड़ा था। पिचका हुआ चिकना हैट उसके चेहरे के आगे की ओर झुका हुआ था-जिसकी वजह से उसकी आंखें छुप रही थीं।

जॉर्ज ने उसकी ओर देखा-फटा हुआ मैला-सा कोट-फटी हुई पतलून और टूटे हुए बटन तथा मैले-कुचौले जूतों पर उसकी दृष्टि पड़ी। अकस्मात वह आगे को झुका और खाने के बर्तन को भी ढक दिया।

'लो-एक और पागल भिखारी आ गया।' वह सोचने लगा।

लंगड़ाती चाल से वह व्यक्ति अंदर आया। उसने मेज के चारों ओर बैठे व्यक्तियों की ओर देखा-पर उन तीनों में से किसी ने भी उसकी ओर नहीं देखा। वे तीनों अब भी उसी छोकरी के बारे में कानाफूसी कर रहे थे।

जॉर्ज थोड़ा और आगे की ओर झुका और पीतल के थूकदान में थूक दिया। इस प्रकार वह अपने मन की भावना को व्यक्त करने के बाद सीधा खड़ा हुआ और पुनः गिलास साफ करने लग गया।

'मेरा नाम डिल्लन है।' वह आदमी धीरे से बोला।

'होगा।' जॉर्ज बोला- 'मुझे क्या! क्या चाहते हो?'

'एक गिलास पानी दो।' डिल्लन ने गहरी आवाज में कहा।

जॉर्ज विरोध भरे स्वर में बोला- 'यहां पानी-वानी नहीं मिलता-कहीं और जाकर पियो-हुं...चले आते हैं मुंह उठाए।'

'पर तुम मुझे पानी पिलाओगे और खुशी-खुशी पिलाओगे।' डिल्लन ने

गंभीर स्वर में कहा- 'सुनते हो पाजी-मैंने तुमसे पानी मांगा है।'

जॉर्ज अपना डंडा संभालने के लिए काउंटर से नीचे झुका, पर सहसा डिल्लन ने अपना हैट पीछे को हटाया और आगे को झुका।

'तुम कोई गड़बड़ी नहीं करोगे।' वह बोला।

उसकी काली, ठंडी घूरती तेज आंखों ने बारमैन जॉर्ज को सहसा भयभीत करके रख दिया। एक झटके के साथ उसने अपना हाथ पीछे खींच लिया। डिल्लन उसी प्रकार उसकी ओर घूरकर देखता रहा।

यद्यपि जॉर्ज एक भयभीत व्यक्ति था-परंतु साहस नाम की कोई चीज उसमें नहीं थी। कभी-कभी उसे अपने डंडे से किसी-न-किसी की ठुकाई भी करनी पड़ती थी। पर वह सब कुछ वह बिना विचार किए ही कर लेता था। परंतु इस आदमी की बात कुछ और ही थी। यह उन आदमियों से भिन्न दिखाई पड़ रहा था। जॉर्ज को लगा-इस व्यक्ति के साथ सख्ती करके उसे नुकसान उठाना पड़ सकता है।

उसने पानी की एक बोतल काउंटर पर डिल्लन की ओर बढ़ा दी और बोला- 'लो यह पानी पियो और यहां से चलते बनो।'

उन लोगों ने होगन के बारे में बातें बंद कर दीं और उसकी ओर घूमकर देखने लगे। फ्रीडमैन बोल उठा- 'लो भई, एक और पागल आदमी यहां आ घुसा।'

जॉर्ज को पसीना आने लगा। वह फ्रीडमैन की ओर देखकर चेतावनी-स्वरूप अपना सिर हिलाने लगा।

डिल्लन ने पानी की बोतल में से काफी मात्रा में पानी पी लिया।

अपने दोनों साथियों की उपस्थिति से स्वयं में साहस जुटाता हुआ फ्रीडमैन कहने लगा- 'इस पागल आदमी से बदबू आ रही है जार्ज। इसे फौरन यहां से दफा करो।'

डिल्लन ने बोतल काउंटर पर रख दी और गर्दन घुमाकर देखा।

उसके चाक से सफेद चेहरे को देखकर फ्रीडमैन चौंक उठा। डिल्लन कहने लगा- 'तुम जैसे मुंहफट ही रात के अंधेरे में गोली का शिकार बनते हैं।'

फ्रीडमैन का साहस जवाब दे गया। वह घूमा और फिर वाल्काट से बातें करने लगा।

तभी अबी गोल्डवर्ग अंदर प्रविष्ट हुआ-उसकी उम्र साठ के लगभग थी। नाक लंबी, थोड़ी-सी मुड़ी हुई थी और छोटी तेज आंखें थीं। उसका मुंह दोनों ओर से इस प्रकार मुड़ा हुआ था कि वह अधिक दयालु दिखाई देता था। उसने जॉर्ज की ओर देखकर सिर हिलाया और अपने लिए एक जिंजर का ऑर्डर दिया। वैसे तो वह एक साधारण-सा ही व्यक्ति दिखाई देता था, पर उसने अपने गले में सोने की मोटी-सी जंजीर पहन रखी थी, जिसकी ओर डिल्लन ने दिलचस्पी भरी निगाहों से देखा। अबी ने भी उसकी ओर देखा और पूछा- 'तुम तो यहां अजनबी लगते हो।'

डिल्लन लंगड़ाता हुआ वापस दरवाजे की ओर चलने लगा। वह बोला- 'तुम मेरे बारे में चिंता करने की कोशिश मत करो।'

अबी ने उसकी ओर देखा। एक ठंडी-सी आह भरी और अपना गिलास मेज पर टिका दिया। डिल्लन की ओर देखता हुआ वह उसके नजदीक पहुंचा और कहने लगा- 'यदि तुम खाना खाना चाहते हो तो सड़क के उस पार वाले स्टोर में चले जाओ। मेरी पत्नी तुम्हें खाने के लिए कुछ-न-कुछ जरूर दे देगी।'

अपनी ठंडी गहरी निगाहों से देखता हुआ डिल्लन अबी को टटोलने की चेष्टा करता रहा। फिर बोला- 'मेरे विचार से मुझे ऐसा ही करना चाहिए।'

मेज के चारों ओर बैठे तीनों व्यक्तियों तथा जॉर्ज ने उसे लंगड़ाते हुए बाहर जाते देखा। फ्रीडमैन बोल उठा- 'वह बहुत ही बदमाश आदमी है, यह बात तो बिलकुल साफ दिखाई दे रही है।'

जॉर्ज ने डस्टर से अपना मुंह पोंछा। डिल्लन को बाहर जाते देखकर सबसे ज्यादा खुशी उसी को हुई थी। वह बोला- 'मिस्टर गोल्डवर्ग, आपको इस प्रकार के पागलों से सावधान रहना चाहिए। आप नहीं जानते, ये अपराधी लोग कितने खतरनाक होते हैं।'

अबी ने अपना गिलास खाली किया, फिर सिर हिलाता हुआ बोला- 'यह भला आदमी लगता है-मगर भूखा लगता है।' कहते-कहते उसने सड़क पार की और अपने स्टोर में चला गया।

❖❖❖

अबी गोल्डवर्ग अपने स्टोर पर गर्व महसूस करता था। उसका स्टोर अच्छा-खासा था और उसमें जरूरत की वे तमाम चीजें उपलब्ध थीं, जिनकी

आमतौर पर लोगों को जरूरत महसूस होती है। हो सकता है लोगों को उन चीजों का दाम कुछ ज्यादा चुकाना पड़ता हो, पर सुविधा के सामने थोड़ा ज्यादा खर्च कुछ मायने नहीं रखता। सब चीजें यदि एक ही स्थान से मिल जाएं, तो गर्मी में इधर-से-उधर भटकना नहीं पड़ता। कुछ भी हो, अबी उस स्टोर से अच्छा-खासा धन कमा लेता था। उसे न तो ज्यादा खर्च करने की आदत थी और न ही वह अपनी कमाई का अधिक बखान ही करता था। वह अपनी कमाई का ज्यादा हिस्सा बैंक में जमा करता रहता था और किसी से भी उसका जिक्र तक नहीं किया करता था। वैसे वह चालाक काफी था। कोई सस्ती चीज प्राप्त करने के लिए उससे काफी देर तक सौदेबाजी करनी पड़ती थी, तब कहीं जाकर वह मानता था। पूरे शहर में अबी का स्टोर ही एकमात्र ऐसा स्टोर था, जहां आप सौदेबाजी कर सकते थे और आमतौर पर दाम चुकाने के लिए सौदेबाजी करना लोगों को लगता भी अच्छा था।

अबी अपने ठंडे स्टोर में दाखिल हुआ और अंदर से आती विभिन्न किस्म की मिश्रित गंध को सूंघकर अपने आप ही मुस्करा दिया। उसकी पत्नी उम्र में उससे कुछ बड़ी और मोटे जिस्म की थी। उसकी बांहों के नीचे पसीने के निशान उभरे हुए थे। अबी उसे बहुत प्यार करता था।

'अबी, ये क्या हरकत हुई भला। भिखारियों को मेरी किचन में भेजने का भला क्या मतलब हुआ?' वह शिकायत भरे स्वर में बोली।

अबी ने अपने छोटे-से कंधे उचका दिए और हाथ फैलाता हुआ बोला- 'वह बेचारा भूखा था। मैं और कर भी क्या सकता था डियर!'

उसने काउंटर का तख्ता उठाया और अंदर दाखिल हो गया। अपने छोटे-से हाथ से अपनी पत्नी की मोटी बांह थपथपाता हुआ नम्र स्वर में बोला- 'तुम तो सब कुछ जानती ही हो। हम भी कभी भूखे थे रोजी, उस बेचारे को संभलने का मौका दो। ठीक है न।'

वह सिर हिलाकर मुस्करा दी- 'हमेशा वही कहानी। एक के बाद एक बदमाश भिखारी इस शहर में आता है और पूछता-पूछता तुम तक पहुंच जाता है। मैं कहे देती हूं गोल्डवर्ग, तुम बहुत भोले हो।'

गोल्डवर्ग के चेहरे पर मुस्कान थिरक आई। एक बार फिर वह उसकी बांह थपथपाते हुए बोला- 'तुम बहुत कठोर औरत हो रोजी।'

'और तुम बहुत भोले।' रोजी बोली।

जब अबी अंदर घुसा तो डिल्लन खाने में व्यस्त था। अपना सिर प्लेट पर झुकाए हुए उसने एक बार नजरें उठाकर अबी की ओर देखा और फिर से खाने में व्यस्त हो गया।

अबी कुछ देर तक वहीं उसे खाना खाते देखता रहा।

डिल्लन ने उसकी ओर देखा, किंतु अबी बोल पड़ा- 'तुम खाना जारी रखो।'

भरा हुआ मुंह चलाता हुआ डिल्लन बोला- 'हां, हां...।'

सिर पर पीछे की ओर हैट खिसकाए अपने बड़े भारी तथा बालों वाले हाथ में छुरी-कांटा संभाले हुए बैठा डिल्लन अबी को प्रभावित कर रहा था। अबी को उसमें हिंसा भरी शक्ति छलकती हुई दिखाई देती महसूस हो रही थी। इससे वह थोड़ा भयभीत होकर रह गया।

'काफी दूर से आए लगते हो।' कुछ बात करने की खातिर अबी ने पूछा।

डिल्लन ने धीरे-से सिर उठाया और बोला- 'हां, बहुत ही दूर से।'

अबी ने एक कुर्सी खींच ली और सावधानी के साथ अपने छोटे-से जिस्म का सारा भार डालकर उस पर बैठ गया। बच्चों जैसे छोटे-छोटे अपने कोमल हाथ मेज पर जमाते हुए उसने फिर पूछा- 'तुम जा कहां रहे हो?'

डिल्लन ने रोटी में से एक बड़ा-सा टुकड़ा तोड़ा और प्लेट पर रगड़कर उसे फिर अपने मुंह में डाल लिया। अपने मुंह को धीरे-धीरे चलाते हुए उसने प्लेट एक ओर खिसका दी और अपने हाथों के अंगूठे पेटी में डालकर पीछे की ओर हट बैठा। उसका चेहरा अब भी थोड़ा-सा झुका हुआ था, इसलिए अबी उसे भली प्रकार देख नहीं पाया। वह बोला- 'बहुत दूर...जहां तक मैं जा सकूं।'

'शायद थोड़ी-सी बीयर पी लेने से तुम्हारी तबीयत और सुधर जाएगी।' अबी ने कहा, डिल्लन ने इनकार से सिर हिलाया- 'नहीं, बीयर तो मैं इस्तेमाल ही नहीं करता।'

स्वयं पर काबू बनाए रखते हुए भी अबी के चेहरे पर थोड़ा आश्चर्य झलक ही आया- 'वह चाहता तो आराम से मुफ्त में ऑफर की जा रही बीयर पी सकता था।' उसने सोचा-वह शायद कुछ ज्यादा ही उदार हो रहा था-अतः पूछा- 'सिगरेट पियोगे?'

डिल्लन ने एक बार फिर से इनकार में सिर हिलाया- 'नहीं, मैं सिगरेट भी नहीं पीता।'

तभी अकस्मात बाहर स्टोर में से रोजी की एक हल्की-सी चीख सुनाई पड़ी। अबी ध्यानपूर्वक सुनने की चेष्टा करने लगा- 'ओह-न जाने रोजी के साथ क्या हो गया है।' वह बड़बड़ाया और उठ खड़ा हुआ।

डिल्लन माचिस की तीली से अपने दांत कुरेदता रहा। वह कुछ भी नहीं बोला-अबी स्टोर की ओर बढ़ गया।

स्टोर में वाल्काट मौजूद था। वह काउंटर पर खड़ी रोजी को घूर रहा था। उसका पतला हड्डियों भरा चेहरा गुस्से से लाल हो रहा था। रोजी भयभीत खड़ी थी।

'क्या बात है रोजी डियर?' अबी ने घबराए स्वर में पूछा- 'ये चीखें कैसी थीं?'

'मैं बताता हूं, तुम्हें।' वाल्काट तेज स्वर में बोला- 'पागल पाजी, यह औरत मुझे सामान नहीं दे रही है। मैंने इससे कहा तो सहमे स्वर में चीख उठी-बस इतनी-सी ही तो बात है।'

'यह ठीक ही तो कह रही है मिस्टर वाल्काट।' अबी ने सिर हिलाते हुए कहा- 'आपको हमारा पहले का भी बहुत पैसा देना है।' कहते-कहते अबी के चेहरे पर डर के भाव पैदा हो गए, क्योंकि उसे मालूम था कि वाल्काट एक खतरनाक गुंडा था।

वाल्काट कुछ क्षण उसके चेहरे की प्रतिक्रिया देखता रहा। वह समझ गया कि वाल्काट भयभीत हो चुका था। अतः बोला- 'मुझे सामान चाहिए और अभी चाहिए। चुपचाप दे दो वरना तुम्हारी खैर नहीं।' इसके साथ ही उसने दाएं हाथ का मुक्का अबी की ओर ताना और काउंटर पर आगे को झुक गया।

अबी फौरन पीछे की ओर हटा, लेकिन जल्दबाजी में उसका सिर पीछे रखी अलमारी से जा टकराया। रोजी एक बार फिर से चीख उठी।

डिल्लन धीरे-धीरे लंगड़ाते हुए चाल से किचन से बाहर निकल आया और स्टोर में दाखिल हो गया। उसने वाल्काट की ओर देखा।

'बस-बस बहुत हो चुका-पीछे हटो।' वह वाल्काट के नजदीक पहुंचकर बोला।

वाल्काट शराब के नशे में था। व्हिस्की अब भी उसे भीतर तक जलाए जा रही थी। वह धीरे से मुड़ा और डिल्लन की ओर देखकर बोला- 'तुम

इस लफड़े से दूर ही रहो तो अच्छा है, वरना इनकी हिमायत करने का तुमको भी मजा चखना पड़ेगा।'

डिल्लन और आगे बढ़ गया। उसने एक जोरदार घूंसा वाल्काट के चेहरे पर जड़ दिया। वार जोरदार था। वाल्काट दोनों हाथों से अपना चेहरा थामे फिरकनी की तरह एकदम पीछे की ओर घूम गया।

डिल्लन उसकी ओर खड़ा देखता रहा। दूसरे हाथ से उसने अपनी उंगलियों के जोड़ों को रगड़कर सहलाया, फिर बोला- 'भाग जाओ यहां से। दफा हो जाओ फौरन, पाजी कहीं के।'

वाल्काट भयभीत हो चुका था। वह फौरन घूमा और लड़खड़ाती चाल से बाहर निकल आया। चलते समय उसके घुटने एक-दूसरे से अटक रहे थे।

अबी और रोजी अभी भी भयभीत-से काउंटर पर खड़े थे। ठिगने, पतले पारसी अबी के हाथ अब भी बार-बार चोट सहला रहे थे। अंत में वह बोला- 'तुम्हें उसे इतनी बुरी तरह से नहीं मारना चाहिए था।'

डिल्लन कुछ नहीं बोला। वह दरवाजे की ओर बढ़ने लगा।

'ठहरो दोस्त।' अबी बोला- 'अभी रुको-मेरे विचार से अभी तो मुझे तुम्हारा धन्यवाद करना है।'

डिल्लन ने अपना चेहरा घुमाया और बोला- 'इसकी कोई जरूरत नहीं है-मुझे चलना चाहिए।'

रोजी ने अबी की बांह को झिंझोड़ा- 'इस छोकरे को यहीं नौकर रख लो गोल्डवर्ग।' वह बोली- 'छोकरा काम का लगता है।'

'नौकर!' अबी ने आश्चर्य चकित होकर रोजी की ओर देखा- 'नौकर क्यों भला?' उसने कहना आरंभ किया।

डिल्लन संदेह भरी निगाहों से उन दोनों की ओर देखता रहा। उसने जाने का उपक्रम नहीं किया। स्टोर की हल्की रोशनी में उसके चौड़े कंधे झुके-झुके से लग रहे थे। अबी को उससे डर-सा लग रहा था।

'तुम्हीं तो कहते थे डियर गोल्डवर्ग।' रोजी अबी की बांह थपथपाती हुई बोली- 'कि उसे संभलने का मौका मिलना चाहिए। फिर हमें स्टोर के लिए एक आदमी की जरूरत भी तो है। तुम इसी को क्यों नहीं रख लेते?'

अबी ने कनखियों से डिल्लन की ओर देखा, फिर मरे-से स्वर में बोला- 'हां-हां यह तो बिलकुल ठीक कहा है तुमने। हमें एक नौकर की वैसे भी

जरूरत है-मेरे विचार से यदि हम इससे ही बातें कर लें तो कैसा रहे?'

फिर उसने डिल्लन की ओर मुखातिब होकर पूछा- 'क्या ख्याल है मैन? करोगे हमारे यहां नौकरी?'

डिल्लन कुछ क्षण हिचकिचाया, फिर उसने सहमति में सिर हिला दिया।

'जरूर।' वह बोला- 'आप बड़े शौक से इस बारे में मुझसे बात कर सकते हैं।'

❖❖❖

मीरा होगन को अपनी सुंदरता का अहसास था। वह जानती थी कि उसका सुंदर जिस्म लोगों के आकर्षण का केंद्र बना हुआ था। वह मुख्य सड़क पर चलती रही। मुड़-मुड़कर उसकी ओर देखने वालों का उसे आभास था। और तो और, काम करते नीग्रो भी काम छोड़कर झुकी-झुकी नजरों से उसकी ओर देख लेते थे।

लड़की की ऊंची एड़ी की सैंडिलों को ठकठकाती-सी वह चलती थी। मर्द उसकी ओर देखकर अपनी नजरों से ही उसे स्वयं में समा लेने की कोशिश करते थे।

औरतें भी उसकी ओर ठंडी घृणा भरी नजरों से देखती थीं। मीरा अपने कूल्हे मटकाने लगती और फिर सिर को झटककर अपने बालों की लटों को थपथपाने लगती। उसका बंधनरहित सख्त युवा शरीर उसके सस्ते फूलदार चोगे में झलकता हुआ साफ दिखाई देता था। हर कदम के साथ उसका स्वस्थ वक्षस्थल थिरकता हुआ महसूस होता था।

गली के अंत में बूढ़ी औरतों की एक मंडली गपशप में व्यस्त थी। वे धूप में चलते लोगों को बातों-ही-बातों में अपनी ओर आकृष्ट करने की कोशिश कर रही थीं।

उन्होंने मीरा को आते हुए देखा और खामोश होकर खड़ी रह गई। बेचारी शिशुपालन के बोझ से मुर्झाई हुई औरतें बूढ़ी पड़ चुकी थीं।

क्षण-भर के लिए मीरा की चाल मद्धिम पड़ गई। लकड़ी की एड़ी की ठक-ठक भी धीमी हो गई। मीरा का आत्मविश्वास इसलिए फीका पड़ गया, क्योंकि उसका आधार मजबूत नहीं था। वह अभी कच्ची उम्र की छोकरी थी और बड़ों के सामने स्वयं को अबला ही महसूस करती थी।

अपने मोहक लाल-लाल होंठों पर मुस्कान-सी बिखेरती वह उस टोली को पार कर गई। औरतों ने भी अपनी नजरें इस प्रकार फेर लीं, जैसे उन्होंने मीरा को देखा ही नहीं हो। लकड़ी की एड़ियां एक बार फिर से ठकठकाने लगीं। मीरा के चेहरे पर फिर से आकर्षण फैल गया और वह आगे बढ़ गई।

उसके पीछे मिली-जुली आवाजें फिर आरंभ हो गई। उन औरतों में से एक औरत ने ऊंचे स्वर में कहा- 'देखा-क्या नखरे हैं-हरामजादी के, वेश्या कहीं की।'

मीरा ने सुना और उपेक्षा करती आगे बढ़ गई।

मुख्य सड़क के अंत में बैंक था। क्लेम गिब्सन बैंक के दरवाजे पर ही खड़ा था। उसने मीरा को आते देखा और व्याकुल होकर अपनी उंगलियों से टाई की गांठ ठीक करने लगा।

क्लेम गिब्सन शहर का एक प्रतिष्ठित व्यक्ति था। वह एक बैंकर था। उसके पास कार थी और सप्ताह में दो बार वह अपनी कमीज बदलता था।

मीरा ने अपनी चाल धीमी कर दी और उसकी ओर देखकर मुस्कराई।

'ओह-मिस होगन! आज तो तुम कयामत ही ढहा रही हो।' गिब्सन ने खुशामदाना भाव से कहा।

मीरा खुश हो उठी। अपनी सुंदरता की तारीफ सुनना उसे अच्छा लगा।

'मजाक कर रहे हो।' वह बोली।

'नहीं-नहीं! भला मैं तुमसे मजाक करूंगा।' गिब्सन ने कहा- 'मैं सच कह रहा हूं मिस होगन। आज तो तुम आसमान से उतरी कोई परी मालूम हो रही हो।'

'धन्यवाद।' मीरा बोली और आगे बढ़ने को हुई- 'मैं चलती हूं-पापा मेरी प्रतीक्षा कर रहे हैं।'

गिब्सन दो सीढ़ियां और उतरकर नीचे आ गया- 'मैं तुमसे कुछ कहना चाहता था मिस होगन।' गिब्सन बोला।

उसके स्वर में संकोच था।

'कहो।' मीरा ने नजरें उठाकर उसकी ओर देखते हुए कहा।

'मिस होगन-यदि मैं और तुम कभी कहीं घूमने के लिए चलें तो कैसा रहे।'

मीरा ने सिर हिला दिया। वह सोचने लगी कि इतना कुछ कहने के लिए भी गिब्सन ने बहुत साहस से काम लिया है। उसके साथ घूमने के लिए जाकर वह गिब्सन की लंबे चेहरे वाली पत्नी से झगड़ा क्यों मोल ले। मीरा को पता था कि विवाहित मर्दों से दूर रहने में ही भलाई है। वह तो बस एक ही चीज के दीवाने होते हैं और वह कुछ देने को तैयार नहीं थी। अतः बोली- 'पापा को यह बात अच्छी नहीं लगेगी कि कोई विवाहित पुरुष मुझे घुमाने-फिराने के लिए ले जाए।'

गिब्सन पीछे हट गया। उसका खिसियाना चेहरा लटक गया। वह बोला- 'तुम्हारे पापा के विचार बिलकुल ठीक हैं, मिस होगन। वाकई हमारा एक साथ घूमना-फिरना ठीक नहीं होगा। तुम अपने पापा से मेरे द्वारा कही गई इस बात का जिक्र मत करना। मैंने इस ढंग से तो सोचा ही नहीं था।'

वह बच होगन से साफ-साफ भयभीत लग रहा था।

'मैं उनसे जिक्र नहीं करूंगी।' मीरा बोली और आगे बढ़ गई।

गिब्सन भूखी निगाहों से कूल्हे मटकाती मीरा के पीछे देखता रह गया।

उसका घर काफी दूर था। आखिरकार उस खंडहर की ओर जाने वाले रास्ते का जब लकड़ी का गेट उसने खोला तो उसे खुशी हुई। कुछ क्षण वहीं खड़ी रहकर वह अपने घर की ओर देखती तथा सोचती रही- 'ओह-मैं इससे घृणा करती हूं।' वह बुदबुदाई।

उसने अपने लिबास की ओर नजरें दौड़ाई। बगीचा सूखा हुआ था और पूरा एक-मंजिला मकान लकड़ी का बना हुआ था। उस लकड़ी को आंधी-तूफान तथा वर्षा ने फीका करके रख दिया था। रही-सही कसर धूप ने पूरी कर डाली थी। उसने लकड़ी का रंग भी उड़ा दिया था। पूरा मकान गरीबी की जीती-जागती तस्वीर बनकर रह गया था।

वह रास्ता पार करके बरामदे तक पहुंचने वाली दो सीढ़ियां पार कर गई। घर से दूर छाया में अपनी भारी लाठी पर हाथ रखे बच होगन बैठा था।

'मैं तुम्हारी ही प्रतीक्षा कर रहा था।' वह उसके पहुंचते ही बोला।

वह वहां खड़ी उसकी ओर देखती रही-बच होगन का दर्द भरा टूटा हुआ चेहरा, दो दृष्टिहीन भयंकर-सी दिख रही आंखें और दोनों आंखों के मध्य बलगम की तरह झांकते हुए पीले-से दो धब्बे।

चौकोर तनी हुई भवों और गुस्से से भरे उसके मुंह को देखकर वह सहम

गई। बच होगन ने पास ही पड़े सूखे कीचड़ पर तंबाकू की पीक थूकी और उसकी ओर घूरकर देखा।

'कहां मर गई थीं तुम? बोलो-मुंह में जबान नहीं है क्या?'

मीरा खामोश रही। उसने बैग से व्हिस्की की बोतल निकालकर पास पड़ी मेज पर रख दी और बाकी की रेजगारी भी उसके पास रख दी।

'यह रही तुम्हारी बोतल।' वह बोली।

अपनी जेब में डालने से पहले टटोलती उंगलियों से बच ने रेजगारी को गिना। फिर उठ खड़ा हुआ और अंगड़ाई लेने लगा। लंबा होने के बावजूद भी उसके चौड़े कंधे उसे नाटा बनाकर रख देते थे। उसने मीरा की ओर मुड़कर कहा- 'अंदर चलो-मुझे तुमसे कुछ बातें करनी हैं।'

मीरा बरामदे से होकर बड़े कमरे में आ गई। यह बड़ा कमरा पुराने सामान तथा टूटे फर्नीचर से भरा हुआ बड़ा अजीब-सा लगता था। हेगन उसके पीछे-पीछे हो लिया। सावधानी से चीते की तरह तेजी से कदम उठाता हुआ वह सामने से बचता हुआ चल रहा था। अंधेपन से उसे किसी प्रकार भी बांधकर ही नहीं रखा था। पहले-पहल तो अंधकार ने उसका गला घोंटकर रख दिया था। उसने उस अंधकार का डटकर मुकाबला किया था और अपनी अन्य लड़ाइयों की तरह, वह इसमें भी विजयी हुआ था। अब इस अंधेरे से उसे जरा भी परेशानी नहीं होती थी। वह जो कुछ भी करना चाहता था, कर लेता था। उसकी श्रवण शक्ति अधिक तेज हो गई थी और उसकी आंखें काम देने लगी थीं।

मीरा घबराकर मेज के निकट पड़ी धूल पर अपने पांव के नाखून से हशिया-सा बनाती रही। होगन एक अलमारी के पास तक गया। गिलास निकाला और उसने व्हिस्की का एक बड़ा-सा पैग भर लिया। फिर वह बड़ी कुर्सी के पास तक गया और उस पर बैठकर व्हिस्की की चुस्कियां भरने लगा।

'तुम्हारी आयु क्या है भला?' सहसा उसने पूछ लिया। आंखों के दोनों पीले धब्बे उसकी ओर केंद्रित थे।

'सत्रह।'

अपनी एक बांह आगे की ओर फैलाता हुआ बच बोला- 'जरा यहां तो आओ।'

'वह निश्चल बैठी रही।'

'यदि मैंने आकर तुम्हें पकड़ा तो तुम्हें काफी कष्ट उठाना पड़ेगा।'

अनचाहे मन से वह उसकी ओर बढ़ी और घुटनों के पास आकर खड़ी हो गई। घबराए हुए स्वर में उसने पूछा- 'क्या बात है?'

बच के हाथ ने मीरा की बांह को अपनी पकड़ में ले लिया। इस दबाव से मीरा चीखकर रह गई।

'चुपचाप खड़ी रहो।' बच बोला और फिर अपने दूसरे खाली हाथ से उसके शरीर को टटोलने लगा। जिस प्रकार एक किसान एक पक्षी के मांस को टटोलता है, उसी प्रकार वह मीरा के जिस्म को टटोल रहा था।

फिर उसने उसे छोड़ दिया और भारी स्वर में बोला- 'अब तो तुम काफी बड़ी हो गई हो।'

मीरा पीछे हट गई। उसके चेहरे पर गुस्से के लक्षण पैदा हो चुके थे। वह बोली- 'अपने यह पंजे मुझसे दूर ही रखो।'

बच ने अपने कानों में उग आए बालों को नोंचते हुए कहा- 'बैठ जाओ, मुझे तुमसे बातें करनी हैं।'

'खाना तैयार नहीं है। तुम्हारी बातें सुनते रहने के लिए मेरे पास समय नहीं है।' मीरा बेरुखी भरे भाव से बोली।

वह तेजी के साथ उचककर कुर्सी पर से उठा और इससे पहले कि मीरा बचकर भाग पाती, अपने हाथ की हथेली का एक भरपूर वार उसके कंधे पर कर दिया। वैसे निशाना तो मीरा के सिर का लगाया था-परंतु उसका निशाना थोड़ा चूक गया था-मीरा हाथों और घुटनों के बल नीचे जा गिरी थी और फिर परेशान-सी वहीं पड़ी रही।

बच घुटनों के बल उसके समीप बैठ गया। वह फुंफकारती हुई आवाज में बोला- 'तुम्हारा दिमाग आसमान पर चढ़ता जा रहा है। है न-तुम क्या समझती हो कि मैं तुम्हें संभाल नहीं सकता? मैं तुम्हें बखूबी संभाल सकता हूं। समझ गई न! यह ठीक है कि मेरी आंखें अब नहीं हैं-पर इससे तुम्हें कोई फर्क नहीं पड़ना चाहिए। समझ गई न! अब आगे से अक्ल से काम लेना।'

मीरा धीरे-धीरे अपना कंधा सहलाती उठ बैठी। बच के हाथ का प्रहार अब भी कुछ मायने रखता था।

'मुझे लग रहा है कि तुम भी अपनी मां के पदचिह्नों पर चल पड़ी हो। मैं कुछ समय से नोट करता आ रहा हूं। तुम्हारे बारे में जो चर्चाएं हो रही हैं, वह मैं भी जानता हूं। तुम अभी से अपनी मां की तरह छोकरों के पीछे लग गई हो। वह पागल औरत तो जो कर गई सो कर गई-पर यदि तुमने भी वैसा करना शुरू किया तो समझ लेना तुम्हारी खैर नहीं। ध्यान रहे, मेरी नजरें तुम पर हैं। तुम अपनी ये आदतें छोड़ दो। अब यदि किसी समय मैंने तुम्हें पकड़ लिया तो छोडूंगा नहीं। समझ गई। छोकरों से दूर ही रहना।'

'जरूर तुम्हारा दिमाग खराब हो गया है।' वह अस्वस्थ-से स्वर में बोली- 'मैं किसी छोकरे के साथ नहीं जाती।'

बच ने मुंह बिसूरा- 'इसीलिए तो मैं तुम्हें पहले ही आगाह किए दे रहा हूं।' वह बोला- 'तुम अब जवान हो चुकी हो-तुम ऐसा-वैसा कुछ भी कर सकती हो। पर जरा सोचकर बदमाशी करना। यदि मैंने सुन लिया और तुम मेरे हत्थे चढ़ गई तो फिर सोच लेना। बेहद बुरी गत बना दूंगा तुम्हारी।'

'कोशिश करना पकड़ने की।' मीरा उठकर खड़ी हो गई और सोचने लगी- 'बूढ़े खूसट, इसके लिए तुझे मुझे रंगे हाथों पकड़ना होगा।' पर वह जुबान से कुछ नहीं बोली। वह दरवाजे की ओर मुड़ी-पर बच ने लपककर उसे फिर पकड़ लिया।

'मैंने क्या कहा है-तुम्हें याद है न?' वह क्रूर स्वर में बोला।

'हां...हां!' मीरा उसकी पकड़ से छूटने का प्रयास करती हुई बोली। उसके स्वर में व्याकुलता का भाव था।

बच ने अपनी कमर की मोटी पेटी को थपथपाया और बोला- 'यदि किसी के साथ मैंने कभी तुम्हें पकड़ लिया तो समझ लेना, मैं तुम्हारी खाल ही उधेड़कर रख दूंगा।'

मीरा ने एक झटके के साथ अपनी बांह छुड़ाई और कमरे से बाहर निकल गई। उसके पैर बुरी तरह से कांप रहे थे।

बाहर एक पुरानी-सी कार आकर रुकी और उसमें से तीन आदमी बाहर निकले। मीरा दौड़कर दरवाजे के पास आई-उसने बाहर की ओर देखा और फिर अपने सोने के कमरे की ओर भाग चली। उसकी आंखों में उत्तेजना की विशेष चमक पैदा हुई। उसके होंठों पर हल्की-सी मुस्कान फैल गई। गर्नी अपने बॉक्सर दोस्त के साथ आ पहुंचा था। मीरा के दोस्तों में मात्र गर्नी

ही एक ऐसा व्यक्ति था, जिसके सामीप्य से मीरा के दिल में हलचल-सी मच जाया करती थी। उसके निकट होने के अहसास से ही मीरा में साहस जाग्रत हो जाया करता था।

गर्नी का दोस्त बॉक्सर सैंकी सिर झुकाए टूटे रास्ते पर आगे बढ़ा। उसका उस्ताद हैंक उसकी ओर व्याकुल-सी नजरों से देखे जा रहा था। वह कुछ चिंतित था। गर्नी की निगाहें मीरा को खोज रही थीं। सैंकी की ओर देखकर उसे पीड़ा होती थी।

बरामदे में पहुंचकर वे तीनों ठिठके। बच कमरे से बाहर निकल आया। उसने पूछा- 'कैसा चल रहा है? काफी दिनों से तुम लोग यहां नहीं आए हो?'

गर्नी ने बाकी दोनों की ओर देखा। सैंकी ने बच की बात का कोई उत्तर नहीं दिया था-पर हैंक ने धीरे-से सिर हिला दिया।

उनको देखकर बच को खुशी हो रही थी- 'बैठ जाओ।' वह बोला- 'और ईश्वर के लिए अब यह बताओ कि वह छोकरा किस हद तक तैयार हो रहा है?'

बाकी दोनों ने बैठने के लिए कुर्सियां खींचीं तो उस आवाज का लाठा उठाता हुआ गर्नी धीरे से अंदर घुस गया। उसे मीरा के बारे में मालूम था। उसने दरवाजा खोला और अपना सिर अंदर डालकर झांकने लगा। मीरा अपने होंठों पर लिपस्टिक लगा रही थी। उसने केवल ब्रा और सफेद पायजामा पहन रखा था। गर्नी के प्रतिबिंब को दर्पण में देखते ही वह एक झटके के साथ मुड़ी और उसकी ओर देखा।

'बाहर निकलो-तुम अंदर कैसे घुसे?' वह तेज स्वर में बोली।

गर्नी को अपना मुंह सूखता-सा महसूस हुआ। वह अंदर घुस आया और दरवाजा बंद करके वहीं पीठ सटाकर खड़ा हो गया। गर्नी एक विशालकाय व्यक्ति था। उसकी नाक लंबी थी और आगे की ओर मुड़ी हुई थी। उसकी आंखें हमेशा अस्थिर रहती थीं, वह हमेशा भड़कीले कपड़े पहनता था-आमतौर पर काले सूट पर पीली या लाल धारियां होती थीं। अपने विचार में उसके कपड़े सबसे अच्छे होते थे।

सहसा मीरा व्याकुल दिखाई देने लगी- 'भाग जाओ निक।' वह व्याकुल स्वर में बोली- 'प्लीज भाग जाओ-पापा यह सब कुछ सहन नहीं कर सकेगा।'

गर्नी बिस्तर को पार करता हुआ उस पर झपटने के लिए आगे बढ़ा। मीरा तत्काल पीछे हट गई। उसकी आंखें भय के कारण फैल गईं।

'देखो, यदि तुम फौरन कमरे से बाहर नहीं निकले तो मैं चीख पड़ूंगी।' वह भयपूर्ण व्याकुलता से बोली।

'ओह छोड़ो भी!' गर्नी हंसा- 'मेरे पास आओ बेबी। बात करने का यह कौन-सा तरीका है?'

गर्नी और भी आगे बढ़ गया- 'तुम बहुत ही सुंदर लग रही हो बेबी। मैं सच कहता हूं-मैं किसी किस्म की कोई गड़बड़ नहीं करूंगा।' कहते-कहते उसने मीरा की बांह को छुआ। गर्नी के स्पर्श मात्र से ही मीरा कमजोर पड़ने लगी।

'देखो निक, मेरे नजदीक मत आओ।' वह कमजोर आवाज में बोली- 'बूढ़े को पता लग गया तो वह मेरी जान ही ले लेगा।'

गर्नी ने उसे अपनी ओर खींच लिया- 'उसकी चिंता मत करो।' वह बोला। मीरा को उसके हाथ जलते हुए से महसूस हो रहे थे।

मीरा स्वयं को नियंत्रित न रख सकी। उसके हाथ आगे बढ़े और उन्होंने गर्नी की गर्दन को घेरे में ले लिया। फिर एक जोरदार चुंबन उसके होंठों पर जड़ दिया।

गर्नी ने उसके चुंबन का भरपूर जवाब दिया-फिर मुस्कराते हुए बोला- 'मैं शीघ्र ही रात में तुमसे मिलने के लिए आऊंगा। ठीक है न? मुझे यकीन है तुम्हें मेरा आना अच्छा लगेगा।'

बाहर बरामदे में बच सैंकी को टटोलता तथा मुक्के मारता रहा। बेचारा सैंकी मुंह लटकाए चुपचाप खड़ा रहा।

'क्या बात है, यह ठीक तो है न?' हैंक की ओर देखते हुए बच ने व्याकुल स्वर में पूछा।

'हां।' हैंक ने उत्तर दिया। पर उसके जवाब में उत्साह का अभाव था।

'हैंक से जीतने के लिए मुझे आपका ही सहारा है।' सैंकी धीरे से बुदबुदाया।

बच की आवाज कुछ सख्ती हो उठी- 'तुम बेकार ही निराश हो रहे थे-मैं कहता हूं, उस छोकरे में दम नहीं है। तुम पर तो वह हाथ भी ढंग से नहीं उठा पाएगा।'

'शायद।' सैंकी बुझे मन से बोला।

'तुम शायद ज्यादा ही निराश हो। देख लेना, वह तुम्हें छू तक नहीं सकेगा।'

'उसे मुझे छूना नहीं है, हराना है।' सैंकी ने उत्तर दिया और बरामदे की रेलिंग पर बैठ गया। उसका सिर अब भी झुका हुआ था।

बच ने अपने दोनों हाथ अपनी गंजी खोपड़ी पर रगड़े- 'सुनो!' वह बोला- 'ये बेकार की बातें छोड़ो-तुम रिंग में घुसते ही उस पाजी पर छा जाने की कोशिश करना-समझे। पहले बाएं हाथ का प्रयोग करना, मार-मारकर जब उसकी गर्दन टेढ़ी कर दो तो फिर दाएं हाथ से शुरू हो जाना। तुमने उसे नॉक आउट करके ही रिंग से बाहर निकलना है। समझे।'

सैंकी कुछ नहीं बोला।

बच व्याकुल होने लगा। सहसा उसने पूछा- 'गर्नी कहा है-यहां नहीं है क्या?'

'हां है तो सही।' हैंक ने जल्दी से उत्तर दिया- 'वह बाहर कार ठीक कर रहा है। आता ही होगा।'

'उसे फौरन यहां बुलाओ।' बच तीव्र स्वर में बोला।

हैंक बरामदे से नीचे उतरा और ऊंची आवाज में पुकार लगाई- 'गर्नी, फौरन यहां आओ। तुम्हें बच ने याद किया है।'

बच को फौरन शक-सा हो गया- 'वह बहरा तो नहीं है। तुम इतनी जोर से क्यों चीख रहे हो।' वह जल्दी से बोल उठा।

हैंक को पसीना आ गया। उसने एक बार फिर जोर से हांक लगाई।

गर्नी भागता हुआ मकान के कोने की ओर आ गया। मीरा की लिपस्टिक लग जाने के कारण कई लाल-लाल धब्बे उसके चेहरे पर लग गए थे। पर इससे कोई अंतर नहीं पड़ता था, क्योंकि बच उन धब्बों को नहीं देख सकता था। दोनों सीढ़ियां पार करके वह ऊपर बरामदे में आ गया। तब तक वह पूरी तरह सामान्य हो चुका था।

'क्या कर रहे थे तुम?' बच ने तेज स्वर में पूछा।

'मैंने बताया तो था।' हैंक ने बात बनाई- 'यह बाहर कार ठीक कर रहा था।'

गर्नी धीरे से मुस्कराया- 'हां, ठीक ही तो कहता है हैंक।' वह बोला-

'यह छकड़ा अब काफी परेशान करने लगा है। मैं कार ठीक कर रहा था।'

'मीरा कहां है?' बच ने पूछा।

गर्नी खामोश रहा। बूढ़ा जरूरत से ज्यादा ही तेज है। उसने सोचा। फिर बोला- 'क्या पता कहां है। मैं उस लड़की की बहुत इज्जत करता हूं। बहुत समझदार लड़की है वह।'

बच ने अपना होंठ चबा लिया। वह अपनी कुर्सी पर बैठ गया। उसके भारी मुक्के अब भी भिंचे हुए थे।

'उसके बारे में कोई बात मत करो।'

गर्नी मन-ही-मन मुस्कराया। फिर वह शांत स्वर में बोला- 'तुम्हें परेशान होने की जरूरत नहीं है बच। तुम जानते ही हो, मेरी रुचि कच्ची उम्र की लड़कियों में नहीं है। मुझे तो बस आवारा किस्म की औरतें ही पसंद हैं।'

'ओ.के.।' बच बोला- 'पर मीरा से दूर ही रहना तुम्हारे हक में ठीक रहेगा।'

कुछ देर खामोशी रही-फिर हैंक ने पूछा- 'तुम भी वहीं रहोगे न बच?'

फिर से सैंकी के बारे में सोचकर बच एक बार फिर चिंतित हो उठा। वह गर्नी से बोला- 'तुम्हारे पट्ठे में आत्मविश्वास नहीं है गर्नी। यह फ्रेंक से कुछ ज्यादा ही भयभीत लगता है?'

गर्नी ने सिगरेट सुलगाई और माचिस कीचड़ की ओर उछाल दी।

'यह बात नहीं है बच।' वह बोला- 'यह बिलकुल ठीक है, बस थोड़ा-सा घबराया हुआ हैं पर इससे कोई अंतर नहीं पड़ने वाला।'

'हुं-।' बच थोड़ा-सा और आगे झुक गया- 'अंतर क्यों नहीं पड़ता।' वह प्रतिवाद करता हुआ बोला- 'इस छोकरे पर मेरा पैसा लगा हुआ है। इसे जीतना ही होगा-समझे।'

'अब छोड़ो भी।' सैंकी बोल उठा- 'और कोई बात नहीं कर सकते क्या?'

बच ने अपना सिर घुमाया और हैंक से बोला- 'तुम इन छोकरों को जरा घुमा लाओ। मैं गर्नी से कुछ बातें करना चाहता हूं।'

हैंक उठ खड़ा हुआ और गर्दन घुमाकर सैंकी से बोला- 'आओ चलते हैं।'

वे दोनों बाहर आकर कार में बैठ गए।

बच थोड़ा-सा आगे को झुका और अपना मुक्का हवा में उछालता हुआ बोला- 'आखिर यह हो क्या रहा है? यह पाजी तो अभी से पीठ दिखाकर भागने को तैयार है।'

गर्नी ने अपनी ठोड़ी पर हाथ फिराया- 'लानत है।' वह बोला- 'आखिर मैं इसमें कर भी क्या सकता हूं। फ्रेंक ने उसे बुरी तरह से भयभीत करके रख दिया हैं उसने बेचारे को बुरी तरह से झिंझोड़कर रख दिया है। वह दोनों उस दिन आपस में टकरा गए थे। फ्रेंक को तो तुम जानते ही हो। उसने सैंकी की खासी ठुकाई कर दी थी। बस तभी से उसके हौसले पस्त हो गए हैं।'

बच उठकर खड़ा हो गया। उसने अपनी मुट्ठी सिर के ऊपर उठाई और बोला- 'वह पीला पागल।' उसकी आवाज दबी हुई-सी थी- 'देखो गर्नी, तुम्हें कुछ-न-कुछ करना ही होगा-मैंने इस छोकरे पर बहुत मोटा दांव लगा रखा है। मैं इतनी बड़ी राशि खोना नहीं चाहता-बताए देता हूं तुम्हें कुछ-न-कुछ करना ही होगा।'

गर्नी ने व्याकुल स्वर में उत्तर दिया- 'मैंने स्वयं भी तो उस पर सौ डॉलर लगा रखे हैं-मेरे विचार से उसे जरूरत से ज्यादा ट्रेनिंग दी गई है। मुझे यकीन है वह जरूर जीतेगा।'

'वह सब तो ठीक है, लेकिन कुछ सोचो। सब प्रबंध करने के लिए अब भी तुम्हारे पास एक हफ्ते का समय है।' बच धीरे से बोला- 'अपने दिमाग को काम में लाओ। दांव बहुत मोटा है, यह भी तो सोचो।'

तभी मीरा बरामदे में आ गई। उसकी नजरें गर्नी पर ही टिकी हुई थीं।

'तुम कहां थीं अभी तक?' बच ने सिर घुमाकर पूछा।

'तुम्हारा खाना तैयार कर रही थी।' मीरा बोली- 'खाना तैयार है।'

गर्नी उठकर खड़ा हो गया- 'अच्छा बच, मैं अब चलता हूं।' वह बोला- 'देखता हूं इस बारे में क्या कुछ किया जा सकता है।'

गर्नी दबे पांव चलता हुआ मीरा के नजदीक पहुंचा। उसने उसे बाहुपाश में भर लिया और एक चुंबन ले लिया। बच के रहते हुए भी उसने यह हरकत कर डाली। मीरा उसे रोकने का साहस नहीं कर सकती थी, क्योंकि आवाज से बच सचेत हो सकता था। वह भय से पीली पड़ गई। गर्नी ने उसे संभाला।

'तुम यह क्या कर रहे हो?' बच ने पूछा और फिर कान लगाकर सुनने की चेष्टा करने लगा।

‘मैं चला।’ गर्नी ने मुस्कराते हुए उत्तर दिया- ‘ओ.के. मीरा, गुडबाय, अपने पापा का ख्याल रखना।’ और वह मुस्कराते हुए बाहर निकल गया।

मीरा किचन में चली गई। उसका दिल जोर-जोर से धड़क रहा था।

पागल कहीं का-उसने सोचा। क्या पता बूढ़े को पता चल गया हो। उसने स्वयं से प्रश्न किया। वह बूढ़े बच से बहुत भयभीत थी।

उस गंदे-से किचन में अपनी बांहों से अपने वक्ष को भींचे, आंखें बंद किए बड़ी देर तक वह गर्नी के बारे में सोचती रही। फिर धीरे-धीरे सामान्य होने लगी।

❖❖❖

शीघ्र ही डिल्लन ने अबी के स्टोर का कामकाज संभाल लिया।

सारा शहर डिल्लन में दिलचस्पी लेने लगा। अबी ने महसूस किया कि डिल्लन के आने के बाद से उसके व्यापार में प्रगति होनी शुरू हो गई थी। औरतें उसको देखने के लिए आया करती थीं। उन्होंने वाल्काट के बारे में सुन रखा था। जो आदमी इतना तेज प्रहार कर सकता था-उसमें असीम शक्ति होनी चाहिए-और इस शहर की औरतें ऐसे लोगों की दीवानी थीं, जिनमें असीम शक्ति भरी हुई हो।

परंतु जब भी औरतें डिल्लन को देखती थीं, तो उन्हें निराशा ही हाथ लगती थी। उन्हें यह उम्मीद होती थी कि ऐसे शक्तिशाली मनुष्य का व्यक्तित्व भी शानदार होगा, वे उसमें क्लार्क गेबल की कल्पना करती थीं, पर डिल्लन के मिट्टी-से चेहरे और भावरहित आंखें देखकर उन्हें निराश होना पड़ता था। वे आपस में कानाफूसी करने लगती थीं कि क्या यह वही आदमी है, जिसने वाल्काट जैसे आदमी को धूल चटाई थी। उन्हें तसल्ली नहीं होती थी और वे बार-बार एक नजर और देखने के विचार से स्टोर में आया करती थीं।

शहर के लोगों को भी यकीन नहीं आता था। भला वाल्काट जैसे बदमाश को धूल चटाना आसान काम था क्या? उनकी निगाहों में तो डिल्लन के बारे में कुछ बढ़ा-चढ़ाकर बातें की जा रही थीं। कहां वाल्काट जैसा बदमाश और कहां डिल्लन जैसा मरियल बेकार आदमी।

उस समय जब गर्नी सैलून में दाखिल हुआ तो सब लोग डिल्लन के

बारे में ही बातें कर रहे थे। गर्नी के आते ही सब खामोश हो गए। गर्नी जहां कहीं भी जाता था, सब लोग उससे एक ही सवाल पूछते थे- 'सैंकी की तैयारी कैसी चल रही है?'

फ्रीडमैन आगे बढ़ा-वह बोला- 'सुनाओ निक, क्या पीना पसंद करोगे?'

गर्नी को ऐसी बातें सुनने का अभ्यास था। वह फ्रीडमैन को पहचान नहीं पाया, पर इससे क्या फर्क पड़ता था। उसे तो मुफ्त शराब पीने को मिल रही थी-वह बोला- 'राई, सिर्फ राई।'

जॉर्ज काउंटर के साथ-साथ भागता हुआ पहुंचा और बोतल तथा गिलास गर्नी के पास रख दिए।

फ्रीडमैन ने पूछा- 'कैसी तैयारी है तुम्हारे पट्ठे की?'

गर्नी ने एक पैग भरा और अपने गले के नीचे उतारने के बाद बोला- 'फर्स्ट क्लास-वह बिलकुल तैयार है।'

'मैंने उस पर काफी मोटा दांव लगा रखा है।' फ्रीडमैन ने बताया- 'मेरी इच्छा है कि वह जरूर जीते।

'वह जरूर जीतेगा।' गर्नी राई सिप करते हुए बोला।

तब तक विल्सन भी उन दोनों के पास पहुंच चुका था। वह बोला- 'फ्रेंक भी बुरा मुक्केबाज नहीं है। मुझे तो लगता है कि इस बार फ्रेंक ही जीतेगा। मैंने तो उसी पर दांव लगाया है।'

गर्नी ने उसकी ओर देखा- 'हां-किसी-न-किसी ने तो मुझ पर भी दांव लगाना ही था।' वह बोला।

बाकी सब लोग हंस दिए।

गुस्से से विल्सन का चेहरा लाल हो उठा- 'फ्रेंक जरूर जीतेगा।' वह जरा ऊंची आवाज में बोला- 'देख लेना-सैंकी तो पहले ही घबराया जा रहा है। अखाड़े में कूदने से पहले ही वह ठंडा होकर रह जाएगा। फ्रेंक ने मार-मारकर उसका हुलिया बिगाड़ देना है।'

गर्नी अपना गिलास फिर से भरने के लिए मुड़ा। वह सोचने लगा-इस प्रकार की बातचीत से तो काम नहीं बनेगा। उसने विल्सन का कोट थपथपाया और बोला- 'तुम्हें शायद अभी तक यह नहीं मालूम दोस्त कि इस बार सैंकी ने जो नया दांव सीखा है, उसके द्वारा वह फ्रेंक तो क्या किसी भी नामी मुक्केबाज को आंखों पर पट्टी बांधकर भी पराजित कर

सकता है। घबराया हुआ-सा तो वह इसलिए दिख रहा है कि वह लोगों को आश्चर्यचकित कर देना चाहता है। अब तो तुम उचित खिलाड़ी पर शर्त लगाओ दोस्त।'

विल्सन का अपना आत्मविश्वास डिगने लगा- 'क्या सच में ही तुम ठीक कह रहे हो? तुम मजाक तो नहीं कर रहे हो?'

गर्नी ने फ्रीडमैन की ओर देखकर आंख दबाई-लो भई कर लो बात।' वह बोला- 'जरा सुनना तो-यह हजरत मुझसे यह पूछ रहे हैं कि मैं इनके साथ कोई मजाक तो नहीं कर रहा हूं। वाह!'

फ्रीडमैन बोला- 'मैं चाहता हूं निक, कि अखाड़े में जाने से पहले तुम्हारा पट्ठा इस डिल्लन की भी जरा मिजाजपुर्सी कर दे। इसका दिमाग भी आसमान पर चढ़ा जा रहा है।'

'डिल्लन-कौन डिल्लन।' गर्नी ने अपनी पलकें झपकाते हुए पूछा- 'यह कौन है?'

सब लोग उसे डिल्लन के बारे में बताने के लिए आगे बढ़ आए। गर्नी दीवार के साथ पीठ सटाए हाथ में गिलास थामे शांति से सुनता रहा। अंत में बोला- 'अबी इतना बेवकूफ तो नहीं हो सकता और यह डिल्लन भी इतना बदमाश नहीं होगा। अबी ने कुछ सोच-समझकर ही उसे अपने स्टोर में नौकरी दी होगी।'

'पर उसने गोल्डवर्ग को धोखा दिया है।' फ्रीडमैन बोला।

गर्नी अब फ्रीडमैन से तंग आ चुका था। उसने अपना कोट ठीक किया और फिर काउंटर पर झुककर सामने वाली दीवार में लगे शीशे में देखकर अपना हैट ठीक किया- 'ठीक है।' वह बोला- 'मैं अबी से मिलने जा रहा हूं। एक नजर उस बदमाश डिल्लन पर भी डाल दूंगा।'

फ्रीडमैन ने दांत चमकाए- 'जरूर-जरूर।' वह बोला। वह गर्नी से दुश्मनी मोल नहीं लेना चाहता था।

गर्नी गली पार करके स्टोर में दाखिल हुआ। इस समय ग्राहकों की भीड़ नहीं थी। काउंटर के पीछे से डिल्लन उठकर खड़ा हो गया। उसने अपने दोनों हाथ काउंटर पर रख लिए। काउंटर के दोनों सिरों पर टीन के डिब्बों के मीनार-से चुने हुए रखे थे। डिल्लन ने अबी का सूट पहन रखा था, जो लगभग उसे फिट बैठ रहा था। उसने शेव भी भली-भांति बनाई हुई थी।

कुछ दिन पहले जब वह बुरी हालत में इस शहर में दाखिल हुआ था, उसके मुकाबले में आज वह काफी कुछ भिन्न दिखाई दे रहा था।

उसने शक भरी दृष्टि से गर्नी की ओर देखा। उसकी निगाहें देखकर गर्नी सोचने पर मजबूर हो गया कि वास्तव में ही डिल्लन एक कठोर व्यक्ति था।

'अबी यहीं है क्या?' उसने पूछा।

डिल्लन ने सिर हिलाया और संक्षिप्त-सा जवाब दिया- 'बाहर गया है।'

'ओह-ये तो बुरा हुआ। मैं अबी से बात करना चाहता था।' गर्नी ने कहा। डिल्लन की ओर देखकर वह कुछ नर्वस होने लगा था।

कुछ क्षण की खामोशी के बाद उसने फिर कहा- 'क्या काफी समय बाद लौटेगा?'

'हो सकता है।' कहते-कहते डिल्लन पीछे हटने लगा।

गर्नी ने सोचा, इसे कुछ और कुरेदना चाहिए-इसलिए उसने पूछा- 'तुम यहां शायद नए-नए आए हो?'

डिल्लन ने अपनी बांह खुजलाई। उसकी बात का उत्तर न देकर उसने पूछा- 'तुम ही वह आदमी हो न जो सैंकी की देखभाल कर रहा है?'

गर्नी ने कुछ गर्व-सा महसूस किया। 'हां।' वह बोला- 'मैं ही उसकी देखभाल कर रहा हूं।'

'उस छोकरे को क्या हो गया है?'

'क्या मतलब? क्या हो गया है उसे-कुछ भी तो नहीं हुआ है।' गर्नी ने अचकचाते हुए कहा।

'तुम खूब जानते हो। वह बेचारा तो पीला पड़ता जा रहा है। आखिर किस बात की चिंता है जो उसे खाए जा रही है।'

गर्नी असमंजसपूर्ण मुद्रा में खड़ा रहा-फिर बोला- 'देखो, इस प्रकार की बातें मुझे अच्छी नहीं लगतीं।'

डिल्लन काउंटर के पीछे से थोड़ा ओर आगे झुक आया- 'मुझ पर रोब डालने की कोशिश मत करो-मुझे बताओ, उसे होता क्या जा रहा है?'

गर्नी एक बार फिर अस्वस्थ-सा उठा। डिल्लन के व्यक्तित्व से छलकती हिंसा तथा खतरनाक शक्ति उसे प्रभावित किए दे रही थी।

'फ्रेंक ने उसे बुरी तरह से भयभीत करके रख दिया है।' आखिरकार उसने उत्तर दिया।

डिल्लन ने सहमति में सिर हिलाया- 'क्या वह जीत पाएगा?' उसने पूछा।

'सैंकी! ओह-मेरे विचार से तो वह नहीं जीत पाएगा।' गर्नी ने गुस्से भरे स्वर में उत्तर दिया- 'मैंने उस छोकरे पर काफी मोटी रकम दांव पर लगा रखी है।'

डिल्लन उसे गौर से देखता हुआ बोला- 'मेरे विचार से मैं इस मुक्केबाजी को संभाल सकता हूं।'

'तुम संभाल सकते हो।' गर्नी ने अविश्वास भरे स्वर में कहा।

'निस्संदेह-क्यों नहीं।' डिल्लन दरवाजे के पास तक आ गया। उसने बाहर गली में झांका, फिर वापस उसी जगह आ पहुंचा।

'इस प्रकार की कुश्ती संभालने के बारे में तुम क्या जानते हो?' गर्नी ने अविश्वास भरे स्वर में पूछा।

'बहुत कुछ।' डिल्लन ने उत्तर दिया। फिर थोड़ी देर की खामोशी के बाद उसने कहा- 'मैं भी फिर से दौलत कमाने के साधन की तलाश में हूं।'

गर्नी की दिलचस्पी एकदम से बढ़ गई- 'मान लो आज रात तुम आकर बच से मिलो तो कैसा रहे। मेरे विचार से बच होगन से बात कर लेना तुम्हारे लिए ज्यादा अच्छा रहेगा, इस बारे में।'

'होगन!' डिल्लन ने क्षण-भर विचार करने के बाद कहा- 'होगन वही है न, वही बूढ़ा पुराना बॉक्सिंग चौंपियन।'

'हां-हां, बिलकुल वही। वह शहर के बाहर ही रहता है। वह अंधा हो चुका है। बेचारा...।'

'ओह...वाकई बेचारा... किसी जमाने में उसके नाम का डंका बजता था।'

'तुम आओगे?'

'विचार तो यही है। और भी कोई ऐसा व्यक्ति है, जिसे सैंकी की जीत में रुचि हो?'

'हां-हैंक है-वह उसका ट्रेनर है और फिर उसका मैनेजर अल मोर्गन भी है। दोनों आदमी सैंकी की जीत में रुचि रखते हैं।

'उन दोनों को भी वहां पहुंचने के लिए कहो। सैंकी को मत लाना। वह इस चक्कर से अलग ही रहे तो ज्यादा अच्छा है।'

'ठीक है।' गर्नी ने कहा- 'मैं रात को तुम्हें ले जाऊंगा।'

गर्नी ने इनकार में सिर हिलाया– 'मेरी चिंता मत करो। मैं खुद ही वहां पहुंच जाऊंगा।'

स्टोर के बीचों-बीच असमंजस में डूबे गर्नी को वहीं खड़ा छोड़कर डिल्लन काउंटर के पीछे चला गया। थोड़ी देर बाद गर्नी भी बाहर निकलकर धूप में आ गया।

डिल्लन ने उसे बुरी तरह झिंझोड़कर रख दिया था। इतना तो वह समझ ही गया था कि डिल्लन नामक यह आदमी कोई साधारण बदमाश नहीं था। इससे गर्नी थोड़ा भयभीत भी हो गया था।

वह डिल्लन के बारे में सोचने में इतना व्यस्त था कि सामने से आती हुई मीरा होगन की ओर उसका ध्यान नहीं गया। मीरा ने अपनी चाल तेज कर दी। इससे पहले कि वह गर्नी को आवाज दे पाती, गर्नी कार में बैठकर आगे बढ़ चुका था।

मीरा को इस बात की खुशी थी कि गर्नी ने उसे नहीं देखा था। कपड़े पहनने में उसने आज विशेष सावधानी से काम लिया था। उसने अपना फूलों वाला लिबास खूब अच्छी तरह से धोकर उसे प्रेस किया था। सूत का वह लिबास थोड़ा सिकुड़ तो जरूर गया था, पर लाइट पोशाक में मीरा होगन की सुंदरता और भी ज्यादा निखर उठी थी। उसके घने काले बाल धूप में चमक रहे थे और गर्दन तक झूल रहे थे। नकली रेशम की जुराबें भी प्रेस किए जाने के कारण साफ दिखाई दे रही थीं और जूते भी चमक रहे थे। मीरा डिल्लन को देखने के इरादे से इस ओर आई थी।

जिस दिन से डिल्लन शहर में आया था, मीरा को उसके बारे में मालूम हो गया था। वह जान-बूझकर अब तक उसे देखने नहीं आई थी। वह चाहती थी कि पहले शहर की तमाम औरतें उसे देख लें, फिर वह उसे अपनी झलक दिखाएगी। गली में आगे बढ़ती हुए वह महसूस कर रही थी कि वह लोगों की निगाहों के आकर्षण का केंद्र बनी हुई थी। लोग मुड़-मुड़कर उसकी ओर देख लेते थे। उसका विचार था कि वह डिल्लन को भी बुरी तरह से प्रभावित कर लेगी।

वह लकड़ी के फर्श पर अपनी एड़ियां ठकठकाती खाली स्टोर में प्रविष्ट हुई। दरवाजे में से अंदर आते हुए कुछ क्षण के लिए वह एक तेज रोशनी के नीचे ठिठकी, फिर धीरे से गर्दन घुमाकर देखा।

यह उसकी एक कामयाब अदा थी। जिसे वह कई बार प्रयोग में ला चुकी थी। अपने पतले लिबास में इस समय वह काफी कुछ दर्शा रही थी।

डिल्लन ने नजरें उठाकर उसकी ओर देखा– 'रोशनी के हॉल से बाहर आ जाओ बेबी।' वह सामान्य स्वर में बोला। 'मैं यह सब कुछ कई बार पहले भी देख चुका हूं-मेरे लिए यह कोई नई चीज नहीं है।'

यदि वह उसे जोरदार चांटा भी मार देता तो भी शायद मीरा इतने गुस्से में न हुई होती। कुछ कदम आगे बढ़कर वह छाया में आ गई और गुस्से भरी आवाज में बोली– 'तुम्हें इतना घटिया मजाक मेरे साथ करने की हिम्मत कैसे हुई? तुम समझते क्या हो अपने आपको?'

डिल्लन ने अपने मुंह में लगा हुआ गम का टुकड़ा चबाया– 'तुम्हें क्या चाहिए?' उसने सामान्य स्वर में पूछा।

'कैसे सेल्समैन हो तुम! क्या ग्राहकों के साथ ऐसा बेहूदा मजाक किए जाते हैं।' मीरा अपने पर्स को दबोचते हुए बोली– 'सुनो, यदि तुम अपनी इस नौकरी से हाथ नहीं धोना चाहते हो तुम्हें स्वयं को सुधारना होगा।'

'बकवास बंद करो।' डिल्लन बोला– 'सेक्स की भूखी एक कच्ची उम्र की छोकरी के मुंह से मैं इतनी उपेक्षा भरी बातें सुनने को तैयार नहीं हूं। तुम्हें जो कुछ खरीदना है खरीदो और फिर यहां से फूट लो।'

गुस्से से मीरा का चेहरा लाल हो उठा। वह तीन कदम आगे बढ़ी ओर उसने डिल्लन के चेहरे पर एक जोरदार चांटा रसीद कर दिया। उसका अंग-अंग गुस्से से सुलगने लगा था। डिल्लन ने अपना हाथ आगे बढ़ाया और उसकी कलाई पकड़ ली।

मीरा ने कलाई छुड़ाने की भरपूर कोशिश की-किंतु कामयाब न हो सकी। डिल्लन के हाथ की फौलादी पकड़ से विवश वह घृणाभरी नजरों से उसे देखती भर रह गई। अंत में उसने कहा– 'मैं अपने डैडी से तुम्हारी शिकायत करूंगी।'

डिल्लन ने उसकी बांह को घुमाकर उसे स्टोर के बीच धकेल दिया– 'जरूर करना-और अब भाग जाओ।' वह बोला।

मीरा का चेहरा क्रोध से और भी वीभत्स हो उठा– 'तुम गंदी कुतिया के पिल्ले... मैं देखती हूं तुम्हें हरामजादे-मेरे डैडी तेरी हड्डियों का सुरमा बना देंगे-गलीज कहीं के।' क्रोध से मीरा का गला रुंध गया।

'यह सब क्या हो रहा है?' दरवाजे पर आंखें फाड़-फाड़कर देखते हुए अबी ने पूछा। वह न जाने कब आ पहुंचा था।

मीरा घूमकर उसकी ओर मुड़ी। 'इस पागल को यहां क्यों रख छोड़ा है तुमने? इसने मेरा बहुत अपमान किया है?'

डिल्लन तेजी से काउंटर के पीछे से निकल आया। उसने मीरा का हाथ पकड़ा और उसे घसीटता हुआ दरवाजे तक खींच लाया-फिर उसने उसके कूल्हों पर एक थप्पड़ रसीद किया और बाहर की ओर धकेल दिया।

मीरा बाहर की ओर दौड़ गई। उसने पीछे मुड़कर भी नहीं देखा।

अबी अपने बाल नोंचकर रह गया। वह चीखता हुआ बोला- 'यह तुमने क्या कर डाला है? जानते हो वह बच हेगन की लड़की है। बूढ़ा अब यहां कयामत ही बरसा देगा।'

डिल्लन तब तक माचिस स्टोर में आ चुका था। वह बोला- 'भूल जाओ उसे। मैं अपनी ओर घूरती इन कुतियों से तंग आ चुका हूं। ये समझती हैं कि मैं जैसे किसी दूसरे लोक से आया हुआ प्राणी हूं।'

इस गुस्से में अबी डिल्लन के प्रति अपने भय को भी भूल गया। वह तेजी से बोला- 'और मेरे धंधे का क्या होगा? लोग क्या कहेंगे? वे लोग यहां इसलिए तो नहीं आते कि तुम्हारे हाथों मार खाएं। इससे तो मेरा बेड़ा ही गर्क हो जाएगा।'

'बस-बस-अब भूल भी जाओ।' डिल्लन बोला- 'इससे तुम्हारे व्यापार पर लेश मात्र भी प्रभाव नहीं पड़ेगा। मैं दावे के साथ कह सकता हूं कि वह बदमाश छोकरी सारे शहर में बदनाम होगी। तुम्हें परेशान होने की जरूरत नहीं है। यह बात किसी को भी पता नहीं पड़ पाएगी, क्योंकि इस तरह की छोकरियां यह बताने में अपनी अहित समझती हैं कि वह फलां आदमी द्वारा पीटी गई हैं-इसलिए इस वाकये को भूल जाओ। ठीक है।'

असंतुष्ट अबी स्थिर खड़ा रहा।

❖❖❖

वे सब लोग बच के बरामदे में बैठे डिल्लन के वहां पहुंचने की प्रतीक्षा कर रहे थे। चंद्रमा की चांदनी खिड़कियों द्वारा बरामदे में पड़ रही थी।

मीरा ऊपर की मंजिल की खिड़की के साथ चिपककर खड़ी थी। उसे

भी डिल्लन के पहुंचने की प्रतीक्षा थी। रो-रोकर सूजी हुई उसकी आंखें नीचे सड़क पर टिकी थीं। उसके मन में डिल्लन के प्रति घृणा भरी हुई थी और इसी घृणा से उसका सारा जिस्म अकड़ा जा रहा था।

सहसा बच ने अपनी कुर्सी पर पहलू बदला, और बोला- 'लानत है-आखिर यह आदमी है कौन?'

और यही प्रश्न बाकी के लोग भी बार-बार अपने दिमाग में दोहरा रहे थे।

'मुझे नहीं मालूम।' गर्नी ने उत्तर दिया- 'हो सकता है कि वह हमें इस बखेड़े से निकालने में कामयाब हो जाए, इसीलिए मैंने सोचा था कि कोशिश कर देखने में आखिर हर्ज ही क्या है?'

हैंक, जो जरा अंधेरे में बैठा था, बोल उठा- 'सैंकी की हालत तो बड़ी पतली हो रही है। वह मुंह से तो कुछ नहीं कहता-पर बैठा-बैठा सोचता ही रहता है। फ्रेंक ने तो उसको बुरी तरह भयभीत कर दिया है।'

डिल्लन अंधेरे में से निकलकर सीढ़ियों तक आ गया था। मीरा को, जो कि विशेष रूप से उसे देखने के लिए सड़क पर नजरें टिकाए बैठी थी, वह दिखाई न दिया।

उसके वहां पहुंचने तक चारों व्यक्ति खामोश बैठे थे। फिर गर्नी ने मौन तोड़ा- 'यह डिल्लन है।' उसने उनको बताया।

बच उठ खड़ा हुआ। वह उस छोटी-सी मेज के पास आ गया, जहां शराब की बोतल और गिलास रखे थे। उसने अपना हाथ आगे बढ़ा दिया।

'तो तुम हो डिल्लन!' बच उससे हाथ मिलाने के लिए आगे बढ़ा। उसके स्वर में हल्का-सा व्यंग्य था।

डिल्लन ने उसकी ओर देखा। उसके बढ़े हुए हाथ की ओर देखा और उसे नजरअंदाज कर गया।

बच ने व्याकुल होकर अपना पंजा आगे बढ़ाया। वह बोला- 'लाओ, मुझे अपना हाथ देखने दो। मैं जानता हूं कि तुम कैसे आदमी हो?'

डिल्लन की आंखों में चमक आ गई। उसने अपना हाथ बच के हाथ पर रख दिया। बच ने उसका हाथ बुरी तरह भींच लिया। उसने अपनी समूची ताकत से डिल्लन का हाथ दबाना शुरू किया। यहां तक कि उसके हाथ की नसें तनकर रह गईं।

डिल्लन के माथे पर पसीने की बूंदें उभर आईं। उसने अपना पांव पीछे

हटाया और बाएं हाथ के मुक्के का भरपूर वार बच की मोटी गर्दन पर कर दिया।

बच के मुंह से अजीब-सी आवाज निकली और वह लड़खड़ाकर पीछे हट गया। गर्नी फौरन उठ खड़ा हुआ। उसने बच को सहारा दिया और उसे गिरने से बचा लिया।

डिल्लन ने अपनी उंगलियां सहलाईं। वह स्थिर खड़ा बच की ओर देखता रहा-फिर सामान्य स्वर में बोला- 'देख लिया-मैं इस प्रकार का आदमी हूं।'

बच उंगलियों से अपना गला सहलाता हुआ बैठ गया। यह पहला मौका था, जब किसी ने उस पर इतना करारा वार किया था। मुक्केबाजी के दौरान वह अकसर अपने प्रतिद्वंद्वी पर हावी रहता था। हालांकि वह कभी का बॉक्सिंग से रिटायर हो चुका था-लेकिन उसमें अभी काफी दम-खम बरकरार था।

अपनी सांसों को ठीक करते हुए अंत में वह बोला- 'हां-यह आदमी ठीक है-इसे मुक्केबाजी का तजुर्बा है।'

डिल्लन थोड़ा आगे बढ़ आया- 'अगर हम अंदर चलकर बातें करें तो कैसा रहे?' उसने पूछा।

बच ने सहमति में सिर हिलाया। सब लोग खामोशी से अंदर घुस गए। खिड़की के पास खड़े होकर डिल्लन ने कहा- 'बैठ जाओ!'

'क्यों न शराब का एक-एक पैग ले लिया जाए।' गर्नी बोला- 'बाहर मेज पर व्हिस्की की बोतल रखी है।'

डिल्लन ने उसकी ओर देखा- 'मैं शराब नहीं पिया करता।' वह बोला- 'अब मतलब की बात पर आओ। इस समय शराब से ज्यादा महत्त्वपूर्ण है कि तुम्हारा छोकरा सैंकी कैसे जीते। फ्रेंक ने तुम्हारे छोकरे को बहुत ज्यादा भयभीत कर रखा है और तुम लोगों ने जीतने की इच्छा से सैंकी पर अपनी धनराशि लगा रखी है। पर सवाल यह है कि क्या सैंकी जीत पाएगा। मेरा तो ख्याल है कि यदि कभी फ्रैंक इतना कमजोर हो जाए कि एक बच्चा भी उसे धक्का मारकर गिरा दे-तभी तुम्हारा यह पट्ठा सैंकी फ्रैंक से जीत पाएगा-वरना नहीं। मैं ठीक कह रहा हूं न?'

गर्नी ने सहमति में गर्दन हिलाई- 'हां-तुम्हारा विचार ठीक है।' वह बोला।

'तुम लोग कुछ पैसों का इंतजाम कर सकते हो?'

सब लोगों की दृष्टि मोर्गन पर केंद्रित हो गई। वह सबसे ज्यादा दुबला-पतला और कठोर चेहरे वाला था।

'कितना?' वह बोला- 'हो सकता है, मैं कुछ इंतजाम कर सकूं।'

'पांच सौ डालर।' डिल्लन बोला- 'यदि तुम पांच सौ डालर मुझे दो तो मैं इस कुश्ती को संभाल सकता हूं।'

सब लोगों के मुंह से ठंडी आह-सी निकली। फिर गर्नी बोला- 'यह तो बड़ा महंगा सौदा है। फिर इस बात की क्या गारंटी है कि तुम यह कुश्ती जितवा ही दोगे?'

डिल्लन ने अपनी गर्दन खुजलाई-वह बोला- 'पागल मत बनो। मैंने कहा न, मैं यह कुश्ती संभाल सकता हूं। इसका यही अर्थ है कि तुम्हारा पहलवान जीत जाएगा। तुम लोग जितना भी दांव लगाना चाहो, लगा सकते हो। मेरा दावा है, तुम्हारा ही पट्ठा जीतेगा।'

मोर्गन थोड़ा आगे झुक आया- 'पर हम लोग तो तुम्हें अच्छी तरह से जानते भी नहीं हैं। पहले मैं जानना चाहूंगा कि तुम हो कौन?' उसने पूछा।

डिल्लन ने पलकें उठाकर उसकी ओर देखा- 'तुम लोग मेरे बारे में बहुत कुछ जानने के लिए उत्सुक हो शायद।' वह बोला- 'पर तुम लोग चिंता मत करो, मैं तुम्हें यकीन दिलाता हूं कि इससे पहले भी मैं ऐसे कई मामले निपटा चुका हूं। पर यह तुम लोगों के ऊपर निर्भर करता है कि मेरी बात का यकीन करो या न करो।'

मोर्गन ने अपने तीनों साथियों की ओर देखा-फिर बोला- 'ठीक है, यदि सैंकी जीत जाता है तो मैं तुम्हें यह रकम दे दूंगा।'

डिल्लन ने अपने दांत चमकाए- 'तुम पांच सौ डालर का दांव मेरी ओर से सैंकी पर लगाओगे और तुम्हें धनराशि उसी समय देनी पड़ेगी, जब मैं कहूंगा। समझे?'

क्षण-भर के लिए मोर्गन सोच में पड़ गया-फिर उसने कहा- 'ठीक है।'

चारों व्यक्ति अब डिल्लन के आत्मविश्वास में हिस्सा बंटाने लगे थे।

डिल्लन ने मेज पर उंगली टिकाई और बोला- 'सुनो-मेरी जेब इस वक्त करीब-करीब खाली है और मुझे इस काम में खर्चे-पानी के लिए कुछ रकम की जरूरत पड़ेगी। तुम लोग अपनी-अपनी जेबें टटोलो-देखें कितनी रकम का जुगाड़ हो पाता है।'

सबके मिलाने पर एक सौ डालर की रकम इकट्ठी हो गई। डिल्लन ने रकम उठाकर जेब के हवाले की। गर्नी बाहर बरामदे में पहुंचा और वहां से शराब की बोतल और गिलास उठा लाया। डिल्लन को छोड़कर सबने एक-एक बड़ा पैग हलक के नीचे उतार लिया।

बच बोला- 'जरा हम लोग भी सुन लें-तुम आखिर इस काम को संभालोगे कैसे?-

डिल्लन ने मेज पर उंगलियां ठकठकाई। वह बोला- 'मैं फ्रेंक से कहूंगा कि वह यह बाजी जान-बूझकर हार जाए।'

'और वह जैसे तुम्हारी बात मान ही लेगा।' बच ने किंचित व्यंग्य से कहा- 'जवाब में दांत तोड़कर रख देगा वह तुम्हारे।'

डिल्लन ने इनकार में सिर हिलाया- 'वह ऐसा कुछ भी नहीं कर सकेगा।' वह बोला। उसने अपनी कुर्सी जरा पीछे को खिसकाई- 'मेरे विचार से बस इतना कुछ ही काफी है। अब ये बातें मुझे पर छोड़ दो कि मैं उसे कैसे संभालता हूं, तुम लोग अब जा सकते हो-मुझे बच से कुछ बातें करनी हैं।'

बच को छोड़कर शेष सब लोग उठ खड़े हुए।

'अच्छा, फिर मिलेंगे।' गर्नी बरामदे की ओर जाते हुए बोला।

'हां!' डिल्लन ने सहमति में सिर हिलाते हुए कहा- 'कल आ जाना।'

उन तीनों के चले जाने तक दोनों में से कोई कुछ न बोला। डिल्लन ने दरवाजा बंद कर दिया और बच के नजदीक आकर बैठ गया।

'इस प्रकार मुक्केबाजी का दांव लगाना तुमने कहां से सीखा?' बच ने पूछा। उसे अभी तक भी अपने पर किया गया प्रहार याद था।

डिल्लन ने कंधे उचकाए- 'इस बात को छोड़ो।' वह बोला- 'मुझे तुमसे कुछ बातें करनी हैं। इस खंडहर में हम दोनों के अलावा और कोई तो नहीं है?'

होगन ने सिर हिलाया- 'मेरी बेटी है, ऊपर सो रही है।'

'मैं इस शहर में कुछ कमाई का धंधा करना चाहता हूं।' डिल्लन बोला- 'तुम मेरे काम में साझेदारी करना चाहोगे-बोलो?'

बच ने अपनी नाक खुजाई- 'जब तक तुम अपने सारे पत्ते मेरे सामने खोलकर नहीं रख दोगे, मैं 'हां' कैसे कर सकता हूं।'

डिल्लन ने धीमी आवाज में कहा- 'सुनो, कभी मैं नेल्सन के गिरोह का गनमैन हुआ करता था।'

दरवाजे के साथ लगी मीरा ने ये शब्द सुने-वह कांप उठी।

बच थोड़ा अस्वस्थ हो उठा- 'वह तो बड़ा दुर्दांत बदमाश था और तुम उसी के गनमैन थे।'

'हां!' डिल्लन व्यंग्य भरे स्वर में बोला- 'नेल्सन मूर्ख था। उसकी मूर्खता ही उसे ले डूबी और अब मैं छुपता फिर रहा हूं-पर अब कुछ मामला ठंडा पड़ता जा रहा है। मैं चाहता हूं कि इस शहर से ज्यादा-से-ज्यादा धनराशि बटोर लूं। बोलो क्या विचार है-करते हो मेरे साथ पार्टनरशिप?'

'तुम तो मुझे इस ढंग से बता रहे हो-जैसे तुम्हें पक्का यकीन हो कि मैं इस पर फौरन रजामंद हो जाऊंगा।'

डिल्लन ने सिर हिलाया- 'मुझे मालूम है कि तुम एक चतुर खिलाड़ी हो। आंखें खो बैठे हो तो क्या हुआ-दिमाग तो तुम्हारा अब भी काफी तेज है।'

'तुम इस मकान का प्रयोग करना चाहते हो?' बच ने कहा- 'ताकि प्रदेश की सीमा के निकट मुझे कवर के रूप में इस्तेमाल कर सको। बोलो, यही बात है न?'

'हां!' डिल्लन ने निश्चिंतता की सांस भरी- 'तुम वाकई चतुर हो। मैं यही कुछ करना चाहता हूं। मैं सीमा के इस ओर कोई गड़बड़ी नहीं करना चाहता। मैं तो सीमा के उस पार हल्का-सा हमला करके वापस आ जाना चाहता हूं। यह मकान मेरे लिए ज्यादा सुरक्षित रहेगा, समझ गए?'

बच ने कुछ क्षण सोचा-फिर पूछा- 'तुम्हें दी जाने वाली इस सहूलियत के बदले मुझे क्या कुछ मिलेगा?'

'जो कुछ भी मैं हासिल करूंगा, उसका एक-चौथाई हिस्सा।'

'ठीक है।' बच ने सहमति जताई। कुछ क्षण दोनों में से कोई नहीं बोला-फिर सहसा डिल्लन ने पूछा- 'यह गर्नी कैसा आदमी है?'

'मेरे विचार में तो ठीक ही है।' बच बोला- 'गर्नी भी मोटे माल के चक्कर में है। उसे इस बात की परवाह नहीं है कि दौलत बटोरने में उसे क्या करना पड़ेगा। मेरे विचार में वह साथ देने के लिए तैयार हो जाएगा।'

'मैं उससे बाद में बात करूंगा।' डिल्लन बोला- 'अब तुम फ्रेंक के बारे में सुन लो। उससे निपटने का मुझे एक कारगर तरीका सूझा है और वह यह है कि उसे बुरी तरह भयभीत कर दिया जाए। उसे यह बात समझा देनी पड़ेगी कि यदि वह जानबूझकर नहीं हारा तो फिर उसकी खैर नहीं। इसमें

सबसे पहले हमें इलाके के पुलिस चीफ को अपनी ओर मिलाना पड़ेगा। तुम यहां के पुराने बाशिंदे हो–तुम्हें अच्छी तरह से मालूम होगा कि वह किस टाइप का व्यक्ति है।'

'वह मेरा जिम्मा रहा।' बच बोला– 'मैं उसे अच्छी तरह से जानता हूं। एक सौ डालर की खातिर वह अपनी आत्मा तक को बेचने के लिए तैयार हो जाएगा। उसे तो मनाया जा सकता है।'

'तो फिर उसे रजामंद कर लो। मैं सामने नहीं आना चाहता। उसे भी यही सलाह दो कि वह भी सैंकी पर ही दांव लगाए। उसे यह भी बता दो कि इस मुकाबले में हार–जीत पहले से ही निश्चित है। यदि फ्रेंक अपनी सुरक्षा के लिए चीखे–चिल्लाए तो वह उसकी बात पर ध्यान न दे।'

बच ने सहमति में सिर हिलाया।

डिल्लन ने अपनी जेब से सौ डालर के नोट निकाले और उनमें से पचास गिनकर बच के सामने बढ़ा दिए– 'लो, ये पचास डालर थामो।' वह बोला– 'और उसे सैंकी के ऊपर दांव लगाने के लिए दे देना।'

'बच ने नोट जेब में डालने से पहले भली भांति टटोले–फिर जेब के हवाले करता हुआ बोला– 'मुझे विश्वास है कि तुम इस कुश्ती प्रतियोगिता को संभाल लोगे। मैं अपना सब कुछ इसी कुश्ती पर दांव पर लगा रहा हूं।'

'तुम्हें निराशा नहीं होगी।' डिल्लन ने दिलासा दी– 'देख लेना सब ठीक हो जाएगा।' डिल्लन उठा और दरवाजे की ओर बढ़ गया।

दरवाजे के साथ चिपकी खड़ी मीरा दबे पांव सीढ़ियां पार करके कमरे में पहुंची। बत्ती जलाए बगैर उसने अपना लिबास बदला और खिड़की के पास आ खड़ी हुई। उसने देखा, सड़क पर डिल्लन सतर्कतापूर्वक इधर–उधर देखता हुआ आगे बढ़ रहा था। देखते–देखते वह अंधकार में विलीन हो गया।

मीरा कुछ देर खिड़की के पास खड़ी अंधकार में घूरती रही–चंद्रमा की रोशनी उसके चेहरे पर पड़ रही थी और उसके नग्न शरीर पर हवा की गर्मी महसूस हो रही थी। वह बिस्तर पर लेट गई–लेकिन उसे नींद नहीं आ सकी। उसकी सोचों में अब भी डिल्लन का मिट्टी के रंग का चेहरा अटका हुआ था। उसकी डांट भरी आवाज अब भी उसके कानों में गूंज रही थी। उसके द्वारा रसीद किया थप्पड़ अब भी उसके शरीर को जलाए दे रहा था और

पीड़ा के प्रतिस्वयप वह अब भी बिस्तर पर करवटें बदल रही थी। उसके खंडित हुए गर्व को शांत करने के लिए उसे नींद भी नहीं आ रही थी।

उसने सुबकना शुरू कर दिया। गर्म-गर्म आंसू उसके गालों पर से होते हुए नीचे गिरने लगे। तभी उसकी मुट्ठियां भिंच गईं और वह रोते हुए स्वर में चिल्लाई- 'मैं तुमसे घृणा करती हूं हरामजादे। तुम पाजी, कमीने-देखना कुतिया के पिल्ले, मैं तुम्हारी क्या दुर्दशा करती हूं।'

❖❖❖

गर्नी कार चला रहा था और डिल्लन उसके साथ वाली सीट पर बैठा हुआ था।

गर्नी पूरी सावधानी से कार चला रहा था। गड्ढों भरी ऊंची-नीची खराब सड़क पर कार चलाने में उसे काफी सावधानी बरतनी पड़ रही थी। एक ही गड्ढा उसकी कार के एक्सल को तोड़ सकता था। डिल्लन ने अपनी आंखों पर हैट झुकाया हुआ था। थोड़े-थोड़े अरसे बाद गर्नी उसकी ओर देख लेता था। डिल्लन ने उसे बुरी तरह से असमंजस में डाल दिया था। उसे यूं महसूस हो रहा था, जैसे डिल्लन के साथ काम करके वह चंद दिनों में धनवान व्यक्ति होने वाला था। धन का विचार आते ही वह संकोचवश सिकुड़-सा गया और डिल्लन पर विश्वास न करने पर उसे खीझ-सी पैदा होने लगी।

यह डिल्लन और बच की मुलाकात के दूसरे दिन शाम की बात थी। डिल्लन के स्टोर बंद करने के बाद गर्नी ने उसे साथ ले लिया था और अब वह सीमा पार उस शहर की ओर बढ़ रहे थे, जहां फ्रेंक रहता था। दोनों फ्रेंक से मिलकर उसे समझाना चाहते थे, ताकि वह इस प्रतियोगिता में जान-बूझकर सैंकी से हार जाए।

सहसा डिल्लन बोला- 'सुनो-इस छोकरे को तुम्हीं ने संभालना होगा। मैं उसे कुछ नहीं कहूंगा। तुम्हें पता ही है कि तुमने उससे क्या कहना है। कोई झगड़ा-फसाद मत करना। बस उसे डांटते भर रहना। मैं तुम्हारे पास ही रहूंगा। वह तुम पर हाथ नहीं उठा पाएगा।'

गर्नी कार की रोशनी में रेतीली सड़क की ओर देखता हुआ बोला- 'परंतु वह एक बॉक्सर है। उसके हाथ चलते हैं। यदि मैं कुछ ज्यादा बोल गया तो उसे गुस्सा आ सकता है और फिर वह मुझ पर पिल सकता है।'

डिल्लन ने सीट पर पहलू बदला- 'तुम केवल वैसा ही करो, जैसा मैं कहता हूं।' डिल्लन बोला- 'मैं उसे संभाल लूंगा। मैं पहले भी उससे भी कहीं ज्यादा सिरफिरों को संभाल चुका हूं।' कहते-कहते उसने अपने कोट की अंदर की जेब में हाथ डाला और एक बड़ी-सी ऑटोमैटिक पिस्तौल निकालकर गर्नी को उसकी झलक दिखाई। फिर पिस्तौल वापस कोट में डाल ली।

गर्नी चौंक उठा- 'ओह-पिस्तौल। लानत है-यह तुमने कहां से ली?'

डिल्लन ने हैट के नीचे से अपनी चमकीली आंखों से गर्नी को घूरा-फिर बोला- 'क्यों-तुम पिस्तौल से डरते हो क्या?'

गर्नी ने अपमान-सा महसूस किया-पर वह बोला कुछ नहीं-जब्त कर गया और व्याकुल भाव से होंठों पर जुबान फिराता हुआ कार चलाता रहा।

फिर सहसा उसने पूछ लिया- 'तुम उस छोकरे को ठिकाने तो नहीं लगाओगे न?'

'अगर उसने हमारा प्रस्ताव स्वीकार न किया, तो जरूर उसे ठिकाने लगाऊंगा।'

डिल्लन ने क्रूर स्वर में उत्तर दिया- 'वह पहला आदमी तो नहीं होगा, जिसे मैं अपनी गोली का निशाना बना दूंगा।'

कार ने एक हिचकोला-सा खाया। गर्नी को लगा जैसे उसके हाथों में कंपन होने लगा था। वह बोला- 'पर मैं हत्या के किसी मामले में साझेदारी करने को तैयार नहीं हूं।'

डिल्लन ने चौंककर उसकी ओर देखा-फिर हाथ बढ़ाकर झटके से कार की चाबी निकाल ली। कार एक झटके के साथ बंद हो गई। गर्नी ने तत्काल ब्रेक दबा दिया और व्याकुल भाव से पूछा- 'इस हरकत का क्या मतलब हुआ?'

डिल्लन ने अपना हैट पीछे खिसकाया और गर्नी की ओर झुकता हुआ बोला- 'सुनो-एक बात साफ तौर पर समझ लो। अब से आदेश सिर्फ मैं दूंगा और तुम उनका पालन करोगे, समझ गए। अब हम ढेर सारी धनराशि कमाने वाले हैं और कोई भी हमारे रास्ते में आकर रुकावट नहीं बन सकता। यदि किसी ने हमारे रास्ते में आने की कोशिश की तो उसे दुःख उठाना ही पड़ेगा-समझे। कुछ ही दिनों बाद इस समूचे शहर की बागडोर मेरे हाथों में होगी। अब तुम सोच लो। यदि मेरा साथ देना चाहो, तो ठीक है वरना

हमारे-तुम्हारे रास्ते बिलकुल अलग-अलग हैं। पर यह सोच लेना, तुम हमारे बहुत से भेद जान गए हो। हमसे मेरा मतलब है कि बच भी मेरे साथ है। इसलिए किसी अंधेरी रात में कोई गोली तुम्हारा सीना तोड़ जाए, इस बात को अच्छी तरह से समझ लेना। मैं फिर कहे दे रहा हूं, अक्ल से काम लो। हमारा साथ देने में ही तुम्हारी भलाई है।'

गर्नी पीला पड़ गया। बुझे दिल से वह बोला- 'ठीक है, जैसा तुम कहोगे मैं वैसा ही करूंगा। तुम अपना काम जारी रखो।'

डिल्लन ने गहरी ठंडी निगाहों से उसे घूरा, फिर बोला- 'तुम जैसी बातें करने वाला एक और भी चतुर व्यक्ति था, जिसने बाद में अपने विचार बदल दिए थे। जानना चाहते हो कि उसकी क्या गति बनी थी। बेचारा एक रात जब वह एक गली पार कर रहा था, तो एक सनसनाता चाकू उसके पेट में प्रविष्ट हो गया, उसकी अंतड़ियां बाहर निकल पड़ी थीं। किसी ने उसे चाकू मार दिया था, उसने हाथ से अंतड़ियां समेटने की कोशिश की थी, पर उसके हाथों में दम ही बाकी नहीं रहा था। उसकी अंतड़ियां बाहर ही लटकती रह गई थीं।'

'तुमको मेरे साथ ऐसा करने का कोई कष्ट नहीं उठाना पड़ेगा।' गर्नी बोला। उसकी आवाज धीमी थी, मगर उसकी बात में वजन था।

उसके बाद वे दोनों कार द्वारा आगे बढ़ते रहे।

अंत में जब उनकी कार फ्रेंक के दरवाजे के पास जाकर रुकी तो उस वक्त साढ़े दस बज चुके थे। फ्रेंक इतना पैसा नहीं कमाता था, जो आलीशान बंगले में रह सके।

दोनों दरवाजे के पास पहुंचे। गर्नी ने कॉलबैल का बटन दबाया। दूर अंदर कहीं घंटी बजने का स्वर उभरा, फिर पर्दे के पीछे से बत्ती की रोशनी दिखाई पड़ी-कोई आ रहा था।

पर्दे के पास से उन्हें एक औरत दरवाजे की ओर बढ़ती दिखाई दी। डिल्लन ने गर्नी की ओर देखकर सिर हिलाया और एक कदम पीछे हट गया।

दरवाजा खुला और एक परेशान-सी महिला दरवाजे पर खड़ी दिखाई दी।

वह युवा थी और स्वस्थ तथा सुंदर थी। उसका पहनावा सादा था और उसने अपने बाल पीछे की ओर बांध रखे थे। उस सुंदर महिला ने पूछा- 'कहिए, क्या बात है?'

'फ्रेंक अंदर है क्या?' गर्नी ने पूछा।

औरत ने सहमति में सिर हिलाया- 'हां, अंदर ही है-पर आप लोग कौन हैं?'

गर्नी ने महिला को एक ओर धकेला और अंदर घुस गया। उसके पीछे-पीछे कुछ कदम की दूरी रखते हुए डिल्लन भी दाखिल हो गया।

औरत के चेहरे पर भय के लक्षण पैदा हो गए। वह हांफती हुई चीखी- 'आखिर इस सबका मतलब क्या है? तुम किसी के घर में इस तरह जबरदस्ती से नहीं घुस सकते।'

गर्नी बैठक में आ गया। फ्रेंक एक बच्चे को थामे एक बड़ी-सी कुर्सी पर बैठा था। उसके हाथ में दूध की बोतल थमी हुई थी। फ्रेंक एक सुंदर, साफ-सुथरा नौजवान था। आज के मुक्केबाजों की तरह कुरूप नहीं था।

गर्नी के पास से भागकर फ्रेंक की ओर जाती वह औरत बुरी तरह से सहमी हुई थी। फ्रेंक ने बच्चा उसे थमाया और तेजी से उठ खड़ा हुआ। उसकी आंखों के भावों से जाहिर था कि वह उन दोनों के अप्रत्याशित आगमन से चौंक उठा था। वह अपना मानसिक संतुलन खोने के लिए तैयार नहीं था। उसके चौकन्नेपन से जाहिर था कि वह किसी भी स्थिति से निपटने के लिए पूर्णतया तैयार था।

'क्या है?' वह गर्नी की ओर देखकर गुर्राया- 'मेरे घर में इस तरह जबरदस्ती घुस आने की तुम्हारी हिम्मत कैसे हुई?'

गर्नी धीरे से मुस्कराया। फ्रेंक की फुर्ती और गठीले जिस्म को देखकर वह थोड़ा घबरा-सा गया था। वह बोला- 'अंदर तो हम आ ही गए हैं। हमें तुमसे कुछ बातें करनी हैं। बेहतर है कि यह औरत बाहर चली जाए।'

फ्रेंक ने महिला की ओर देखा- 'बैथ! तुम बच्चे को लेकर दूसरे कमरे में चली जाओ।'

वह बगैर एक शब्द बोले बच्चे को लेकर दूसरे कमरे में चली गई। बच्चे को लिटाकर तुरंत वापस लौटी और फ्रेंक के ठीक पीछे आकर खड़ी हो गई।

उसकी बड़ी-बड़ी आंखें दहशत से साफ प्रतिलक्षित हो रही थीं।

फ्रेंक ने बड़े कोमल स्वर में उससे कहा- 'डार्लिंग! तुम इस बखेड़े से दूर ही रहो। जाओ बच्चे के पास पहुंचो।'

औरत कुछ नहीं बोली, किंतु वहां से हिली तक नहीं। डिल्लन धीरे से मुस्कराया।

तब तक फ्रेंक कुछ शांत हो चुका था। वह मुस्कराया और बोला- 'तुम दोनों ने तो मुझे चौंका दिया था। भला इस प्रकार भी कोई किसी के घर में दाखिल हुआ करता है। मैं तुम दोनों की पिटाई भी कर सकता था।'

'शेखी बघारना छोड़ो फ्रेंक।' गर्नी ने रौबदार आवाज में कहा- 'तुम एक मुसीबत में फंस चुके हो।'

फ्रेंक की आंखें और अधिक सचेत हो उठीं। उसकी भुजाएं फड़कने लगीं।

'मुसीबत, कैसी मुसीबत-क्या तुम मेरे लिए कोई मुसीबत पैदा करना चाहते हो? यदि ऐसा है तो तुम्हें पछताना पड़ेगा।' वह बोला- 'साफ-साफ बताओ, तुम लोग कहना क्या चाहते हो?'

गर्नी ने एक कुर्सी घसीटी और उस पर बैठ गया। सावधानीवश उसने मेज को फ्रेंक और अपने बीच में खिसका लिया। डिल्लन दरवाजे के साथ टिका खड़ा रहा। बैथ लगातार उसकी ओर देखे जा रही थी। डिल्लन की सर्द आंखों से उसे बहुत डर लग रहा था।

'हम तुम्हें यह कहने आए हैं-।'' गर्नी सामान्य स्वर में बोला- 'कि यह प्रतियोगिता सैंकी ने ही जीतनी है।'

फ्रेंक ने होंठ गोल करके सीटी-सी बजाई- 'ओह-ऐसा! हां, वह जरूर जीत जाएगा बशर्ते कि अंतिम राउंड तक अपने पैरों पर खड़ा रह सका।' फ्रेंक बोला।

'तुम शायद समझ नहीं पाए हो।' गर्नी ने शांत स्वर में उसे समझाया- 'यह प्रतियोगिता तुम्हें जान-बूझकर हारनी होगी, समझे।'

दरवाजे के पास खड़े डिल्लन ने धीमे मगर कठोर स्वर में कहा- 'मैं कहता हूं।'

फ्रेंक ने गर्दन घुमाकर निरीक्षणात्मक दृष्टि से डिल्लन की ओर देखा।

'कौन हो तुम-क्या पागल हो गए हो? इससे पहले कि मैं तुम दोनों को उठाकर बाहर फेंक दूं, तुम दोनों यहां से दफा हो जाओ।' उसने गुस्से भरी आवाज में कहा।

कुछ देर तक खामोशी रही, फिर डिल्लन ने कठोर स्वर में कहा- 'सोच लो-यदि तुम कुश्ती को जान-बूझकर नहीं हारे तो तुम्हें ढेर सारी मुसीबतों का सामना करना पड़ेगा।'

फ्रेंक के चेहरे पर गुस्सा झलकने लगा।

'तुम्हारी यह मजाल-अच्छा तो चूहो, ये लो।' कहकर उसने फुर्ती से मेज को एक ओर धकेल दिया। गर्नी तत्काल उठ खड़ा हुआ। उसका चेहरा फीका पड़ गया। तभी बैथ चीख पड़ी। उसने डिल्लन के हाथ में एक बड़ी-सी पिस्तौल प्रकट होती देखी। फ्रेंक की भी नजरें डिल्लन के हाथ में थमी पिस्तौल पर पड़ीं और वह एकदम थम गया।

'ओह... तो ऐसी बात है।'

'बिलकुल ऐसी बात है।' डिल्लन ने विष भरे स्वर में कहा- 'अब यदि तुमने एक कदम भी आगे बढ़ाया, तो तुम्हारे पेट में बड़ा-सा छेद कर दूंगा। समझे।'

भय से सहमकर बैथ ने फ्रेंक की बांह थाम ली।

'कुछ मत करना हैरी-प्लीज! कुछ मत करो वरना यह पागल सचमुच गोली मार देगा।' वह फुसफुसाई।

डिल्लन दीवार के साथ लगा खड़ा था। गुस्से से उसके होंठ भिंचे हुए थे।

'जरा-सी भी गलत हरकत करने की कोशिश की तो फौरन शूट कर दूंगा।' वह दहाड़ा।

फ्रेंक के चेहरे पर हवाइयां उड़ने लगीं। वह हिंसा से बहुत दूर रहता था। पिस्तौल की झलक ने उसे बुरी तरह हिलाकर रख दिया था।

उसने अपनी आवाज यथासंभव संयत की और बोला- 'तुम लोग पागल हो गए हो। तुम ऐसा नहीं कर सकते।'

'खामोश!' डिल्लन हिंसक स्वर में गुर्राया- 'अब सुनो-तुम्हें मेरा आदेश मानना होगा। तुम्हें वह मुकाबला हारना ही होगा, समझे।'

पांचवें राउंड के होते-होते सैंकी जीत जाना चाहिए। तुम्हें यह सब किस ढंग से करना है, यह सोचना तुम्हारा काम है। पर सैंकी को हर हाल में जीतना ही होगा। हमने उस छोकरे पर बड़ी मोटी धनराशि लगा रखी है। हम किसी प्रकार का रिस्क लेने को तैयार नहीं हैं।'

बैथ चीखने लगी। उसके गले से निकलती अजीब-अजीब आवाजें सुनकर गर्नी परेशान हो उठा।

डिल्लन कहता गया- 'जब तुम रिंग में दाखिल हो तो बहुत बढ़िया

हाथ दिखाना, पर इस बात का ध्यान रखना कि उसे चोट नहीं लगने पाए। बस इस तरह से हाथ चलाते रहना, जिससे दर्शकों का मनोरंजन होता रहे। समझ गए। फिर सैंकी को मौका देना कि एकाध करारा हाथ तुम्हें भी लगा सके। ऐसा लगना चाहिए जैसे अचानक ही भाग्यवश उसे मुक्के मारने का मौका मिल गया हो। ठीक, फिर तुम गिर जाना और रेफरी की अंतिम सीटी बजाने तक पड़े ही रहना। पर एक बात हरगिज मत भूलना। अगर तुमने मेरे साथ डबलक्रॉस करने की चेष्टा की तो तुम्हारी वह गत बनाऊंगा कि तुम्हारे फरिश्ते भी कांप उठेंगे। इस बात को हरगिज मत भूलना।'

क्षण-भर के लिए गर्नी को यूं लगा जैसे फ्रेंक डिल्लन पर हमला करना चाहता हो। फ्रेंक ने आगे लपकने की कोशिश भी की, लेकिन पिस्तौल की वजह से वह सहम गया। उसने सोचा-जब तक वह डिल्लन के नजदीक पहुंचेगा, तब तक यह हत्यारा पता नहीं कितनी गोलियां मेरे बदन पर दाग देगा।

इसलिए वह मन मारकर हाथों को मलता वहीं-का-वहीं खड़ा रहा।

अंत में वह बोला- 'जैसा तुम कहते हो वही होगा। सैंकी ही जीतेगा।'

उसके गले में से यूं आवाज निकली, जैसे उसे यह कहते हुए अपार कष्ट हो रहा हो।

गर्नी ने बैथ को फ्रेंक की ओर धकेल दिया। बैथ फ्रेंक के पैरों के पास घुटनों के बल जा गिरी। उसने मजबूती से फ्रेंक का हाथ थाम लिया।

डिल्लन कुछ देर तक दोनों को घूरता रहा। फिर उसने गर्नी की ओर सिर को झटककर संकेत किया। दोनों किसी भूत की तरह रात के अंधेरे में बाहर निकले और अंधकार में विलीन हो गए।

❖❖❖

डिल्लन को अबी के स्टोर में छोड़ने के बाद गर्नी काफी देर तक कार में बैठा सिगरेट के कश लगाता रहा। रात शांत थी और हवा भी नहीं चल रही थी। आसमान पर काले-काले बादल कोयलों के ढेर जैसे लटकते दिखाई पड़ रहे थे। चंद्रमा का प्रकाश भी केवल पेड़ों की चोटियों तक ही पहुंच रहा था।

गर्नी उत्तेजित था और उसी उत्तेजना की वजह से वह सिगरेट-पर-सिगरेट पिए जा रहा था। कार की बत्तियां बुझी हुई थीं, सिर्फ सिगरेट का सिरा

चमकता दिख रहा था। उसके दिमाग में कई विचार रेंग रहे थे। पिस्तौल की अहमियत से वह कुछ ज्यादा ही प्रभावित हुआ था। उसने देखा था कि डिल्लन के पिस्तौल दिखाते ही किस तरह फ्रेंक का सारा जोश कुछ ही क्षण में पानी के बुलबुले की तरह बैठ गया था। पिस्तौल अगर पास हो तो क्या कुछ नहीं किया जा सकता। फ्रेंक की सारी अकड़ क्षण-भर में ही पिस्तौल की नाल देखते ही उड़न छू हो गई थी और वह कैसी नम्रता से बातें करने लगा था। अगर पिस्तौल डिल्लन के पास न होती तो फ्रेंक ने उसे बुरी तरह मसलकर रख देना था। वह कबका उसी हड्डियों का सुर्मा बना चुका होता।

जाहिर है कि पिस्तौल वाकई एक शक्तिशाली चीज है।

तभी एक कार बगैर आवाज किए उसके पास से निकल गई। गर्नी ने चालक की एक झलक देखी। वह एक सुंदर महिला थी, जो साफ-सुथरे लिबास में स्टेयरिंग व्हील पर बैठी हुई थी।

उसे फौरन मीरा का ध्यान हो आया। छोकरी वाकई मजेदार है। उसने सोचा-फिर उसने कार स्टार्ट की और मीरा के मकान की ओर चल पड़ा।

बच के घर तक पहुंचने में उसे ज्यादा देर नहीं लगी। लकड़ी के उस पुराने मकान से काफी फासले पर एक पेड़ के नीचे उसने अपनी कार रोकी और बत्तियां बुझा दीं। सड़क से काफी हटकर पार्क की गई अपनी कार उसे ज्यादा सुरक्षित लगी। वह बाहर निकला और बच के मकान की ओर बढ़ चला।

नीचे के कमरे में केवल एक बत्ती जल रही थी। धीरे-धीरे सावधानी से चलता हुआ वह खिड़की की ओर बढ़ा। बच के कान काफी तेज थे, इस बात का गर्नी को पूरा ध्यान था। उसने खिड़की पर धीरे से हाथ रखा और धीरे से अंदर झांककर देखा।

उसके काफी निकट ही कमरे में खड़ी मीरा अपने कपड़े प्रेस कर रही थी।

वह अकेली थी।

वह नीचे झुका और धीरे-धीरे चलकर मुख्य दरवाजे पर पहुंचा। उसने धीमे से दरवाजे को थपथपाया। उसका दिल बुरी तरह से धड़क रहा था।

फिर उसे मीरा की आवाज सुनाई दी- 'कौन है?'

'अकेली ही हो क्या मीरा?' उसने धीमे स्वर में पूछा।

मीरा ने गर्नी की फुसफुसाहट सुनी और वह फौरन दरवाजा खोलकर बाहर आ गई।

'ओह–ये तुम हो निक!' वह बोली। उसकी आवाज में अजीब–सा कंपन था।

'हां, मैं ही हूं।' गर्नी बोला। वह मीरा की आवाज के कंपन को महसूस नहीं कर पाया था– 'बच अंदर है क्या?'

मीरा ने इनकार में सिर हिलाया।

'व्यायामशाला गया है।' वह बोली– 'वैसे लोटने ही वाला है।'

'मुझे अंदर आने दो। मुझे तुमसे दो बातें करनी हैं।'

'नहीं–नहीं।' मीरा ने घबराए स्वर में उत्तर दिया– 'इस वक्त नहीं। बहुत देर हो चुकी है। पापा बस लौटने ही वाले हैं।'

गर्नी ने हाथ बढ़ाकर उसकी बांह थाम ली।

'अब अंदर आने भी दो। यहां खड़ी–खड़ी तो तुम इतनी सुंदर नहीं लग रही हो।'

उसके स्पर्शमात्र से ही मीरा ढीली पड़ गई। गर्नी उसे एक ओर करके अंदर आ गया। जब दोनों कमरे में दाखिल हुए तो मीरा ने अपना हाथ छुड़ा लिया और अलग खड़ी हो गई।

वह दीवार के साथ सटकर खड़ी हो गई और बोली– 'तुम्हें सावधानी से काम लेना चाहिए निक, वह वापस लौटने ही वाला है। तुम तो उसे भलीभांति जानते ही हो। किसी भी क्षण दबे पांव वह यहां आ धमकेगा। यह समय हमारे मिलने के लिए उपयुक्त नहीं है। प्लीज निक, फिर किसी और वक्त...मुझे डर है, वह पहुंचने ही वाला है।'

गर्नी ने उसे हाथ बढ़ाकर थाम लिया। मीरा ने उसकी पकड़ से आजाद होने की कोशिश की, पर जैसे ही गर्नी के होंठ उसके होंठों से मिले–उसका सारा विरोध समाप्त हो गया। उसके दोनों हाथों ने गर्नी को अपने बाहुपाश में भर लिया।

बाहर सड़क पर आता हुआ बच अपने मकान की ओर बढ़ रहा था। घास पर उसके पैरों की पदचाप नहीं सुनाई दे रही थी। आंखें न होते हुए भी वह अपने मकान के रास्ते का अभ्यस्त हो चुका था। सिर झुकाए, घास पर चलते हुए उस वक्त वह डिल्लन के बारे में सोच रहा था। सैंकी के विचारों से

वह परेशानी महसूस कर रहा था। उसने सैंकी पर काफी मोटी धनराशि लगा रखी थी। यदि सैंकी पराजित हो जाता है तो वह बिलकुल बर्बाद हो जाएगा।

धीरे-धीरे चलता हुआ वह बरामदे की सीढ़ियों तक आ गया। अंदर दाखिल होने से पहले बाहर की स्वच्छ हवा आखिरी बार सूंघने के लिए वह क्षण-भर के लिए ठिठका। उसने महसूस किया कि रात को तूफान आने के आसार दिखाई पड़ रहे थे।

ज्यों ही बच ने अंदर प्रवेश किया, मीरा दीवार पर से उछलकर नीचे उतरी। गर्नी भी उठ बैठा। भय के कारण उसका चेहरा सफेद पड़ गया। यदि बच ने उसे यहां इस हालत में पकड़ लिया तो वह उसकी गर्दन ही तोड़ डालेगा।

मीरा ने जूतों और जुर्राबों के अलावा शरीर पर कुछ भी नहीं पहन रखा था। पहले झटके के प्रभाव से मुक्त होकर उसने अपने आपको संयत करने की चेष्टा की। गर्नी सांस रोककर दीवार के साथ चिपककर बैठ गया।

मीरा स्थिर स्वर में बोली- 'आ गए आप? मैं बस सोने ही जा रही थी।'

बच दरवाजे के पास ही खड़ा रहा। किसी कारण उसे महसूस हुआ कि कोई गड़बड़ जरूर थी। अपना सिर एक ओर झुकाकर उसने सुनने की चेष्टा की। फिर बोला- 'हां! काफी देर हो चुकी है।'

मीरा ने गर्नी को संकेत द्वारा समझाया कि वह जहां है, वहीं स्थिर खड़ा रहे। दीवार के समीप अपनी कोहनियों के बल टिका हुआ गर्नी इस प्रकार बैठा था कि उसकी एक टांग फर्श पर थी। उसके चेहरे पर पसीना आ गया था। बत्ती की रोशनी में उसका चेहरा फक् दिखाई दे रहा था।

बच ने दरवाजा बंद कर दिया और थोड़ा आगे बढ़ा।

'सैंकी ठीक-ठाक है न?' मीरा ने पूछा।

'हां!' बच ने उत्तर दिया और अपनी गंजी खोपड़ी पर हाथ फिराने लगा। वह सीधा गर्नी की ओर ही देख रहा था। गर्नी को उसकी आंखों के दो पीले-से धब्बे अपने दिमाग में घुसते प्रतीत हो रहे थे।

'यहां इतनी खामोशी-सी क्यों है?' बच ने मीरा से पूछा।

मीरा नीचे झुकी और अपने कपड़े उठा लिए। जैसे ही उसने अपना लिबास पहनना शुरू किया, कपड़ों की सरसराहट सुनकर बच बोल उठा- 'तुम यह क्या कर रही हो?'

मीरा कांप उठी। कपड़े उसके हाथ से फिसलकर नीचे आ गिरे- 'मैंने बताया तो है, मैं सोने जा रही थी।' वह बोली। फिर बच का ध्यान दूसरी ओर बंटाने के लिए उसने पूछा- 'सैंकी जीत तो जाएगा ना?'

'उस छोकरे में तुम्हारी कुछ ज्यादा ही दिलचस्पी लगती है?' बच ने पूछा।

एक ही पोजीशन में बैठे-बैठे गर्नी के जिस्म में पीड़ा होने लगी थी। मारे दहशत के वह हिल भी नहीं पा रहा था, क्योंकि हिलने-जुलने से बच फौरन उसकी उपस्थिति का आभास पा सकता था। बच पर अपनी निगाहें टिकाए वह स्थिर भाव से बैठा रहा।

'हां!' मीरा बोली- 'दिलचस्पी क्यों न हो। उस पर तुमने इतनी मोटी धनराशि भी तो लगा रखी है।'

हालांकि मीरा भरसक प्रयत्न कर रही थी कि उसकी आवाज से बच कोई ऐसा अनुमान न लगा ले, जिससे उसे शक हो जाए।

उसके घुटने कांप रहे थे। वह मन-ही-मन सोच रही थी-बूढ़े ने कहीं अनुमान तो नहीं लगा लिया कि कोई उसके पास मौजूद है।

वह आगे बढ़ी और अपने कपड़े उठा लिए। ऐसा करते समय न तो उसने गर्नी की ओर देखा, न ही गर्नी ने उसकी ओर।

बच तेजी से आगे बढ़ा। गर्नी के पैर पर उसका पैर पड़ते-पड़ते बचा। उसने मीरा का लिबास झटक लिया। मीरा हतप्रभ-सी होकर दीवार के साथ जा लगी। उसकी आंखें फैल गईं।

बच ने लिबास को अपने हाथों से टटोलने के बाद नाक से लगाकर सूंघा। उसका मोटा, बड़ा चेहरा कुछ मटियाला-सा पड़ गया।

'तुमने इसे उतारा किसलिए था?' वह गुर्राया।

मीरा यथासंभव अपनी आवाज पर काबू रखते हुए बोली- 'आज तुम्हें क्या हो गया है पापा? कोई लड़की अपने कपड़े भी नहीं उतार सकती क्या?'

'इधर आओ!' वह दहाड़ा।

गर्नी की सांस अटकने लगी।

मीरा अपने आपको दीवार के साथ चिपकाती हुई बोली- 'लानत है... मैं नहीं आती।'

बच धीरे-धीरे चलता हुआ दरवाजे के पास पहुंचा उसने दरवाजे को

ताला लगा दिया। चाबी निकाली और अपनी जेब में डाल ली।

'यहां कुछ-न-कुछ गड़बड़ जरूर हो रही है।' वह फंफकारता हुआ बोला- 'देखता हूं...क्या हो रहा है?'

गर्नी को फौरन पिस्तौल की याद हो आई। अगर ऐसे में पिस्तौल मेरे पास होती तो मैं पाजी की खोपड़ी तोड़ देता। उसने सोचा।

बच तेजी से मीरा की ओर लपका। मीरा फौरन पीछे हट गई और दीवार के साथ लगकर हांफने लगी।

अपनी निर्जीव आंखों को मीरा पर गाड़े हुए बच बोला- 'तुम्हारी बेहतरी इसी में है कि मेरे पास आ जाओ।'

'नहीं...।' मीरा सहमी हुई आवाज में बोली- 'दरवाजा खोलो-मैं सोने जा रही हूं। मुझे डराने की कोशिश मत करो प्लीज!'

बच ने एक झपट्टा मारा और इस बार उसने मीरा का बाजू थाम लिया। उसने उसे पकड़कर अपनी ओर खींचा।

'ओहो छोड़ो...मुझे जाने दो प्लीज!' मीरा चीखी।

गर्नी उचककर उठ खड़ा हुआ। तभी बच ने गर्दन घुमाकर उसकी ओर देखा।

'क्या था उधर...?' उसने मीरा को झिंझोड़ा- 'बोल... कौन है कमरे में... बता... यहां जरूर कोई और भी है?'

'तुम्हें वहम हो गया है।' मीरा हांफती हुई बोली- 'यहां और कोई नहीं है।'

बच ने एक जोरदार थप्पड़ मीरा के गाल पर दे मारा, फिर उसकी कलाइयां पकड़ीं और उसका कांपता हुआ जिस्म टटोलने लगा।

गर्नी एक-एक इंच खिसक-खिसककर खिड़की की ओर बढ़ रहा था। मीरा ने उसको खिसकते देखा तो वह और जोर-जोर से चीखने लगी, ताकि गर्नी के पैरों की आवाज बच न सुन ले।

बच ने हाथ उठाकर उसका गला दबोच लिया। मीरा की चीख दबकर रह गई।

गर्नी खिड़की से बाहर कूदा और भाग लिया।

'ओह... तो यह बात थी।' बच ने हिंसक स्वर में कहा- 'बता कुतिया, कौन था वह?'

मीरा को लगा जैसे उसके घुटने कांप रहे थे। यदि बच ने उसे पकड़ न रखा होता तो शायद वह कब की नीचे गिर चुकी होती।

'कौन था वह?' बच उसे झिंझोड़ते हुए फुंफकारा- 'सुन रही है न तू-बता कौन था वह हरामजादा?'

'नहीं बताऊंगी।' अपने हाथ छुड़ाने की चेष्टा करती हुई मीरा बोली-उसकी आवाज में कंपन था- 'तुम मुझे यह बताने के लिए मजबूर नहीं कर सकते।'

'ओह! तो ये इरादे हैं। मैं भी देखता हूं, कितनी देर तक नहीं बताएगी तू।'

वह उसे घसीटता हुआ दीवार तक ले आया। फिर उसने मीरा को सोफे पर पटक दिया। उसने एक हाथ से मीरा की कलाई पकड़े रखी थी और दूसरे हाथ से अपने चमड़े की बैल्ट खोलने लगा। भय के कारण मीरा की आंखें फट पड़ीं। वह निस्तब्ध सोफे पर पड़ी बच की ओर देखती रही।

पसीने के कारण बच के हाथों में फिसलन पैदा हो गई थी-मीरा ने झटका देकर अपनी कलाई छुड़ा ली और उसकी पकड़ से आजाद होकर दीवार से दूसरी ओर लुढ़क गई। बच ने उसे पकड़ने का प्रयास किया-किंतु तब तक मीरा पास पड़ी कुर्सी उठा चुकी थी। उसने कुर्सी ऊपर उठाई और बच के सिर पर दे मारी।

बच त्यौराकर नीचे गिरा।

मीरा भयभीत हो गई। उसने अपना लिबास उठाया और कमरे से भागकर बाहर निकल आई।

❖❖❖

प्रतियोगिता हॉल में वे लोग अपना रास्ता बनाते हुए आगे बढ़ते गए। गर्नी सबसे आगे था। उसके पीछे डिल्लन और फिर सबसे अंत में मोर्गन था।

सारा हॉल हाउसफुल था और उन लोगों को अपनी निश्चित सीट पर पहुंचने में कठिनाई पेश आ रही थी। उनकी सीटें रिंग के बिलकुल करीब थीं।

मुख्य मैच के पहले छोटे-छोटे मुकाबले आरंभ हो चुके थे। जैसे ही वे लोग अपनी सीटों तक पहुंचे, हॉल की बत्तियां धीमी पड़नी शुरू हो गईं। गर्नी एक दुबली-पतली-सी छोकरी के पास से गुजरने लगा तो उसकी स्कर्ट

घुटनों के ऊपर तक उठ गई–पर इससे पहले कि गर्नी क्षमा मांगता–लड़की बोल उठी– 'ओह! कोई बात नहीं।'

'वेश्या कहीं की।' डिल्लन ने हिकारत से लड़की की ओर देखते हुए कहा– 'टांगें फैलाई बैठी है।'

लड़की के पीछे बैठे दो मोटे-से व्यक्ति डिल्लन की बात पर खिलखिलाकर हंस पड़े। लड़की का चेहरा लज्जा से लाल हो गया। वह डिल्लन के चेहरे के भाव देखकर डर गई। फौरन उसने टांगें सिकोड़ लीं।

डिल्लन और मोर्गन आगे की ओर बढ़ लिए।

तीनों अपनी–अपनी सीटों पर आकर बैठ गए।

रिंग (अखाड़े) की तेज रोशनी में सिगरेट के धुएं का धुंधलापन साफ दिखाई पड़ रहा था। हॉल में बहुत गर्मी थी। डिल्लन ने अपने कॉलर का बटन खोलकर अपनी टाई ढीली की।

दोनों बॉक्स बार–बार एक–दूसरे पर हमला कर रहे थे।

गर्नी थोड़ा आगे झुका और डिल्लन से पूछा– 'सैंकी को देखा है तुमने–मुझे तो वह कहीं दिखाई ही नहीं दे रहा है।'

डिल्लन ने कहा– 'सैंकी की परवाह मत करो।' वह बोला– 'पर मेरे विचार में यदि मैं फ्रेंक से एक बार मिल ही लूं तो कैसा रहे?'

'ख्याल बुरा नहीं है। वैसे हमने उसे बुरी तरह से भयभीत तो कर ही दिया है।'

तभी दोनों लड़ते हुए मुक्केबाजों में से एक घुटनों के बल नीचे गिर गया। दर्शकों में से कई लोगों की लंबी आहें निकल गईं।

मोर्गन चीखा– 'उठो बेवकूफ–जल्दी उठकर खड़े हो जाओ और हमला करो।' रेफरी ने गिनती गिननी शुरू कर दी।

तभी सहसा डिल्लन उठा और मोर्गन के पास से गुजरकर उछलकर उस लड़के के पास कॉरीडोर में जा पहुंचा। ड्रेसिंग रूम की ओर जाने वाले कॉरीडोर के छोर पर पीली जर्सी पहने एक छोकरा खड़ा हुआ था। उसने डिल्लन को टोका– 'बस...बस, अब इससे आगे नहीं जा सकते तुम।'

'मैं ड्यूटी पर हूं।' डिल्लन ने सामान्य स्वर में कहा और आगे बढ़ गया। इससे पहले कि वह लड़का कुछ और विरोध करता, डिल्लन ने उसे एक ओर धकेल दिया था।

डिल्लन सैंकी के कमरे में पहुंचा। मेज के पास स्टूल पर हैंक बैठा हुआ था और अपने जिस्म पर लाल ड्रेसिंग गाउन लपेटे सैंकी एक मेज पर लेटा हुआ था। डिल्लन के पहुंचते ही दोनों ने चौंककर उसकी ओर देखा।

'एक और मैच के बाद इसी का नंबर है।' हैंक ने बताया। सैंकी आधा उठ बैठा।

'कैसा महसूस हो रहा है तुम्हें?' डिल्लन ने सैंकी से पूछा।

'मैं ठीक हूं।' सैंकी बोला- 'यह पक्का है न कि फ्रेंक मुझसे जान-बूझकर हार जाएगा।' उसने पूछा।

डिल्लन ने सहमति में सिर हिलाया- 'हां... पर इसका मतलब यह नहीं है कि तुम बिलकुल ही कोशिश नहीं करोगे। सुनो सैंकी-तुम्हें उस पाजी पर कड़ी नजर रखनी होगी।'

'हां... नजर तो यह रखेगा ही।' हैंक तेजी से बोला- 'वैसे तुम्हारा क्या विचार है-वह कोई बदमाशी करना चाहेगा क्या?'

डिल्लन ने इनकार में सिर हिलाया और बाहर आ गया। कारीडोर से गुजरकर वह फ्रेंक के कमरे के सामने पहुंचा। एक बार उसने कोट की जेब में हाथ डालकर पिस्तौल के ठंडे दस्ते को महसूस किया, फिर दरवाजा खोला और अंदर दाखिल हो गया।

फ्रेंक लापरवाही से अपने दोनों पैरों को देख रहा था। उसका ट्रेनर बोर्ग पास पड़ी कुर्सी पर बैठा, अपने हाथों के नाखूनों को एक छोटे-से चाकू से घिस रहा था। डिल्लन के अंदर दाखिल होते ही वह गुर्राया- 'कहां घुसे चले आ रहे हो। यहां से फौरन बाहर निकलो-देखते नहीं...।'

डिल्लन ने उसकी ओर कोई ध्यान नहीं दिया। वह फ्रेंक से बोला- 'हम लोग बाहर ही बैठे खेल देख रहे हैं।' उसका इशारा साफ तौर पर यही था कि अगर फ्रेंक ने कोई गड़बड़ी करने की चेष्टा की तो उसे नुकसान पहुंच सकता है।

'तो जाओ और बाहर ही बैठो।' फ्रेंक बोला।

डिल्लन वहां से नहीं हिला। वह बोला- 'देखो-बात को गलत नहीं समझो, हमारा इरादा यहां कोई बखेड़ा करने का नहीं है।'

बोर्ग फौरन अपनी कुर्सी से उठ बैठा और तेजी से डिल्लन के पास पहुंचा।

'क्या बकवास कर रहे हो। कौन हो तुम-दफा हो जाओ यहां से वरना. ..।'

डिल्लन ने उसकी ओर घृणा भरी दृष्टि से देखा। फिर लापरवाही से मुड़ा और दरवाजे की ओर बढ़ा-दरवाजे के पास पहुंचकर उसने एक बार फिर अपनी गर्दन घुमाई और बोला- 'हां तो-फ्रेंक याद रखना-लगभग पांचवें राउंड के पास...।' फिर उसने दरवाजा खोला और बाहर निकल आया।

जैसे ही वह वापस हॉल में पहुंचा, हॉल जोरदार तालियों की आवाज से गूंज उठा। दूसरी ओर गर्नी और मोर्गन उसे सैलून की ओर बढ़ते दिखाई दिए। डिल्लन भीड़ को चीरता हुआ उसके पास जा पहुंचा।

'वह दोनों बदमाश तो एक-दूसरे से बुरी तरह भयभीत हैं।' उसके नजदीक पहुंचने पर मोर्गन ने उसे बताया। 'वह तो एक-दूसरे की बांहों में ही समय बिताने की कोशिश कर रहे हैं।'

'फ्रेंक से मिल लिए क्या?' गर्नी ने पूछा।

डिल्लन ने सहमति से सिर हिलाया। अपनी बैल्ट में उंगलियां फंसाए काउंटर के पास झुककर खड़े होते हुए उसने कहा- 'हां, वह ठीक ढंग से काम करेगा।'

गर्नी ने वोर्बन का लार्ज पैग डाला और बोतल मोर्गन की ओर बढ़ा दी-फिर पूछा- 'और सैंकी, उससे भी मिले?'

'हां!' डिल्लन बोला- 'उसने अपना खोया हुआ आत्मविश्वास पुनः पा लिया है। अब उसे मालूम हो गया है कि यह कुश्ती मात्र दिखावा ही है। वह खुश है, फिर भी मुझे उसकी ओर से तसल्ली नहीं है। उसमें अभी भी कुछ घबराहट-सी दिखाई देती है।'

मोर्गन इन बातों से उकता रहा था, मगर खामोश ही रहा-क्योंकि वह डिल्लन से कुछ दबता था। वह बात का विषय बदलता हुआ बोला- 'बेचारा बच, उसके साथ बहुत बुरी बीती।'

'क्या हुआ उसे?' डिल्लन ने पलकें उठाते हुए पूछा- 'मैंने नहीं सुना।'

गर्नी कुछ व्याकुलता-सी महसूस करने लगा। उसने नजरें चुराते हुए अपने गिलास में व्हिस्की डाली।

डिल्लन ने कनखियों से उसकी ओर देखा।

मोर्गन धीरे से हंस पड़ा- 'वाह-वाह-तुमने सुना तक नहीं।' वह हंसते

हुए बोला– 'अरे! बड़े मजे वाली बात है। उस छोटी-सी छोकरी ने बेचारे बच की खोपड़ी ही तोड़ डाली है।'

'क्या बक रहे हो?' डिल्लन ने बुरा-सा मुंह बनाते हुए कहा।

'हां, लगती तो बकवास ही है, पर है वास्तविकता ही। मोर्गन बोला– 'कल शाम जब बूढ़ा बच घर लौटा, तो उसने छोकरी को बाहर वाले कमरे में किसी यार के साथ मौज मनाते पाया। वाह-वाह! क्या नजारा होगा। काश! मैं भी उस वक्त वहां मौजूद होता। उस समय छोकरी के जिस्म पर कपड़े की एक चिंद्दी तक नहीं थी। बच ने उसके यार को पकड़ ही लिया होता-किंतु वह खिड़की से कूदकर भाग गया। मेरे विचार से वह एक मजेदार सीन रहा होगा।' कहते-कहते मोर्गन ने अपनी जांघ थपथपाई और खिलखिलाकर हंस पड़ा।

डिल्लन ने घृणा भरी दृष्टि से उसकी ओर देखा।

मोर्गन कहता रहा– 'फिर बच ने अपनी पेटी खोली और उस छोकरी की पीठ की थोड़ी-सी खाल उधेड़ ली। उस जैसी वेश्या को ऐसी सजा मिलनी ही चाहिए थी।'

'फिर?'

'फिर यह कि छोकरी न जाने कैसे उसकी पकड़ से छूट गई और उसने एक कुर्सी उठाकर बच के सिर पर दे मारी। वह तब तक उस पर प्रहार करती रही, जब तक कि बच बेसुध होकर जमीन पर नहीं गिर गया। अब बेचारा बच तो चारपाई पर पड़ा हुआ है और वह छोकरी घर का कामकाज संभाले हुए है। अपने आपको बहुत कुछ समझने लगी है छोकरी।'

'और उसका वह यार कौन था?' डिल्लन ने पूछा।

मात्र गर्नी की ओर देखने से ही उसे अपना उत्तर मिल गया।

मोर्गन ने कंधे उचका दिए। वह बोला– 'इसका पता नहीं मिल पाया। बच के विचार में वह लड़की को डरा-धमकाकर उसे पूछना चाहता था कि उसके साथ कौन था। उसका विचार था कि लड़की धमकी में आकर उसे बता देगी, पर लड़की ने जुबान नहीं खोली। उसने अपने होंठ सी लिए। यह बात उस भगोड़े के हित में ही रही, क्योंकि अगर बच उसे पकड़ लेता, तो यकीनन उसकी गर्दन ही तोड़कर रख देनी थी उसने।'

गर्नी के चेहरे पर पसीना चुहचुहा उठा था। उसने जेब से रेशमी रूमाल

निकालकर अपना चेहरा पोंछा। डिल्लन ने उसकी ओर देखा और उसने नजरें दूसरी ओर फेर लीं।

'चलो-अब हम लोगों को वापस चलना चाहिए।' डिल्लन बोला- 'वे लोग अब पहुंचने ही वाले होंगे।'

जब वे हॉल में पहुंचे तो तेज रोशनियां जल रही थीं। रिंग खाली था। जैसे ही वे लोग अपनी-अपनी सीटों पर बैठे, बत्तियां धीमी पड़नी आरंभ हो गई।

उनके पीछे वाली सीट पर बैठे दो आदमी ऊंची भारी आवाज में बातें कर रहे थे-एक कह रहा था- 'आज रात तो धंधा मंदा ही रहेगा।'

दूसरे ने शिकायत भरे स्वर में जवाब दिया- 'हां, लगता तो कुछ ऐसा ही है। मैं तो फ्रेंक पर एक के बदले तीन की शर्त लगाने को तैयार हूं, पर वे लोग शर्त लगाने को तैयार ही नहीं हो रहे हैं।'

डिल्लन ने अपनी गर्दन घुमाई- 'मैं पांच सौ की शर्त लगाने को तैयार हूं।' वह बोला।

दोनों मोटे चौंक उठे-उन्होंने एक-दूसरे की ओर देखा। फिर उनमें से एक बोला- 'ओह! श्योर व्हाई नॉट!' फिर सहसा उन्होंने बोलना बंद कर दिया।

गर्नी ने गर्दन घुमाकर डिल्लन की ओर देखा-सामने से फ्रेंक की पत्नी बैथ चली आ रही थी। वह वहीं एक कोने वाली सीट पर बैठ गई। उसका चेहरा मुरझाया हुआ था और आंखों के भावों से ऐसा लगता था, जैसे उसे बुखार चढ़ रहा हो।

गर्नी फुसफुसाया- 'इसने यहां आकर ठीक नहीं किया।'

'गलत।' डिल्लन ने इनकार में सिर हिलाया। वह बोला- 'इसका यहां पहुंचना हमारे हक में अच्छा ही रहेगा। इससे फ्रेंक का दिमाग भी ठीक रहेगा।'

भीड़ ने शोर मचाना आरंभ कर दिया था। सैंकी रिंग की ओर बढ़ रहा था। तेज रोशनी का एक गोला उसके ऊपर केंद्रित था और उस प्रकाशित गोले में उसका लाल रंग का गाउन खूब चमक रहा था। वह रस्सियों के ऊपर से कूदकर अखाड़े में पहुंचा और अपना एक हाथ उठाकर दर्शकों का अभिनंदन किया।

गर्नी बोला- 'लगता है, पट्ठे में कुछ आत्मविश्वास लौट आया है।'

अपना हाथ सिर से ऊपर उठाए सैंकी रिंग के चारों ओर घूमता रहा।

दर्शकों में से आधे लोग तो उसका साहस बढ़ाने के लिए शोर मचा रहे थे और आधे के करीब उसको मुंह चिढ़ा रहे थे। अंत में वह अपनी निर्धारित जगह पर जा खड़ा हुआ और रस्सी का सहारा लेकर अपने घुटनों को मोड़ने का अभ्यास करता रहा।

मोर्गन ने डिल्लन की ओर देखते हुए कहा- 'लगता है उसने अपना खोया हुआ आत्मविश्वास फिर से पा लिया है। है न?'

डिल्लन हंसा।

उसके बाद फ्रेंक पहुंचा। दर्शक उसका स्वागत करने के लिए उठ खड़े हुए। इतना जबरदस्त शोर उठा कि हॉल की दीवारें फटती-सी प्रतीत होने लगीं।

तीनों ने उसकी ओर देखा। रिंग में पहुंचने के लिए फ्रेंक उनके बिलकुल करीब होकर गुजरा।

गर्नी ने हांक लगाई- 'देखो हैरी-उस बेचारे पर बहुत कठोर हाथ मत चलाना।'

भीड़ को यह बात पसंद आई-वह फिर चीखने लगी।

फ्रेंक खामोशी से आगे बढ़ता रहा।

'कहीं उसकी पत्नी हम लोगों को पहचान न ले।' मोर्गन ने व्याकुल होकर शंका व्यक्त की।

दोनों व्यक्तियों में से कोई कुछ नहीं बोला।

सैंकी रिंग के कोने से उछलकर आगे बढ़ा और रस्सी को नीचे दबा दिया ताकि फ्रेंक रिंग में दाखिल हो सके। फ्रेंक उसकी ओर देखकर ठिठका, फिर पैने स्वर में बोला- 'सम्मान प्रदर्शित करने की कोई जरूरत नहीं है। मैं जानता हूं तुम असल में क्या हो।'

दर्शकों को यही समझ आया कि सैंकी ने रस्सी को झुकाकर अपने खिलाड़ीपन का सबूत दिया है-इसलिए वे और जोर से तालियां बजाने लगे। रस्सी दबी रहने के बावजूद भी, फ्रेंक उछलकर रिंग में दाखिल हुआ।

दर्शकों को उसका यह भाव अच्छा लगा।

सैंकी अपने प्रतिद्वंद्वी फ्रेंक के करीब पहुंचा। उसने उसका कंधा थपथपाया। दर्शकों की तालियों का शोर फिर से हॉल में गूंजने लगा।

फ्रेंक को गुस्सा आ गया। वह बोर्न की ओर मुड़ा। उसने हाथ के झटके

से सैंकी का हाथ अपने कंधे से झटक दिया। 'यदि इस कुतिया के पिल्ले को तुमने मुझसे दूर नहीं हटाया तो मैं अभी से इसकी धुनाई करना शुरू कर दूंगा।' वह बोर्ग से बोला।

'इससे अलग ही रहो सैंकी।' बोर्ग सैंकी की ओर देखते हुए बोला- 'कुछ ही देर में जब मुकाबला शुरू हो जाए तो दोनों अपने दिल के अरमान निकाल लेना।'

सैंकी ने अपने बंद मुक्कों को दर्शकों की ओर हवा में लहराया और वापस कोने में अपनी निर्धारित जगह पर चला गया।

'यह पागल कर क्या रहा है?' गर्नी असमंजस भरे स्वर में बोला।

बोर्ग फ्रेंक के हाथों पर पट्टियां चिपका रहा था। हैंक उसके करीब पहुंचा और उससे पूछा- 'पट्टियां काफी हैं न-और ज्यादा की तो जरूरत नहीं पड़ेगी?'

फ्रेंक ने अपना सिर ऊंचा उठाया। वह बोला- 'पट्टियों की जरूरत ही नहीं पड़ेगी-यह तो एक मामूली-सा मुकाबला है।'

तभी छोटा-सा माइक लटकाए एक छोटा-सा आदमी रिंग में दाखिल हुआ। वह काफी देर तक दर्शकों को बोर करता रहा। सारी बातचीत के दौरान उसने काम की सिर्फ एक ही बात बताई कि फ्रेंक सैंकी से वजन में छह पौंड भारी था।

गर्नी को अपने दिल की धड़कनें तेज होती महसूस होने लगीं। उसका गला सूखने लगा। उसने अपना हैट थोड़ा पीछे की ओर खिसकाया और अपना माथा उंगलियों से रगड़ने लगा। पास बैठा डिल्लन निश्चिंतता से च्यूइंग गम चबाए जा रहा था।

गर्नी ने देखा, रेफरी ने दोनों खिलाड़ियों को रिंग के बीच बुला लिया था। सैंकी अपना लाल गाउन कंधे पर डाले आगे बढ़ा। फ्रेंक के कंधे पर सिर्फ एक तौलिया था।

रेफरी उन्हें प्रतियोगिता के नियम समझाता रहा। उसके बाद दोनों अपने-अपने कोनों में पहुंच गए। सिगरेट व सिगार के धुएं से धीरे-धीरे सारे हॉल में धुंधलापन छाने लगा था। सारे दर्शक बेचैनी से कुश्ती शुरू होने का इंतजार कर रहे थे।

सैंकी ने गाउन कंधे से नीचे गिरा दिया। सायरन बजते ही सारे सहायक

रिंग से बाहर निकल आए। रिंग में अब सिर्फ रेफरी, सैंकी और फ्रेंक ही थे।

अपनी ठोड़ी नीचे झुकाए फ्रेंक सावधानी से आगे बढ़ा। सैंकी फौरन उस पर टूट पड़ा। उसने पहले बायां तथा फिर दायां मुक्का मारा। पर फ्रेंक झुकाई देकर स्वयं को बचा ले गया। जवाब में फ्रेंक ने भी दो-तीन जोरदार प्रहार किए।

सैंकी झुंझला गया। उसने आगे बढ़कर फेंक को पकड़ लिया। इस पकड़ के दौरान उसने जितने भी मुक्के चलाए, उनका फ्रेंक पर रत्ती-भर भी प्रभाव नहीं हुआ। जब तक रेफरी ने उसकी बांह को थपथपाया नहीं, वह बराबर फ्रेंक से चिपका रहा। पर जैसे ही वह अलग हटा, फ्रेंक ने दाएं हाथ का जोरदार मुक्का उसके सिर में दे मारा। सारे दर्शकों में उत्तेजना की तेज लहर दौड़ गई। सैंकी मुड़ा और फ्रेंक की ओर झपटा, पर इससे पहले कि वह फ्रेंक तक पहुंचे, फ्रेंक ने उसे मुक्कों पर धर लिया। कुछ देर तक यूं ही चलता रहा। दोनों एक-दूसरे से उलझे मुक्के चलाते रहे। फिर जैसे ही सैंकी अलग हुआ-फ्रेंक ने फिर उसे एक जोरदार मुक्का जड़ दिया।

गर्नी व्याकुलता से पहलू बदलता रहा।

'लानत है।' वह बोला- 'यह कैसा खेल खेल रहे हैं?'

बाकी के दोनों व्यक्ति खामोश ही रहे हैं।

फ्रेंक फिर से तेजी से आगे बढ़ रहा था और सैंकी रस्सी का सहारा लेता हुआ बचने की चेष्टा कर रहा था। इसी प्रकार मुक्के खाते-खाते सैंकी ने दाएं हाथ का वार किया-जिससे फ्रेंक कुछ ढीला पड़ गया। वैसे फ्रेंक को चोट बिलकुल भी नहीं लगी थी। कुछ देर तक इसी प्रकार मुक्कों का आदान-प्रदान होता रहा। सैंकी के हाथ अब थोड़ा खुलने लगे थे, पर तभी सायरन बज उठा।

बॉक्सिंग का पहला दौर समाप्त हुआ, इस राउंड में फ्रेंक का पलड़ा ही भारी रहा।

सारी भीड़ खुशी से चीखने लगी। गर्नी को पसीने से अपनी पीठी भीगती महसूस होने लगी। उसने व्याकुल भाव से डिल्लन से पूछा- 'तुमने उससे पांचवें राउंड के लिए कहा था न?'

'फिक्र मत करो।' डिल्लन ने इत्मीनान से जवाब दिया- 'थोड़ा-बहुत दिखावा तो करना ही है। समझ लो, यह मैच मेरी मुट्ठी में है।'

सैंकी अपने कोने में पड़ा अपने शरीर को सहलाता रहा। उसका चेहरा सूजने लगा था।

हैंक ने तौलिया से उसकी पीठ पोंछी और उसे समझाया कि वह फिक्र न करे।

तभी दूसरे राउंड का सायरन बज उठा।

अबकी बार तेजी से लपककर आगे बढ़ने वाला फ्रेंक था। सैंकी के हाथ उठाने से पहले ही वह उसके कोने में पहुंच चुका था। भीड़ में सिसकारियां फूटने लगीं। सैंकी ने बाएं हाथ के वार से फ्रेंक को रोका, पर फ्रेंक की गति में कोई अंतर नहीं आया, क्योंकि वह काफी तेजी से लपक रहा था। दोनों हाथों का प्रयोग करते हुए फ्रेंक ने उसे जोरदार मुक्के जड़ दिए। वह सैंकी को वापस उसके कोने तक खिसका ले गया। उसके दो-तीन मुक्कों का प्रहार तो इतना जोरदार था कि उनकी आवाज पूरे हॉल में गूंज गई।

दोनों मुक्कों के फलस्वरूप सैंकी ने बार-बार झटका खाया, उसका मुंह ढीला पड़ गया। उसकी आंखों में हिंसा के लक्षण साफ-साफ दिखाई दिए, परंतु उसने हाथ नहीं उठाए।

गर्नी चीखा- 'उसे पीछे धकेलो-उससे बचकर उस पर हाथ चलाओ सैंकी।'

फ्रेंक ने हाथ को पूरी गोलाई में घुमाकर एक जोरदार प्रहार किया जो सैंकी की खोपड़ी पर पड़ा। सैंकी घुटनों के बल नीचे जा गिरा। फ्रेंक निश्चिंत होकर पीछे हट गया, ताकि रेफरी गिनती गिनता रहे। समूचे हॉल में शोर गूंज उठा। दर्शक अपनी-अपनी कुर्सियों पर खड़े होकर गला फाड़-फाड़कर चीखने लगे।

मोर्गन की चीख भरी आवाज सैंकी तक पहुंची- 'प्रतीक्षा करो और जहां हो वहीं रहो।'

रेफरी के नौ की गिनती गिनते-गिनते सैंकी उठ बैठा। अब वह थोड़ा सामान्य-सा नजर आ रहा था। फ्रेंक इस बार फिर पहले से भी ज्यादा तेजी से उस पर झपटा।

सैंकी ने झुकाई दे दी और फ्रेंक पर एक जोरदार प्रहार कर दिया।

फ्रेंक मुक्का खाकर संभला और इस बार उसने सैंकी पर ताबड़तोड़ मुक्के बरसाने शुरू कर दिए।

सैंकी की हालत खस्ता होने लगी। फ्रेंक का एक-एक मुक्का उस पर भारी पड़ने लगा था। सायरन बजने तक सैंकी बड़ी मुश्किल से अपने पैरों पर खड़ा रह पाया। उसके घुटने कांप रहे थे।

डिल्लन उठ खड़ा हुआ। वह गर्नी से बोला- 'जाकर उसे कहो कि जरा हाथ दिखाए। अगर उसका यही हाल रहा तो वह पांचवें राउंड तक तो चल ही नहीं पाएगा। फ्रेंक को भी जरा धमका दो, उसे आंखों के इशारे से समझा दो।'

गर्नी रास्ता बनाता हुआ सैंकी के कोने तक गया। हैंक, सैंकी को संभालने की कोशिश कर रहा था। वह कुछ चिंतित-सा दिखाई दे रहा था।

'स्वयं को संभालो सैंकी और उठकर उसका मुकाबला करो।' गर्नी उसके समीप पहुंचकर बोला।

सैंकी ने आंखें झपकाकर उसकी ओर देखा। उसके चेहरे पर बुरी तरह से पसीना चुहचुहा रहा था-पसलियों के दाग साफ बता रहे थे कि उसकी जबरदस्त पिटाई हुई थी।

हांफता हुआ वह बोला- 'लानत है, तुम तो कहते थे कि सिर्फ दिखाने के लिए बॉक्सिंग होनी है, पर वह हरामजादा तो मेरी जान ले लेने पर ही उतारू लगता है।'

इससे पहले कि गर्नी उसे कोई उत्तर देता, सायरन बज उठा।

सैंकी कराहता-सा उठा। फ्रेंक लहराता तथा हवा में मुक्के घुमाता सैंकी की ओर बढ़ा। सैंकी उसके वार से बचने के लिए पीछे हटने की कोशिश करने लगा। लेकिन फ्रेंक उस पर बहुत भारी पड़ रहा था। जितनी भी बार फ्रेंक ने मुक्के मारे, वे सबके-सब ज्यादातर सैंकी की पसलियों पर ही पड़े थे। फिर सैंकी ने भी एक करारा मुक्का फ्रेंक की नाक पर दे मारा, जिसके कारण फ्रेंक की नाक से खून बह निकला। इस तरह यह तीसरा राउंड भी समाप्त हो गया।

पैर घसीटता हुआ सैंकी अपने कोने में वापस लौटा तो गर्नी ने उसे आश्वासन बंधाया- 'बस यही राउंड और संभाल लो। पांचवें राउंड में तो वह गिरने ही वाला है।'

सैंकी जैसे रो ही पड़ा- 'नहीं संभाला जा रहा। वह पाजी तो मेरी पसलियां ही तोड़े दे रहा है।'

गर्नी ने डांट भरे स्वर में कहा- 'यदि तुम अपने आपको नहीं संभालोगे तो और अधिक कष्ट होगा।' कहते-कहते उसने फ्रेंक की ओर देखा, जो लंबा लेटा हुआ गहरी-गहरी सांसें ले रहा था। कोई उसकी सहायता भी नहीं कर रहा था और न ही कोई व्यक्ति उसके हाथ-पैरों की मालिश करने के लिए उसके पास मौजूद था।

चौथे राउंड का भोंपू बचा।

सैंकी एक झटके के साथ उठ खड़ा हुआ। अब वह कुछ-कुछ निराश-सा हो चला था। उसने दाएं हाथ का वार फ्रेंक पर किया, साथ ही अपना बायां मुक्का भी चला दिया। फ्रेंक अपने बचाव के लिए पीछे हटता चला गया। दर्शक उठ खड़े हुए और आनंद भरी चीखें उनके मुंह से निकलने लगीं। 'शाबाश-बस इसी तरह हौसले के साथ उसे धकेलते जाओ सैंकी!' गर्नी उसे बढ़ावा देते हुए चिल्लाया।

सैंकी जोश में आगे बढ़ता रहा और फ्रेंक पर वार करता रहा-फ्रेंक पीछे हटकर उसके तेज मुक्कों से अपना बचाव करता रहा। फिर से फ्रेंक ने अपने बाएं मुक्के का वार किया, जो कि सैंकी की ठीक दोनों आंखों के बीच में पड़ा। सैंकी हाथों और घुटनों के बीच नीचे जा गिरा। फ्रेंक पीछे हट गया। वह धीरे-धीरे संयत भाव से सांसें ले रहा था, जैसे कुछ हुआ ही नहीं हो।

गर्नी ने चीखकर दोहराया- 'अगला राउंड-नहीं तो तुम्हारी खैर नहीं।'

फ्रेंक ने ऐसा कोई संकेत नहीं दिया, जैसे उसने गर्नी की बात सुन ली हो।

सैंकी के पास खड़ा रेफरी उसके कानों के पास गिनती गिने जा रहा था। सारे दर्शक चीख रहे थे। आठ की गिनती गिनते-गिनते भोंपू बज उठा।

सैंकी को घसीटकर अपने कोने तक पहुंचाया गया। हैंक ने उसे पीने के लिए 'राई' दी। उसके कान नोंच कर तथा उसके सिर पर पानी उछालकर उसे सचेत किया गया। हैंक भी अब कुछ परेशान हो चुका था। डिल्लन भी वहां आ गया। वह रस्सी के साथ झुककर बोला- 'अपने आपको संभालो सैंकी-इस राउंड में तुम्हें ही जीतना है। यदि इस बार भी उस पाजी को तुमने बुरी तरह से नहीं पीटा तो फिर तुम्हारी खैर नहीं।'

सैंकी ने अपना सिर झटककर अपनी थकावट पर काबू पाने की कोशिश की। वह कराहता-सा बोला- 'मेरा बायां हाथ तो बिलकुल बेकार हो गया है।'

'तो फिर दाएं हाथ का इस्तेमाल करो।' डिल्लन इस बार सर्द स्वर में

बोला- 'याद रखो, तुमने उसे मारते-पीटते ही रहना है। फिर वह गिर पड़ेगा।'

पांचवें चक्र का भोंपू बज उठा।

दर्शकों को उम्मीद थी कि फ्रेंक आगे बढ़कर दो-चार हाथों में ही खेल को अंतिम रूप दे देगा। सहसा यूं महसूस हुआ जैसे उसका समूचा उत्साह फीका पड़ गया हो। सैंकी आगे बढ़ा और उसे अपने घेरे में ले लिया। वह अपना वजन फ्रेंक पर डालता हुआ रस्सी पर इस प्रकार झूल गया कि रेफरी को उस पर चीखना पड़ा। जैसे ही सैंकी अलग हटा, फ्रेंक ने उसे मुक्कों पर धर लिया। सैंकी बुरी तरह से हांफने लगा। फ्रेंक का एक जबरदस्त मुक्का उसकी पसलियों पर पड़ा और सैंकी दर्द से बिलबिलाता उसकी ओर बढ़ा। सैंकी को यह मौका उचित महसूस हुआ। उसने एक हाथ से फ्रेंक के वार को रोका और दूसरे से उस पर प्रहार कर दिया।

इस हमले में या मुक्के खाने में किसी प्रकार का दिखावा नहीं लग रहा था। भीड़ चीखती हुई उठ खड़ी हुई। फ्रेंक करवट के बल नीचे को गिरा।

गर्नी ने संतोष की सांस ली। भीड़ चीख-चीखकर फ्रेंक को उठने के लिए बढ़ावा देने लगी। रेफरी के चेहरे पर भी आश्चर्य झलकने लगा। वह गिनती गिनने लगा।

सैंकी रस्सी का सहारा लिए खड़ा रहा। उसके घुटने कांप रहे थे और उसके चेहरे पर खून के धब्बे लगे हुए थे।

फ्रेंक स्थिर पड़ा रहा।

फ्रेंक की पत्नी बैथ भागी-भागी उसके पास तक पहुंची और जमीन पर मुक्के मारती हुई चीखी- 'उठो और मुकाबला करो। उठो हैरी-उन्हें इस तरह की मनमानी करने का मौका मत दो-उठो और उससे भिड़ जाओ।'

नौ की गिनती गिनते-गिनते फ्रेंक उठ खड़ा हुआ। अब दर्शक सैंकी के पक्ष में बातें कर रहे थे। वे चीख-चीखकर सैंकी को उत्साहित करने लगे कि वह आगे बढ़े और खेल समाप्त कर दे। भयभीत-सा सैंकी वार करने को आगे बढ़ा। वह ऊंची आवाज में गालियां बक रहा था। फ्रेंक अब भी उसी प्रकार चाक-चौबंद-सा खड़ा दिखाई दे रहा था, जैसा कि वह मैच के आरंभ होने के समय था।

फ्रेंक ने एक हल्के-से झटके के साथ सैंकी का वार विफल कर दिया और जवाब में एक जोरदार मुक्का उसकी पसलियों पर जड़ दिया।

सैंकी की आंखें उलट गईं। उसके होंठ गोलाई में फैले और फिर वह आगे की ओर गिर पड़ा। उसके गिरते-गिरते भी फ्रेंक ने अपने घुटनों का एक भरपूर वार उसके जबाड़े पर कर दिया।

सारा हॉल शोर से गूंजने लगा। दर्शक पागल हो उठे। कान पड़ी आवाज भी सुनाई नहीं दे रही थी। रेफरी गिनती गिनने लगा।

सैंकी के जिस्म में हरकत नहीं हुई तो रेफरी ने गिनती के बाद फ्रेंक का मुक्का ऊपर उठाकर उसे विजयी घोषित कर दिया।

शोर के कारण हॉल की छत गूंज उठी।

डिल्लन ने मुड़कर गर्नी की ओर देखा और अपने दांत किटकिटाते हुए गुर्राया- 'पाजी-धोखेबाज-देख लूंगा हरामजादे को।'

❖❖❖

सब लोग बच के मकान में इकट्ठे हुए। गर्नी, हैंक और मोर्गन भी थे।

सैंकी अपना सूजा हुआ थोबड़ा लेकर घर चला गया था। गुस्से से सुलगता हुआ डिल्लन सबके पीछे-पीछे अंदर घुसा।

बच कुर्सी पर बैठा हुआ था-उसने एक मैला-सा गाउन पहना हुआ था और उसके सिर पर पट्टियां बंधी हुई थीं, जैसे ही वे लोग अंदर दाखिल हुए, उसने अनुमान लगा लिया कि सैंकी हार गया है।

ऊपर वाले कमरे में मीरा ने भी शोर सुना और वह सीढ़ियां उतरकर नीचे आ गई और उन लोगों की बातें सुनने लगी।

सब लोग चीख-चिल्ला रहे थे, पर डिल्लन अपेक्षाकृत शांत था। वह अपने दांत कुरेद रहा था। सबसे ज्यादा बुरा हाल बच का था। उसे इतना गुस्सा आ रहा था कि गर्नी को लगा कि कहीं उसे दौरा ही न पड़ जाए। वह बार-बार कुर्सी की बांह को पीटता हुआ कह रहा था- 'अब मेरा क्या होगा, मैंने तो अपनी सारी पूंजी उस पाजी पर दांव में लगा दी थी। मेरा पैसा... हे भगवान मैं बर्बाद हो गया।'

सहसा डिल्लन दहाड़ा- 'खामोश...! अब चुप भी हो जाओ। तुम सब लोगों से ज्यादा साहस और हिम्मत तो उस फ्रेंक में ही है। डरपोक कहीं के... यदि थोड़ा-सा नुकसान हो भी गया तो क्या हुआ, कोई आसमान तो सिर पर नहीं टूट पड़ा।'

फौरन खामोशी छा गई। सब लोग खा जाने वाली निगाह से डिल्लन को घूरते रहे, फिर बच ने भारी आवाज में कहा- 'मैच को दिखावा मात्र बनाने का काम तुम्हारा ही था न... तुम्हारा तो कुछ नुकसान नहीं हुआ... पर मैं तो बर्बाद हो गया। और अब तुम्हीं इस तरह की बातें बता रहे हो-मैं-तुम्हारी...।'

गर्नी के अलावा बाकी लोग उठ खड़े हुए और धीरे-धीरे डिल्लन की ओर बढ़े-उनके चेहरे गुस्से से भरे हुए थे। गर्नी इसलिए नहीं उठा, क्योंकि उसे डिल्लन के पास मौजूद पिस्तौल के बारे में पता था।

डिल्लन ने घृणा भरी दृष्टि से उनकी ओर देखा।

'इस हरामजादे को मेरे पास ले आओ।' हिंसा से मचलती अपनी उंगलियों को खोलता, बंद करता बच गुर्राया- 'मैं इस पाजी को वह सबक सिखाऊंगा कि इसे जिंदगी भर याद रहे।'

'बकवास बंद करो।' डिल्लन गुर्राया। फिर उसके होंठों पर क्रूर हंसी उभरी-उसकी आंखें घृणा से सुलगने लगीं- 'मुझे मालूम है तुम लोगों में कितना दम-खम है... कायर कहीं के।'

'जरा मेरे हाथ लग जाए बच्चे।' बच ने दोहराया- 'फिर तुझे बताता हूं कि मुझमें कितना दम-खम है।' कहते-कहते वह आगे बढ़ा।

डिल्लन मुस्कराता हुआ निश्चिंत भाव से कुर्सी पर अपने कंधे उचकाता रहा। जब बच उससे एक फुट की दूरी पर रह गया तो सहसा उसके हाथ में पिस्तौल प्रकट हो गई।

हैंक चीखा- 'पीछे हटो होगन। उसके पास पिस्तौल है।' पर बच आगे बढ़ आया।

तभी डिल्लन के पिस्तौल ने आग उगली। गोली बच के जिस्म में पैबस्त हो गई। पिस्तौल चलने की आवाज से बाहर खड़ी मीरा चीख उठी। वह दरवाजे के पास खड़ी उन लोगों की बातें सुन रही थी। उसने कांपकर दोनों हाथों से अपना चेहरा छुपा लिया और रोने लगी।

बच की आंखें उलट गईं।

डिल्लन मुस्कराता हुआ उसकी ओर देखता रहा।

बच लहराया और घुटनों के बल नीचे आ गिरा।

हैंक और मोर्गन बाहर की ओर भागे। डिल्लन ने उनकी ओर कोई तवज्जो नहीं दी। उन्होंने बाहर का बरामदा पार किया और निकल गए।

गर्नी और डिल्लन ने उनके भागने की आवाजें सुनीं।

तभी दरवाजा खुला और मीरा अंदर प्रविष्ट हुई। कुछ देर वह दरवाजे का सहारा लेकर वहीं खड़ी रही। उसने कमरा पार करके बच के करीब जाने की कोशिश नहीं की, बल्कि दरवाजे के साथ ठिठकी खड़ी रही।

बच कुछ देर तड़पा, फिर शांत हो गया।

'इसे मुझ पर हाथ डालने का पागलपन करना ही नहीं चाहिए था।' डिल्लन गर्नी पर निगाह डालते हुए बोला। उसने अपनी पिस्तौल की नाल को फूंका और पिस्तौल वापस जेब में रख ली।

'अब तुम्हारी बेहतरी इसी में है कि तुम फौरन यहां से भाग निकलो।' गर्नी ने भारी आवाज में कहा।

'मैं अकेला... नहीं दोस्त... तुम भी मेरे साथ चलोगे।' डिल्लन ने दांत चमकाए- 'पर यह सोच लेना, इस जैसी गलती तुमसे कभी न हो।'

दोनों की दृष्टि मीरा पर केंद्रित हो उठी। सहसा जैसे वह सचेत हुई हो। उसे अब ध्यान आया कि बच मर चुका था और अब वह बिलकुल अकेली थी। अब उसे अपनी देखभाल स्वयं ही करनी थी।

'अपना कुछ आवश्यक सामान समेटो बेबी और मेरे साथ चलो।' गर्नी ने कहा- 'अब हम दोनों ने इकट्ठे ही रहना है।'

मीरा के मुंह से कोई शब्द नहीं निकला-वह मुड़ी और कमरे से बाहर निकल गई। उसका समूचा जिस्म कांप रहा था।

डिल्लन ने कहा- 'हां... यह हमारे काम आ सकती है।'

गर्नी ने सिर हिलाया-फिर बोला- 'मेरा भी यही विचार है। यह हमारे बहुत काम आ सकती है।'

काफी देर तक खामोशी रही-बच पर से नजरें हटाकर दोनों व्यक्ति खामोश रहे-फिर गर्नी ने पूछा- 'हम जा कहां रहे हैं?'

'फिलहाल तो प्रदेश की सीमा तक ही जाना है।' डिल्लन ने उत्तर दिया- 'वहां पहुंचने के बाद सोचेंगे कि आगे कहां चलना है।'

मीरा एक छोटा-सा चमड़े का बक्सा थामे अंदर दाखिल हुई।

'बाहर कार में बैठो।' गर्नी ने उससे कहा।

मीरा मुड़ी और बाहर निकल गई।

डिल्लन गर्नी के नजदीक आया और उससे बोला- 'जाने से पहले हमें

कुछ धन का इंतजाम कर लेना ज्यादा बेहतर रहेगा। हमें पैसों की सख्त जरूरत है। मुझे मालूम है कि इस वक्त पैसा कहां से हासिल किया जा सकता है। शायद तुम्हें नहीं मालूम। अबी ने कुछ पैसा जमा कर रखा है। मुझे उस जगह का पता मालूम है-जहां वह अपनी जमा-पूंजी रखता है। जाने से पहले क्यों न हम वह पैसा काबू में कर लें।'

गर्नी ने अपने सूखे होंठों पर जुबान फिराई। वह घबराए से स्वर में बोला- 'मेरे विचार से यह खतरे से खाली नहीं होगा। पुलिस शीघ्र ही सचेत हो जाएगी।'

डिल्लन का स्वर कड़ा हो गया- 'मैं तुम्हें बता रहा हूं-तुम्हारी राय नहीं पूछ रहा हूं।'

दोनों बाहर अंधेरे में चलकर कार में बैठ गए। मीरा पहले से ही पिछली सीट पर बैठी हुई थी। अब तक वह स्वयं को काफी संयत कर चुकी थी-फिर भी उसका जिस्म कांप रहा था।

अबी के स्टोर तक पहुंचने में उन्हें ज्यादा वक्त नहीं लगा।

डिल्लन ने इग्नीशन की चाबी निकाली और बाहर निकल आया। वह गर्नी से बोला- 'तुम दोनों यहीं रुको-मैं ज्यादा देर नहीं लगाऊंगा।'

वह स्टोर के पिछवाड़े की ओर बढ़ गया। अपने पास मौजूद चाबी से उसने स्टोर का दरवाजा खोला और कॉरिडोर पार करके दुकान में दाखिल हो गया।

अबी खाते में आंकड़े लिख रहा था। उसके चेहरे पर संतोष के लक्षण साफ-साफ चमक रहे थे। डिल्लन को आते देखकर उसने अपनी नजरें उठाई और पूछा- 'क्यों... कैसी रही कुश्तियां?' अपनी उंगली उसने अब भी उस लिखे आंकड़े पर जमा रखी थी, जिसे वह देख रहा था। उंगली रखने का अंदाज ऐसा था, जैसे अबी को डर हो कि कहा वह खाते से निकालकर भाग ही न जाए।

डिल्लन ने अपनी पिस्तौल निकाल ली और उसे अबी की ओर तान दिया।

'जहां हो वहीं बैठे रहो।' वह क्रूर स्वर में बोला- 'शोर मचाने की कोशिश मत करना- 'समझे।' कहत-कहते उसने अपनी पिस्तौल अबी के सामने लहराई।

अबी के हाथ से पैन गिर गया। उसकी उंगलियां कांपने लगीं।

वह दु:ख भरे स्वर में बोला– 'तो रोजी का अनुमान गलत निकला तुम्हारे बारे में।

डिल्लन उस जगह पहुंचा जहां अबी दिन–भर की वसूली राशि रखा करता था। ऊपर शेल्फ में कॉफी के टिन में दिन–भर की कमाई रखी होती थी।

उसने टिन उठा लिया। अबी दु:खी मन से अपने हाथ गोद में रखे बैठा रहा।

'मेरा विचार में तुमसे ज्यादा मुझे इस पैसे की जरूरत है।' काउंटर पर टिन को उलटते हुए डिल्लन बोला। उसने टिन के नीचे खाली स्थान में हाथ डालकर नोटों की गड्डी निकाल ली। कुल मिलाकर एक सौ से अधिक के छोटे–छोटे नोट थे। वे सब डिल्लन ने अपनी जेब में रख लिए, फिर बोला– 'तुम्हारी बचत पूंजी की भी मुझे जरूरत है। इसके बाद तुम्हें जरूरत पड़े तो बेशक बैंक से निकाल लेना।'

डिल्लन ने गल्ले वाला दराज खोलकर बाहर निकाल लिया, फिर नीचे वाले खाली स्थान में हाथ डालकर नोटों की गड्डी निकाल लीं और उसे अपने जेब में ठूसते हुए बोला– 'दो हजार डालर हैं न गोल्डवर्ग। मैंने तुम्हें कई बार इन नोटों को गिनकर रखते हुए देखा था।'

'मैंने तुम पर विश्वास करके बहुत बुरा किया।' अबी दु:खी मन से बोला– 'तुम नहीं जानते, इन पैसों का जमा करने में मुझे कितना वक्त लगा है। मैं तौबा करता हूं–अब के बाद मैं तुम जैसे किसी बदमाश की सहायता करने की बात सोचूंगा भी नहीं।'

डिल्लन ने उपहासजनक ढंग से कहा– 'तुम ऐसा नहीं कर सकोगे गोल्डवर्ग–तुम कर ही नहीं सकते–तुम्हारे जैसे कोमल हृदय लोग अपने अंतिम समय तक उपकार ही करते रहते हैं।'

बातें करते–करते डिल्लन स्टोर में खाने के सामान के टिन छांटता रहा–फिर उन्हें एक गत्ते के डिब्बे में रखते हुए बोला– 'हम लोग बाहर घूमने जा रहे हैं। इतना सामान मैं तुम्हारे स्टोर से चुराना उचित नहीं समझता–इसलिए मैं तुम्हें इनकी कीमत चुकाए देता हूं।' यह कहकर उसने तीन डालर काउंटर पर रख दिए।

अबी कुछ नहीं बोला। वह चाह रहा था कि डिल्लन जितनी जल्दी ही यहां से चला जाए तो अच्छा है। वह सोच रहा था-रोजी को जब यह बात पता चलेगी तो उसे कितना दुःख होगा। वह अपने आपको कभी भी माफ नहीं कर पाएगी।

ओ.के. गोल्डवर्ग!' डिल्लन ने डिब्बा उठाया और दरवाजे की ओर बढ़ चला- 'हो सकता है कि तुम मुझे याद रहो।'

वह बाहर अंधेरे में आ गया। कार में डिब्बा रखा-अंदर घुसा और चाबी गर्नी को थमाते हुए बोला- 'इस प्रदेश के सीमांत की ओर... और जल्दी।'

गर्नी ने कार स्टार्ट की। गेयर बदला और कार द्रुतगति से आगे को बढ़ा दी।

दूर कहीं घड़ियाल ने दो बजाए।

कार तेज गति से आगे भाग चली।

मीरा ने अपनी टांगें बिस्तर से नीचे लटकाई और उठ बैठी।

खिड़की से आती धूप उसके पैरों को जलाए दे रही थी। अंगीठी के ऊपर रखी सस्ती-सी घड़ी आठ बजकर दस मिनट का समय दर्शा रही थी।

वह इसी प्रकार नग्न बैठी रही। उसने पैरों से अपने जूतों को टटोला, फिर कुछ नाराजी भरे भाव से हाथों और घुटनों के बल बैठकर चारपाई के नीचे से उन्हें निकाल लिया। कुछ क्षण वह उसी प्रकार झुकी-झुकी जूतों को घूरती रही।

जूतों से दो बड़े-बड़े छेद उसकी ओर झांक रहे थे-फिर उसने स्वयं के नंगे जिस्म की ओर देखा- 'लानत है।' वह धीरे से बड़बड़ाई- 'मैं तो बिलकुल कंगली होकर रह गई हूं।'

उसने अपनी टांगें खुजलाई-फिर सीधी होकर बैठ गई और सोचने लगी-आखिर वह जान-बूझकर तो नंगी होकर नहीं सोई थी। उसके पास दूसरा कोई कपड़ा था भी तो नहीं पहनने को।

बच की हत्या के बाद धीरे-धीरे तीन लंबे दुःखद सप्ताह बीत चुके थे। पहाड़ी के दामन में छुपी हुई वह केबिन-जिसमें मीरा इस समय बैठी थी-अपने रंग-रोगन के कारण ही सलामत थी।

डिल्लन यहां बड़े उत्साह और आनंद के साथ उसके साथ आया था और फंसकर रह गया था।

इस केबिन का अंतिम मालिक कामकाज की खोज में कहीं और चला गया था तथा अपना सामान-बिस्तर तक भी पीछे छोड़ गया था।

डिल्लन कार द्वारा निकटतम शहर से काफी दिनों के लिए खाने का सामान आदि ले आया था। तीनों वहीं रहने लगे थे। सवेरे से शाम तक वहां और कोई नहीं आता था।

डिल्लन का अधिकतर समय बिस्तर में लेटकर सोचते हुए व्यतीत होता था। वह आमतौर पर दोपहर के समय उठता, खाना खाता और केबिन के बाहर धूप में बैठ जाता। गर्नी लकड़ियां काटकर लाता और पानी भर लाता। इससे अधिक वह और कोई काम नहीं करता था। बाकी सारा काम मीरा के सिर पर डाल दिया गया था। गर्नी आमतौर पर मीरा के आसपास मंडरता रहता और उसे बोर करता रहता था।

मीरा अब तक इस गोरखधंधे से बुरी तरह ऊब चुकी थी, पर उसने स्वयं को संभाला हुआ था-इसलिए वह गर्नी को अपने कमरे से बाहर ही रखती थी। मीरा का यह व्यवहार गर्नी को चिंतित किए दे रहा था।

वह उठ खड़ी हुई और जूते पहनने लगी। फटे हुए जूते उसके पांवों में चुभ रहे थे। फिर उसने टिन के डिब्बे में पानी भरकर मुंह धोया। जब वह यह सब कर रही तो उसका दिमाग सोच-विचार में व्यस्त था। वह सोच रही थी कि इन दोनों को एक अच्छा-खासा झटका देना जरूरी था। डिल्लन के साथ थोड़ी अधिक सावधानी बरतने की जरूरत थी-हालांकि उसने मीरा की ओर कोई अधिक ध्यान नहीं दिया था। मीरा सोचती थी कि शायद डिल्लन एक बेकार, काम वासना रहित ठंडा मर्द है। यही सब सोचती हुई वह स्टूल की ओर बढ़ी, जहां उसके कपड़े रखे हुए थे। उसने कपड़ों को उलटा-पलटा, फिर घृणा से नाक सिकोड़ ली। समूचे लिबास में छेद थे। बांह के नीचे तो मोटा-सा जोड़ भी लगा हुआ था।

गर्नी खुले दरवाजे में खड़ा पेटी कस रहा था। उसने रूठे हुए अंदाज के साथ मीरा की ओर देखा और सिर हिला दिया। शुरू में गर्नी ने यह सोचा था कि वह मीरा के साथ खूब मौज-मस्ती मनाएगा-पर अब हर रात उसके किवाड़ बंद करके सोने और अंदर से ताला लगा लेने से वह तंग आ गया था। उसकी दाढ़ी बढ़ चुकी थी और आंखों में नींद भरी हुई थी। उसने मीरा की ओर भूखी नजरों से देखा।

डिल्लन का कमरा सामने था। वह अभी तक सोया पड़ा था और अभी कुछ समय तक उसके उठकर बाहर आने की उम्मीद नहीं थी।

मीरा ने उससे संक्षिप्त स्वर में बात की- 'अब यदि तुम आग जला देते तो मैं चाय आदि...।'

'श्योर...श्योर।' गर्नी बोला। वह बाहर निकल गया और कुछ लकड़ियां लेकर वापस लौटा। अंगीठी के सामने बैठकर उसने आग जलानी शुरू कर दी।

मीरा ने केतली में पानी भरा और फिर मेज ठीक करने लगी। आग जल जाने पर गर्नी ने केतली को उस पर रख दिया और उठ खड़ा हुआ। उसने एक जम्हाई ली और कमरे में चहल-कदमी करने लगा। उसकी नजरें मीरा पर ही टिकी हुई थीं-पर मीरा ने उसकी ओर कोई ध्यान नहीं दिया। वह जानती थी कि इस वक्त गर्नी की आंखों में वासना का तूफान लहरा रहा था।

गर्नी उसके पीछे आ गया और उसकी कमर बांहों में भरकर उसे अपनी ओर खींच लिया।

'यह क्या बदतमीजी है?' मीरा डांट भरे स्वर में बोली- 'दफा हो जाओ-देखते नहीं, मुझे और भी काम करने हैं।'

'नहीं!' गर्नी ने उसे अपनी ओर घुमा लिया- 'मैं तंग आ गया हूं तुम्हारी बेरुखी से। मुझसे अब और बर्दाश्त नहीं होता।'

उसने मीरा को अपनी बांहों में उठा लिया और उसे कमरे में ले आया। कमरे में पहुंचकर उसने मीरा को बिस्तर में बिठाया और उसे थामे यूं ही खड़ा रहा। उसकी सांसें बुरी तरह से आंदोलित हो रही थीं।

'तुम्हें तो हर समय गलत बातें ही सूझती हैं।' मीरा ने कुछ नाराजी भरे स्वर में कहा।

'तुम तो यही सोचोगी?' वह मीरा को झिड़कता हुआ बोला- 'खुद नहीं सोचोगी कि तुम क्या हो। तुम तो शोला हो शोला-किसी भी मर्द को पागल बना देने के लिए तुम्हारा हुस्न कयामत से कम थोड़े ही है और अब फिर तुम्हें हो क्या गया है मीरा...जब बच हमारी जान लेने पर तुला हुआ था-उस वक्त तो तुम वासना की गर्मी से तप रही थीं और अब...।'

'मैं चलती हूं।' मीरा शांत स्वर में बोली- 'केतली में पानी खौल रहा है। अब यह खेल किसी और वक्त के लिए...।'

'बाई गॉड मीरा... तुम मेरे साथ इस प्रकार का व्यवहार नहीं कर सकतीं. ..मैं...।'

उसने अपने हाथ पीछे खींच लिए।

गुस्से की तेज लहर शोला बनकर मीरा के शरीर में दौड़ गई। वह चीखती हुई बोली- 'तो तुम्हें यह अच्छा लगता है कि मैं नंगी फिरूं-मेरे शरीर पर कपड़े का एक चिथड़ा तक न हो, जूतों के नाम पर ये फटे हुए लीथड़े ही पहने फिरूं-क्यों, यही अच्छा है तुम्हारी नजर में। हटो-मुझे काम करने दो-तुम्हें क्या-तुम्हें तो बस अपने जिस्म की आग बुझाने से मतलब है न।'

गर्नी ने हतप्रभ भाव से उसकी ओर देखा। मीरा कहती गई- 'तुम केवल बिस्तर में घुसने की बात ही सोच सकते हो। बाहर दूसरे कमरे में उस पाजी के पास नोटों की पूरी गड्डी मौजूद है और वह उस पर सांप की तरह कुंडली मारे बैठा है। तुम्हारे विचार से हम इस तरह यहां और कितने दिन रह सकते हैं, बोलो-सोचो तो तुम-तुम्हें गुस्सा किस बात पर है?'

गर्नी व्याकुल होकर पीछे हट गया- 'पर मैं कर भी क्या सकता हूं। सोचो तो मीरा-मैं कुछ भी तो नहीं कर सकता।'

'वाह... वाह क्या मर्द हो!' मीरा व्यंग्य से ताली बजाती हुई बोली- 'कहते हो-मैं क्या कर सकता हूं। लाओ, मैं तुम्हें दिखाती हूं कि मैं क्या कर सकती हूं।' कहती हुई वह उठी और गर्नी के पास से निकलती हुई डिल्लन के कमरे में जा घुसी।

डिल्लन अपने बिस्तर पर कमीज-पतलून पहने बैठा लकड़ी के एक टुकड़े से अपने दांत कुरेद रहा था। उसने मीरा को दनदनाते हुए अपने कमरे में घुसते हुए देखा तो शक से उसकी आंखें सिकुड़ गईं। वह गुस्से भरे स्वर में बोला- 'क्या चाहिए तुम्हें, इस तरह मेरे कमरे में घुस आने का क्या मतलब हुआ?'

'मैं तुम्हें बताती हूं कि मुझे क्या चाहिए।' मीरा उस पर बरस पड़ी- 'सुनो-मैं यहां से निकलना चाहती हूं। मुझे कुछ पैसे चाहिए ताकि मैं अपने लिए कपड़े खरीद सकूं। मैं यहां तुम जैसे बेकार पागलों के लिए मुफ्त में काम करते-करते तंग आ चुकी हूं... मेरी ओर देखो-जरा मेरे कपड़ों पर ध्यान दो-मेरे जूतों की ओर...।'

'शटअप!' डिल्लन फौरन उठकर गुर्राया। दरवाजे में खड़ा गर्नी भयभीत हो गया। डिल्लन ने अपने कंधे उचकाए- 'फौरन कमरे से बाहर निकलो, वरना मैं तुम्हें बाहर फेंक दूंगा। यहां तुम लोगों का बॉस में हूं समझीं-फूटो।'

मीरा ने मुंह बिचका दिया- 'तुम अपनी मोटी अक्ल में इस बात को विशेष रूप से बिठा लो पाजी पिस्तौलबाज।' वह व्यंग्य भरे स्वर में बोली- 'कि तुम कहीं के भी बॉस नहीं हो सकते, समझे-अब कुछ समझदारी दिखाओ और मुझे कुछ डॉलर दे दो।'

सहसा डिल्लन को क्रोध चढ़ आया। उसने जोरदार मुक्का मीरा के सिर पर दे मारा। मीरा लड़खड़ाती हुई कमरे के पीछे की ओर घूम गई और उसकी खोपड़ी दीवार के साथ जा टकराई। दीवार की कठोर लकड़ी के साथ टकराने के बाद वह नीचे फर्श पर गिरी और ढेर हो गई।

दरवाजे पर खड़े गर्नी ने धीरे से कहा- 'तुम्हें उसे इस तरह से नहीं मारना चाहिए था।'

डिल्लन ने खूंखार आंखों से उसे देखते हुए जवाब दिया- 'तुम इस चक्कर से बाहर ही रहो तो बेहतर है गर्नी। उसने स्वयं ही यह सब कुछ मांगा था। इस प्रकार की बातें करके वह मुझसे क्या हासिल कर सकती है।'

मीरा लड़खड़ाती हुई उठी। उसने अपना सिर दोनों हाथों से थाम रखा था। वह डिल्लन को देख पाने में भी कठिनाई महसूस कर रही थी। वह चिल्लाई- 'तुम आदमी नहीं हो हरामजादे-शैतान हो शैतान।'

डिल्लन ने अपनी पतलून थोड़ी ऊपर उठाई और चलता हुआ उसके नजदीक आ गया- 'अब यहां से निकलो और कुछ खाना-वाना तैयार करो।' वह क्रूर स्वर में बोला- 'मैं तुमसे उपदेश नहीं सुनना चाहता-समझीं।'

मीरा ने मुड़कर गर्नी की ओर देखा-उसकी आंखों में घृणा झलक रही थी- 'तुम...मर्द।' वह चिल्लाई- 'इतना कुछ देख लेने के बाद भी तुम मेरे बिस्तर में घुस आने की हिम्मत करते हो-तुम पागल कीड़े... दफा हो जाओ मेरी आंखों के सामने से।'

'बकवास बंद कर छोकरी।' डिल्लन गुर्राया।

गर्नी मुड़ा और बड़े कमरे में चला गया। उसने अनुमान लगा लिया था कि अब मीरा से उसे बहुत-कुछ सुनना पड़ेगा।

डिल्लन ने मीरा पर से अपनी नजरें हटाई। बच को जिस प्रकार मीरा

ने जख्मी किया था, उसका उसे पता था। वह एक खतरनाक छोकरी थी।

मीरा ने घृणा भरी नजरों से उसकी ओर देखा और दांत पीसती हुई बोली- 'तुमने मुझ पर हाथ उठाकर अच्छा नहीं किया है पाजी-देख लेना, इसकी सजा तुम्हें भुगतनी ही पड़ेगी। कमीने-मैं तुझे सीधा करके ही छोडूंगी।'

डिल्लन हंसा- 'वाह-वाह क्या कहने-ये मुझे सीधा करके रहेगी, वाह।' कहते हुए वह कमरे से बाहर निकल गया। उसकी नजरें अंतिम समय तक भी मीरा पर ही केंद्रित रही थीं।

मीरा कुछ देर वहीं खड़ी रही। फिर बाहर वाले कमरे में आ गई।

गर्नी ने डरे-डरे भाव से उसकी ओर देखा-पर मीरा ने उस पर कोई ध्यान नहीं दिया। वह मीट काटने में व्यस्त हो गई।

गर्नी को उम्मीद थी कि मीरा रोएगी-चिल्लाएगी। इस प्रकार मार खाने के बाद तो किसी भी लड़की को बेहोश हो जाना चाहिए था। पर मीरा के चेहरे पर ऐसे कोई निशान तक नहीं थे। उसका चेहरा तना हुआ था। जहां डिल्लन ने उस पर प्रहार किया था, वहां एक निशान पड़ गया था। मीरा की आंखों में तूफान भरा हुआ था।

'सुनो।' गर्नी ने व्याकुल स्वर में कहा- 'तुम्हें उससे झगड़ा मोल नहीं लेना चाहिए। उस जैसे व्यक्ति से झगड़ा मोल लेकर तुम्हारे हाथ कुछ भी नहीं लगने वाला।'

मीरा खामोश रही। वह मेज तक खाने का सामान लाकर जुटाती रही। उसने अपने लिए कॉफी का एक कड़कदार प्याला तैयार किया और उसे हाथ से उठाए धूप में आ बैठी।

डिल्लन अंदर दाखिल हुआ और खाने की मेज पर बैठ गया। गर्नी उसके समीप जा बैठा।

'तुम ऊब गए लगते हो।' डिल्लन ने सर्द आवाज में पूछा।

'नहीं-नहीं-मैंने तो तुमसे कोई शिकायत नहीं की है इस बारे में।' गर्नी बोला।

'लेकिन मेरे विचार से उसे तुमने ही भड़काया है।' उसने मीरा की ओर गर्दन घुमाई और उस पर उंगली का संकेत करते हुए कहा।

'तुमने मुझे गलत समझा है।' गर्नी बात बनाता हुआ बोला- 'मैंने उससे

कुछ नहीं कहा है। उसके पास पहनने को कपड़े नहीं हैं, इसलिए वह इतना कुछ कह बैठी थी बस।'

डिल्लन ने गोश्त के टुकड़े पर छुरी चलाते हुए कहा- 'उस छोकरी को समझा देना। मैं इस तरह का व्यवहार सहन करने का आदी नहीं हूं-समझे।'

गर्नी ने अपनी प्लेट एक ओर खिसका दी। उसने एक सिगरेट सुलगाई। खाना उसे बेजायका लगने लगा था- 'तुम सही कहते हो-उसे ऐसा व्यवहार नहीं करना चाहिए था। पर वह अभी नादान है, तुम्हें भी उसकी बात का बुरा नहीं मानना चाहिए।'

'तुम समझा देना उसे।' डिल्लन सामान्य स्वर में बोला- 'तुम ये तो नहीं चाहते होगे कि मैं उसे अपने ढंग से सीधा करूं। उस चरित्रहीन छोकरी को तुम्हीं संभालो। तुम आखिर उससे इतना डरते क्यों हो-उसे पकड़कर बिस्तर में पटक क्यों नहीं देते।'

गर्नी कुर्सी पीछे खिसकाकर उठ खड़ा हुआ। वह बुदबुदाया और अंगीठी को ठीक करने के लिए चला गया।

डिल्लन ने खाना समाप्त किया। वह भी उठ खड़ा हुआ।

'मैं कार बाहर ले जा रहा हूं।' वह बोला- 'मुझे थोड़ा-सा काम है। मैंने जो कुछ तुम्हें बताया है, उसके बारे में उसे समझा देना।'

गर्नी ने व्याकुल भाव से उसकी ओर देखा। पर वह बोला कुछ नहीं।

मीरा ने दोनों व्यक्तियों को अंदर से निकलकर कार के शैड की ओर जाते हुए देखा। वह उठी और अंदर जाकर मेज साफ की, फिर जूठी प्लेटें धोने लगी। अपने आप पर जब्त किए हुए वह अब भी गुस्से में कांप रही थी। उसने कार स्टार्ट होने की आवाज सुनी तो वह भागकर खिड़की के समीप जा पहुंची। उसे कार में डिल्लन की सूरत दिखाई पड़ी।

गर्नी अंदर आया और बोला- 'वह शहर गया है।'

मीरा खिड़की के पास पड़ी एक लकड़ी की बैंच पर बैठ गई। वह कठोर और तीखे शब्दों में बोली- 'तुम्हें इस पाजी से सावधान रहना होगा गर्नी! मैं तुमसे यही बात कहना चाहती थी।'

गर्नी ने अपनी खोपड़ी खुजाई- 'कैसी सावधानी?' उसने पूछा- 'मैं समझा नहीं तुम्हारी बात को।'

'तुम्हें उससे कुछ नहीं मिलेगा। तुम्हें पता है, वह अबी गोल्डवर्ग को

लूट लाया है। उसमें से उसने तुम्हें क्या दिया है, सोचो। तुम दुम हिलाते कुत्ते की तरह उसके पीछे-पीछे घूमते रहते हो, उसने तुम्हें एक कत्ल में भी साझीदार बनाकर रख दिया है। वह अपने आपको हम सबका बॉस समझता है और तुम हो कि उसके पीछे-पीछे दुम हिलाए घूमते रहते हो। उसकी हर जायज-नाजायज बात में जी-हुजूरी करते हो-कायर कहीं के। तुम एक डरपोक आदमी हो। तुम उस हरामजादे से खौफजदा हो।'

'लेकिन उसके पास पिस्तौल है।' गर्नी ने प्रतिवाद किया- 'मैं उसके सामने कर भी क्या सकता हूं? अगर मैंने उससे जरा भी नाइत्तिफाकी जाहिर की तो वह बेहिचक मुझे शूट कर सकता है। यह भी तो सोचो बेबी।'

मीरा की आंखों में चमक उत्पन्न हुई। वह बोली- 'मैं तुम्हें समझाती हूं कि तुम क्या कर सकते हो। जब तक जरूरी समझो तुम इसकी जी-हुजूरी करते रहो-फिर मौका पाते ही उसे धक्का दे दो और स्वयं बॉस बन जाओ। तुम्हारे पास भी पिस्तौल होगी और तुम इससे भी ज्यादा कारगर ढंग से पिस्तौल चला सकोगे। जब तुम सब कुछ इससे अधिक अच्छे ढंग से करने लगोगे, तो यह स्वयं ही यहां से भाग खड़ा होगा।'

गर्नी ने सोचपूर्ण मुद्रा में उसकी ओर देखा-फिर धीरे से बोला- 'कहती तो तुम ठीक ही हो। मुझे इस ढंग से भी सोचना चाहिए।'

उसके बाद दोनों अपने-अपने कमरों में चले गए।

जब डिल्लन वापस केबिन में लौटा, उस समय सूरज पहाड़ी के पीछे छुप रहा था। गर्नी ने दूर से आती कार के पुराने इंजन की आ आवाजनी और भागा-भागा आकर सड़क की ओर देखने लगा। वह सोच रहा था-न जाने दोपहर के खाने के बाद से मीरा कहां चली गई थी। दोपहर के खाने के बाद से उसने मीरा को नहीं देखा था। दिन-भर वह अकेला बोर होता हुआ दिन गुजारता रहा था। कार की आवाज सुनते ही वह चौकन्ना होकर कार की दिशा में देखने लगा।

इस दौरान वह सारे दिन मीरा के ही बारे में सोचता रहा था। उसने महसूस किया था, मीरा का कहना बिलकुल ठीक था। डिल्लन को चकमा देना ही ज्यादा बेहतर था।

लेकिन कैसे-यह बात उसके दिमाग में नहीं बैठ सकी थी। वह डिल्लन

से डरा हुआ था, इसलिए यह नहीं सोच पाया कि वह डिल्लन को चकमा दे किस ढंग से?'

उसने काफी देर तक सोच-विचार किया था और अंत में इस निर्णय पर पहुंचा था कि यह काम उसे मीरा पर छोड़ देना चाहिए। मीरा की बताई बातों पर उसने धूप में बैठकर बार-बार विचार किया था।

डिल्लन एक कमीना आदमी है। वह कुछ समय तो उसे अपने साथ रखेगा और फिर अपना काम निकलते ही उसे छोड़ जाएगा।

गर्नी के हाथ पिस्तौल को छूने और महसूस करने के लिए मचलने लगे। काश! उसकी पिस्तौल मेरे काबू में आ जाए। फिर वह डिल्लन को सीधा करके रख देगा।

डिल्लन कार को केबिन के पास तक ले आया। उसने गर्नी की ओर देखकर हाथ हिलाया। गर्नी उसके नजदीक आ पहुंचा।

'कुछ काम है क्या?' गर्नी ने उसके नजदीक जाकर पूछा- 'तुम काफी देर तक बाहर रहे हो।'

डिल्लन कार से नीचे उतर आया- 'उसने पीछे का दरवाजा खोला और एक केबल में लिपटा भारी-सा बंडल उठा लिया। 'आओ अंदर चलते हैं।' वह बोला- 'तुम्हें एक चीज दिखलाना चाहता हूं।'

गर्नी उसके पीछे-पीछे हो लिया। डिल्लन ने बंडल मेज पर रख दिया और उसे सावधानी से खोलने लगा।

गर्नी धड़कते दिल के साथ चुपचाप खड़ा देखता रहा, फिर बंडल खुलते ही उसके मुंह से आश्चर्य-मिश्रित सिसकारी उभरी- 'ओह...!'

मेज पर एक थामसन बंदूक रखी थी और पास ही दशमलव पैंतालीस की स्मिथ एंड वेसन की पिस्तौल। उसके साथ ही कारतूसों की एक पेटी भी थी।

अपने छोटे-छोटे होंठ फड़फड़ाता हुआ डिल्लन हाथ से थामसन को थपथपाता हुआ बोला- 'देखो-इसे कहते हैं काम करना। जिस किसी के पास यह हथियार हों, उसे कहीं भी जाने में कोई कठिनाई नहीं होती-समझे।'

तभी एक परछाई मेज पर पड़ी। दोनों ने तुरंत चौंककर उस ओर देखा।

मीरा दरवाजे में खड़ी एकटक भाव से बंदूक को देखे जा रही थी। दोनों ने उसकी ओर से ध्यान हटाया और पुनः बंदूक का निरीक्षण करने में लग गए।

'ये तुम्हें कहां से मिल गई।' गर्नी ने पूछा और पिस्तौल उठाकर उसके बट्टे को टटोलने लगा। ऐसा करना उसे बहुत अच्छा लगा।

डिल्लन बहुत अच्छे मूड में था। वह खिड़की के नीचे बैंच पर जा बैठा और बोला- 'एक बार जब तुम्हें इन हथकंडों का पता पड़ जाएगा, तो तुम्हारे लिए सब कुछ आसान हो जाएगा।'

मीरा मेज के निकट आई और उसने बड़ी सावधानी से अपना हाथ थामसन की ठंडी नाल पर रख दिया।

डिल्लन ने उसकी ओर देखा- 'इसे उठाकर देखो-यह तुम्हें कोई नुकसान नहीं पहुंचाएगी।'

मीरा ने बंदूक उठा ली और उसकी मूठ को अपनी बांह के नीचे दबाकर उसकी नाल अंगीठी की ओर घुमा दी। फिर वह उस पर हाथ फेरने लगी।

गर्नी उसे ध्यानपूर्वक देखता रहा। उसने सोचा-जरूर डिल्लन इन हथियारों को कहीं से उड़ाकर लाया है। फिर जब उसके सब्र का पैमाना छलक उठा तो उसने पूछ ही लिया- 'बताओ न, तुमने इन्हें कहां से प्राप्त किया है? आखिर ये तुमने पेड़ पर लगे हुए तो नहीं पाए होंगे।'

डिल्लन ने सिर हिलाया। उसने अपनी पेटी में अपनी उंगलियां उड़स लीं और बोला- 'ये चीजें आसानी से नहीं मिलती हैं। मैं शेरिफ के दफ्तर गया था और ये चीजें खरीदकर ले आया हूं।'

'कमाल कर दिया तुमने तो।' गर्नी आश्चर्य व्यक्त करता हुआ बोला। उसकी आवाज से चापलूसी साफ-साफ जाहिर हो रही थी।

'सुनो मेरे दोस्त।' डिल्लन ने बताया- 'इस देश के कानून कुछ अजीब-से हैं, यहां हर मेरे जैसे व्यक्ति को पिस्तौल रखना लाजिमी होता है और पिस्तौल आसानी से नहीं मिलती है-उसके लिए बड़ी जुगाड़ भिड़ानी पड़ती है। मुझे भी इसके लिए जुगाड़ भिड़ानी पड़ी। ऐसा भी होता है कि जब शेरिफ को अपना ताम-झाम बंद करना होता है, तो उसे राइफल और पिस्तौल आदि बेचनी पड़ जाती हैं। मैं जब शहर गया तो वहां लोगों की बातचीत से मुझे पता लगा कि पास वाले शहर का शेरिफ अपना सामान बेचना चाह रहा है। मैं उसके पास पहुंचा। उसे अपनी बातों से प्रभावित किया और ये चीजें सस्ते दामों में ले आया। खर्चा तो बेशक हो गया है, पर मुझे परवाह नहीं है। चीजें मेरी मनपसंद की हैं।'

मीरा ने महसूस किया कि डिल्लन काफी चालाक आदमी था। गर्नी को उससे बहुत कुछ सीखना होगा। अपने स्वर को यथासंभव नम्र बनाती हुई वह बोली- 'वाह-बहुत अच्छा काम किया है तुमने।'

डिल्लन ने उसे कड़ी नजर से देखा। मीरा की आंखों से प्रशंसा फूट-फूटकर जाहिर हो रही थी।

'हां-अपना काम मैं बेहतर जानता हूं।' वह बोला।

गर्नी ने थामसन थपथपाई और पूछा- 'तुम इसे चलाना भी जानते हो?'

डिल्लन उठकर खड़ा हो गया।

'क्यों नहीं।' वह बोला- 'आओ तुम्हें चलाकर दिखाऊं।'

मीरा और गर्नी उसके पीछे-पीछे बाहर निकल आए। दोनों ने एक-दूसरे की ओर देखा तक नहीं। मीरा ने गर्नी की बांह थामते हुए उसे धीरे से दबाया। गर्नी ने सहमति में सिर हिला दिया। उसकी नजरें अभी भी डिल्लन की पीठ पर टिकी हुई थीं।

डिल्लन ने इधर-उधर देखते हुए अपना टारगेट निर्धारित किया। वह बोला- 'इस बंदूक से तुम्हें निशाना लगाने में कोई दिक्कत पेश नहीं आएगी। बस, इसे थामे रहो और इस प्रकार घुमा दो।'

कहते-कहते उसने बंदूक गैराज के दरवाजे की ऊंचाई तक उठाई और फायर कर दिया। गोलियों की लगातार आवाजों से घबराकर मीरा दो कदम पीछे हट गई। गैराज के दरवाजे पर से लकड़ी के टुकड़े हवा में उड़ गए। जहां लोग खड़े थे, वहां से गैराज के दरवाजों में छेद की कतारें साफ-साफ दिखाई देने लगीं।

डिल्लन ने फायरिंग करना बंद कर दिया। वह उन दोनों की ओर मुड़ा और बोला- 'देखो-कितना आसान है निशाना लगाना। यह बंदूक तो सबको रोक सकती है।'

मीरा आगे बढ़ी- 'ऐसा तो मैं भी कर सकती हूं।'

डिल्लन ने पल-भर के लिए संकोच भरी नजरों से उसे घूरा-फिर बंदूक उसके हाथ में थमा दी- 'हां...हां क्यों नहीं।' वह बोला- 'पर तुम्हें इसे सावधानी से पकड़ना होगा।'

मीरा ने बंदूक का बट अपनी कोहनियों के बीच दबाकर घोड़े को अपनी उंगली के घेरे में ले लिया-फिर उसने ट्रेगर दबा दिया। राइफल जीवित हो

उठी। गैराज के ऊपर वाले पेड़ों से कई टहनियां टूटकर नीचे आ गिरीं।

'बस ठीक है।' डिल्लन बोला- 'बस, इसको मजबूती से पकड़ने की जरूरत होती है।'

गर्नी का भी दिल चाह रहा था कि वह भी दो-चार गोलियां चलाकर देखे। डिल्लन का संकेत पाकर मीरा ने राइफल गर्नी के हाथ में थमा दी।

'संभाल के चलाना।' डिल्लन बोला- 'हमने कारतूस यूं ही जाया नहीं करने-ये बहुत महंगे आते हैं।'

पर गर्नी इस प्रकार के तर्क से भला कहां रुकने वाला था। उसने गैराज के दरवाजे की ओर निशाना लगाकर गोलियां चला दीं। डिल्लन द्वारा किए गए सुराखों के साथ-साथ दरवाजे पर एक और सुराखों की लाइन लग गई।

'तुम्हारा निशाना इतना अच्छा है।' मीरा ने कहा।

डिल्लन खुश हो उठा। उसने बंदूक को गर्नी से वापस ले लिया और अंदर चला गया। वे दोनों भी उसके पीछे-पीछे अंदर चले आएं।

दोनों डिल्लन को राइफल साफ करते हुए देखते रहे। थोड़ी-थोड़ी देर बाद मीरा डिल्लन से कुछ-न-कुछ सवाल पूछ लेती थी। डिल्लन उसका जवाब देता जा रहा था। इस प्रकार उन दोनों ने राइफल के बारे में काफी कुछ जानकारी हासिल कर ली।

गर्नी डिल्लन का हाथ बंटाने लगा। उसने कारतूसों की पेटी को डिल्लन के तकिए के नीचे छुपा दिया। फिर तीनों बैठक में आ गए।

डिल्लन एक मेज के कोने पर जा बैठा और बोला- 'मेरी निगाह में एक छोटा-सा बैंक है, जिसे लूटा जा सकता है। यदि मुझे कार चलाने के लिए कोई बढ़िया-सा साथी मिल जाए, तो मैं इस काम में हाथ डाल सकता हूं।'

'कार मैं चला सकती हूं।' मीरा धीरे से बोली।

डिल्लन ने तुरंत अपनी गर्दन घुमाकर उसकी ओर देखा- 'तुम... तुम भला क्या जानती हो कार चलाने के बारे में?' डिल्लन ने पूछा। फिर बोला- 'बैंक डकैती के बाद वहां से भागकर लौटना ही तो सबसे ज्यादा कठिन काम होता है। ऐसे वक्त में कार का स्टेयरिंग संभालने वाले साथी को अपनी बुद्धि का प्रयोग करना पड़ता है। उसे आंधी-तूफान की तरह से गाड़ी चलाते रहना पड़ता है-समझीं।'

मीरा ने कंधे उचका दिए- 'मेरे विचार से तो उस पुराने छकड़े को होशियार-से-होशियार ड्राइवर भी, आंधी-तूफान की तरह से नहीं चला सकता।'

'तुमसे यह किसने कह दिया कि इस काम के लिए मैं उस छकड़े का प्रयोग करूंगा।' डिल्लन बोला- 'तुम इस धंधे के बारे में कुछ भी तो नहीं जानतीं। पहले मैं एक कार चुराऊंगा-काफी पावरफुल और तेज रफ्तार से चलने वाली कार-समझीं।'

'तो फिर ले आओ न। मैं उसे चलाकर दिखा दूंगी।' मीरा ने कहा।

डिल्लन को गुस्सा आने लगा- 'तुम इस मामले में अपनी टांग मत अटकाओ। यह काम तुम्हारे बस का नहीं है।' उसने डांट भरे स्वर में कहा।

मीरा उठी और दरवाजे की ओर चल दी- 'तुम्हें यकीन नहीं आता तो मैं दिखाए ही देती हूं।'

वह भागती हुई बाहर खड़ी पुरानी कार तक गई। उसमें बैठी और उसे स्टार्ट कर दिया। इससे पहले कि कार नजरों से ओझल हो-चालीस मील की गति से कार चलती दिखाई दी। उसने कुछ ही सेकेंड में गियर तब्दील किया-पहला, दूसरा और फिर तीसरा।

कुछ ही देर बाद वह कार को वापस ले आई। केबिन की दीवार के पास तक कार को लाकर उसने इस तेजी के साथ ब्रेक लगाए कि दोनों व्यक्ति चौंककर रह गए। वह उछलकर कार से निकली और दोनों के पीछे-पीछे अंदर चली गई।

डिल्लन ने आश्चर्यचकित नजरों से मीरा की ओर देखा-पर उसका चेहरा भावशून्य था।

'वह कार को संभाल सकती है।' गर्नी ने डिल्लन से कहा- 'मेरे विचार से वह अपना मानसिक संतुलन भी बनाए रख सकती है।'

डिल्लन कुछ पलों तक असमंजस में डूबा रहा-फिर बोला- 'बिलकुल ठीक कहते हो तुम। मेरे विचार में मैं कल ही उस बैंक को साफ कर दूंगा।'

उसके पीछे दोनों ने एक-दूसरे की ओर संकेत भरी नजरों से देखा।

❖❖❖

मीरा ने अपने पांव का दबाव बढ़ाया और बड़ी कैडीलॉक तेजी से आगे बढ़ चली। गर्नी उसके पास वाली सीट पर बैठा हुआ था और डिल्लन पिछली वाली सीट पर। थामसन उसके पास ही रखी थी और उस पर कंबल पड़ा हुआ था।

तीन बजे के बाद का समय था। सारा काम यूं ही संयोग पर नहीं छोड़

दिया था। डिल्लन ने सारी योजना इस प्रकार अच्छे ढंग से सोची तथा समझाई थी कि बाकी दोनों आश्चर्य चकित होकर रह गए।

पहले एक कागज पर उसने नक्शा बनाया था। बैंक नक्शे के मध्य में था। वापसी में उसमें तीन भिन्न-भिन्न रास्तों से लौटने की योजना बनाई थी।

'हम माल लूटकर वापस बाहर निकलेंगे। हो सकता है, कोई व्यक्ति बैंक के डाके का समाचार शेरिफ को पहुंचा दे। शेरिफ इस रास्ते में अपने आदमियों को लेकर हमारी तलाश में निकल पड़ेगा।' उसने नक्शे पर रास्ता दर्शाते हुए कहा- 'हमें इस ओर से आना पड़ेगा और हो सकता है कि वह भी इसी दिशा में आ रहा हो। हमारे पास गाड़ी को वापस मोड़ने का समय नहीं होगा-इसलिए हम दाईं ओर मुड़ जाएंगे। इस प्रकार हमारे पास भाग निकलने के तीन रास्ते हैं।' उसने वह नक्शा मीरा के सामने शीशे पर चिपका दिया था और मीरा को इतनी बार समझाया कि वह बोर होकर रह गई थी।

'तुम्हें अपना मानसिक संतुलन बनाए रखना होगा।' उसने मीरा को समझाया था- 'मैं तुम्हारे साथ रहूंगा-पर तुम्हें उधर ही गाड़ी मोड़नी होगी, जिधर मैं मोड़ने का संकेत दूंगा-साथ ही जल्दी से चलते ही रहना होगा-किसी प्रकार की बहस नहीं करनी होगी।'

जब डिल्लन मीरा को अच्छी तरह से समझा चुका तो वह गर्नी की ओर मुड़ा-उसने गर्नी को पिस्तौल दिखाकर उसे समझाया कि उसने किस प्रकार जल्दी से पिस्तौल निकालनी होगी और उसे किस प्रकार गोली चलानी होगी।

'तुम्हें उन बदमाशों से घबराना नहीं होगा। यह काम तुम मुझ पर छोड़ देना। बैंक में केवल दो ही व्यक्ति हैं, दोनों ही बाल-बच्चेदार हैं-इसलिए उन्हें शूट करने की धमकी देकर उनसे माल समेटने में ज्यादा परेशानियां पेश नहीं आने वाली हैं।' उसने बताया- 'तुम्हें बस इतना ही करना होगा कि माल समेटना है और वापस भाग लेना है-समझ गए।'

गर्नी ने पिस्तौल अपने कोट के नीचे छिपा रखी थी। पिस्तौल की मौजूदगी से वह उत्साह से भरा जा रहा था। उसे बिलकुल भी डर नहीं लग रहा था।

बैंक से लगभग बीस मील की दूरी पर उन्होंने पुरानी कार को जंगल में छुपा दिया था। कैडीलॉक चुराने में उन्हें कोई विशेष कठिनाई पेश नहीं आई थी। गली में खड़ी वह कार जैसे स्वयं को चुराए जाने का निमंत्रण देती ही मिली थी उन्हें। और तो और उसका इंजन भी चालू था। कोई शरीफ आदमी

सामने वाले स्टोर में शायद कोई सामान खरीदने गया था। कैडी (कार) काफी शानदार और तेज गति वाली थी।

वे शहर में पहुंचे। डिल्लन इस प्रकार आगे को झुका हुआ था कि उसका सिर दोनों के बीच आ गया।

'चिंता मत करो-बस सामने ले जाकर खड़ी कर दो।'

'और मैं तो जैसे इसे टक्कर मारकर उलट देने वाली थी।' मीरा ने किंचित क्रोध से कहा- 'तुम मुझे बच्ची समझते हो क्या?'

डिल्लन ने उसे हाथ के इशारे से शांत किया और अपना सिर पीछे हटा लिया- 'सुनो-अपने आप पर काबू रखने की चेष्टा करना।' वह बोला और उसने थामसन उठाकर अपने घुटनों पर रख ली-उसका बायां पांव कार के दरवाजे के साथ लगा हुआ था।

गर्नी ने पिस्तौल कोट से बाहर निकाल ली और उसे अपनी गोद में रखकर बैठ गया। उसका मुंह सूखने लगा था।

डिल्लन ने कार बैंक के सामने पहुंचकर रुकवा दी।

मीरा ने ब्रेक लगाए, गेयर बदला और कार को रोकती हुई बोली- 'सारा दिन मत लगा देना।'

डिल्लन ने अपनी ऑटोमेटिक पिस्तौल उसके समीप रख दी और बोला- 'इसे रख लो-हो सकता है कि तुम्हें इसकी जरूरत पड़ जाए।'

मीरा ने पिस्तौल थोड़ी खिसकाई और स्वयं उस पर बैठ गई। पिस्तौल की मूठ उसके हाथ के नीचे थी।

डिल्लन ने दरवाजा खोला और पटरी पार करता हुआ बैंक के अंदर प्रविष्ट हो गया। थामसन उसने अपने कोट के नीचे छुपा रखी थी। गर्नी उसके पीछे-पीछे अंदर घुसा। एक औरत काउंटर पर खड़ी क्लर्क से कुछ बहस-सी कर रही थी। गर्नी ने उसकी आवाज सुनी। वह क्या कर रही थी, यह गर्नी नहीं जान सका।

तभी बैंक के अंतिम छोर पर एक छोटे कद का व्यक्ति स्टूल पर खड़ा हो गया। उसने हांक लगाई- 'समय हो चुका है, हम बैंक बंद कर रहे हैं।'

डिल्लन गर्नी की ओर फुसफुसाया- 'दरवाजे को कवर कर लो।'

फिर वह थामसन कोट से निकालकर ऊंचे स्वर में चिल्लाया- 'सब लोग अपनी-अपनी जगह खड़े हो जाओ-खबरदार, जो किसी ने हिलने की भी कोशिश की। हम माल लूटने आए हैं।' कहते-कहते उसने थामसन की काली नाल सामने लहरा दी।

थामसन को देखते ही काउंटर के पीछे वाले दोनों आदमी जड़ होकर रह गए।

मोटी औरत ने मुड़कर देखा। डिल्लन उसके पीछे ही था। डिल्लन को देखते ही उसने मुंह फाड़कर चिल्लाने की कोशिश की। गर्नी का हलक सूखने लगा। उसे लगा कि यह औरत जरूर पकड़वा के रहेगी। उसका जी चाहा कि पिस्तौल फेंककर भाग खड़ा हो।

डिल्लन ने अपनी बंदूक की नाल का मुंह एक ओर कर लिया और एक जोरदार मुक्का औरत के मुंह पर दे मारा। मोटी औरत घुटनों के बल आगे गिरी और फर्श पर ढेर हो गई।

तीसरा व्यक्ति उल्टियां करने लगा। हाथ उसने ऊपर ही उठाए हुए थे। सिर झुकाए, घबराए-से नेत्रों से वह डिल्लन को देखता और उल्टियां करता रहा।

गर्नी काउंटर पर झुक गया। उसने नोट निकाल लिए और उन्हें काउंटर पर रखता रहा। डिल्लन थामसन संभाले सब लोगों को कवर किए हुआ था। उसने ट्रेजर की ओर आदेशात्मक स्वर में कहा- 'सेफ खोलो।'

गर्नी ने अपनी पिस्तौल ट्रैजरी की पीठ से सटा दी और उसे आगे को धकेला- 'चलो जल्दी करो।'

ट्रैजर कांपते हुए आगे बढ़ा और उसने बड़ी-सी सेफ का दरवाजा खोल दिया। सेफ में ताला नहीं लगा हुआ था। उसने कुछ प्रतिवाद करने की कोशिश की, लेकिन गर्नी के हाथ में पिस्तौल देखकर उसके देवता कूच कर गए। वह गूंगा बन गया।

गर्नी ने बंडलों में बंधे नोटों को संभाल लिया तथा रेजगारी और छोटे सिक्के उसने वहीं रहने दिए। बंडलों को थैले में भर लिया तथा कूदकर काउंटर से बाहर आ गया।

'चलो भाग लो।' डिल्लन बोला।

वह दरवाजे के पास थामसन लिए तब तक खड़ा रहा, जब तक कि गर्नी थैला उठाए कार के पास तक नहीं पहुंच गया। फिर धीरे-धीरे पीछे हटा और अंदर लोगों को चेतावनी देता गया- 'यदि किसी ने कोई गड़बड़ी करने की चेष्टा की तो थामसन से उसका भेजा उड़ा देगा।'

फिर वह मुड़ा ओर कार की ओर दौड़ लिया। मीरा ने पहले से ही कार स्टार्ट कर रखी थी। जैसे ही डिल्लन ने पायदान पर पैर रखा, उसने कार को एकदम स्पीड दे दी। डिल्लन गिरते-गिरते बचा।

तेज आवाज के साथ कार बीच सड़क पर दौड़ने लगी। डिल्लन ने राइफल अंदर सीट पर फेंक दी और अंसयत सांसों को व्यवस्थित करने लगा।

डिल्लन बड़बड़ाया।

मीरा दांत पीसकर रह गई। वह सोच रही थी कि डिल्लन पीछे रह जाएगा और वह गर्नी के साथ माल लेकर चंपत हो जाएगी। पर अब वह मन मसोसकर रह गई थी-डिल्लन सही-सलामत कार में दाखिल हो चुका था। दरअसल, कार को उसने जान-बूझकर इस स्पीड से आगे बढ़ाया था कि डिल्लन कार में चढ़ न सके।

कार तेजी से आगे बढ़ती रही। स्पीड मीटर की सुई सत्तर के आसपास झूलने लगी थी। कार के चलने तथा टायरों के फिसलने की आवाजों के साथ-साथ उन्हें दूर से लोगों के चीखने-चिल्लाने की आवाजें भी सुनाई दीं।

मीरा ने स्टियरिंग व्हील मजबूती से थामा हुआ था। उसकी नजरें सड़क पर गड़ी हुई थीं। सड़क नीचे से उठकर उससे मिलती हुई दिखाई पड़ रही थी। सामने से आती हुई एक कार ने कैडीलॉक की तेजी से प्रभावित होकर एकदम ब्रेक लगा ली और वह एक साइड को हो गई। मीरा ने व्हील को धीरे से छूकर घुमाया और उसके पास से होकर गुजर आई। सामने की सड़क बिलकुल सुनसान थी।

डिल्लन ने पीछे के शीशों से मुड़कर देखा। कोई उनका पीछा नहीं कर रहा था।

'यह ठीक हो गया न।' गर्नी ने सिर घुमाकर उसकी ओर देखकर कहा।

डिल्लन ने कोई जवाब नहीं दिया। उसकी आंखों से गुस्सा जाहिर हो रहा था। उसे यकीन नहीं हो पा रहा था कि मीरा ने उसे झटककर पीछे छोड़ देने की कोशिश की थी। वैसे वह महसूस कर रहा था कि वह गिरने से बाल-बाल बच गया था। नोटों वाला बैग अभी भी गर्नी ने थामा हुआ था। डिल्लन आगे की ओर झुका और उसने बैग उससे झपट लिया। गर्नी ने घबराकर देखा। पर डिल्लन की आंखों के भाव देखकर तुरंत खामोश हो गया।

'जरा धीरे से।' डिल्लन मीरा पर झल्लाया- 'रफ्तार कम कर दो-गाड़ी उलट जाएगी।'

मीरा ने पैडल पर दबाव कुछ कम कर दिया और कैडी की रफ्तार पचास के करीब पर आ गई।

गर्नी बोला- 'सब कुछ ठीक ही निपट गया।'

'हां-सो तो है ही। पर कठिनाई भी तो आ सकती थी।' डिल्लन ने मुंह बिसूरते हुए कहा।

अंतिम कुछ मील तक वे तीनों खामोश ही रहे। गर्नी कुछ-कुछ व्याकुलता महसूस कर रहा था। वह जानता था कि कार में चढ़ते वक्त यदि वह डिल्लन को थाम नहीं लेता, तो उसे निश्चित ही गिर जाना था। उसे यह भी महसूस हो रहा था कि शायद डिल्लन भी इस बात को महसूस कर चुका था कि उसे जानबूझकर गिराने की चेष्टा की गई थी। न जाने क्या सोचकर मीरा ने यह खतरनाक कदम उठा लिया था। कुछ भी हो, इस बदमाश को धोखा दे पाना कठिन काम है। उसने सोचा।

जंगल में जिस जगह पुरानी कार खड़ी की गई थी, उस जंगल के पास पहुंचने पर मीरा ने कार की गति धीमी कर ली। सड़क से दूर हटाकर कैडीलॉक खड़ी करने के बाद सब लोग नीचे उतर आए।

डिल्लन ने तेज कदम उठाकर दूर होते हुए थामसन की नाल मीरा और गर्नी की ओर कर दी। उसके चेहरे पर हिंसा के लक्षण प्रकट हो चुके थे।

उसने गर्नी को आदेश दिया- 'पिस्तौल नीचे फेंक दो और दूर हट जाओ।' फिर मीरा की ओर नाल का इशारा करते हुए बोला- 'और तुम भी-कार से बाहर निकलो और इसके साथ खड़ी हो जाओ।'

दोनों चुपचाप एक ओर खड़े हो गए। आखिरकार मीरा ने पूछ ही लिया- 'आखिर बात क्या है? इस तरह का व्यवहार करने का क्या मतलब?' उसकी आवाज में आश्चर्य भरा था।

'मुझे वे दोनों पिस्तौल चाहिए। मानता हूं कि कार में तुम दोनों ने कोई गड़बड़ी करने की कोशिश नहीं की, परंतु मैं और अधिक रिस्क लेने को तैयार नहीं हूं। गर्नी, पिस्तौल नीचे फेंक दो।'

गर्नी ने पिस्तौल घास पर गिरा दी और दो कदम पीछे हट गया। उसका चेहरा पीला पड़ चुका था।

डिल्लन ने पिस्तौल उठा ली और अपनी पेंट में लगा ली। फिर वह कार के नजदीक पहुंचा और सीट पर रखी पिस्तौल भी उठा ली।

'ओ.के.।' वह बोला- 'मेरे विचार से इतना कुछ ही काफी है। अब हम अपनी पुरानी कार में बैठकर केबिन तक जाएंगे।'

दोनों में से कोई कुछ नहीं बोला। गर्नी ने कार ड्राइव करनी आरंभ कर दी। मीरा उसकी बगल वाली सीट पर जा बैठी और डिल्लन कार की

पिछली सीट पर बैठ गया। कैडीलॉक उन्होंने वहीं छोड़ी और केबिन की ओर बढ़ चले।

केबिन में पहुंचते ही डिल्लन सीधा अपने कमरे में जा घुसा और दरवाजा अंदर से बंद कर लिया।

मीरा ने आश्चर्य से गर्नी की ओर देखा। फिर धीमी आवाज में बोली- 'इसे क्या हो गया है। मेरा विचार है कि हम लोगों की इसके साथ पटरी नहीं बैठ सकेगी। ईश्वर जाने इसके मन में क्या है।'

गर्नी पास वाले बेंच पर बैठकर अपनी गर्दन खुजलाने लगा। मीरा ने उसे कुछ क्षण तक घूरा, फिर वह किचन की ओर बढ़ गई।

खाना बनाकर मेज पर लगा देने तक उसे डिल्लन दिखाई नहीं दिया।

फिर वह मुस्कराता हुआ अपने कमरे से बाहर निकला और मेज पर आ बैठा। उसे इस बात का आभास था कि वे दोनों उसकी ओर घूर-घूरकर देख रहे थे। वह चुपचाप खाने में व्यस्त हो गया। मीरा और गर्नी उसकी ओर घूरते रहे।

डिल्लन ने एकदम से खाना रोककर उनकी ओर देखा और पूछा- 'क्या हुआ? तुम लोग खाना क्यों नहीं खा रहे हो? भूख नहीं है क्या?'

'बैंक से कितना माल हाथ लगा था?' मीरा ने पूछा।

डिल्लन गुरार्या- 'हुं... तो यह बात है।' उसने अपनी जेब में हाथ डाला और कुछ नोट बाहर खींच लिए। 'तुम्हें इस बात की चिंता नहीं होनी चाहिए कि कितना पैसा हाथ लगा है-समझीं। तुम तो यहां केवल काम करने लिए हो।'

फिर हाथ में थमे नोट गर्नी की ओर मेज पर बढ़ा दिए और बोला- 'लो-ये तुम्हारा हिस्सा है।'

वह फिर से खाने में व्यस्त हो गया।

गर्नी उन नोटों को देखकर अपनी आंखों पर विश्वास ही नहीं कर पा रहा था। उसने नोटों को अपनी उंगलियों से टटोला।

'इन्हें गिन तो लो।' मीरा ने थरथराती आवाज में कहा।

लेकिन गर्नी ने वे नोट नहीं गिने। वह बस उन्हें मेज पर पड़े हुए घूरता रहा। मीरा झुकी और उसने झपटकर नोट उठा लिए। वह उन्हें गिनने लगी। सो तक की गिनती तक वह गिनती रही। बाद में गिनना बंद कर दिया।

'बस इतना ही?' गर्नी के मुंह से निकला।

'यह क्या है?' मीरा नोट मेज पर पटककर डिल्लन की ओर गुर्राई- 'इतने सारे नोटों की लूट में सिर्फ इतने ही पैसे?'

डिल्लन गर्नी की ओर झुका और उसकी ओर गुर्राकर बोला- 'यह कुतिया तुमने बहुत सिर पर चढ़ा रखी है। बहुत बोलने लगी है यह। सुनो-इससे कहो कि वह ज्यादा भौंकना बंद कर दे-वरना...।'

उसने हाथ के छुरी-कांटे मेज पर पटक दिए और हाथों से मेज थपथपाई।

'पर... सौ डॉलर तो कुछ भी नहीं हैं।' गर्नी ने प्रतिवाद किया। मीरा चीखी- 'इन्हें हाथ मत लगाना गर्नी-यह हम लोगों को धोखा दे रहा है।' और उसने नोट डिल्लन की ओर धकेल दिए।

डिल्लन की आंखें गुस्से से जल उठीं। उसने अपनी कुर्सी धकेली और उठ खड़ा हुआ। उसने गुस्से-से भरी आवाज में कहा- 'इस कुतिया को फौरन यहां से दफा कर दो गर्नी। मैं अब और बर्दाश्त नहीं कर सकता-समझे। यह तुम्हारा पागलपन था। तुम्हें इस छोकरी को यहां लाना ही नहीं था। अब इसे फौरन भगाओ यहां से।'

गर्नी ने उसकी ओर देखा। उसका चेहरा फीका पड़ गया था। वह जानता था कि मीरा यहां से जाने वाली नहीं थी और अपने हिस्से के पैसे लिए बिना तो कदापि नहीं।

उसने बात बनाई- 'सुनो-कुछ गड़बड़ जरूर है, तुम्हारे कहने का मतलब यह तो नहीं है कि बैंक की लूट में यह मेरा पूरा हिस्सा है?'

'पर एक सौ डॉलर... यह तो कुछ भी नहीं हैं।'

'बेशक, यह रकम तो कुछ भी नहीं है।' डिल्लन बोला- 'पर तुमने किया भी क्या था, क्या तुमने डकैती डाली थी, क्या तुमने योजना तैयार की-क्या तुमने यह खोज की थी कि जिस बैंक में हमें डाका डालना है, वह आखिर है कहां? बोलो-तुम्हें तो यह भी मालूम नहीं था कि कितने आदमी काम करते हैं बैंक में, फिर बैंक डकैती के लिए गाड़ी कौन चुराकर लाया था? लानत है... तुमने कुछ भी तो नहीं किया था। तुमने तो बस आगे बढ़कर सेफ में से नोट जरूर निकाले थे-इस काम को तो कोई बंदर भी कार्यरूप दे सकता था और उसका उचित मुआवजा मैं तुम्हें दे भी तो रहा हूं।'

गर्नी ने अपनी नजरें झुका लीं। डिल्लन ठीक ही कह रहा था।

'मैं तुम्हारे काम के बदले उचित पैसे दे रहा हूं गर्नी और तुम्हें खुश

होकर इन्हें चुपचाप रख लेना चाहिए। आगे से जब भी हम कोई लंबा हाथ मारेंगे और उसमें तुम अपनी खोपड़ी का प्रयोग करके कोई अच्छा काम कर दिखाओगे, तब मुझे तुम्हें आधा हिस्सा देने में कोई एतराज नहीं होगा-इस इससे पहले नहीं।'

'पाजी...धोखेबाज...कमीने!' मीरा चिल्लाई- 'और मेरा हिस्सा कहां है-मैंने कुछ काम नहीं किया था क्या? मैंने भी तो कार संभाली थी।'

डिल्लन हंसा- 'तुमसे मुझे क्या लेना-देना है। तुम जानो और गर्नी। यही तुम्हें साथ लेकर आया था। अब यह इस पर निर्भर करता है कि ये अपने हिस्से के नोटों में से तुम्हें कितना कुछ देता है।'

कहकर वह मुड़ा और अपने कमरे में चला गया। उसने दरवाजा अंदर से बंद कर लिया। मीरा और गर्नी ने चिटखनी लगाए जाने की आवाज सुनी-दोनों देर तक खड़े बंद दरवाजे को घूरते रहे।

❖❖❖

गर्नी बिस्तर पर लेटा व्याकुलता से करवटें बदल रहा था।

बाहर चंद्रमा की चांदनी फैली हुई थी और खिड़की के रास्ते से गर्नी को हर चीज साफ-साफ दिखाई पड़ रही थी। हवा बंद थी-इसलिए गर्नी को गर्मी महसूस हो रही थी। वह सो नहीं पा रहा था। उसके दिमाग में अब भी डिल्लन ही घूम रहा था। उन सौ डालरों के बारे में सोच-सोचकर उसका खून उबल रहा था। डिल्लन के चले जाने के बाद मीरा भी अपने कमरे में जा घुसी थी-उसने गर्नी से एक शब्द भी नहीं बोला था। अपने कमरे में घुसकर उसने अंदर से चिटखनी लगा ली थी।

व्याकुलता के आधिक्य से वह उठ बैठा-उसने अंगीठी के ऊपर रखी घड़ी की ओर देखा। रात के एक से कुछ ज्यादा का वक्त हो चुका था। उसने टांगें नीचे लटका लीं। दिमागी परेशानी और झुंझलाहट से ज्यादा समूचा शरीर बेचैन हो उठा। वह मीरा को हासिल करना चाहता था। मीरा के शारीरिक संसग का ध्यान आते ही उसकी काम-इच्छा बढ़ने लगी। वह सोचने लगा-उसे मीरा को हासिल करना चाहिए-बस सामने के कमरे में ही तो है वह-मैंने उसे सिर्फ। जाकर दबोच भर लेना है। हो सकता है, आरंभ में वह प्रतिरोध करे-किंतु अंततः उसे राजी होना ही पड़ेगा। राजी से मान गई तो ठीक है-वरना वह बलपूर्वक उसे पाने की कोशिश करेगा।

वह बैठा होंठ लपलपाता रहा और बेचैन होता रहा। वह साहस नहीं जुटा

पा रहा था-क्योंकि वह यह भी जानता था कि मीरा उससे अधिक फुर्तीली थी-हो सकता है वह उसे संभाल ही न पाए।

अंधकार में घूरता वह यूं ही बैठा रहा-तभी उसे मीरा का कमरा धीरे से खुलता दिखाई दिया। उसके दिल की धड़कनें बढ़ गईं। उसने हांफते हुए अपनी सांसों पर काबू पाने की कोशिश की। पीछे से आने वाली मोमबत्ती की रोशनी में मीरा की परछाई उसे हिलती हुई दिखाई दी-फिर वह उसके नजदीक पहुंची-उसे उंगली का संकेत करके चुप रहने का इशारा किया-गर्नी का हाथ थामा और दरवाजा बंद कर दिया।

गर्नी का हलक सूखने लगा।

मीरा ने अपने जिस्म पर अपना लिबास पहना हुआ था। उसकी आंखों में खौफनाक चमक देखकर गर्नी घबरा गया। उसने अपनी पीठ दीवार के साथ टिका ली और पूछा- 'क्या...क्या बात है?'

'हम उसे और बर्दाश्त नहीं कर सकते गर्नी।' मीरा फुसफुसाई- 'उसे रास्ते से हटाना ही होगा।'

गर्नी को अपने जिस्म में एक सर्द लहर-सी दौड़ती महसूस हुई।

'पर कैसे?' वह बोला- 'यह कैसे मुमकिन है?'

'मुमकिन है।' मीरा फुसफुसाई- 'तुम उसके कमरे में जाओ और उसे ठिकाने लगा दो-इस वक्त वह सोया पड़ा होगा।'

'दिमाग खराब तो नहीं हो गया है तुम्हारा।' गर्नी कुछ उत्तेजित हो गया- 'जानती हो, उस हरामजादे के पास अंदर कई बंदूकें रखी हैं।'

मीरा ने अपना चेहरा गर्नी के और समीप कर लिया।

'लेकिन निक, यह भी तो सोचो, उसके पास अंदर ढेर सारी दौलत भी तो रखी है। सुनो-हमें यह काम करना ही होगा निक-समझे। जब तक यह हरामजादा रहेगा, हम कुछ भी तो नहीं कर पाएंगे।'

गर्नी उससे छिटककर दूर हो गया। वह अपने बिस्तर पर जा बैठा।

'मैं तुम्हें बताए दे रहा हूं-यह काम नहीं हो सकता।' वह अपने घुटनों पर मुक्के मारता हुआ बोला- 'तुम सोचती क्यों नहीं हो मीरा-उसके पास दो-दो पिस्तौलें और एक बंदूक है। हम लोगों के जिस्मों में चार-चार कारतूस पैबस्त करके उसे बड़ी खुशी होगी।'

मीरा उसके पास बिस्तर पर बैठ गई। उसने गर्नी की गर्दन में अपनी बांहें डाल दीं और अपने शरीर से चिपका लिया।

गर्नी ने मीरा के वक्षस्थल का दबाव अपनी बांह पर महसूस किया।

उसने मीरा को कसकर पकड़ लिया और एक जोरदार चुंबन उसके होंठों पर जड़ दिया।

गर्नी ने उसे बिस्तर पर लिटाने की कोशिश की-किंतु मीरा उससे छिटककर खड़ी हो गई।

'मैं...मैं तुम्हें पा लेना चाहता हूं मीरा-प्लीज... मेरे करीब आओ! मैं और अधिक प्रतीक्षा नहीं कर सकता। आओ न-प्लीज मीरा...!' गर्नी गिड़गिड़ाया।

'अपने आप पर काबू रखो निक।' मीरा ने ठंडे और भावरहित स्वर में कहा- 'पहले उस हरामजादे को ठिकाने लगाओ। इसको ठिकाने लगाए बिना तुम मेरे शरीर को नहीं पा सकते। तुम्हें उसे ठिकाने लगाना ही पड़ेगा। अभी... इसी समय।'

'और अगर मैं उसे ठिकाने लगा दूं तो फिर तुम मेरे बिस्तर पर...।'

'श्योर...वायदा रहा।' मीरा बोली- 'मैं अपने वायदे से नहीं मुकरूंगी।'

'तो फिर बताओ, मुझे क्या करना होगा?' गर्नी ने पूछा।

मीरा सोचती हुई कमरे में घूमने लगी। गर्नी उसे देखता रहा। उसका दिमाग काम नहीं कर पा रहा था-डिल्लन से वह बहुत ज्यादा आतंकित था।

अंत में वह बोली- 'सुनो निक-हमें इसमें असफल नहीं होना चाहिए।'

गर्नी खामोश रहा-उसके मुंह से बोल नहीं फूटा।

'हमने उसे थोड़ा-सा मौका दे दिया तो वह हम दोनों को समाप्त कर देगा।' कहती हुई मीरा दरवाजे की ओर बढ़ी- 'अच्छा तुम जरा इंतजार करो-मैं अभी आती हूं।'

गर्नी ने अपनी पसीनायुक्त हथेलियों को चादर से रगड़कर साफ किया।

मीरा वापस लौटी। गर्नी की एक स्टील के ब्लेड की-सी चमक मोमबत्ती की रोशनी में साफ दिखाई पड़ी।

'तुम्हारे हाथ में यह क्या है?' गर्नी ने पूछा। उसकी आवाज में भारीपन और कंपन था। उसने चाकू के छोटे-से फल की चमक एक बार फिर से देखी। उसकी फटी-फटी निगाहें चाकू पर केंद्रित हो गई। वह मुंह से कुछ भी न कह सकी।

मीरा बिस्तर पर आ बैठी और बोली- 'सुनो निक... हम यह काम इस प्रकार करेंगे। मैं चीखना शुरू करती हूं। मैं खूब तेज चीखूंगी। आवाज सुनकर वह यह देखने के लिए कि क्या हो गया, तेजी से भागा-भागा यहां पहुंचेगा। मैं उसे बताऊंगी कि तुमने मुझ पर हमला किया है। तुम जरा सख्ती से काम लेना।

तुम उसे बातों में उलझाए रखना-वह असावधान होगा। जब वह तुमसे बातों में उलझा होगा, उसी समय मैं पीछे पहुंचकर उसे चाकू घोंप दूंगी। जैसे ही चाकू उसके जिस्म में घुसे, तुम सामने से उसे घूंसे मारना शुरू कर देना-पर इसमें एक रिस्क भी है-हो सकता है, वह मुझपे पहले ही गोली चलाना आरंभ कर दे।'

गर्नी के चेहरे से पसीना टपकने लगा- 'ओह माई गॉड-यह सब कुछ मुझे अच्छा नहीं लग रहा।' वह बुदबुदाया।

'तुम हिम्मत रखो निक-मैं समझती हूं कि सब ठीक हो जाएगा। तुम्हें जरा हिम्मत से काम लेना होगा।'

'मेरे विचार से तो उस हरामजादे को रोकने के लिए चाकू पर्याप्त हथियार नहीं है।' गर्नी बोला- 'तुम्हारा क्या विचार है?' उसकी आवाज कांप रही थी।

मीरा असमंजस में डूब गई-हो सकता है गर्नी का ही विचार सही हो। उसने सोचा-फिर बोली- 'तो फिर हम उसे उसी भांति ठिकाने लगाएंगे, जैसे उसने बच को ठिकाने लगाया था।' यह कहकर वह बाहर वाले कमरे में गई और मिर्चों का एक छोटा-सा डिब्बा उठा लाई। गर्नी ने डिब्बे में झांकर देखा और मुंह बिसूरकर रह गया।

'यह ठीक रहेगा।' वह बोला और उठ खड़ा हुआ।

'मौके की प्रतीक्षा में रहना।' मीरा ने चेतावनी दी- 'जैसे ही मौका देखो-सारी मिर्चें उसकी आंखों में झोंक देना। चूक नहीं होनी चाहिए-वरना हम दोनों में से वह किसी को भी जिंदा नहीं छोड़ेगा।'

गर्नी ने सहमति में सिर हिलाया। उसके हाथ अब भी कांप रहे थे, किंतु पहले की अपेक्षा अब वह कुछ ज्यादा संयत था।

'मीरा ने अपने सारे कपड़े उतार डाले। उसने अपने बालों में हाथ फेरकर सारे बाल बिखेर लिए। गर्नी ने उसे अपनी ओर घसीट लिया। उसे मीरा के जिस्म से अजीब-सी मादकता भरी खुशबू फूटती हुई महसूस हो रही थी। उसने मीरा के होंठ अपने होंठों से मिला लिए।

कुछ क्षण तक दोनों इसी प्रकार खड़े रहे-फिर मीरा उससे अलग होकर बिस्तर पर जा पड़ी। उसके चेहरे पर वासना के लक्षण साफ दिखाई पड़ रहे थे।

'अब शुरू हो जाओ।' वह होंठ काटते हुए बोला- 'वह जल्दी से इस काम को निपटा लेना चाहता था।

मीरा चीखने लगी। उसकी तेज चीखों ने गर्नी को भी आतंकित कर दिया। क्षण-भर के लिए वह रुकी-फिर तेज-तेज स्वर में चीखने लगी।

फिर जैसे ही उसने डिल्लन के दरवाजे की चिटखनी खुलने की आवाज सुनी तो उसकी चीखें और भी ज्यादा तेज हो गईं।

गर्नी ने चीखकर उसे डांटा- 'बंद करो ये बकवास...?'

'निकल जाओ यहां से... फौरन निकलो बेहूदे आदमी।' वह चीखी।

'ओह! लानत है!' दरवाजे से निकलकर डिल्लन ने पूछा- 'यह क्या हो रहा है?'

'कुछ नहीं...।' गर्नी ने शांत स्वर में कहा- 'इस छोकरी का दिमाग फिर गया है।'

डिल्लन कमरे में आगे बढ़ा। उसके चेहरे पर संदेह के भाव थे।

मीरा ने उसके हाथ में पिस्तौल देखी। वह उसे विस्मयकारी नेत्रों से देखती हुई बिस्तर पर बैठ गई- 'इसे यहां से बाहर निकालो।' डिल्लन की ओर देखती हुई वह चीखी- 'मैं इस आदमी को पसंद नहीं करती।'

डिल्लन ने तेज आवाज में कहा- 'खामोश... आखिर यह हो क्या रहा है?' कहते हुए वह गर्नी की ओर मुड़ा- 'तुम पागल तो नहीं हो गए हो। इसकी चीखों की आवाजें सुनकर कोई भी यहां से कार गुजारने वाला यहां आ धमकेगा और फिर... अगर तुम इसे पाना ही चाहते हो तो इसे पीट-पीटकर दुरुस्त क्यों नहीं कर लेते?'

मीरा बिस्तर से उठ खड़ी हुई। उसने चाकू को अपने पीछे छुपा रखा था। वह भयभीत आवाज में बोली- 'तुम्हें मेरी मदद करनी चाहिए, प्लीज... इस शैतान को मेरे कमरे से बाहर रखो। मैं जानती हूं, तुम्हारी नजरों में मैं किसी काम नहीं आ सकती... पर तुम इतना कुछ तो नहीं होने दोगे कि ये पाजी...।'

डिल्लन ने उसकी ओर देखने के लिए अपनी गर्दन घुमाई-तभी गर्नी ने डिब्बे की मिर्चें उसकी आंखों में झोंक दीं। मीरा धड़ाम से नीचे लेट गई।

डिल्लन के मुंह से अजीब-सी चीख निकली, फिर पिस्तौल की एक तेज आवाज गूंज उठी। गर्नी दरवाजे की ओर भागा। उसका इरादा थामसन पर कब्जा कर लेने का था। वह अंधकार में डिल्लन के समूचे कमरे को खंगालता रहा-परंतु बंदूक उसके हाथ नहीं लगी।

निराशा के साथ-साथ गर्नी का डर भी बढ़ता गया।

डिल्लन की चीख और पिस्तौल की गोली की तेज आवाज उसे सुनाई दी। भयभीत गर्नी वापस दौड़ा। अंधेरे में वह डिल्लन से टकराते-टकराते

बचा। डिल्लन बाहर वाले कमरे में लड़खड़ाता फिर रहा था। उसकी आंखों से बुरी तरह से पानी चू रहा था। उसने एक हाथ से अपनी आंखें ढांप रखी थीं और दूसरे हाथ से पिस्तौल पकड़ी हुई थी। गर्नी फुर्ती से दरवाजे की ओट में हो गया और सिकुड़ गया।

डिल्लन ने आवाज की दिशा में फायर कर दिया। गोली दीवार की लकड़ी से टकराई और लकड़ी के कुछ टुकड़े टूटकर हवा में बिखर गए। वह दरवाजे से अपने कमरे की ओर बढ़ा और आहट लेने की कोशिश करने लगा।

गर्नी दरवाजे के पीछे सांस रोके खड़ा रहा। इसमें शक नहीं कि वह बुरी तरह से भयभीत हो चुका था। डिल्लन रास्ता टटोलता हुआ अपने बिस्तर की ओर बढ़ा।

गर्नी ने उसे आगे बढ़ जाने दिया-फिर एकाएक वह चीते की तरह झपटा। उसने डिल्लन की पीठ पर अपने घुटने का जबरदस्त प्रहार कर दिया। डिल्लन के मुंह से एक चीख निकल गई और वह मुंह के बल आगे की ओर जा गिरा।

गर्नी उसके ऊपर जा गिरा।

डिल्लन की पिस्तौल अलग होकर बिस्तर के नीचे जा गिरी थी। दोनों आदमी गुत्थम-गुत्था हो गए।

'मीरा जल्दी करो।' गर्नी चिल्लाया- 'मैंने इसे पकड़ लिया है।'

मीरा अंधेरे में उस जगह आगे बढ़ी, जहां दोनों व्यक्ति आपस में गुत्थम-गुत्था हो रहे थे। उसे ठोकर लगी और वह भी उन दोनों के ऊपर जा गिरी।

'जल्दी करो मीरा।' नीचे से उसे गर्नी का हांफता हुआ स्वर सुनाई पड़ा- 'थामो इस हरामजादे को।' मुझसे तो यह संभला ही नहीं जा रहा है।'

मीरा ने मानसिक संतुलन बनाए रखा। वह उन दोनों के ऊपर लेटी उन्हें दबाती रही। अंधेरे में उसे अनुमान नहीं हो पा रहा था कि कौन ऊपर था और कौन नीचे।

उसने टटोला तो उसका हाथ एक चेहरे पर जा पड़ा।

नीचे से एक जोरदार सांस उभरी। मीरा तुरंत अलग हट गई। वह गिरते-गिरते बची। उसे एक दबी-सी आवाज सुनाई पड़ी- 'वह नीचे है... संभालो।'

मीरा ने आव देखा न ताव, फौरन नीचे वाले बदन में चाकू पैबस्त कर

दिया। नीचे से एक दबी-सी चीख उठी, और फिर सहसा ही हाथापाई बंद हो गई।

तभी एक फौलादी पंजे ने उसकी कलाई को मजबूती से जकड़ लिया। उसकी कलाई को एक जोरदार झटका लगा और चाकू मीरा के हाथ से छिटककर नीचे जा गिरा।

'ओह-चुडैल की बच्ची, तुमने तो उसका खून कर दिया है।' डिल्लन की सरगोशी उसके कानों में पड़ी और वह एकदम से चीख उठा।

मीरा का जिस्म भय से कांप उठा।

'मुझे मत छुओ-छोड़ो-ओह-छोड़ो।' मीरा कलाई छुड़ाने की असफल चेष्टा करती हुई रोने लगी।

डिल्लन ने चाकू को ठोकर मारकर दूर फेंक दिया। उसने मीरा की कलाई छोड़ दी और फिर माचिस जला ली। दियासलाई की रोशनी में उसकी जलती हुई लाल-लाल आंखें देखकर मीरा का समूचा बदन सिहर उठा।

'वहीं चुपचाप खड़ी रहो।' डिल्लन उसकी ओर देखकर गुर्राया- 'यदि कुछ भी हरकत करने की कोशिश की तो तुम्हें भी ठिकाने लगा दूंगा।'

मीरा एक हाथ मुंह पर रखे हुए कांपती हुई वहीं खड़ी रही।

डिल्लन लैंप के पास पहुंचा और माचिस की तीली से उसे जला दिया।

मीरा ने डिल्लन की ओर से नजरें हटाकर गर्नी की ओर देखा।

उसकी बोलती बंद हो गई।

डिल्लन ने दरवाजा बंद कर लिया। अपनी बांह की कमीज से उसने अपनी आंखें साफ कीं। उसकी सांसें धोंकनी की तरह चल रही थीं और चेहरे पर क्रूरता के भाव थे।

'पागल कुतिया-सोच तो सही-अब तेरा क्या बनेगा?' वह गुर्राया।

यकायक मीरा का सारा साहस जवाब दे गया। उसने गर्नी की ओर से नजरें हटा लीं। उसे खतरे का आभास हो उठा।

'उसने ही मुझे ऐसा करने पर मजबूर किया था। यह उसी की योजना थी कि मुझे ऐसा नाटक करना चाहिए और तुम पर हमला भी।'

'खामोश।' डिल्लन दहाड़ा- 'यह हरामजादा तो इतना सोच ही नहीं सकता था। इसमें तो इतना साहस ही नहीं था। तुम्हीं ने उसे ऐसा करने को उकसाया होगा। जवाब दो-तुमने ही उकसाया था न-तुमने उससे कहा होगा कि वह मेरी हत्या कर दे-तुम रोई, चिल्लाई होगी-अपनी बेबसी का वास्ता दिया होगा। गर्नी पिघल गया होगा-क्यों, है न यही बात? बोलो-जवाब दो।

तुम चालाक छोकरी हो। बच को भी तुम्हीं ने पीटा था। अब मैं और तुम एक-दूसरे को अच्छी तरह समझेंगे।'

वह धीरे-धीरे चलता हुआ उसके पास पहुंचा। बुरी तरह से भयभीत होती हुई, हाथ फैलाती, सिर हिलाती मीरा पीछे की ओर हटती गई।

'मुझे मत छुओ... मुझे हाथ मत लगाना-मुझे...।' उसकी आवाज चीख में तब्दील हो गई।

डिल्लन आगे को लपका। उसने मीरा की कलाई थाम ली और उसे अपनी ओर घसीट लिया। डिल्लन की सूजी हुई आंखों पर निगाह पड़ते ही मीरा सहम गई।

सहसा डिल्लन का स्वर बदल गया। वह बोला- 'मैंने तुम्हें मार डालने का इरादा बदल दिया है। तुममें कोई विशेषता है, इसलिए अब मैं तुम्हें मारूंगा नहीं-तुम्हें अपने साथ रखूंगा। तुम जैसी छोकरी मेरे जैसे आदमी के लिए काफी कारगर साबित हो सकती है।'

वह कुछ क्षण के लिए रुका, फिर कहने लगा- 'जब मैं किसी लड़की को अपना साथी बनाता हूं, तो उसे अति कठोर होना जरूरी होता है। तुम कठोर हो। अब समझ गई तुम। मैं और तुम अब मिलकर काम करेंगे। तुम्हें अब वही कुछ करना होगा, जो मैं तुमसे करने के लिए कहूंगा। तुम्हें मेरी हर बात का पालन करना है-अब से मैं तुम्हारा बॉस हूं-मेरी आज्ञा को तुम्हें मानना होगा। बोलो, करोगी न मेरी आज्ञा का पालन?'

'हां...। मैं वहीं करूंगी जो तुम कहोगे... पर मुझे मारना नहीं प्लीज!' मीरा जल्दी से बोली।

हाथ लटकाए, भाव रहित आंखों से देखती वह वहीं खड़ी रही।

डिल्लन कमरे में घुस गया, फिर जब लौटा तो उसके हाथ में एक सरिया था। वह सरिया, जिससे अंगीठी की आग हिलाई जाती थी।

सहसा मीरा सचेत हो उठी।

उसने दोनों हाथों में अपना चेहरा छुपा लिया और चीख उठी- 'नहीं-तुम क्या करना चाहते हो?'

वह दीवार से यूं जा चिपकी जैसे दीवार फोड़कर निकलकर भागना चाह रही हो।

'तुम्हें कुछ विशेष बातें तो सीखनी ही पड़ेंगी, क्यों?' डिल्लन बोला-और धीरे-धीरे उसकी ओर बढ़ने लगा।

❖❖❖

बैंक ऐवेन्यू से कुछ हटकर, केन्यास सिटी के मालगोदाम के पास मिस बेनवो की रेडीमेड की दुकान थी।

मिस बेनवो, भारी-भरकम जिस्म की एक नीग्रो औरत थी। उसके चेहरे पर हमेशा मुस्कान खेलती रहती थी। विशेष बात यह थी कि उसकी मुस्कान का यह दायरा सिर्फ होंठों तक ही सीमित रहता था। उसकी आंखें भावशून्य बनी रहती थीं। वह बहुत धन कमाती थी, किंतु कपड़े बेचकर नहीं-आमदनी के उसके अन्य साधन थे। उससे यदि यह पूछा जाता कि उसने अपनी दुकान से अंतिम बार कपड़ा कब बेचा था, तो वह शायद ठीक से जवाब भी न दे पाती। फिर भी उसके पास पैसों की कमी नहीं थी।

उसकी दुकान के पीछे छोटी गंदी-सी सीढ़ियां चढ़ने के बाद कुछ कमरे बने हुए थे। कार्पिस वारकर की गिरफ्तारी के समय भी वह पूर्णतया सुरक्षित रही थी। पुलिस वालों ने उसकी ओर आंखें उठाकर भी नहीं देखा था। अफवाह तो यही थी कि उसने पुलिस कमिश्नर तक को अपनी मुट्ठी में जकड़ा हुआ था। खैर! वास्तविकता चाहे कुछ भी रही हो-पर यह हकीकत थी कि पुलिस उसे कभी छेड़ती नहीं थी।

उस रात मीरा और डिल्लन मिस बेनवो के पास पहुंचे। चमकती पहाड़ी पर हल्की-हल्की बारिश हो रही थी और नदी के ऊपर छाया कोहरा कुछ देर के लिए साफ हो चुका था। वे दोनों धीरे-धीरे चलते हुए अंधेरे से बाहर निकले। डिल्लन सतर्कतावश बार-बार मुड़कर इधर-उधर देख लेता था। उसे अपने नए कपड़ों का भी आभास था ओर सामान में बंधी भारी बोझ वाली थामसन का भी।

मीरा ने नायलोन के कपड़े पहने हुए थे और एड़ियां ठकठकाती, सिर ऊपर उठाए शान से उसके पीछे-पीछे चल रही थी। डिल्लन ने थोड़े ही समय में उसकी काया पलट दी थी। जीवन में पहली बार मीरा को पता चला था कि किसी मर्द के साथ रहने में कितना आनंद प्राप्त होता है।

अब डिल्लन को उसे कुछ बताना या समझाना नहीं पड़ता था।

वह आंखें बंद करके उसके हर आदेश का पालन करने लगी थी।

डिल्लन के शक्ति भरे, मांसल और चौड़े कंधों की ओर देखकर उसके मन में कामवासना की आग भड़कने लगी।

वे दो रातों से लगातार सफर करते आ रहे थे। दोनों ने एक ही कमरे में दो दुःखद रातें व्यतीत की थीं और इस दौरान इकट्ठे पास-पास सोते हुए भी डिल्लन ने उसे छुआ तक नहीं था।

तभी उसकी विचारधारा भंग हो गई। डिल्लन कह रहा था- 'बस आ पहुंचे, यही जगह है।'

दोनों दुकान के सामने पहुंच कर ठिठक गए। जगह अंधेरे में डूबी हुई थी।

डिल्लन ने उसे समझाया- 'यह जगह बहुत सुरक्षित है। मेरे सब साथी इसी जगह इकट्ठे हुआ करते हैं।'

डिल्लन ने दरवाजे के ऊपर लगा घंटी का बटन तलाश किया और उसे दबा दिया। दूर अंदर कहीं घंटी बजने का स्वर उन्हें सुनाई दिया।

दोनों पत्थर के बुत की तरह वर्षा में भीगते बाहर खड़े प्रतीक्षा करते रहे।

दरवाजा स्वयं मिस बेनवो ने खोला। अधखुले दरवाजे के बीचोंबीच खड़े होकर उसने पूछा- 'कौन हो तुम... कहीं गलती तो नहीं हो गई है, तुम्हें जगह पहचानने में?

'हम ठीक जगह पर पहुंचे हैं।' डिल्लन ने सामान्य स्वर में कहा- 'बाहर बहुत गर्मी है। मेरे विचार से अंदर अधिक ठंडक होगी। क्यों?'

मिस बेनवो ने उसे शक भरी नजरों से घूरा- 'कौन हो तुम लोग? कहां से आए हो?'

डिल्लन ने कहा- 'क्यों न हम लोग ये बातें अंदर चलकर कर लें। तुम तो देख ही रही हो-हम लोग वर्षा में भीग रहे हैं।'

नीग्रो औरत कुछ शक भरी नजरों से देखती हुई असमंजस में पड़ी रही-फिर वह दरवाजे से एक ओर हट गई और बोली- 'ओ.के.। अंदर आ जाओ।'

वे दोनों दुकान में प्रविष्ट हो गए। मिस बेनवो ने दरवाजा फिर से बंद कर दिया। फिर उसने एक स्विच को दबा दिया, कमरे में रोशनी हो गई।

-अब बताओ।' नीग्रो औरत बोली- 'तुम लोग कहां से आए हो?'

'प्लेट्स विला से।' डिल्लन ने बताया।

'तुम्हें किसने भेजा है?'

'नेल्सन ने। सुना है तुमने नेल्सन का नाम कभी?' डिल्लन ने नम्र स्वर में जवाब देते हुए पूछा।

मिस बेनवो ने सहमति में सिर हिलाया- 'हां... मैं नेल्सन को जानती थी।'

डिल्लन ने अपना हैट पीछे खिसकाया- 'मैं नेल्सन के साथियों में से हूं।' वह बोला- 'मेरा नाम डिल्लन है।'

मिस बेनवो थोड़ी परेशान-सी दिखाई देने लगी। वह बोली- 'पर मेरे विचार से तो नेल्सन के सभी साथी मर चुके हैं।'

'लेकिन मैं अभी भी जिंदा हूं।' डिल्लन ने मुस्कराने की चेष्टा की। 'हमें एक कमरा चाहिए और खाने के लिए भी कुछ चाहिए।'

मिस बेनवो संकोच में पड़ गई। फिर बोली- 'एक दिन के पचास डॉलर लगेंगे।'

मीरा, जो अभी तक एक शब्द भी नहीं बोली थी-बोल उठी- 'लानत है-ये कोई प्लाजा होटल है, जो इतना अधिक मांग रही हो?'

डिल्लन ने उसे डांटा- 'शटअप! हम दोनों ने यहीं रुकना है और फिर भुगतान मैंने करना है, तुम्हें क्या?'

'ठीक है, जरा मैं भी देखूं।' मिस बेनवो बोली- 'कुछ माल-पानी है भी तुम्हारे पास कि यूं ही...?'

डिल्लन ने जेब में हाथ डाला और नोटों की एक गड्डी की झलक उसे दिखलाई। नोटों की गड्डी देखते ही मिस बेनवो के चेहरे के भाव बदल गए।

'यकीन आ गया न! हम लोग कड़के नहीं हैं।' डिल्लन बोला।

'ठीक है, तुम लोग यहां रुक सकते हो।' मिस बेनवो ने फैसला सुनाते हुए कहा- 'पर तुम्हें एक हफ्ते का एडवांस किराया जमा कराना होगा।'

डिल्लन ने गड्डी से कुछ नोट खींचे ओर मेज पर फेंक दिए। मिस बेनवो ने बड़ी तत्परता से नोट उठा लिए और उन्हें गिनने लगी। फिर वह संतुष्टिपूर्वक सिर हिलाती हुई बोली- 'आओ... मैं तुम दोनों को तुम्हारे कमरे में छोड़ आती हूं।'

वे दोनों उसके पीछे-पीछे गंदी सीढ़ियां पार करके ऊपर पहुंचे। चार दरवाजे थे। मिस बेनवो अंतिम दरवाजे पर पहुंचकर रुकी और उसने उसका ताला खोल दिया।

'कैसा लगा कमरा?' उसने डिल्लन की ओर घूमकर पूछा।

कमरा काफी बड़ा था। खिड़की के साथ लगे दो बिस्तरों के बीच में एक मेज रखी हुई थी। फर्श पर बिछा कालीन काफी मोटा था और कुर्सियों की सीटें भी काफी अच्छी थीं। बच वाले खोखे की तुलना में मीरा को यह कमरा कहीं ज्यादा आरामदायक लगा।

'कमरा ठीक है!' डिल्लन के बजाय मीरा ने जवाब दिया।

मिस बेनवो ने उसे हिकारत भरी नजरों से देखा, फिर वह प्रश्नसूचक दृष्टि से डिल्लन की ओर देखने लगी।

'मेरे विचार से ये कमरा ठीक ही है।' डिल्लन ने सूटकेस नीचे रखते हुए कहा- 'अब जल्दी से कुछ खाने के लिए भिजवा दो। मेरे पेट में तो चूहे कूद रहे हैं।'

'श्योर।' मिस बेनवो मुस्कराई- 'अभी भिजवाती हूं।' और वह नीचे चली गई। उसके जाने के बाद मीरा ने दरवाजा बंद कर दिया।

'तुम काफी मोटा दांव लगा रहे हो। पचास डॉलर एक दिन के।' वह बोली- 'यह तो बहुत ज्यादा रकम है।'

'कोई ज्यादा नहीं है। तुम अपनी खोपड़ी का प्रयोग मत करो।' डिल्लन ने उसकी ओर कड़ी नजर से देखते हुए कहा- 'यहां सब बड़े-बड़े लोग आते हैं। मुझे लगता है कि यहां रहकर हम किसी बड़े काम में हाथ डाल सकते हैं। उस बड़े काम की शुरुआत करने के लिए यह खर्चा कुछ ज्यादा नहीं है।'

उसने अपनी जैकेट उतारकर फेंकी और मीरा के नजदीक आ गया। कुछ देर तक दोनों एक-दूसरे की ओर घूरते रहे।

'मैं लंबे अरसे से इस धंधे से बाहर रहा हूं।' वह एक-एक शब्द चुनकर धीरे-धीरे बोला- 'धंधा शुरू करने से पहले मैं इसमें घुसकर देख लेना चाहता हूं।'

मीरा ने अपना हाथ उसकी बांह पर रख दिया- 'तुम उन सबसे ज्यादा महत्त्वपूर्ण आदमी बनोगे।' वह बोली। उसके स्वर में आत्मसमर्पण का भाव था।

'ओह... तुम्हें इतना विश्वास है। पर यह तुम कैसे कह सकती हो?'

'हां, मैं यकीन के साथ कह सकती हूं।' कहते हुए सहसा मीरा के चेहरे के भाव बदल गए। वह चेहरा किसी नौजवान लड़की का नहीं था, बल्कि उस चेहरे पर अब एक कठोरपन तथा हिंसा उभरी हुई थी।

मीरा कहती गई- 'तुम बड़ी-बड़ी बातें सोचोगे। बड़े लोगों के साथ काम करोगे और यहां के छोटे-मोटे दादाओं को दिखा दोगे कि तुम वास्तव में उनसे बड़े हो। जो कोई भी तुम्हारे रास्ते में आने की कोशिश करेगा, उसे मुंह की खानी पड़ेगी।' वह यकीन भरे स्वर में शब्दों पर जोर देते हुए बोली।

डिल्लन ने आगे बढ़कर उसकी बांह थाम ली। उसकी फौलादी उंगलियों का दबाव मीरा के मांस में घुसता-सा प्रतीत हुआ।

'तुम ठीक कहती हो। पहली बार तुमने कोई बात ढंग से सोची है।' वह उत्साह भरे स्वर में बोला- 'और इस काम में तुम हमेशा मेरे साथ-साथ

ही रहोगी, परंतु...।' वह कुछ ठिठका, फिर बोला- 'तुमने पुलिस के बारे में भी सोचा है?'

मीरा हंसी- 'पुलिस...पुलिस को तो नोट देकर अपने पक्ष में किया जा सकता है।' वह बोली- 'नेल्सन को भी तो पुलिस का खतरा था। पर उसने अपनी सारी अड़चनें पैसे के बूते पर ठीक कर ली थीं। उसे पुलिस से पूर्ण सुरक्षा मिलती रही थी। हम लोग भी पैसों से सब काम ठीक ढंग से पूरा कर लेंगे।'

डिल्लन एक व्यंग्यपूर्ण हंसी हंसा- 'हां-निस्संदेह उसे सुरक्षा प्राप्त होती रही थी, पर कैसी सुरक्षा! जानती हो उसका क्या हुआ था। कफन में लपेटने से पहले उसके जिस्म से पूरे चौबीस कारतूस निकाले गए थे और जानती हो यह काम किसने किया था-एफ.बी.आई. ने।'

'ओह।' मीरा बोली- 'ऐसा... फिर भी तुम्हें चिंता करने की कोई बात नहीं है। तुम उन लोगों के रास्ते में आने की कोशिश ही मत करना। उनसे बचकर काम करोगे तो फिर तुम्हें कोई कठिनाई पेश नहीं आएगी।'

'हां... मुझे एफ.बी.आई. वालों से बचकर ही रहना होगा।' डिल्लन एक-एक शब्द पर जोर देते हुए बोला।

तभी दरवाजे पर दस्तक हुई। दोनों सचेत हो उठे। डिल्लन उठा और दरवाजे की ओर बढ़ गया। उसने दरवाजा खोल दिया।

बाहर एक लंबी-सी पतली लड़की एक बड़ी-सी ट्रे थामी खड़ी थी।

'मिस बेनवो ने भिजवाया है।' उसने नकियाती आवाज में कहा।

डिल्लन पीछे हट गया। लड़की अंदर दाखिल हो गई। कुछ क्षण वह डिल्लन को घूरती रही, फिर ट्रे मेज पर रखी और कूल्हे मटकाती हुई बाहर निकल गई।

डिल्लन ने लात मारकर दरवाजा बंद कर दिया।

उसने कंधे झटकाए और बोला- 'क्या नखरे हैं। अपने आपको न जाने क्या समझती है छोकरी?'

मीरा ने ट्रे से कपड़ा हटाया और बोली- 'कुछ भी समझे, तुम्हें क्या? तुम्हें तो लड़कियों में कोई दिलचस्पी नहीं है न।'

डिल्लन ने कंधे उचकाए।

'छोकरी मेरे लिए कोई महत्व नहीं रखती। उसकी वजह यह है कि कोई भी छोकरी एक बार गले पड़ जाने के बाद चिपककर रह जाती है। यूं लगता है जैसे सब बासी माल ही हो।'

मीरा ने अपने हाथ मेज पर टिका दिए और अपनी उंगलियों के नाखूनों को देखती हुई बोली– 'पर तुम जैसे मर्दों के लिए वह आनंद का साधन भी तो हो सकती है।'

'मैं ऐसा नहीं सोचता।' डिल्लन उसकी ओर देखते हुए बोला– 'मेरा विचार इस बारे में तुम्हारे विचारों से मेल नहीं खाता।'

कुछ देर तक दोनों में से कोई कुछ नहीं बोला।

फिर डिल्लन खाने पर टूट पड़ा।

❖❖❖

मिस बेनवो ने डिल्लन और मीरा को जिस कमरे में टिकाया था, उसी कमरे की लाइन में एक अन्य कमरे में रॉक्सी उस वक्त नाश्ता कर रहा था। उसके कमरे का दरवाजा बंद था। उसने कैन्सास सिटी टाइम्स का ताजा अंक कॉपी पॉट के ऊपर रखा हुआ था। कॉफी की चुस्कियों के बीच-बीच में वह अखबार को भी देख लेता था। फ्रैंक्विस्ट अभी भी बिस्तर पर लेटी हुई थी। उसके बाल तकिए पर बिखरे पड़े थे। उसने अपने होंठों में सिगरेट दबा रखी थी और वह एक करवट को लेटी हुई रॉक्सी की ओर देख रही थी।

'जरा सुनो तो फ्रैंक।' रॉक्सी चटखारे लेता हुआ बोला– 'एक पादरी जी क्या फरमाते हैं।'

फ्रैंक्विस्ट ने प्रश्नवाचक नजरों से उसकी ओर देखा।

'पादरी साहब फरमाते हैं कि बेचारी उन बेसहारा और पतित औरतों को सुधारा जाए, और विशेष रूप से उन औरतों को, जो मेन स्ट्रीट में धंधा करती फिरती हैं। आगे फरमाते हैं कि यह हमारे समाज के लिए बड़े कलंक की बात है। तुम्हारा क्या विचार है उनकी राय के बारे में?'

फ्रैंक्विस्ट ने कंधे झटकाए– 'बेचारे को उन औरतों से अपना हिस्सा नहीं मिला होगा।'

'और सुनो, अखबार में एक जगह लिखा है कि एक श्रीमान् को जब यह पता चला कि उसकी पत्नी किसी अन्य से मुहब्बत करती है, तो वह गंडासा लेकर उस पर टूट पड़ा। उस आदमी की तस्वीर भी छपी है अखबार में-देखना चाहती हो?'

फ्रैंक्विस्ट ने इनकार में सिर हिलाया– 'नहीं।' वह बोली– 'मुझे इस प्रकार की डरावनी बातें अच्छी नहीं लगतीं। बंद करो ऐसी बातें।

रॉक्सी ने समाचार-पत्र फर्श पर फेंक दिया। उसने अपनी कॉफी समाप्त की और एक सिगरेट सुलगा ली। फिर आशा भरे स्वर में फ्रैंक्विस्ट की ओर देखते हुए पूछा- 'आज का कोई प्रोग्राम सेट कर लिया है क्या?'

'आज सबसे पहले तो मैंने अपने बाल सैट करवाने हैं।' फ्रैंक्विस्ट बांहें ऊपर करके उबासी लेती हुई बोली- 'दस बजे।' इसमें दो घंटे तो लग ही जाएंगे, तुम मुझे लंच के टाइम पर मिल लेना।'

'ठीक है। मैं तुम्हें वहीं से पिकअप कर लूंगा।' रॉक्सी बोला। तभी दरवाजे पर दस्तक पड़ी। दोनों चौंक उठे। रॉक्सी ने फ्रैंक्विस्ट की ओर देखा तथा फौरन उसने कोट के अंदर हाथ डालकर अपने रिवाल्वर का होलस्टर खोल लिया।

'कौन है?' उसने आवाज देकर पूछा।

मैं हूं।' बाहर से बेनवो की आवाज सुनाई पड़ी।

'ओह... लानत है! वह क्या कहती है?' रॉक्सी उठकर दरवाजे की ओर बढ़ा और दरवाजा खोल दिया।

मिस बेनवो अंदर दाखिल हुई। उसके दांत पियानो की नोक की तरह चमक रहे थे। रॉक्सी ने दरवाजा बंद करके चाबी लगा दी। सिगरेट का बचा हुआ टुकड़ा नीचे फेंकते हुए उसने पूछा- 'कैसे तकलीफ की?'

'तुम्हारे साथ वाले कमरे में तुम्हारे नए पड़ोसी आए हैं।' वह बोली- 'नए लोग हैं, मैंने उन्हें पहले कभी नहीं देखा।'

रॉक्सी थोड़ा चौंक उठा। उसने पूछा- 'कैसे लोग हैं? मेरा मतलब है तुम्हें कैसे लगे?'

'मुझे तो ठीक ही लगे हैं।' मिस बेनवो बोली- 'उन्हें मालूम है कि यहां किस संकेत से आया जाता है। पुरुष का नाम डिल्लन है।'

'डिल्लन...! अरे वह तो काफी समय से इस धंधे से बाहर रहा है।' रॉक्सी बोला। फिर उसने फ्रैंक्विस्ट की ओर मुड़कर पूछा- 'तुम्हें डिल्लन की याद है न?'

'हां... निस्संदेह-मुझे याद है।' फ्रैंक्विस्ट ने मुंह बनाते हुए कहा।

'वह कमीना आदमी है। शराब नहीं पीता-लड़कियों में उसकी दिलचस्पी नहीं है। उसे तो बस धन से मतलब है। धन के लिए तो वह किसी का भी गला काटने को तैयार रहता है-वह वाकई एक नीच आदमी है।'

मिस बेनवो ने कुछ व्याकुलता भरे स्वर से कहा- 'उसके साथ एक लड़की भी है। दोनों में विशेष बात मैंने यह नोट की है कि लड़की बहुत

तेज-तर्रार है और है भी कच्ची उम्र की। पर उसका साथी बहुत शक्तिशाली आदमी है। मैं तो उसे देखकर कुछ व्याकुल-सी हो उठी हूं।'

'क्यों-व्याकुल क्यों हो उठी हो-क्या वह काफी सुंदर है?' फ्रैंक्विस्ट ने रुचि लेते हुए कहा।

'सुंदर तो विशेष नहीं।' बेनवो बोली- 'हां, शक्तिशाली बेशक है। उन दोनों ने बढ़िया कपड़े पहन रखे हैं। मेरा ख्याल है बिस्तर में वह एक कुशल साथी रहता होगा।'

रॉक्सी ने मुंह बिचकाया- 'हुं... कुशल साथी।'

'क्यों, ईर्ष्या हो रही है क्या?' फ्रैंक्विस्ट ने रॉक्सी की ओर देखते हुए शरारत से पूछा।

'हां... हो रही है-मेरी छाती फुंकी जा रही है।' रॉक्सी ने भी उसी के स्वर में जवाब दिया।

'मैं तो सलाह दूंगी कि उससे दूर ही रहा जाए तो अच्छा है। वह छोकरी किसी का हस्तक्षेप करना पसंद नहीं करेगी।' मिस बेनवो बोली।

फ्रैंक्विस्ट ने कंधे उचकाए- 'ओह! लानत है उस पर।' वह बोली-फिर घड़ी की ओर देखकर बिस्तर पर से उठ खड़ी हुई- 'ओह! मैं तो भूल ही गई थी-मुझे तो आज दस बजे अपने बाल भी सैट करवाने हैं।'

मिस बेनवो दरवाजे की ओर बढ़ी- 'मैं तो तुम्हारे पास इस विचार से आई थी कि तुम्हें नए पड़ोसियों के बारे में अवगत करा दूं।'

'ठीक किया।' रॉक्सी बोला मैं उनसे मिल लूंगा।'

मिस बेनवो चली गई। रॉक्सी कुर्सी पर बैठ गया और फ्रैंक्विस्ट को कपड़े बदलते देखता रहा।

'इतनी जल्दी भी क्या है हनी?' वह बोला- 'कम-से-कम मुंह-हाथ तो धो ही लो।'

'सुनो!' फ्रैंक्विस्ट ने चेतावनी भरे स्वर में कहा- 'तुम उस छोकरी से बचकर ही रहना- 'यदि उसने तुम पर डोरे डालने की कोशिश की तो मैं उसकी आंखें नोंच लूंगी।'

'ओ.के.!' रॉक्सी ने हाथ हिलाते हुए बड़ी दयानतदारी से कहा- 'तुम तो जानती ही हो हनी-मुझमें इतनी ताकत भला कहां है, जो एक ही समय में दो-दो औरतों को संभाल सकूं-पर तुम भी डिल्लन से बचकर रहना।'

फ्रैंक्विस्ट दरवाजे की ओर बढ़ी-फिर उसने मुड़ते हुए कहा- 'लंच के

लिए यदि वे दोनों रजामंद हो जाएं तो उन्हें भी साथ ले आना। थोड़ी तफरी ही हो जाएगी-मैं बेटोरी में तुम्हारा इंतजार करूंगी।'

रॉक्सी ने सहमति में सिर हिलाया- 'कोशिश करूंगा।'

फ्रैंक्विस्ट चली गई, तो रॉक्सी ने फिर से अखबार उठा लिया और पुलिस से संबंधित खबरें पढ़ने लगा।

❖❖❖

रॉक्सी एक छोटा बदमाश था। अपने लिए वह काफी कुछ कमा लेता था। उसका काम कारों को लूटना था-लेकिन यह काम वह आज तक इस सफलता से करता आया था कि उसकी पुलिस से कभी टक्कर नहीं हुई थी। वह अपनी उंगलियों के निशान तक भी कहीं नहीं छोड़ता था-इसलिए पुलिस रिकार्ड में उसका नाम भी नहीं था। उसने आज तक कोई हत्या नहीं की थी। इस धंधे में उसे लगभग एक हजार डॉलर प्रति सप्ताह की आमदनी हो जाती थी, जो रॉक्सी जैसे व्यक्ति के लिए काफी थी।

फ्रैंक्विस्ट जेबतराश थी। उसका मुख्य काम था, लोगों की जेबें हल्की करना। वह अपने इस धंधे में माहिर थी और रोज ही उसका पर्स, उड़ाए हुए पैसों से भरा रहता था। बहुत कम ऐसे मौके होते थे-जब उसके पास पैसों की कमी रही हो।

कोई डेढ़ वर्ष पहले फ्रैंक्विस्ट और रॉक्सी की जोड़ी बनी थी। तब से आज तक उन दोनों में कभी मनमुटाव पैदा नहीं हुआ था। दोनों इकट्ठे एक ही कमरे में रहते थे। एक साथ सोते थे, खाना-पीना और घूमना इकट्ठा ही चलता था। जोड़ी ठीक चल रही थी।

रॉक्सी समाचार-पत्र पढ़ चुका तो वह उठा और शीशे के सामने आकर खड़ा हो गया। उसने अपने चेहरे पर दृष्टिपात किया-फिर च्यूइंग गम मुंह में डाली और बाहर निकल आया।

वह जानता था कि डिल्लन का दरवाजा खटखटाना घातक सिद्ध हो सकता था। उसे यह भी मालूम था कि एक ऐसे ही किसी ने डिल्लन का दरवाजा खटखटा दिया था और उसे पेट में सीसे की गर्म गोली खानी पड़ी थी। कुछ क्षण रुककर वह हिचकिचाता-सा उसके दरवाजे पर खड़ा रहा-फिर वापस अपने कमरे में लौट आया। उसने अपने कमरे का दरवाजा खुला ही छोड़ दिया।

बड़े स्पेनिश गिटार को देखकर उसे एक युक्ति सुझाई दी। वह गिटार लेकर बैठ गया और ऊंचे स्वर में गिटार के साथ गाने लगा।

गिटार बजाते-बजाते वह उसमें खो-सा गया। रॉक्सी का स्वर बहुत मधुर था और वह गिटार भी अच्छा बजा लेता था। उसे यकीन था कि कोई भी लड़की उसके गले से निकलते रोमांस भरे गीत को सुन लेने के बाद अपने कमरे में टिकी नहीं रह सकती थी।

और वही हुआ भी। मीरा ने अपने कमरे में से बाहर झांका और बाहर आ गई।

गीत के अंतिम बोल गाते-गाते रॉक्सी सिसक-सिसककर रोने लगा-फिर जैसे ही उसकी नजर मीरा पर पड़ी, उसने गाना बंद कर दिया।

उसने मीरा की ओर देखकर मुस्कराने की चेष्टा की और बोला- 'क्षमा करना, मैंने शायद तुम लोगों को डिस्टर्ब किया है, तुमने सोचा होगा कि यह कौन बेसुरा गला फाड़ रहा है।'

'नहीं! आपका गला वाकई बेहद दर्द भरा था।' उसकी ओर प्रशंसा भरी नजरों से देखते हुए मीरा ने कहा।

'अच्छा! तुम्हें अच्छा लगा?' उसने आश्चर्य व्यक्त करने का अभिनय किया मैं तुम्हें दूसरा गीत सुनाता हूं-तूफानी नदी वाला गीत-सुनना चाहोगी?'

मीरा ने सहमति में सिर हिलाया।

रॉक्सी फिर से गिटार के तारों से खेलने लगा-तभी डिल्लन अपने कमरे से बाहर निकल आया। उसके चेहरे पर संदेह के लक्षण मौजूद थे। रॉक्सी ने सिर के इशारे से उसका अभिवादन किया और गिटार बजाना जारी रखा-फिर उसने गाना शुरू कर दिया। गाना वाकई अच्छा था-विंग क्रोस्वा की धुन थी। उसे गाने में बेहद आनंद आया, इतना कि उसने आज से पहले कभी भी महसूस नहीं किया था।

फिर गाना समाप्त होते ही उसने गिटार एक ओर रख दिया।

'अंदर आ जाइए आप लोग।' वह डिल्लन और मीरा की ओर संकेत करते हुए बोला- 'मेरे विचार से पड़ोसी होने के नाते मुझे एक-एक जाम आपको पिलाने का तो अधिकार है ही।'

मीरा आराम से अंदर प्रविष्ट हो गई और कमरे में इधर-उधर दृष्टि डालने लगी। डिल्लन दरवाजे से टेक लगाए खड़ा रहा। वह ध्यानपूर्वक रॉक्सी का अध्ययन कर रहा था।

रॉक्सी ने तीन गिलासों में शराब डाली और एक गिलास रखकर दोनों की ओर एक-एक गिलास बढ़ा दिया।

डिल्लन ने उसके हाथ से गिलास तो ले लिया-लेकिन उसे मुंह तक न लगाया। उसने आभार-सा व्यक्त करते हुए इनकार में सिर हिलाया और अपना गिलास मेज पर रख दिया।

'क्यों... क्या कुछ गड़बड़ है?' रॉक्सी ने पूछा।

'मैं दरअसल इसे पीता नहीं।' डिल्लन ने जवाब दिया।

'अंदर आ जाओ और दरवाजा बंद कर लो।' मीरा ने डिल्लन से कहा।

डिल्लन ने दरवाजा बंद कर लिया और अंदर आ गया। क्षण-भर खामोशी रही-फिर मीरा और रॉक्सी आपस में बातें करने लगे।

मीरा ने उसे बताया कि उसका नाम मीरा है और उसके साथी का नाम डिल्लन है।

'तुम दोनों से मिलकर मुझे बेहद खुशी हुई। मेरे विचार से तुम भी हम लोगों के धंधे से ही संबंधित हो-वरना इस जगह आने की कोई तुक नहीं थी। मेरा विचार ठीक है ना?'

'और तुम्हारा धंधा क्या है?' डिल्लन ने पूछा।

रॉक्सी ने गिलास से एक लंबी चुस्की भरी-फिर मीरा की ओर देखता हुआ कहने लगा- 'मुझे यहां रॉक्सी के नाम से जाना जाता है-इससे पहले कि मैं अपना धंधा बताऊं-क्यों न हम लोग एक-दूसरे से भली प्रकार जान लें।'

डिल्लन ने अपने कंधे उचकाए-वह बोला- 'मुझे यह ठीक नहीं लगता। तुम चाहे जितने भोले क्यों न बनते रहो-पर तुम शायद यह जानते हो कि मैं कौन हूं-अब यदि तुम थोड़ी-सी जानकारी दे दो तो बात कुछ सरल हो जाए।'

'श्योर... श्योर!' रॉक्सी बोला- 'मैं तुम्हारे बारे में जानता हूं-जहां तक अपने बारे में बताने का सवाल है, मैं तो एक छोटा-सा आदमी हूं-मेरा काम तो कारों को लूटकर ही चल जाता है। मेरे साथ जो लड़की है, उसका काम लोगों की जेबें साफ करना है।'

डिल्लन ने मुंह बिसूर दिया। वह बोला- 'मैं इस धंधे में काफी समय से बाहर रहा हूं। अब वापस लौटकर इसे जमाने की फिराक में हूं।'

रॉक्सी ने ध्यानपूर्वक उसे देखा-फिर बोला- 'जरूर!' कोशिश करो, वैसे

भी लोग तुम्हें भूल चुके हैं।'

डिल्लन ने संकेत भरी नजरों से मीरा की ओर देखा-जैसे उसे खामोश रहने को कह रहा हो-फिर रॉक्सी से बोला- 'मैं इस धंधे से संबंधित किसी बड़े आदमी से मिलना चाहता हूं।'

'मुझे तुम दोनों बहुत पसंद आए हो।' रॉक्सी बोला- 'मैं तुम्हारी मदद करूंगा-पर इसमें एक कठिनाई है। जब तक तुम फिर से अपना नाम पैदा नहीं कर लेते-कोई तुमसे बात करने को तैयार नहीं होगा। पुराने लोगों की तो टोलियां बिखर गई हैं और कुछ नए-नए लोग इस धंधे में आ गए हैं। अब अगर तुमने बगैर सोचे-समझे यूं ही इस धंधे में हाथ डालने की कोशिश की तो तुम्हें तकलीफ उठानी पड़ सकती है।'

'यह तो वाकई पते की बात कही है तुमने।' मीरा बोल उठी।

'हां... हालात ही ऐसे हैं। छोटे-मोटे कामों में तो हाथ डालने के लिए मैं तुम्हारी सहायता कर सकता हूं, पर अपना गिरोह तो तुम्हें स्वयं ही तैयार करना होगा।'

'पर मैं इस क्षेत्र के अन्य लोगों से कम तो नहीं हूं।' डिल्लन ने रॉक्सी की ओर तीखी नजरों से देखते हुए कहा।

'मेरा इस धंधे के किसी बड़े आदमी से संपर्क नहीं है।' रॉक्सी ने कहा- 'हालांकि मैं पिछले दस वर्षों से इस धंधे में हूं और मुझे खुशी है कि मैं किसी बड़े आदमी को नहीं जानता। इस धंधे में जो कोई भी बड़ा बनने की कोशिश करता है, वह साफ पहचान में आ जाता है। फिर उसे स्वयं को सुरक्षित रखने के लिए खर्चा भी करना पड़ता है। अब तुम फ्लोड बैली या फिर नौश को ही देख लो-बेचारे भागते-छुपते फिर रहे हैं, और छुपते फिरेंगे। मुझे कोई नहीं पहचानता, इसलिए मैं स्वयं को इस हिसाब से ज्यादा सुरक्षित महसूस करता हूं।'

तभी टेलीफोन की घंटी बजी। रॉक्सी ने लपककर फोन उठा लिया। दूसरी ओर से उसे एक भारी-सी आवाज सुनाई पड़ी- 'गलजी में कुछ स्कार्ट टाइप के लोग घूमते दिखाई दे रहे हैं। मेरे विचार से ये लोग एफ.बी.आई. से संबंधित हैं। वे लोग तुम्हारी तरफ आ रहे हैं।'

'धन्यवाद साथी!' रॉक्सी ने कहा और रिसीवर रख दिया। फिर उसने उन दोनों की तरफ देखा और बोला- 'तुम दोनों अपने-अपनी पिस्तौलें छुपाकर रख दो। एफ.बी.आई. के कुछ लोग ऊपर ही आ रहे हैं।'

डिल्लन जल्दी से उठ खड़ा हुआ। वह बोला– 'मेरे पास ऐसी कोई चीज नहीं है, जिस पर उन्हें आपत्ति हो सके।'

रॉक्सी ने अपने कोट की जेब से पिस्तौल निकालकर अलग कर दिया। 'मैंने तुम्हें चेतावनी दे दी है। यदि तुम्हारे पास गन हो तो उसे अभी छुपा दो। मिल जाने पर वे तुम्हें बहुत तंग कर सकते हैं।'

मीरा घबरा गई– 'उन्हें कहां छुपाया जा सकता है?' उसने घबराए से स्वर में पूछा।

रॉक्सी अंगीठी के पास तक गया और झुका। उसने टाइल वाली अंगीठी को पीछे की ओर एक दराज की तरह धकेला और वहां की खाली जगह में अपनी पिस्तौल डालते हुए कहा– 'मिस बेनवो ने ऐसी चीजें छिपाने के लिए हर कमरे में ऐसी अंगीठियां बना रखी हैं-उनका प्रयोग करो।'

डिल्लन वहां से फौरन बाहर निकलकर अपने कमरे में जा पहुंचा। उसने अपनी पिस्तौलों तथा थामसन को उसी प्रकार छुपा दिया। फिर वह वापस रॉक्सी के कमरे में पहुंचा और कहने लगा– 'लानत है-मैं तो सोचता था कि यह स्थान बिलकुल सुरक्षित है।'

'हां-है तो सुरक्षित ही।' रॉक्सी बोला– 'पर एफ.बी.आई. वालों को किसी जगह जाने से कौन रोक सकता है। पुलिस वाले तो तंग नहीं करते, परंतु एफ.बी.आई. वाले तो आते-जाते रहते हैं। तुम लोग आराम से बैठे शराब पीते रहो। स्वयं पर नियंत्रण रखो। यदि कुछ कहना, सुनना हुआ तो मैं संभाल लूंगा।'

'ओह लानत है।' डिल्लन बड़बड़ाया– 'मिस बेनवो को अपना किराया कम करना पड़ेगा। यदि ये लोग यहां आते-जाते रहते हैं तो मैं इतना ढेर सारा किराया उसे क्यों दूंगा?'

'जरूर-जरूर।' रॉक्सी बोला– 'मेरे विचार से तो वह तुम लोगों को लूट रही है।'

सहसा उन्हें नीचे हलचल-सी सुनाई दी। वे और भी अधिक सतर्क हो गए– 'लो भई! वे लोग आ गए।' रॉक्सी ने सामान्य स्वर में कहा– 'वे लोग तुम पर हाथ उठाने की चेष्टा भी कर सकते हैं, इसलिए तुम जरा शांत ही रहना।'

सीढ़ियों पर मिस बेनवो की आपत्ति की आवाज उन्हें सुनाई दी। वह कह रही थी– 'तुम लोग इस प्रकार यहां नहीं आ सकते। मैं बताए दे रही

हूं, यह एक सुरक्षित मकान है।'

'शांत रहिए...।' किसी का स्वर सुनाई दिया- 'हम यहां मात्र अपनी ड्यूटी पूरी करने के लिए आए हैं। हमारा तुम्हें नुकसान पहुंचाने का कोई इरादा नहीं है।'

तभी दरवाजे पर भारी कदमों की आवाज सुनाई दी, फिर एक लात मारकर दरवाजा खोल दिया गया। दो हिंसक-से लगने वाले चेहरे दरवाजे पर खड़े दिखाई दिए।

'हैलो-कहिए!' रॉक्सी ने सोफे पर बैठे-बैठे कहा। उसने अपने हाथ अपनी गोद में रखे हुए थे- 'मेरे विचार से आप लोगों को मेरी तो तलाश नहीं है।'

उन लोगों में से एक अंदर दाखिल हुआ। दूसरा वहीं दरवाजे पर खड़ा रहा। अंदर दाखिल होने वाले व्यक्ति ने जरा कड़े स्वर में कहा- 'जब मुझसे बात किया करो तो खड़े होकर बात किया करो-समझे।'

रॉक्सी जल्दी से उठकर खड़ा हो गया। उसने अपना हैट उतार लिया।

'सॉरी मिस्टर स्ट्रान!' उसने नम्र स्वर में कहा- 'हुक्म कीजिए-आज तो बहुत दिनों के बाद भेंट हुई है आपसे।'

स्ट्रान उसके नजदीक पहुंचा। उसने रॉक्सी की जेब थपथपाई। फिर पूछा- 'तुम्हारी पिस्तौल कहां पर है?'

'पिस्तौल-कैसी पिस्तौल?' रॉक्सी ने कंधे उचकाए- 'आपको जरूर कोई गलतफहमी हुई है बॉस! आप तो जानते ही हैं, मैं इस प्रकार का कोई भी खतरनाक हथियार अपने पास नहीं रखता।'

'हुं... इस प्रकार की बातें बनाकर तुम बच नहीं सकते, समझे। जरा संभलकर रहना।' फिर उसकी निगाह डिल्लन पर जा टिकी।

उसने अपने साथियों की ओर देखा और पूछा- 'इस बंदर को देखा है कभी तुमने?'

उसके साथी ने सिर हिलाया।

स्ट्रान चलता हुआ डिल्लन के नजदीक पहुंचा- 'कौन हो तुम?' उसने पूछा- 'और यहां क्या कर रहे हो?'

डिल्लन ने अपने चेहरे पर किसी प्रकार की प्रतिक्रिया व्यक्त न होने दी। उसने भावरहित चेहरे से उसकी ओर देखते हुए कहा- 'मैं अपने दोस्त के साथ बैठा एन्जॉय कर रहा हूं। इसमें कोई बुराई तो नहीं है।'

स्ट्रान ने कठोर स्वर में पूछा– 'तुम आए कहां से हो? मैंने तुम्हें इस इलाके में पहली बार ही देखा है।'

डिल्लन ने मीरा की ओर देखा, तभी स्ट्रान ने अपना मुक्का घुमाया और डिल्लन के जबड़े पर वार कर दिया– 'जुबान लड़ाता है हरामजादा।' वह फुंफकारा। डिल्लन अपना संतुलन खो बैठा और धड़ाम से नीचे जा गिरा।

रॉक्सी आतंकित स्वर में चिल्लाया– 'देखो यहां लड़ाई–झगड़ा नहीं होना चाहिए प्लीज...।'

डिल्लन ने स्ट्रान की ओर देखा। उसकी आंखों में कूट–कूटकर

घृणा भरी दिखाई दी। वह अपने जबड़े को सहलाता हुआ धीरे–धीरे उठकर खड़ा हो गया। उसकी आंखों में नफरत के भाव जाग्रत हुए, पर प्रगटत: वह शांत बना रहा।

'पपीते की सी खोपड़ी वाले पागल गधे, सुनो–जब मैं तुमसे कोई बात पूछूं तो उसका तुरंत उत्तर दो। बोलो–कहां से आए हो और तुम्हारा क्या नाम है?'

स्ट्रान का दूसरा साथी दरवाजे पर खड़ा बोरियत महसूस कर रहा था–पर उसके हाथ में पिस्तौल लगा हुआ था।

डिल्लन ने अपने दांत भींच लिए। उसने उत्तर दिया– 'मैं प्लाटस विला से आया हूं और मेरा नाम गर्नी है–निक गर्नी।'

मीरा शांत खड़ी रही। उसने अपने मुंह पर हाथ रख लिया था।

'ओह...!' स्ट्रान व्यंग्य भरे स्वर में बोला– 'ऐसे कह रहे हो जैसे बहुत बड़े जमींदार के बेटे हो। इस शहर से बाहर हो जाओ पाजी कहीं के। हम लोगों को तुम्हारे जैसे लोगों की सब खबर रहती है। समझे! तुम जैसे मक्कारों के लिए इस शहर में कोई जगह नहीं है। वापस प्लास्ट विला ही पहुंचो और फिर मुड़कर इस शहर में अपनी सूरत मत दिखाना। समझ गए न।'

डिल्लन की आंखों में घृणा का सागर लहरा रहा था, परंतु वह जब्त कर गया और शांत खड़ा रहा।

'जवाब दे हरामजादे!' स्ट्रान अपना मुक्का भींचते हुए गुर्राया– 'मेरे साथ चालाकी चलने की कोशिश की तो मुक्के मार–मारकर के तेरा दम निकाल दूंगा।'

डिल्लन ने कहा– 'हां... मैं समझ गया हूं।'

स्ट्रान मीरा की ओर मुड़ा– 'और तुम कौन हो?'

'मैं... मैं इनकी पत्नी हूं।' मीरा ने सरल स्वभाव में जवाब दिया।

स्ट्रान ने सिर हिलाते हुए कहा– 'मैं सब समझता हूं... सुनो... तुम्हारी

जैसी बच्चियों के लिए यह जगह ठीक नहीं है। अच्छा होगा कि तुम घर चली जाओ। इस जैसे पागल कमीने के साथ-साथ रहकर तुम अपना समय नष्ट कर रही हो।' फिर वह डिल्लन की ओर संकेत करते हुए मीरा से बोला- 'इसे भूल जाओ और वापस अपने मां-बाप के पास लौट जाओ।'

मीरा ने निगाहें झुका लीं- 'मोटा मुंहफट-हरामजादा।' उसने मन-ही-मन स्ट्रान के लिए गालियां बकीं।

स्ट्रान ने कहा- 'फिलहाल हम लोग जा रहे हैं, लेकिन याद रखना, अगर तुम लोगों ने कोई गलत हरकत करने की चेष्टा की तो मुझसे बुरा कोई नहीं होगा।'

धमकी देता हुआ स्ट्रान बाहर निकल गया और दरवाजा बंद कर दिया। उन लोगों ने उसे अपने दूसरे साथी को आवाज देते सुना-वह कह रहा था- 'हमें इस बदमाश गर्नी पर निगाह रखनी होगी। मुझे यह अच्छा आदमी दिखाई नहीं पड़ता।'

रॉक्सी खामोश बैठा हाथ के संकेत से उन्हें चुप रहने का संकेत करता रहा। जब दोनों पुलिसमैनों के नीचे पहुंच जाने की आवाज सुनाई दी तो तीनों ने निश्चिंतता की सांस भरी।

डिल्लन ने सामान्य स्वर में कहा- 'देख लेना-एक दिन यह हरामजादा मेरे हाथों से ही ठीक होकर रहेगा। जरा पैर जम जाएं मेरे, फिर देखना किसी दिन हत्थे चढ़ गया तो इसकी वो गति बनाऊंगा कि इसके फरिश्ते भी पनाह मांगने लगेंगे।।

❖❖❖

बेलोरी रेस्टोरेंट, यूनियन स्टेशन के पास बाइसवीं रोड पर स्थित था। फ्रैंक्विस्ट कोने वाली मेज पर बैठी 'राई' नामक हल्की शराब की चुस्कियां लगा रही थी।

जैसे ही रॉक्सी, डिल्लन और मीरा को साथ लिए अंदर दाखिल हुआ, फ्रैंक्विस्ट ने उसे हाथ का संकेत देकर अपने पास बुला लिया। रॉक्सी उसकी मेज के करीब पहुंचा और उसने डिल्लन तथा मीरा का परिचय फ्रैंक्विस्ट से करवाया। वह बोला- 'यह मीरा है और ये डिल्लन है। हमारे साथ वाले कमरे में ही रहते हैं।'

फ्रैंक्विस्ट की नजरें डिल्लन के सुपुष्ट जिस्म पर पड़ गई- 'वाह कैसा

सजीला जवान है।' उसने सोचा, फिर प्रकटतः बोली- 'तुम लोगों से मिलकर बहुत खुशी हुई-बैठिए।'

मीरा शांत भाव से फ्रैक्विस्ट के पास ही बैठ गई। डिल्लन सामने वाली कुर्सी पर रॉक्सी के सामने बैठ गया।

'रॉक्सी जैसे दोस्त से मिलकर मजा आ गया।' मीरा ने कहा- 'वाकई वह एक अच्छा मित्र है।'

'अच्छा-ऐसा है।' फ्रैक्विस्ट ने रॉक्सी की ओर देखते हुए कहा- 'क्या यह ठीक कह रही है-क्या तुम वाकई इस जैसी बच्ची में दिलचस्पी दिखा रहे थे?'

मीरा ने बात बदलनी चाही- 'इन्हें मत डांटो-कुछ लोग होते ही दिलचस्प हैं। उन्हें नौजवान लड़कियां बहुत भाती हैं। ऐसी लड़कियां, जो परिपक्व हालत में पहुंच चुकी होती हैं। विश्वास न हो तो इन्हीं से पूछकर देखो।'

फ्रैंविस्ट हंसी- 'बहुत चालाक हो तुम, उम्र बेशक छोटी है तुम्हारी, लेकिन मर्दों को पहचानने का तजुर्बा बहुत है तुम्हें।'

मीरा ने सिर घुमा लिया। फिर बोली- 'अब हम लोगों को यहां सिर्फ बातें ही करनी हैं या और भी कुछ करना है।'

तभी एक वेटर नजदीक से गुजरा- 'रॉक्सी ने उसे व्हिस्की का आर्डर दे दिया। वह मन-ही-मन खुश हो रहा था। दो औरतों के बीच नोक-झोंक से उसे आनंद आ रहा था।

फ्रैंक्विस्ट डिल्लन की ओर को झुकी और धीमे स्वर में पूछा- 'मेरा विचार है, तुम्हें यह सब मालूम है कि इस शहर में कौन-सा धंधा कहां होता है, है न?'

डिल्लन ने उसकी ओर जरा कड़ी नजरों से देखा-फ्रैंक्विस्ट सहम कर पीछे हट गई। 'हम लोग तो काफी अरसे बाद यहां आए हैं।' वह बोला- 'इस बीच हालात कितने बदल गए हैं, यह मैं कैसे कह सकता हूं।'

रॉक्सी बोल उठा- 'उस सामने बैठे आदमी को देख रहो हो न।' उसने हल्के हाथ के इशारे से एक ओर संकेत किया- 'उस आदमी का नाम हर्स्ट है।'

सबकी निगाहें उस ओर उठ गईं। बीच वाली मेज पर एक आदमी अकेला बैठा शराब पी रहा था। उसके बालों का रंग सुनहरा था और उसने गहरे रंग का शानदार सूट पहन रखा था। उसके रखरखाव से जाहिर होता था कि वह एक धनवान आदमी था।

'कौन है यह हर्स्ट?' डिल्लन ने पूछा

फ्रैंक्विस्ट हंस पड़ी- 'वाह! तुम भी कैसे आदमी हो। तुम्हें शायद नहीं मालूम... आजकल इस आदमी के तो खूब चर्चे हैं। बहुत बड़े-बड़े घोटाले सब इसी के हाथ से चलते हैं।'

'ओह... यह बात है।' डिल्लन ने एक बार फिर से हर्स्ट की ओर देखा।

'तो यूं कहो न कि यह आदमी आजकल टॉप पर है।'

'बिलकुल!' रॉक्सी ने सिर हिलाकर सहमति जताई।

'शायद यह तुम्हारा कोई पुराना जानकर निकल आए।' मीरा ने डिल्लन की ओर देखते हुए कहा।

'हो ही नहीं सकता।' रॉक्सी बोला- 'मैंने कहा है न। आजकल यह आदमी टॉप पर है, इसके पास तो बड़े-बड़े आदमी ही पहुंचते हैं, मेरे या तुम्हारे जैसे छुटभैयों से तो यह बात करना भी पसंद नहीं करता।'

फ्रैंक्विस्ट बोल उठी- 'शायद, तुम उस पर अपनी कुशलता आजमाना चाहती हो।' फ्रैक्विस्ट ने मीरा की ओर देखते हुए पूछा।

'क्या ऐसा हो नहीं सकता?' मीरा बोली- 'आखिरकार है तो वह भी एक मर्द ही।'

'पर हर्स्ट ऐसा नहीं है।' फ्रैंक्विसट बोली- 'उसे अवयस्क छोकरियों में कोई दिलचस्पी नहीं है। वह तो पके-पकाए माल का रसिया है-मेरे कहने का मतलब है, ऐसी औरतें जो कड़क जवान हो चुकी होती हैं।'

'मुझे तो आदमी अच्छा ही लगा है यह।' मीरा बोली।

'तुम्हें शायद वह इसलिए अच्छा लगा है।' फ्रैंक्विस्ट बोली- 'तुमने अभी-अभी यह सुन लिया है कि वह आदमी आजकल टॉप पर है। पर तुम्हें शायद यह मालूम नहीं कि ऐसे लोगों के साथ यह कठिनाई होती है कि वे अधिक दिनों तक टॉप पर नहीं रह पाते। इनके प्रतिद्वंद्वी इनके खून के प्यासे हो जाते हैं।'

'अगर वह इतना बड़ा आदमी है तो सामर्थ्यवान भी होगा।' मीरा बोली- 'वह स्वयं ही अपनी हिफाजत नहीं कर सकता क्या?'

रॉक्सी ने सिर हिलाया- 'थोड़ा इंतजार करो, फिर तुम स्वयं ही देख लेना। लिटिल अर्नी आजकल इसके खून का प्यास हो रहा है। वह किसी-न-किसी दिन जरूर इसे ठिकाने लगा देगा।'

मीरा कुछ चिंतित-सी हो उठी। 'पर यह भी तो हो सकता है, इससे

पहले कि लिटिल अर्नी इस पर हमलावर हो, वही उसको ठिकाने लगा दे।'

'तुम्हें इस पाजी के बारे में कुछ मालूम नहीं है।' रॉक्सी ने हाथों में अपना गिलास घुमाते हुए कहा- 'हर्स्ट ऑटोमैटिक मशीनों का धंधा करता है। कुछ समय से इसके पास दौलत का ढेरों भंडार जमा हो गया है।'

'लिटिल अर्नी कैट-शाप चलाता है। बड़ा वह भी है। सालों से ये दोनों अपने-अपने क्षेत्र में काम करते चले आ रहे हैं। लाखों डॉलर की आमदनी है दोनों की। पर दोनों ही अपनी कमाई से संतुष्ट नहीं हैं। इनके खर्चे भी बहुत हैं, इसलिए हमेशा और अधिक दौलत बटोरने की कोशिशों में लगे रहते हैं।'

'लाखों डालर।' मीरा ने आश्चर्य व्यक्त किया- 'यह तो बहुत बड़ी रकम होती है।'

'होती है।' रॉक्सी ने सहमति में सिर हिलाया- 'हमारे या तुम्हारे जैसे लोगों के लिए यह रकम बहुत ज्यादा लगती है। पर इन जैसे लोगों की निगाह में यह रकम कुछ भी नहीं है।' रॉक्सी कहता गया- 'यह हर्स्ट अब कुछ और भी काम कर रहा है। वह अपना धंधा फैला रहा है। वह लिटिल अर्नी के क्षेत्र में घुसने की कोशिश कर रहा है और यह बात उस ठिगने अर्नी को पसंद नहीं आई है। हालांकि हर्स्ट का यह कहना है कि उसके इस कारोबार से अर्नी पर कोई फर्क नहीं पड़ेगा-वह कहता है कि ऑटोमैटिक मशीनों से उसके धंधे से अर्नी की कैट-शाप की भला क्या प्रतिद्वंद्विता हो सकती है। पर लिटिल अर्नी इस बात को नहीं समझ रहा। उसे रॉक्सी, अपना बिजनेस प्रतिद्वंद्वी नजर आ रहा है। रॉक्सी दिनों-दिन अपने कारोबार को फैलाता जा रहा है। अब होगा यह कि किसी भी दिन हर्स्ट के जिस्म में दर्जन-भर गोलियां पैबस्त हो जाएंगी और उसकी सारी कमाई धरी-की-धरी रह जाएगी।'

'पर यह भी तो हो सकता है कि लिटिल अर्नी के हमलावर होने से पहले ही, हर्स्ट उस पर पहल कर दे।' मीरा ने कहा।

'हां-यह भी हो सकता है।'

'फ्रैंक्विस्ट बोल उठी- 'तो फिर अभी तुम हर्स्ट पर डोरे डालने का काम अंजाम दे रही हो। है न?'

'हां-।' मीरा ने सिर हिलाया- 'अभी मुझे मुनासिब वक्त नहीं लगता-खैर फिर कभी सही।'

'मैं चलती हूं।' फ्रैंक्विस्ट उठ खड़ी हुई- 'मुझे कुछ और भी काम देखने हैं।'

'मैं भी चलता हूं।' रॉक्सी भी उठकर खड़ा हो गया। फिर मीरा की ओर हाथ हिलाकर बोला- 'ओ.के.! फिर मिलेंगे।'

फ्रैंक्विस्ट ने एक बेहद कामोत्तेजक निगाह डिल्लन पर डाली-उस निगाह में वह उसे साफ-साफ निमंत्रण देती प्रतीत हुई। फिर बोली- 'इस बेबी को संभाले रखना। यह बहुत ऊंची उड़ान भरने के सपने देख रही है।'

डिल्लन ने कंधे झटकाए। मीरा उन्हें जाते हुए देखती रही।

उनके जाते ही वह डिल्लन से बोली- 'चुड़ैल कहीं की। बड़ी चालाक बनती है। अपने आपको बचाए रखना इससे, मुझे वह तुम पर आस्कत हो रही प्रतीत होती है।'

'तुम फिक्र मत करो।' डिल्लन कुर्सी की पुश्तगाह से टिकता हुआ बोला। 'मैं जानता हूं, ऐसी औरतों से कैसे निपटा जाता है।'

तभी उन्होंने देखा कि हर्स्ट ने अपनी चुटकी बजाकर वेटर को बुलाया, उसने बिल चुकाया और उठकर चल दिया। मीरा उसे दरवाजे तक जाते हुए देखती रही। दरवाजे के पास बैठे हुए दो पहलवान जैसे व्यक्ति भी उसके पीछे-पीछे हो लिए।

डिल्लन बोला- 'मुझे यह आदमी अपने मतलब का दिखता है। यह मुझे आगे ले जा सकता है।'

मीरा धीरे से बोली- 'तुम्हें कहीं पहुंचाने के लिए किसी अन्य की सहायता की जरूरत नहीं। तुम अकेले ही आसमान की बुलंदियों को छू सकते हो।'

'अपनी खोपड़ी का प्रयोग करो।' डिल्लन बोला- 'इस समय हम यहां कुछ भी नहीं हैं।' जब तक इस धंधे का कोई जानकार व्यक्ति हमें गाइड नहीं करता, हम धंधे में नहीं घुस सकते। पहले की बात और थी, उस वक्त मेरे अपने सहायक भी बहुत थे, पर अब इस धंधे को छोड़े भी तो मुझे काफी अरसा हो गया है।' फिर उसने जरा कड़े स्वर में कहा- 'अब तुम अपना मुंह बंद ही रखना। मैं कुछ सोचना चाहता हूं। जब मेरा दिमाग काम नहीं करेगा तो मैं तुम्हारी खोपड़ी के इस्तेमाल का संकेत कर दूंगा।'

मीरा का चेहरा लाल हो उठा।

'तो फिर उसी बिल्ली फ्रैंक्विस्ट से सलाह ले लो। हो सकता है, वह

तुम्हें कोई बेहतर सलाह दे सके।'

डिल्लन ने उसकी ओर घूरकर देखा- 'तुम औरतें... सब एक ही दिशा में सोचती हो। कितनी ईर्ष्यालु होती हैं ये। मैं सोचता था कि तुम शायद उनसे कुछ भिन्न निकलो। पर...तुम भी उन्हीं में से हो।'

मीरा ने मन-ही-मन सोचा- 'देखूंगी... किसी दिन तुझे अपना गुलाम बनाकर न छोड़ा तो मेरा भी नाम नहीं।' पर मुंह से कुछ न बोली।

डिल्लन उठ खड़ा हुआ- 'मैं बाहर जा रहा हूं। इस प्रकार की बातचीत मुझे परेशान कर देती है।'

मीरा उसके पीछे-पीछे सड़क पर आई और किनारे-किनारे पेड़ों की छाया में चलने लगी। डिल्लन ने कहा- 'मुझे एक कार की जरूरत पड़ेगी। मेरे विचार से मैं अभी कार ले लूं।'

'कार।' मीरा चौंकी- 'ओह! पर इसके लिए धन कहां से आएगा।?'

'तुम अपना थोबड़ा बंद ही रखो और अपनी नाक इन बातों से बाहर ही रखो तो बेहतर है।' डिल्लन ने उसे डांटा।

दोनों आगे बढ़ते रहे, फिर मुख्य सड़क से हटकर डिल्लन एक गली में मुड़ा। वहां पुरानी कारों का एक गैराज था।

दोनों गैराज में दाखिल हो गए। एक लंबी-सी चोंचदार नाक वाले व्यक्ति ने आगे बढ़कर उनका स्वागत किया।

'कहिए, क्या सेवा कर सकता हूं आप लोगों की?' वह व्यक्ति बोला मुझे मेबली कहते हैं, यदि आप उचित कीमत पर कोई अच्छी-सी गाड़ी खरीदने के लिए आए हैं, तो आप उचित स्थान पर ही पधारे हैं।'

डिल्लन बोला- 'पर फिलहाल हमारा गाड़ी खरीदने का इरादा नहीं है। हम सिर्फ देखने के लिए आए हैं। हां, यह भी हो सकता है कि कोई सस्ती-सी चीज हाथ लग जाए तो शायद खरीद ही लें।'

मेबली ने अपने अंगूठे अपनी पतलून की जेबों में डालते हुए कहा- 'उस गाड़ी को देख लीजिए। मेरा ख्याल है आपको पसंद आएगी मिस्टर।' उसने सिर के इशारे से एक गाड़ी की ओर संकेत किया।

डिल्लन को पहली ही नजर में एक गाड़ी भा गई। वह एक बड़ी-सी पैकार्ड थी, उसका रंग-रोगन बेशक उड़ चुका था, देखने में वह बेशक अनाकर्षक-सी थी, पर थी वह दमदार। सारे लाट में डिल्लन को वही एक ऐसी कार दिखाई दी, जिसे यदि साठ मील की रफ्तार से किसी दीवार से

टकरा दिया जाए तो भी उसमें कोई खराबी पैदा न हो।

वह सीधा उस कार की ओर नहीं गया। इधर-उधर दूसरी कारें देखता रहा। मीरा उसके साथ-साथ चलती रही। अंत में वह उस पैकार्ड के पास पहुंचा और उसे ध्यानपूर्वक देखने लगा। उसने दरवाजा खोला और अंदर बैठ गया।

उसने नोट किया कि पैकार्ड के स्प्रिंग अच्छे थे।

मेबली आगे बढ़ा और कार का हुड साफ करने लगा।

'आपको यह कार पसंद आई है। है न?'

डिल्लन बाहर निकला और कार के हुड का सहारा लेकर खड़ा हो गया- 'हां।' वह बोला- 'इस कार से हमारा काम चल जाएगा।'

मेबली का चेहरा खिल उठा। उसने गाड़ी की तारीफों के पुल बांधने शुरू कर दिए।

'यह गाड़ी आपके लिए बिलकुल ठीक रहेगी सर!' अंत में वह बोला- 'इस गाड़ी में बहुत जान है, आप गाड़ी में बैठिए, मैं आपको इस गाड़ी को चलाकर दिखाता हूं।'

'मेरे विचार से तो मैं स्वयं ही इसको चलाकर देख लूं तो बेहतर है।' डिल्लन बोला और गाड़ी के व्हील पर जा बैठा।

डिल्लन ने गाड़ी चलाकर देखी। पच्चीस मील की गति तक वह बहुत ही सफाई से आगे भागती रही, फिर डिल्लन ने मोड़ काटा और उसके टायरों की आवाज से संतुष्ट हो गया। वह कार को वापस ले आया और बोला- 'तुम ठीक कहते थे, यह गाड़ी ठीक वैसी ही है, जैसी कि मुझे जरूरत थी। अब जरा इसकी कीमत तो बता दो।'

'सस्ती ही है।' मेबली बोला- 'केवल दो हजार डॉलर।'

डिल्लन मीरा की ओर मुड़ा- 'सुना तुमने, ये हजरत क्या कह रहे हैं। इस छकड़े की कीमत दो हजार डॉलर... वाह...! सुनो मिस्टर!' वह मेबली की ओर मुड़ा- 'मेरे विचार से इस पुराने छकड़े की कीमत आठ सौ डॉलर से ज्यादा हरगिज नहीं है।'

'दो हजार डॉलर।।' मेबली ने दोहराया।

मीरा ने कंधे उचका दिए।

'आओ चलते हैं-यह भाई कुछ सनकी मालूम होता है।' उसने डिल्लन की बांह थाम ली।

'जरा रुको।' डिल्लन बोला- 'यह शायद इसकी कीमत कुछ और घटाना

चाहता है। मैं ही एक कदम और आगे बढ़ जाता हूं। सुनो मिस्टर-एक हजार लेने हैं तो बोलो-वरना बात खत्म।'

मेबली ने इनकार में सिर हिला दिया- 'नहीं मिस्टर, ऐसी बातों का मेरे लिए कोई महत्व नहीं है। मैं इसे आपको सिर्फ हजार डॉलर में ही बेच सकता हूं।'

'आओ चलते हैं।' मीरा बोली- 'इसके साथ वक्त जाया करके क्या लाभ?'

'हां, ठीक कहती हो।' डिल्लन बोला और मीरा के साथ दो कदम आगे की ओर बढ़ गया।

मेबली हिचकिचाया- 'फिर बोला- 'तुम्हें कार लेनी ही है तो मैं उन्नीस सौ ले लूंगा।'

'चलो जी!' मीरा डिल्लन की बांह थामती हुई बोली- 'मैंने कहा था न, यह हमारा समय बर्बाद कर रहा है...उन्नीस सो...हुंह...।'

वे दोनों दरवाजे की ओर बढ़ गए।

मेबली जल्दी से उनके नजदीक पहुंचा- 'जरा रुको, फिर सोच लें-ऐसी जल्दी भी क्या है।'

'छोड़ो...।' डिल्लन बोला- 'अब हमें कोई रुचि नहीं रही इस कार में।'

'सुनो...।' मीरा ने मेबली की ओर देखकर कहा- 'चौदह सौ लेने हैं तो बात करो, अन्यथा...।'

डिल्लन ने कठोर नेत्रों से उसकी ओर देखा-पर कहा कुछ भी नहीं।

मेबली ने अपनी खोपड़ी पर हाथ फिराया-फिर बोला- 'आप लोगों ने इसकी बहुत कम कीमत लगाई है-पर कोई बात नहीं-मैं अपना कमीशन छोड़ दूंगा। आप सोलह सौ दीजिए और कार ले जाइए।'

डिल्लन कार को तो पसंद कर ही चुका था-काफी मोल-तोल के बाद वह कार को इस शर्त पर लेने के लिए तैयार हो गया कि कार की टंकी को पेट्रोल से फुल करवाना होगा।

मेबली ने उसकी ओर देखा- 'तुम काफी सख्त आदमी मालूम होते हो।' वह बोला- 'पर मैं मान लेता हूं तुम्हारी यह भी बात।'

'ठीक है-तुम इसे तैयार करो। हम लोग एक घंटे में लौटकर आते हैं।'

वे दोनों बाहर आ गए।

मीरा चिंतित स्वर में बोली- 'इस कार को खरीद लेने के बाद तो हमारी धनराशि बहुत कम रह जाएगी।'

'यह हमारी धनराशि वाला विचार तुम्हारे दिमाग में कहां से आ गया?' डिल्लन बोला- 'हम उस कमी को आज रात ही पूरा कर देंगे-इसलिए तुम्हें चिंता करने की जरूरत नहीं है।'

❖❖❖

कोनको सर्विस स्टेशन, बीनर स्प्रिंग्स पर स्थित था। इस समय वह रोशनी से जगमगा रहा था। दो थके-मांदे से कर्मचारी दफ्तर में बैठे उबासियां ले रहे थे। दोनों इस बात की प्रतीक्षा कर रहे थे कि कब कोई कार वहां पहुंचे और कब वे पेट्रोल उस कार में डालें।

उनमें से एक का नाम जॉर्ज था। वह अपनी प्रेमिका के बारे में सोच रहा था। जब वह खाली होता था और धन प्राप्ति के अन्य साधनों के बारे में नहीं सोच रहा होता था, तो उस वक्त उसे अपनी प्रेमिका का ही ख्याल आने लगता था। अन्य दूसरे नौजवानों की तरह उसके दिमाग में भी बस दो ही चीजों का ख्याल आता रहता था-धन और प्रेमिका।

उसका दूसरा साथी हैंक, मेज के उस पार उसके सामने बैठा था।

'आखिर तुम्हें हो क्या गया है?' वह बोला- 'ऐसा लगता है, जैसे तुम कुछ घंटों से किसी दुःस्वप्न को देखने में मशरूफ हो।'

जॉर्ज ने एक लंबी-सी सांस भरी- 'तुम ऐड्डी को जानते हो? जानते हो न... मैं उससे शादी करने वाला हूं।'

'तो फिर कर लो... तुम्हें किसने रोका है?'

'नहीं दोस्त!' जॉर्ज आह-सी भरकर बोला- 'अब वह मुझसे दूर-दूर रहने लगी है। उसके प्रेम में ठंडक आ गई है। वह धन चाहती है। पिछले दो वर्षों से मेरे वेतन में एक पैसे की भी बढ़ोत्तरी नहीं हुई है। यही बात उसे परेशान किए दे रही है।'

हैंक ने कहा- 'काश! इस सर्विस स्टेशन के हम ही मालिक होते। हम यहां लगभग पांच सौ डॉलर रोज की सेल तो कर ही लेते हैं।'

'इससे भी कहीं ज्यादा। आज तो कई बिलों का भुगतान भी आया है। अंदर गल्ले में और भी बहुत कुछ पड़ा हुआ है।'

तभी दोनों ने बाहर किसी कार के रुकने की आवाज सुनी। दोनों उछलकर उठे और बाहर की ओर भागे। उन्होंने देखा-एक पुरानी-सी पैकार्ड कार पेट्रोल पंप के सामने खड़ी थी।

डिल्लन कार से नीचे उतरा- 'तुम्हारा और कोई साथी अंदर भी है?' उसने पूछा।

दोनों ने आश्चर्य चकित होकर उसकी ओर देखा।

'नहीं... बस हम दोनों ही हैं।' जॉर्ज ने उत्तर दिया- 'आप सेवा बताइए-यदि कार में कुछ गड़बड़ी है तो हम उसे ठीक कर देंगे।'

डिल्लन ने अपने हाथ थोड़े ऊपर किए। उसके दोनों हाथों में पिस्तौलें थीं। वह कठोर स्वर में बोला- 'तुम लोग अपने हाथ ऊपर करो और अंदर चलो।'

दोनों ने अपने हाथ ऊपर उठा लिए।

जॉर्ज घिघिया- 'प्लीज...प्लीज पिस्तौल मत चलाना।'

'जल्दी... फौरन अंदर चलो।' डिल्लन ने डांटा- 'दीवार की ओर मुंह करके खड़े हो जाओ-खबरदार, जो मुंह से एक शब्द भी निकाला।'

मीरा अंदर दाखिल हुई-उसने जल्दी से दराज खोल डाली और थैले में नोट भरने लगी।

'कितना कुछ है?' डिल्लन बोला।

'काफी है-फिलहाल काम चलाने के लिए ठीक है।' मीरा ने दोनों दराज खाली कर दिए और बोली- 'यहां कोई तिजोरी वगैरह भी जरूर होगी।'

'तिजोरी कहां है?' डिल्लन ने दोनों को डांटते हुए कहा।

'मेज के पीछे है।' हैंक ने घबराकर उत्तर दिया।

'ओ.के.-तुम चलकर उसे खोलो।'

जॉर्ज ने सेफ खोली। मीरा आगे बढ़ी-उसने तिजोरी में अंदर झांककर देखा-उसने नोटों की दो-तीन गड्डियां निकाल लीं-फिर कुछ रजिस्टर उलटे-पलटे- 'यहां तो काफी माल है।' वह खुशी से चीखी।

डिल्लन टेलीफोन के समीप पहुंचा। एक झटके से उसने टेलीफोन की तारें खींच डालीं। वह बहुत खुश था।

'हम लोग नहीं चाहते कि तुम हमारे जाने के बाद चीखना-चिल्लाना शुरू कर दो-इसलिए ध्यान रखना।' उसने दोनों हाथों की पिस्तौलें लहराईं।

मीरा ने उन दोनों से शेखी बघारना शुरू कर दिया- 'जानते हो यह कौन आदमी है? यह एक महान व्यक्ति है। भविष्य में तुम अपने बाल-बच्चों को यह कहानी सुनाना कि तुम्हें इस महान आदमी के दर्शन हुए थे।'

'ओह... शटअप। मुंहफट औरत!' डिल्लन गुर्राया।

मीरा डिल्लन के पास पहुंची-फिर दोनों बाहर निकल आए।

दोनों कर्मचारी दीवार के साथ हाथ ऊपर किए खड़े रहे।

'तुम अपना मुंह बंद नहीं रख सकती थीं क्या?' कार में बैठ जाने के बाद डिल्लन ने मीरा को डांटा।

'मैं तो तुम्हारा उत्साह बढ़ाने की कोशिश कर रही थी।'

'भविष्य में इसका ध्यान रखना। अपना उत्साह मैं स्वयं ही बढ़ा लूंगा-समझीं।'

मीरा ने कार तेजी से आगे बढ़ा दी। वह खामोश हो गई।

जैसे ही कोई मोड़ आता, मीरा तेजी से कार को टर्न देती और उस दौरान उसका जिस्म एक हल्की-सी लचक के साथ डिल्लन के जिस्म से आ लगता था। मीरा उसके जिस्म की सख्ती महसूस कर रही थी। इस संपर्क से डिल्लन के प्रति उसकी कामवासना और भी तेज होती जा रही थी।

कितना कठोर आदमी है-मीरा सोचने लगी-पर है तो आखिर मर्द ही। डिल्लन की बांहों में समा जाने की उसकी इच्छा एकाएक बलवती हो उठी। डिल्लन उसके मन की इच्छा भांप गया। सहसा वह उससे जरा-सा खिसककर दूर हो गया। मीरा तड़पकर रह गई।

अपने कमरे में पहुंच जाने के बाद उन्होंने अपना दरवाजा बंद कर लिया। मीरा ने मोमबत्ती जलाई और अपने सिर पर रखी टोपी उतारकर अपने बाल खोल लिए।

डिल्लन दरवाजे के पास खड़ा अपनी ठोड़ी खुजलाता रहा। मीरा को बांहों में भर लेने की उसकी भी इच्छा हो रही थी-पर जब्त किए हुए था।

मीरा ने थैला मेज पर उलट दिया। उसने नोटों की गड्डियां उलटी-पलटीं-फिर बोली- 'बहुत अधिक नहीं हैं-पर काम चल जाएगा।'

डिल्लन ने बैठकर नोट गिने और उनकी गड्डियां बना लीं। मीरा उसके पीछे खड़ी देखती रही-जब उसने काम समाप्त किया तो वह आगे बढ़ी और उसके कंधे पर हाथ रख दिया। डिल्लन के स्वस्थ मांसल जिस्म की कठोरता देखकर एक बार फिर उसे पा लेने की उसकी इच्छा बलवती हो उठी।

डिल्लन झटके के साथ उठ बैठा-उसने मीरा का हाथ झटक दिया। वह गुस्से से कांपते स्वर में बोला- 'वेश्याओं वाले अपने ये हथकंडे किसी और पर प्रयोग में लाना-समझीं।'

मीरा का चेहरा बुझ गया। वह मरे-से स्वर में बोली- 'एक ही कमरे

में हम इस तरह कैसे रह सकते हैं। तुम मेरे साथ ही क्यों नहीं सो जाते?'

डिल्लन ने उसकी ओर घूंसा ताना–वह कठोर स्वर में गुर्राया– 'मेरी बात सुनी है या नहीं। जाओ और जाकर अपने बिस्तर में घुस जाओ।'

'अच्छा...!' मीरा उसके स्वर में कटुता और क्रूरता का आभास पाकर सहमती हुई बोली– 'मैं सोच रही थी कि तुम शायद मेरे साथ हमबिस्तर होना पसंद करोगे।'

डिल्लन ने उसकी बात का कोई उत्तर नहीं दिया। वह झुककर अपने जूते उतारने लगा। मीरा कमरे के बीचोंबीच खड़ी होकर अपना लिबास उतारने लगी।

वह धीरे-धीरे, एक-एक करके अपने जिस्म से कपड़े अलग करती जा रही थी–जब उसके जिस्म पर कपड़े की एक कतरा तक भी नहीं रही, तब वह मुड़ी। उसने एक नजर डिल्लन की ओर देखा और फिर अपने बिस्तर में जा घुसी।

मीरा ने जबसे डिल्लन को देखा था, तभी से वह उसे प्रभावित करने में लगी हुई थी और आज पहली बार उसे यह आभास भी हो चुका था कि किसी हद तक उसे प्रभावित कर पाने में कामयाब हो गई थी। उसे यकीन था कि अब डिल्लन ज्यादा देर तक उससे अलग नहीं रह पाएगा। वह प्रतीक्षा करने को तैयार थी।

दूसरे दिन दोनों चौंककर उठ बैठे। कोई बड़े जोर-जोर से दरवाजे पर दस्तक दे रहा था।

डिल्लन उछलकर बिस्तर से उतरा और पिस्तौल उठाने के लिए लपका।

क्षण-भर के लिए तो मीरा भी घबरा उठी–फिर वह निश्चिंत होकर बिस्तर पर लेटी रही।

'कौन है' डिल्लन ने पूछा।

दूसरी ओर से दरवाजे पर रॉक्सी की आवाज सुनाई दी– 'मैं रॉक्सी हूं।'

डिल्लन गालियां बुदबुदाता हुआ आगे बढ़ा और उसने दरवाजा खोल दिया– 'लानत है–क्या चाहिए तुम्हें?' वह गुर्राया– 'मैं तो सोचने लगा था कि शायद वे पुलिसिये फिर आ पहुंचे हैं।'

रॉक्सी अंदर दाखिल हुआ। डिल्लन के हाथ में थमी पिस्तौल देखकर वह चौक उठा।

'माफ करना।' वह बोला– 'मैंने सोचा शायद आप लोगों ने सुबह का

समाचार-पत्र न देखा हो-इस ख्याल से मैं यहां चला आया।' उसकी आंखें कुछ अधिक फैली हुई थीं।

मीरा बिस्तर पर से बोली- 'लाओ, मुझे दिखाओ। मैं भी देखूं-क्या कुछ नया समाचार है?'

रॉक्सी ने अखबार मीरा के बिस्तर पर फेंक दिया।

'मेरे विचार से आप लोगों ने अपना धंधा चालू कर दिया है।' वह बोला- 'पढ़ लो-सब कुछ विस्तार से छपा हुआ है।'

डिल्लन भी मीरा के पास पहुंच गया और अखबार देखने लगा। उसने पूरी खबर पढ़ लेने के बाद अखबार मीरा की ओर फेंक दिया और बोला- 'तुमने यह कैसे सोच लिया कि यह काम हम ही ने किया है?'

रॉक्सी को डिल्लन की नजरें चुभती-सी प्रतीत हुई।

'अच्छा! तुमने नहीं किया है।' वह बोला- 'मैं तो समझा था कि शायद तुम लोगों ने ही इस काम को अंजाम दिया है, क्योंकि यहां के बदमाश लोग आमतौर पर ऐसा करते समय अपनी जुबान बंद ही रखते हैं। मैंने सोचा, शायद काम करने के लिए तुमने यह कोई नया तरीका आरंभ किया है।'

डिल्लन धीरे-धीरे चलकर शीशे के पास पहुंचा, उसने अपनी दाढ़ी पर हाथ फिराया और कहने लगा- 'इन अखबार वालों को मेरे बारे में कुछ लिखने का यह अंतिम मौका नहीं है। निकट भविष्य में उन्हें मेरे बारे में छापने को बहुत कुछ और भी मिलता रहेगा।'

❖❖❖

अगले दो सप्ताह में डिल्लन ने तीन ऐसी ही जगहों पर डकैतियां डालीं।

जान-बूझकर उसने छोटी-मोटी जगहों पर ही हमले किए, उसके निशाने बने-एक सर्विस स्टेशन और दो छोटे-छोटे स्टोर।

इस प्रकार उसने कई सप्ताह का खर्च जुटा लिया।

एक कमरे में सोते हुए भी उसने मीरा को इस बात का मौका नहीं दिया कि वह अपनी भावनाओं को व्यक्त कर सकती। मीरा ने स्वयं पर नियंत्रण कर लिया था और वह चुपचाप डिल्लन की बेरुखी को बर्दाश्त करती जा रही थी।

उसे विश्वास था कि वह एक-न-एक दिन डिल्लन की बेरुखी को अपने पक्ष में बदल लेगी।

रॉक्सी की सलाह पर वे दोनों मिस बेनवो की जगह छोड़कर अब एक छोटे से अपार्टमेंट में रहने लगे थे।

रॉक्सी को डर था कि कभी-न-कभी स्ट्रान डिल्लन के पीछे पड़ जाएगा और ऐसी सूरत में वह डिल्लन से मेल-मिलाप रखने के कारण, स्वयं भी मुसीबत में पड़ सकता था। अतः उसने डिल्लन को बेनवो के यहां से किसी अन्य जगह पर रह लेने की सलाह दी।

कुछ समय बाद उन्होंने रॉक्सी की सहायता से यूनियन स्टेशन के पास एक बड़ा-सा अपार्टमेंट किराए पर ले लिया था। उस अपार्टमेंट में घुसने के लिए दो रास्ते थे और निकलने के लिए भी दो। रॉक्सी ने उसे बताया था कि अस्पताल भी उस अपार्टमेंट के बिलकुल करीब ही था। अपार्टमेंट हासिल करके डिल्लन बहुत खुश था।

उन दोनों के अपार्टमेंट में सैटल हो जाने के एक हफ्ते बाद रॉक्सी वहां पहुंचा। उस समय ग्यारह बज चुके थे और डिल्लन रेडियो सुनता हुआ अखबार पढ़ रहा था। कमरे के दूसरे कोने में मीरा डांस का अभ्यास कर रही थी। रॉक्सी के चेहरे पर निगाह पड़ते ही वह समझ गई कि वह बुरी तरह से चिंतित था। वह उसके करीब पहुंची और पूछा- 'क्यों-क्या परेशानी है तुम्हें?'

डिल्लन ने भी अखबार फेंक दिया और वह तेज-तेज नजरों से उसकी ओर देखने लगा।

रॉक्सी ने अपना हैट पीछे खिसकाया, वह कुर्सी की पुश्त पर बैठता हुआ बोला- 'एक बोझ मेरे दिमाग पर पड़ा हुआ है। तुम्हें हर्स्ट की तो याद होगी न?'

'बिलकुल जानता हूं।' डिल्लन ने कहा- 'क्यों? उसे क्या हुआ?'

'लिटिल अर्नी के आदमी उसके पीछे पड़े हुए हैं। पर उसने स्वयं ही यह मुसीबत मोल ली है, अब खमियाजा भी उसी को भुगतना पड़ेगा।'

'तो भुगते, तुम्हें क्या?' डिल्लन बोला- 'तुम क्यों परेशान हो रहे हो?'

'तुम मेरी बात को नहीं समझे।' रॉक्सी ने कहा- 'यदि हर्स्ट ठिकाने लगा दिया जाता है, तो बहुत बदबू फैलेगी। हर्स्ट पुलिस को बहुत ज्यादा नजराना देता है। उस सूरत में पुलिस पागलों की तरह उसके हत्यारे की खोज में जुट जाएगी।'

'पर इससे हमारा क्या लेना-देना है? पुलिस जाने और उसका काम।' मीरा बोली।

'बात तुम दोनों की समझ में नहीं आ रही है शायद। यदि हर्स्ट मारा जाता है, तो पुलिस का निशाना, तुम्हारे या मेरे जैसे छोटे-छोटे बदमाश ही होंगे। लिटिल अर्नी जैसे साधन-संपन्न व्यक्ति या उसके द्वारा पोषित गुंडों पर तो वह हाथ डालने से रही। उस सूरत में मैं और तुम और साथ ही न जाने कितने छोटे-छोटे दादा पकड़ लिए जाएंगे और उन पर हर्स्ट की हत्या का आरोप थोप दिया जाएगा। हो सकता है कि हम लोगों को लंबे अरसे के लिए जेल में ठूंस दिया जाए।'

'ओह!' मीरा के मुंह से निकला- 'तो यह है तुम्हारे चिंतित होने की असली वजह।'

'मुझ पर वे कैसे आरोप लगा सकेंगे?' डिल्लन ने पूछा- 'और फिर तुम्हें यह कैसे मालूम हुआ कि लिटिल अर्नी के लोग हर्स्ट के पीछे पड़े हुए हैं।'

'मुझे आर्चर से मालूम हुआ है।' रॉक्सी ने बताया- 'वह अर्नी का आदमी है। कल रात वह फ्रैंक्विस्ट को अपने साथ ले गया था। शराब पीकर उसने सारी योजना उसे बता दी। फ्रेंक उसकी 'हां' में 'हां' मिलाती रही थी। वे लोग आज रात को उस पर हमला करने वाले हैं।'

'आज रात को।' मीरा बोली।

रॉक्सी कहने लगा- 'हर्स्ट की एक माशूका है, जिस पर वह जान छिड़कता है। वह किसी महत्त्वपूर्ण आदमी की पत्नी है जो हमेशा इस बात से डरती रहती है कि कहीं उसका बूढ़ा धनी पति उसकी हरकतों को न जान ले। इसलिए हर्स्ट और वह एक विशेष अपार्टमेंट में मिलते हैं। हर्स्ट इस बात को गुप्त रखता है और वहां अपने किसी बॉडीगार्ड को साथ नहीं ले जाता। अर्नी ने बहुत दिनों से उसकी गतिविधियों की निगरानी करवाई और आज की रात वह उसे ठिकाने लगवा देना चाहता है।'

डिल्लन के चेहरे पर अजीब-से भाव पैदा हुए। वह उचककर उठ बैठा और बोला- 'अपनी टीम संभालो। हम उन बदमाशों को आश्चर्यचकित कर देना चाहते हैं।'

मीरा ने चौंककर उसकी ओर देखा।

रॉक्सी ने जल्दी से पूछा- 'तो तुम हर्स्ट को इस मुसीबत से छुटकारा दिला देने के बारे में सोच रहे हो?'

'हां।' डिल्लन मुस्कराते हुए बोला- 'मैं उसे इस मुसीबत से निकालने जा रहा हूं। मैं तो किसी ऐसे ही मौके की तलाश में था। देखो रॉक्सी-अपनी

खोपड़ी का इस्तेमाल करो। इस प्रकार अकेले-अकेले काम करके कुछ भी नहीं कर सकते। एक बार यदि हर्स्ट का सहयोग हमें मिल जाए तो...।' तुम चल रहे हो न मेरे साथ?'

रॉक्सी ने इनकार में सिर हिलाया- 'मुझे अपनी अंत्येष्टि नहीं करवानी है।' वह बोला- 'तुम नहीं जानते, ठिगने अर्नी के साथी पेशेवर पिस्तौलबाज हैं। हर्स्ट जैसे आदमी के लिए मैं अपनी खाल उतरवाना हरगिज पसंद नहीं करूंगा।'

मीरा जल्दी से बोली- 'यह ठीक कह रहा है। हमें दो सांडों की लड़ाई से दूर ही रहना चाहिए।'

डिल्लन ने मीरा की बात जैसे सुनी ही नहीं।' वह लपककर अलमारी के पास पहुंचा और अपनी थामसन निकाल ली। फिर मुड़कर रॉक्सी से पूछा- 'तुम्हें उस जगह का पता है, जहां हर्स्ट अपनी प्रेमिका से मिला करता है?'

'हां-वह अपार्टमेंट सत्रह लेन और सेंट्रल लेन के बीच में है। उसका नंबर है तीन सौ चौसठ।' रॉक्सी दरवाजे की ओर बढ़ता हुआ बोला।

वह जल्दी चले जाना चाहता था। दरवाजे पर पहुंचकर रुका और फिर बोला- 'मेरे विचार में अब मुझे चलना चाहिए। पर मेरी सलाह मानो, तो तुम्हें इस पचड़े से दूर ही रहना चाहिए। अपना बोरिया-बिस्तर समेटो और इस शहर से दूर निकल लो। यदि हर्स्ट को कुछ हो गया तो इस शहर में रहना दुश्वार हो जाएगा।

और वह बाहर निकल गया।

डिल्लन उसके चले जाने तक प्रतीक्षा करता रहा। फिर वह मीरा की ओर मुड़ा और गुस्से भरी आवाज में बोला- 'तैयार हो लो-तुम भी मेरे साथ चल रही हो। यह हमारे लिए एक अच्छा मौका है। यदि हर्स्ट को कुछ हो गया तो पुलिसिए हमें भी नहीं छोड़ेंगे। इससे बेहतर तो यही है कि हम-तुम कोशिश करके हर्स्ट को बचा लें, तो वह जरूर हमारा आभार मानेगा।'

'पर इसमें तो सरासर जान का खतरा है।' मीरा ने आपत्ति की- 'तुम समझते क्यों नहीं, हमें इस बखेड़े से दूर ही रहना चाहिए। रॉक्सी ठीक ही कहता था। मुझे अपनी गर्दन नहीं कटवानी।'

डिल्लन ने अपनी थामसन की नाल उसकी ओर कर दी। वह क्रूर स्वर में गुर्राया- 'अब तुम पीछे नहीं हट सकतीं। तुमने मेरा साथ देने का वायदा किया है। वैसे मैं अगर चाहूं तो शहर के किसी अन्य बदमाश को साथ ले

जाकर इस काम को कर सकता हूं, पर मैं यह बात किसी और के कानों में नहीं डालना चाहता, समझीं। इसलिए फटाफट तैयार हो लो-और मेरे साथ चलो। याद रखो तुम्हें वही करना है जो मैं कराना चाहता हूं।'

डिल्लन की कठोर हिंसा भरी नजरों को देखकर मीरा का मुंह सूखने लगा।

'मैं चलती हूं।' वह मरे-से स्वर में बोली- 'तुम्हें मेरे साथ ऐसा व्यवहार नहीं करना चाहिए।'

डिल्लन ने थामसन की नाल नीचे कर ली।

'जाओ-तैयार होकर आओ।' वह हिंसक नजरों से उसकी ओर देखता हुआ बोला। उसके नेत्रों में अविश्वास की झलक स्पष्ट दिखाई दे रही थी।

मीरा ने अपना लिबास तब्दील किया, फिर हैट लगाकर दरवाजे की ओर बढ़ती हुई बोली- 'चलो, मैं तैयार हूं।'

'याद रहे-तुमने अपना यह थोबड़ा बंद ही रखना है।' डिल्लन ने चुभते स्वर में कहा- 'तुम बोलती बहुत हो।'

मीरा ने होंठ भींच लिए। वह मुंह से कुछ न बोली।

दोनों कार में जा बैठे। मीरा ने ड्राइविंग व्हील संभाल लिया। सारे रास्ते के दौरान वह मुश्किल से अपने मानसिक संतुलन को बरकरार रख पाई थी। फिर डिल्लन के निर्देश पर उसने कार एक ब्लॉक के पीछे खड़ी कर दी।

थामसन को अपने कोट के नीचे संभाले हुए डिल्लन तेजी से मीरा के पीछे-पीछे चल पड़ा। ऑटोमेटिक लिफ्ट होने के कारण उस अपार्टमेंट में कोई चौकीदार नहीं रखा गया था।

मीरा बाहर लगे लैटर बॉक्स की लाइन में पहुंची। उसने लैटर बॉक्स पर पड़े हुए नंबर पढ़े, फिर मुड़कर डिल्लन की ओर देखते हुए बोली- 'उसका अपार्टमेंट चौथी मंजिल पर है। मेरे विचार से हम तीसरी मंजिल तक तो लिफ्ट से चढ़ें और बाकी एक मंजिल सीढ़ियों द्वारा।'

डिल्लन ने इनकार में सिर हिलाया।

'नहीं-हम सीढ़ियों से ही चलेंगे।'

दोनों चुपचाप सीढ़ियों से चढ़ने लगे।

तीसरी मंजिल पर दो कठोर हिंसक व्यक्ति उन्हें दीवार के साथ लगे खड़े दिखाई दिए। उन्होंने डिल्लन और मीरा की ओर संदेह भरी दृष्टि से देखा, पर बोले कुछ नहीं। वे दोनों ऊपर चढ़ते गए। मोड़ पर मीरा ने उचटती-सी

दृष्टि उन दोनों पर डाली। डिल्लन लापरवाही से आगे बढ़ता रहा।

चौथी मंजिल पर कोई भी नहीं था।

'लगता है वे दोनों उसके लौटने की प्रतीक्षा कर रहे हैं।' डिल्लन धीमे से बोला।

'हमें क्या करना चाहिए? वापस जाकर उनसे भिड़ जाना चाहिए?'

'नहीं।' डिल्लन ने इनकार में सिर हिलाया- 'पहले हमें हर्स्ट को इस खतरे से आगाह कर देना चाहिए। ऐसा करो-मैं सामने वाली दूसरी सीढ़ियों पर जाकर प्रतीक्षा करता हूं, तुम हर्स्ट के दरवाजे की घंटी बजाओ। इस बीच यदि उन लोगों ने कोई गड़बड़ करने की कोशिश की तो मैं उन्हें संभाल लूंगा। मेरे संकेत पर तुम फौरन नीचे गिर जाना समझीं।'

उसके बाद वह ऊपर चला गया। मीरा धड़कते दिल से उसे गायब होते देखती रही। फिर वह आगे बढ़ी और हर्स्ट के फ्लैट की घंटी का बटन दबा दिया। वह कुछ देर प्रतीक्षा करती रही। जब अंदर से कोई उत्तर न मिला तो उसने दुबारा बटन दबा दिया।

उसे पीछे से कुछ आहट-सी महसूस हुई। उसने चौंककर पलटकर देखा।

दोनों आदमी सीढ़ियों के पास खड़े उसी की दिशा में देख रहे थे।

मीरा ने घंटी का बटन दबाना जारी रखा।

उनमें से एक व्यक्ति थोड़ा आगे बढ़ा और बोला- 'ऐ... उस दरवाजे के पास से हट जाओ।'

'क्यों?' मीरा ने पलटकर जवाब दिया और घंटी दबाना जारी रखा। वह आदमी तेजी के साथ ऊपर आया और एक झटके के साथ मीरा का हाथ घंटी पर से झटक दिया।

दूसरा आदमी भी पिस्तौल संभाले आगे बढ़ आया। मीरा उन दोनों के घेरे में आ गई थी, इसलिए डिल्लन भी कुछ न कर सका-वह बस देखता रहा।

मीरा पीछे हट गई और दीवार के साथ जा लगी। वह डरी-डरी-सी चुपचाप उस आदमी के चेहरे को देखती रही।

'कौन हो तुम?' उस आदमी ने पूछा।

'और जो दूसरा तुम्हारे साथ था वह किधर गया?' दूसरे ने सवाल किया।

पहला आदमी चौंक उठा। डिल्लन के बारे में तो वह शायद भूल ही गया था। उसने अपनी पिस्तौल एक झटके के साथ मीरा के सामने रख दी।

मीरा तत्काल जमीन पर गिर गई और जोर से चिल्लाई। तभी डिल्लन की थामसन गरजी। उसने लगातार कई गोलियां उगलीं, जो दोनों व्यक्तियों के जिस्मों में पैबस्त हो गई। दोनों नीचे जा गिरे। खून का फव्वारा-सा छूटने लगा।

मीरा ने झटके के साथ मुंह फेर लिया।

एक आदमी उसके ही करीब गिरा था और दूसरा एक कोने में लुढ़क गया। उसकी खोपड़ी का ऊपरी भाग गायब हो चुका था।

डिल्लन मीरा के करीब पहुंचा- 'उसने उसे सहारा देकर उठाया- 'तुम ठीक तो हो न?' उसने पूछा।

मीरा धीरे से उठ बैठी। उसने जान-बूझकर अपनी निगाहें दोनों व्यक्तियों के मुर्दा जिस्मों से दूसरी ओर हटा लीं। उसका चेहरा पीला पड़ा हुआ था और आंखों में गुस्से की चमक थी।

'मैं घंटी बजाती रही, पर अंदर से किसी ने दरवाजा नहीं खोला। यदि तुमने फायरिंग नहीं की होती तो इन दोनों ने जरूर ही मुझे मार दिया होता।'

डिल्लन दरवाजे के पास पहुंचा और उसने थामसन से दरवाजा पीटना शुरू कर दिया- 'दरवाजा खोलो-जंग समाप्त हो गई।' वह चीखा।

एक-एक इंच करके दरवाजा खुला और एक औरत का सिर अंदर से झांकता दिखाई दिया। घबराई हुई उस औरत ने रेशमी गाउन पहना हुआ था, जिसमें से उसके जिस्म का एक-एक अंग साफ-साफ नुमाया हो रहा था। उसकी सांसें तेज-तेज चल रही थीं और सीना उठ-बैठ रहा था। उस औरत के पीछे एक भयभीत से आदमी की छाया-सी दिखाई पड़ी, जिसने एक बड़ी सी पिस्तौल थाम रखी थी।

'तुम्हारे दोनों पिस्तौलबाज दुश्मन समाप्त हो गए?' डिल्लन उस व्यक्ति से बोला- 'वे लिटिल अर्नी के आदमी थे।'

'तुम कौन हो?' औरत ने लड़खड़ाते-से स्वर में पूछा।

'मेरा नाम डिल्लन है।'

'इसे अंदर आने दो। पुलिस किसी क्षण यहां पहुंच सकती है।' पीछे खड़ हर्स्ट ने उस औरत से कहा।

'आओ-अंदर आ जाओ।' वह एक ओर को हट गई।

डिल्लन अंदर दाखिल हुआ। मीरा उसके पीछे-पीछे अंदर प्रविष्ट हुई। औरत ने फौरन दरवाजा बंद कर दिया।

अपनी पिस्तौल से डिल्लन को कवर करते हुए फर्स्ट ने कहा- 'अपनी थामसन नीचे रख दो।'

डिल्लन ने उसकी ओर घूमकर देखा, फिर कंधे उचकाए और थामसन नीचे फर्श पर रख दी। वह हर्स्ट के पास से होता हुआ तनिक आगे बढ़ गया।

'अब बताओ।' हर्स्ट ने तेज स्वर में पूछा- 'यह सब क्या हो रहा था?'

'लिटिल अर्नी तुम्हारी जान लेना चाहता है।' डिल्लन ने बताया- 'वह दो बदमाश, जो नीचे मरे पड़े हैं, उसी के द्वारा तुम्हारी हत्या करने के लिए भेजे गए थे। मुझे जैसे ही इसकी सूचना मिली, मैं फौरन तुम्हें बचाने के लिए यहां आ पहुंचा। परिणाम तुम्हारे सामने है।'

'ओह!' हर्स्ट के मुंह से आवाज निकली। वह सकते की-सी हालत में आ गया। कुछ देर तक वह सोचता रहा, फिर बोला- 'थोड़ा रुको... मैं जरा पहले उन दोनों लाशों से छुटकारा पा लूं।'

कहकर वह टेलीफोन के पास पहुंचा।

उसने एक नंबर डायल किया और संपर्क स्थापित हो जाने के बाद बोला- 'सुनो मैक गोबर्न! अभी-अभी यहां एक भीषण भिड़ंत हुई है। इसमें अर्नी के दो पिस्तौलबाज मारे गए हैं। तुम तुरंत गाड़ी भेजकर उनकी लाशों को यहां से हटवा दो। यह काम फौरन होना है, मैं तुम्हें वहां आकर सारी बात बता दूंगा। अपने आदमियों को हिदायत दे देना कि वे यहां पहुंचकर कुछ पूछताछ न करते फिरें। समझ गए न?'

फिर उसने फोन रख दिया।

उसने पिस्तौल मेज पर रख दी और एक सिगरेट सुलगा ली।

मीरा साफ-साफ देख रही थी कि उसके हाथ कांप रहे थे। हर्स्ट ने उस औरत को कहा- 'जल्दी से कपड़े पहन लो। हो सकता है, समाचार-पत्र वाले यहां आ धमकें।'

वह औरत दूसरे कमरे में चली गई और दरवाजा बंद कर लिया।

हर्स्ट ने डिल्लन की ओर देखा-फिर सामान्य स्वर में पूछा- 'यह बताओ तुम मेरे झगड़े में कहां से कैसे आ कूदे-कुछ भी हो, इस वक्त तो तुम मेरे लिए खुदाई मददगार बनकर ही टपके हो।'

डिल्लन ने बत्तीसी चमकाई-कभी-कभी इंसान कुछ ज्यादा ही स्वयं पर भरोसा करने लगता है, जैसा कि अभी-अभी तुम्हारे साथ हुआ है। खैर, तुम्हारे पास आने में मेरा भी कुछ स्वार्थ है-मैं चाहता हूं कि हम दोनों

मिलकर काम करें तो कैसा रहे।'

'तुम वही हो न जो आजकल छोटे-मोटे सर्विस स्टेशनों को लूटते फिरते रहे हो?' हर्स्ट ने उसके चेहरे पर निगाहें जमाए हुए पूछा।

डिल्लन ने सहमति में सिर हिला दिया।

'निस्संदेह!' वह बोला- 'मेरा विचार है कि तुम्हारे जैसे किसी बड़े टोले में शामिल होकर कोई लंबा हाथ मारा जाए।'

हर्स्ट सोच में पड़ गया। इस आदमी ने उसकी जीवन-रक्षा की थी। कुछ क्षण सोचने के पश्चात वह बोला- 'ठीक है-तुम कल मेरे पास आ जाना। इस बारे में हम कल बैठकर बातें कर लेंगे।

'ठीक है।' डिल्लन बोला- 'मैं कल पहुंच जाऊंगा।'

'इस समय मैं जरा जल्दी में हूं।' हर्स्ट ने दरवाजे की ओर संकेत करते हुए कहा। अभी इन देवीजी को भी यहां से बाहर निकालना है।' उसने अपने साथ वाली औरत की ओर इशारा किया- 'इससे यह मत समझना कि मैं तुम्हारा आभारी नहीं हूं।'

डिल्लन ने दरवाजे की ओर बढ़ते हुए कहा- 'मैं समझता हूं, आप अपना काम निपटाइए-मैं आपसे कल मिल लूंगा।'

मीरा उसके पीछे-पीछे चल पड़ी।

पुलिस के दो सिपाही सीढ़ियों पर तेजी से चढ़ते आ रहे थे। उन्होंने जैसे ही डिल्लन को देखा, उसकी ओर पिस्तौलें तान लीं।

हर्स्ट ने आवाजें सुनीं तो वह बाहर आ गया।

'इन दोनों को जाने दो।' वह पुलिसमैनों से बोला- 'तुम्हें इन दोनों लाशों को ले जाना है।' उसने फर्श पर पड़ी दोनों लाशों की ओर संकेत किया।

पुलिसियों ने आगे बढ़ने से पहले डिल्लन और मीरा की ओर जिज्ञासा भरी नजरों से देखा। इन दोनों पंछियों को उन्होंने इस शहर में पहले कभी नहीं देखा था।

डिल्लन ने अपनी थामसन कोर्ट के नीचे छुपा रखी थी। वह तेजी से आगे बढ़ गया। मीरा उसके पीछे-पीछे तेज-तेज कदमों से चलने लगी।

दोनों कार में जा बैठे और मीरा ने तेजी से कार को रेस दे दी।

मुख्य सड़क पर पहुंचते ही डिल्लन बोला- 'मेरे विचार में हम लोग ठीक ही दिशा में आगे बढ़ रहे हैं। यह हर्स्ट मुझे वहां तक पहुंचा देगा, जहां मैं पहुंचना चाहता हूं।'

दोनों अपने अपार्टमेंट में पहुंचे। मीरा ने कार गैराज में छोड़ी और डिल्लन के पीछे-पीछे चल पड़ी। आधा रास्ता पार करने के बाद वह जान-बूझकर लड़खड़ाई और डिल्लन के ऊपर जा गिरी।

डिल्लन मीरा की वजह से कुछ लड़खड़ा गया। उसके मुंह से एक गाली निकली और उसने मीरा को संभाल लिया। उसके सख्त हाथ मीरा ने अपनी कमर के गिर्द महसूस किए और उस संपर्क मात्र से ही उसके बदन में सनसनी-सी दौड़ने लगी। कुछ क्षण दोनों अंधेरे में इसी हालत में खड़े रहे। उसके हाथ मीरा के जिस्म पर फिसलते रहे।

अंत में वह बोला- 'तुम्हें संभलकर चलना चाहिए था।' कहते-कहते उसने अपना हाथ थोड़ा ऊपर खिसका लिया। अब उसका हाथ मीरा के वक्षस्थल के निकट था।

मीरा कुछ नहीं बोली-उसके भीतर सुलग उठने वाली कामाग्नि ने उसे जड़ करके रख दिया था।

सहसा डिल्लन ने अपने हाथ हटा लिए और एक कदम पीछे हट गया।

'चलो चलते हैं। हमने सारी रात यूं ही तो नहीं खड़े रहना है।'

दोनों आगे बढ़ गए। डिल्लन उससे एक कदम आगे चल रहा था। मीरा उसके शरीर में से उठती तपन को महसूस कर रही थी। उसे डिल्लन का उखड़ा-उखड़ा सांस भी स्पष्ट सुनाई दे रहा था।

अंदर पहुंचकर उसने बत्ती जला दी। मीरा ने देखा कि डिल्लन का चेहरा विशेष रूप से चमक रहा था। उसकी आंखों में विशेष हिंसा भरी चमक थी। दीवार के पास मुंह लटकाए खड़ी वह कनखियों से उसकी ओर देख रही थी।

डिल्लन ने अपने होंठों पर जुबान फिराई। उसने आमंत्रण भरे भाव से मीरा की ओर देखा। मीरा तो स्वयं ही उसके लिए पागल हुई जा रही थी। वह आगे बढ़ गई और उसके पास से गुजरकर उसके बिस्तर पर जा बैठी। उसने अपनी छातियां तान दीं और धीरे से बिस्तर पर लेट गई।

डिल्लन को अपने खून का बहाव एकदम तेज होता महसूस हुआ।

वह आगे बढ़ा और उसके पास जा पहुंचा। एकाएक उसने अपना एक हाथ आगे बढ़ाया और एक झटके से मीरा का लिबास गले से पकड़कर चीर दिया।

अब मीरा बिलकुल वस्त्रहीन थी।

उसने एक विजय भरी मुस्कान से डिल्लन का स्वागत किया और फिर दोनों हिंसा भरी काम-वासना के हवाले हो गए।

❖❖❖

बाहर वर्षा हो रही थी। नीचे गलियों में आवागमन नहीं के बराबर था। स्ट्रीट लैंपों की रोशनी में गली जगमगा रही थी।

मुंह में सिगरेट दबाए मीरा व्याकुल भाव से कमरे में चहल-कदमी कर रही थी। एक पल के लिए वह ठिठकी, उसने घड़ी में समय देखा, फिर खिड़की के पास जाकर उसका पर्दा हटाया और बाहर की ओर देखा।

उसे डिल्लन के बारे में चिंता हो रही थी। कई नए-नए संदेह उसके दिमाग में उठ रहे थे। आखिर डिल्लन अभी तक क्यों नहीं पहुंचा? उसने तो रात नौ बजे तक पहुंचने के लिए कहा था और इस समय रात के ग्यारह से भी ऊपर का समय हो चुका था।

वह स्लीपिंग रूम में पहुंची और टेबल लैंप जला लिया। फिर से खिड़की के पास पहुंची और नीचे झांका। डिल्लन का दूर-दूर तक कोई निशान तक नहीं था।

हर्स्ट को बचाने के उनके प्रयास को छह माह बीत चुके थे और अपनी जान बचाने के उस उपकार के बदले में हर्स्ट ने उन्हें बहुत कुछ दिया था। अब डिल्लन उसका मुख्य सहायक था। अब उसे छोटी-मोटी लूटमार करने की कोई आवश्यकता नहीं रह गई थी। हर्स्ट का धंधा बहुत दूर-दूर तक फैला हुआ था। डिल्लन उसका समूचा कारोबार संभालता था और हर्स्ट आराम से बैठकर धन बटोरने में लगा रहता था।

हर्स्ट का धंधा ऐसी ऑटोमैटिक मशीनें बनाने का था, जिनसे जुआ खेला जाता था। वह ब्ल्यू फिल्में दिखाने के प्रोजेक्टर, सिगरेट तैयार करने की मशीनें और ऐसी मशीनें जो खाना बनाने के काम आती थीं, तैयार करता था।

देखने में तो सारा धंधा कानूनी और साफ-सुथरा लगता था, पर वास्तव में ऐसा नहीं था। धंधे की मुख्य चालाकी यह थी कि मशीनें कहां-कहीं रखी जाती थीं।

मशीनें ट्रक में लादकर हर्स्ट के आदमी भिन्न-भिन्न दुकानों, होटलों आदि में रख आते थे और दबाव डाल कर उन दुकानदारों, होटल मालिकों को रजामंद कर लेते थे। दूसरे दिन उसके आदमी फिर उस जगह पहुंचते

और मशीनों से पैसा निकालकर इकट्ठा कर लेते थे। हर्स्ट ने जुए के लिए विशेष तौर से मशीनें बनाई हुई थीं। उन मशीनों पर कुछ ही लोग जीत पाते थे। अधिकांश को अपना धन गंवाकर ही लौटना पड़ता था। हर्स्ट के आदमी होटलों, जुआघरों आदि में फैले रहते थे और वे ज्यादा-से-ज्यादा लोगों को इन्हीं मशीनों द्वारा जुआ खेलने के लिए प्रेरित करते रहते थे। हर्स्ट की इस प्रकार की छह हजार ऑटोमैटिक मशीनें लगी हुई थीं।

हर्स्ट के इस लाभदायक धंधे को आगे बढ़ाने में मीरा ने सहयोग दिया था।

उसी ने सुझाव दिया था कि हर्स्ट को हर स्कूल में ऐसी ऑटोमैटिक मशीनें लगा देनी चाहिए, जो बच्चों को आइसक्रीम सप्लाई कर सकें। मीरा को आशा थी कि हर्स्ट शायद उसके इस सुझाव को अस्वीकार कर देगा, किंतु हर्स्ट ने उसका सुझाव मान लिया। उसने हरेक स्कूल में बच्चों के लिए आइसक्रीम मशीन लगवा दी। परिणामस्वरूप अधिकांशतः स्कूली बच्चे अपने खर्चे का ज्यादा-से-ज्यादा हिस्सा आइसक्रीम मशीनों में झोंकने लगे। इससे हर्स्ट की आमदनी में काफी बड़ा इजाफा हो गया।

डिल्लन को पूरा काम संभालने के बदले दस प्रतिशत कमीशन की अतिरिक्त आय हो जाती थी और उसे सहज ही पंद्रह सौ डॉलर प्रति सप्ताह की आमदनी होने लगी थी। इसके अलावा डिल्लन बदमाशों की टोली को भी संभालता था। हर्स्ट की यह टोली काफी शक्तिशाली थी।

मीरा को ढेर सारे नोट खर्च करने के लिए मिल जाते थे। वह डिल्लन के कार्यालय से दूर एक अमीर व्यापारी की पत्नी जैसा शानदार जीवन व्यतीत कर रही थी।

छह माह से डिल्लन ने यह प्रोग्राम बना लिया था कि वह ठीक नौ बजे रात घर पहुंच जाता था। फिर मीरा और वह दोनों बाहर निकल जाते तथा किसी होटल में खा-पीकर लौटते थे। छह महीने से डिल्लन की इस दैनिक चर्या में कोई तब्दीली नहीं हुई थी। पर आज डिल्लन का अभी तक कोई नामोनिशान नहीं था और इसी बात की चिंता मीरा को खाए जा रही थी।

कहीं किसी कठिनाई में तो नहीं फंस गया-मीरा ने सोचा।

हर्स्ट पर हाथ डालने के एक असफल प्रयास के बाद लिटिन अर्नी दुबारा भी तो हमला कर सकता था। एक दुःखद आशंका उसके मन में पनपने लगी।

कहीं डिल्लन किसी मुठभेड़ में गोली का शिकार तो नहीं हो गया।

तभी दरवाजे की घंटी बज उठी। मीरा दौड़कर दरवाजे के समीप पहुंची। उसने दरवाजा खोला। अपनी जेबों में हाथ डाले रॉक्सी सामने खड़ा था।

'ओह रॉक्सी, तुम हो।' मीरा बोली- 'मैं समझी थी कि शायद डिल्लन आ पहुंचा।'

रॉक्सी मुस्कराया- 'मैंने सोचा था कि तुमसे मिलता चलूं।' वह बोला- 'एक लंबा अरसा हो गया हमें मिले हुए।'

'आओ-अंदर आ जाओ।' मीरा एक ओर हटती हुई बोली।

रॉक्सी कमरे में इधर-उधर देखता हुआ भीतर प्रविष्ट हो गया।

'वाह... क्या शानदार जगह है।' कहकर उसने भवें ऊपर उठाईं।

'तुम्हें पसंद आई?' मीरा ने उसे सोफे पर बैठने का इशारा करते हुए कहा।

'हां।' रॉक्सी बोला- 'बहुत खूबसूरत है। लगता है आजकल तुम दोनों बहुत धन बटोर रहे हो।'

मीरा मुस्करा दी। फिर बोली- 'तुम्हारा काम कैसा चल रहा है?'

'ठीक ही है।' रॉक्सी ने मुंह बनाया- 'कोई और तगड़ा काम हाथ लगे तो अच्छा रहे-पर मैं कोई शिकायत नहीं करता।'

'शायद डिल्लन तुम्हें कोई उचित काम दिला सके।'

'अच्छा... क्या वह मेरे लिए ऐसा करना चाहेगा?' रॉक्सी ने उत्सुकता दिखाते हुए पूछा।

'मैं बात करूंगी उससे।' मीरा बोली- 'मेरे विचार से तुम्हारे लिए कुछ करके उसे खुशी होगी।'

'डिल्लन अभी तक नहीं आया क्या?' रॉक्सी कुछ निराश-सा हो उठा- 'मैं तो उससे मिलने की बात सोच रहा था।'

'आने ही वाला है। चिंता करने की जरूरत नहीं है।' फिर उसने रॉक्सी से पूछा- 'क्या पियोगे?'

'राई। मैं तो सिर्फ राई पिऊंगा।' रॉक्सी ने जवाब दिया और खड़ा हो गया। मीरा के गिलास भरने तक वह कमरे में इधर-उधर चहलकदमी करता रहा-फिर मीरा से पूछा- 'तुमने फ्रेंक के बारे में भी कुछ सुना है?'

'नहीं तो।' मीरा ने उसे गिलास थमाते हुए कहा- 'फ्रैंक्विस्ट क्या कर रही है आजकल?'

रॉक्सी ने शराब की ओर निगाह डाली, फिर उदास स्वर में बोला– 'तीन सप्ताह हुए, फ्रेंक मुझे छोड़कर चली गई। मुझे उसकी बहुत याद आती है।'

'क्यों, आखिर फ्रेंक ने ऐसा क्यों किया?'

'मेरे विचार में तो हम दोनों की अच्छी बन रही थी।' रॉक्सी बोला– 'अब फ्रैंक्विस्ट को ऐसा कोई आदमी टकरा गया है, जिसके पास मुझसे ज्यादा धन है। वह उसके साथ मौज मनाने चली गई है।'

'कौन है वह आदमी?'

रॉक्सी ने सिर हिला दिया– 'मैं नहीं जानता उसे। फ्रैंक्विस्ट ने मुझे कभी उसके बारे में बताया ही नहीं था। उसने मुझसे यह बात गुप्त ही रखी थी–फिर अचानक एक दिन कहने लगी कि उसे एक मनपसंद साथी मिल गया है और वह उसके साथ जा रही है। उसने तो मुझे अपना पता तक नहीं बताया था।'

तभी बाहर का दरवाजा खुला और डिल्लन अंदर दाखिल हुआ। दरवाजे के पास खड़े होकर वह क्षण-भर के लिए ठिठका। उसकी नजर रॉक्सी पर पड़ी।

रॉक्सी ने गिलास मेज पर टिका दिया और उठ खड़ा हुआ।

'हैलो फ्रेंड!' वह बोला– 'तुमसे दुबारा मिलकर बहुत खुशी हुई।'

डिल्लन ने आगे बढ़कर रॉक्सी से हाथ मिलाया– 'और खुशी मुझे भी हुई है।' वह बोला।

मीरा ने शिकायत की– 'तुम अभी तक कहां थे? मैं भूख से व्याकुल हो रही थी।'

डिल्लन ने उसकी ओर देखा– 'माफ करना... मुझे हर्स्ट ने रोक लिया था। उसने मुझे अभी तक रोके रखा था। मैं तुम्हें फोन भी नहीं कर सका। तुम तो उसकी आदत जानती ही हो–जब वह काम पर आता है, तब उसे किसी बात का होश नहीं रहता है।'

मीरा थोड़ी-सी निश्चिंत हो गई– 'मैं तो घबरा ही गई थी। मुझे यह आशंका हो रही थी कि कहीं कोई दंगा-फसाद न हो गया हो।'

'मैं लड़ाई-झगड़े के चक्कर में नहीं पड़ता–बस काम के सिलसिले में ही मुझे रुक जाना पड़ा था।'

'अपने इस रॉक्सी को भी कोई काम दिलवा दो।' मीरा ने डिल्लन से कहा।

डिल्लन क्षण-भर के लिए संकोच में डूबा रहा–फिर बोला– 'हां...हां

क्यों नहीं।' फिर रॉक्सी की ओर देखते हुए बोला- 'तुम कल मेरे दफ्तर में आ जाना-वहीं बैठकर बातें कर लेंगे।'

रॉक्सी प्रभावित हुए बगैर नहीं रह सका।

'अच्छा तो अब मैं चलता हूं।' वह बोला- 'अभी तुम लोगों ने खाना भी नहीं खाया है।'

'ओ.के.!' डिल्लन ने उससे हाथ मिलाया।

मीरा उसे दरवाजे तक छोड़ने के लिए आई।

'गुड नाइट रॉक्सी-चिंता मत करना। वह तुम्हें कोई अच्छा-सा काम दिलवा देगा।'

रॉक्सी चला गया।

मीरा वापस डिल्लन के पास पहुंची।

'आज हम लोग यहीं कुछ खा लें तो कैसा रहे? काफी देर हो चुकी है।'

डिल्लन आंखें बंद किए हुए एक आराम कुर्सी पर पसरा हुआ था।

वह बोला- 'तुम खा लो-मैं बाहर से खाकर आया हूं।'

मीरा ने उसे संदेह भरी नजर से देखा-कुछ क्षण वह उसे घूरती रही-फिर रसोईघर में जाकर मटन टोस्ट तैयार करने लगी। किचन में मेज के साथ खड़ी होकर मटन टोस्ट खाते समय वह सोचपूर्ण मुद्रा में बनी रही-फिर वे अपने कमरे में आ गए।

डिल्लन स्लीपिंग रूम में पहुंच चुका था। बाथरूम के नल से पानी चलने की आवाज उसे सुनाई दे रही थी।

मीरा ने एक पैग राई का लिया और उसे समाप्त करके वह टेलीफोन के पास पहुंची-उसने एक नंबर डायल किया।

नंबर मिलते ही उसे हर्स्ट का खीझ भरा स्वर सुनाई दिया।

'मैं डिल्लन के बारे में चिंतित हूं मिस्टर हर्स्ट।' मीरा बोली- 'वह अभी तक नहीं लौटा है-आपने तो नहीं देखा है उसे?'

'नहीं तो।' हर्स्ट बोरियत भरे स्वर में बोला- 'मुझे तो आज सारे दिन वह दिखाई नहीं दिया-घर नहीं पहुंचा क्या वह अभी तक?'

'वह आपके पास नहीं था?'

'मैंने कहा न, मैंने आज सारे दिन उसे देखा तक नहीं है।' और हर्स्ट ने फोन बंद कर दिया।

मीरा ने रिसीवर रख दिया। उसकी आंखें गुस्से से जल उठीं।

साफ जाहिर था कि डिल्लन ने उससे झूठ बोला था। वह उसे धोखा दे रहा था। पर किस वजह से-क्या किसी औरत के कारण और वह औरत कौन हो सकती है? मीरा के दिल में आया कि वह डिल्लन के पास पहुंचे और उसे गोली मार दे। हरामजादा मुझको ही फरेब दे रहा है मैं... जिसने उसके लिए अपनी जान की कभी परवाह नहीं की-फिर उसने सोचा-मुझे सब्र से काम लेना चाहिए-इससे डिल्लन की पोजीशन गिर जाएगी-उसे इस अपार्टमेंट और ढेर सारी दौलत से वंचित हो जाना पड़ेगा। नहीं... डिल्लन को हाथ लगाना ठीक नहीं होगा-उस औरत को ही ठिकाने लगाना पड़ेगा।

समस्या पर बार-बार सोचने-विचारने के बाद उसका गुस्सा कुछ कम हुआ। जितनी भी बार उसने इस समस्या के बारे में सोचा था-वह इसी नतीजे पर पहुंची थी कि उसे इस बारे में कुछ नहीं करना चाहिए। यदि डिल्लन के हाथ कोई ऐसी औरत लग गई है, जो उसका दिल बहला सकती है-तो बहलाती रहे-उसकी बला से। डिल्लन सामर्थ्यवान है। यदि वह चाहे तो मुझे दूध में से मक्खी की भांति निकालकर फेंक सकता है।

वह सोने के कमरे में पहुंची और अपने कपड़े उतारने लगी-तभी डिल्लन बाथरूम से बाहर निकला। दर्पण में उसका प्रतिबिंब देखकर मीरा ने महसूस किया, वह कुछ थका-थका-सा था। उसकी आंखों के नीचे काले-काले दाग उभर आए थे। मीरा को अपनी सोचों पर अफसोस होने लगा।

डिल्लन बिस्तर में घुस गया और अपने पास वाली बत्ती उसने बुझा दी।

'आओ-सो जाओ। मैं सोना चाहता हूं।' वह बोला।

'आज कुछ थके-से नजर आ रहे हो?' मीरा ने अपने स्वर को संतुलित रखते हुए पूछा।

डिल्लन कोहनियों के बल उठता हुआ बोला- 'मैंने तुम्हें बताया है न-आज मैं थका हुआ हूं-सोना चाहता हूं।'

'आज प्यार भी नहीं करोगे-ज्यादा थक गए हो क्या?'

'क्या बात है-मैं भी आदमी हूं। थक नहीं सकता क्या?'

'कहीं किसी और से तो...?'

मीरा का वाक्य अभी पूरा भी नहीं हुआ था, डिल्लन ने चादर उतार फेंकी और बढ़कर मीरा का गला थाम लिया।

'लगता है कि तुम्हें ऐशो-आराम की जिंदगी रास नहीं आ रही है।' वह अपने हाथों का दबाव बढ़ाता हुआ बोला-उसके स्वर में क्रूरता थी- 'कुतिया

कहीं की, अपनी औकात भूलती जा रही है। कुछ दिनों प्यार क्या कर लिया, स्वयं को मेरी मालकिन ही समझने लगी है।'

उसने मीरा का गला छोड़ दिया और एक जोरदार थप्पड़ उसके चेहरे पर जमा दिया-वह करारा था-मीरा फर्श पर जा गिरी।

'अब जाओ और चुपचाप जाकर सो जाओ।' वह हिंसक स्वर में गुर्राया-'तुम समझती क्या हो अपने आपको-किसी और औरत के मुकाबले में आखिर तुममें विशेष बात है ही क्या?'

उसने चादर ओढ़ ली और बत्ती बुझा दी।

मीरा ठंडे फर्श पर पड़ी सुबकती रही।

❖❖❖

डिल्लन जैकी के पूलरूम को अपने मुख्य कार्यालय के तौर पर प्रयोग में लाता था। टोली के दूसरे लोग इधर-उधर बिखरे हुए प्रतीक्षा करते रहते थे।

डिल्लन के दफ्तर के दरवाजे पर ऑटोमैटिक लिमिटेड का बोर्ड लगा हुआ था और उसके नीचे छोटे-मोटे अक्षरों में लिखा हुआ था- 'मैनेजर।'

दूसरे दिन दोपहर बाद जब रॉक्सी पूलरूम में दाखिल हुआ तो पूलरूम भरा हुआ था। डिल्लन के आदमी बैठे शराब पी रहे थे और गप्पें हांक रहे थे-उनमें से कई ताश खेल रहे थे। रॉक्सी को देखते ही सबकी निगाहें उस पर केंद्रित हो गई। उन्होंने संदेह भरी दृष्टि से उसे देखा-फिर एक-दूसरे की ओर देखने लगे।

दरवाजे के निकट खड़े होकर रॉक्सी ने पूछा- 'डिल्लन अंदर है क्या?'

एक आदमी ने अंगूठे के संकेत से बताया- 'अंदर है।'

रॉक्सी आगे बढ़ा तो एक शक्तिशाली-से आदमी ने उसे टोका- 'अरे... अरे रुको... कहां घुसे चले जा रहे हो?'

'मुझे डिल्लन से मिलना है।'

उस आदमी ने रॉक्सी की तलाशी ली। उसकी जेबें टटोलीं-फिर कुछ संतुष्टिपूर्ण स्वर में बोला- 'ओ.के.-अब तुम अंदर जा सकते हो।'

एक बड़ी-सी मेज के पीछे बैठा डिल्लन अखबार पढ़ रहा था। उसने नजरें उठाई और रॉक्सी की ओर देखा।

'आओ...आओ।' डिल्लन बोला।

रॉक्सी ने इधर-उधर दृष्टि दौड़ाई, फिर बोला- 'ओह! तुम तो बहुत बड़े बॉस बन गए हो।'

डिल्लन ने भावरहित स्वर में कहा- 'दरवाजा बंद करते आओ और मेरे पास आकर बैठो राक्सी।'

रॉक्सी ने दरवाजा बंद कर दिया। डिल्लन ने अपनी मेज की दराज से सिगार का डिब्बा निकाला और रॉक्सी को सिगार पेश करता हुआ बोला- 'तुम भी हमारे साथ मिलकर काम करना चाहते हो?'

रॉक्सी ने सिगार दांतों से काटा-फिर बोला- 'हां, मेरा काम बहुत छोटा है। मैं किसी बड़े काम में शामिल होना चाहता हूं।'

डिल्लन ने विचार भरी नजरों से उसकी ओर देखा, फिर बोला- 'सुनो रॉक्सी! मैं जो बात तुम्हें बताने जा रहा हूं, उसे तुम अपने तक ही सीमित रखोगे।'

रॉक्सी चौंक उठा-फिर उसने सिर हिलाकर सहमति जताई और बोला- 'श्योर-श्योर-तुम तो जानते ही हो-मैं फालतू बातों में यकीन नहीं रखता।'

डिल्लन ने अपनी कुर्सी थोड़ी आगे को खिसका ली। वह उसकी ओर झुका- 'तो फिर सुनो-मुझे तुम्हारे जैसे किसी साथी की तलाश थी-मैं ये जुएं की मशीनों का धंधा चला रहा हूं, इससे संतुष्ट नहीं हूं। बात यह नहीं है कि मुझे हर्स्ट से किसी बात की शिकायत है। मैं लगभग डेढ़ हजार डॉलर प्रति सप्ताह इस धंधे से पीट लेता हूं। हर्स्ट की व्यवस्था बहुत अच्छी है और उसके पास एक टोली भी है-तुम चाहो तो इसे मेरी बेवकूफी कह सकते हो-लेकिन मैं इस धंधे से संतुष्ट नहीं हूं। मैं चाहता हूं कि यह धंधा कुछ और ज्यादा कारगर ढंग से चलाया जा सके-लेकिन हर्स्ट इसके लिए रजामंद नहीं है। वह इसी में खुश है और आगे नहीं बढ़ना चाहता।'

रॉक्सी ने सिगार का धुआं उगला।

'तुम इसे किस हद तक बढ़ाना चाहते हो-मेरा मतलब है-धंधे को बढ़ाने की कोई सीमा भी तो होती है।'

'तो समझ लो-लिटिल अर्नी ही मेरी अंतिम सीमा है।'

'क्या मतलब-मैं समझा नहीं?'

'सुनो-मैं शहर का वह हिस्सा भी अपने हाथ में ले लेना चाहता हूं, जो लिटिल अर्नी के हाथ में है। हर्स्ट को यह बात पसंद नहीं है-पर यदि मैं अपनी जिम्मेदारी पर इस काम में हाथ डाल दूं-फिर शायद वह मान जाएगा।'

'पर इससे मुझे क्या मिलेगा?' रॉक्सी ने सावधानी से पूछा।

डिल्लन ने उसकी ओर कठोर नजरों से देखा।

'समूचे शहर को संभालना मेरे लिए कठिन हो जाएगा, मुझे एक ऐसे आदमी की जरूरत पड़ेगी, जिस पर मैं विश्वास कर सकूं। तुम इस काम को संभाल सकते हो।'

रॉक्सी सकपकाया। बड़े ऊंचे इरादे हैं इस डिल्लन के। उसने सोचा।

डिल्लन की तेज नजरों से बचते हुए, आंखें नीची किए हुए उसने पूछा- 'उसका गिरोह भी तुम्हारे साथ है या नहीं?'

'हां।' डिल्लन ने जवाब दिया- 'पूरा गिरोह मेरे आदेशों पर काम करता है। इस समय वे लोग मेरे आदेशों का पालन कर रहे हैं-मैं ही उन्हें आर्डर करता हूं कि फलां काम होना है-अमुक जगह जाना है। सब लोग मुझसे बेहद खुश हैं-जब कभी ऐसा मौका आएगा, वे लोग मेरा साथ देंगे। कोई कुछ भी आपत्ति नहीं करेगा। तुम समझ गए हो न? इस समय गिरोह के लगभग सभी लोग हर्स्ट की अपेक्षा मेरी बात ज्यादा मानते हैं।'

रॉक्सी कुछ देर सोचता रहा-फिर बोला- 'तुम्हारी योजना तो बहुत बढ़िया है।'

'हां... सो तो है ही। जब मैं इस पर अमल करूंगा तो तुम्हें बता दूंगा। मैं तुम पर यकीन कर सकता हूं न?'

'निस्संदेह।' रॉक्सी ने कहा- 'मैं तुम्हारे साथ हूं। मैं स्वयं भी काफी दिनों से ऐसे ही किसी मौके की प्रतीक्षा करता रहा हूं। मेरे विचार में फ्रैंक्विस्ट के साथ मौज-मस्ती में फंसा रहने के कारण ही मैं अधिक कुछ नहीं कर पाया अब तक। तुमने आजकल देखा है उसे कहीं?'

डिल्लन ने संदेह भरी दृष्टि से उसकी ओर देखा- 'नहीं... मैंने उसे कहीं नहीं देखा।' वह बोला।

रॉक्सी मेज के कोने पर बैठ गया और कहने लगा- 'देखो दोस्त... हमें इस बात का बुरा नहीं मानना चाहिए... और न ही एक-दूसरे को धोखा देने की कोशिश करनी चाहिए-मुझे मालूम है, फ्रैंक्विस्ट आजकल तुम्हारे पास रह रही है, पर मुझे इसका लेशमात्र भी अफसोस नहीं है। हां... कभी-कभी मुझे उसकी याद जरूर आती है। हम लोगों ने कई साल इकट्ठे जो गुजारे हैं-बस, इससे ज्यादा कुछ और नहीं है।'

'तो तुम मेरी जासूसी करते रहते हो?' डिल्लन ने अपनी मुट्ठियां भींचते

हुए कहा। उसकी आवाज में कठोरपन पैदा हो गया था।

'लानत है-मैं भला ऐसा गलत काम क्यों करने लगा। मैंने किसी से सुना था और तुम्हें बता दिया, बस।'

'यह बात और आगे नहीं फैलनी चाहिए।' डिल्लन बोला- 'मैं नहीं चाहता कि वह छोटी-सी चुड़ैल मीरा इस बात पर मेरा जीना हराम कर दे।'

रॉक्सी ने उत्तर दिया- 'मगर तुम्हें खुद भी उसका ध्यान रखना होगा-वह इतनी बेवकूफ नहीं। देर-सवेर उसे जरूर इस बात का पता लग जाना है।'

डिल्लन कमरे में चहलकदमी करने लगा।

'मैं उस छोकरी से तंग आ चुका हूं।' वह बोला- 'मैं समझता हूं, उसका जी भी मुझसे भर गया है। मुझे उसे अपने रास्ते से हटाना ही होगा।'

'तुम्हें काफी सावधानी से रहना पड़ेगा।' रॉक्सी बोला- 'तुम्हारी जगह अगर मैं होता तो उसे अधिक सावधानी से संभालता।'

डिल्लन ने उसकी ओर कठोर नजरों से देखा-फिर बोला- 'मैं संभाल लूंगा-पर इस मामले में तुम अपनी टांग अड़ाने की कोशिश मत करना। अब तुम काम पर जुट जाओ। तुम जाकर अर्नी के क्षेत्र का निरीक्षण करो और ऐसी दुकानों, स्टोरों, होटलों आदि की सूची बनाओ-जहां हमारी मशीनें लगाई जा सकती हैं। अब तुम्हें काम करने की आदत डालनी होगी-समझे।'

'मुझे मिलेगा कितना?'

'कुछ सौ साप्ताहिक डालरों के अलावा दस प्रतिशत कमीशन भी-पर जैसे ही काम चलने लगेगा और भी पैसे बढ़ा दूंगा।'

रॉक्सी ने संतुष्टिपूर्ण ढंग से कंधे उचकाए।

'मुझे मंजूर है-अब यह बड़ा मगरमच्छ रास्ते से हटना ही चाहिए।'

उसके बाद रॉक्सी चला गया।

डिल्लन ने फ्रैंक्विस्ट को फोन किया।

'सुनो बेबी!' उसने माउथपीस के साथ मुंह लगाते हुए कहा- 'मैंने अभी-अभी रॉक्सी से बात की है। उसे हमारे बारे में सब कुछ मालूम हो गया है-पर उसने बुरा नहीं माना है। मैंने उसे अपने साथ ही काम पर लगा लिया है।'

फ्रैंक्विस्ट ने शिकायत की- 'ठीक है-पर तुम मुझे अपने साथ स्थाई रूप से कब तक रखने लगोगे? सुनो-मैं नहीं चाहती कि इस प्रकार चोरी-चोरी तुमसे मिलते रहना पड़े-तुम कभी-कभार मेरे पास आते हो। मैं चाहती हूं-हम

दोनों कोई अच्छा-सा फ्लैट लेकर स्थाई रूप से बस जाएं और जिंदगी का आनंद उठाएं।'

'थोड़ा सब्र करो बेबी-अभी समय नहीं आया है। पहले मुझे इस मीरा को भी तो संभालना होगा।'

फोन पर फ्रैंक्विस्ट की गुस्से भरी आवाज सुनाई पड़ी- 'तुम उस चुड़ैल को उठाकर बाहर क्यों नहीं फेंक देते?'

'मैंने बताया तो है न-अभी उसका समय नहीं आया है। यह सब काम तुम मुझ पर छोड़ दो। मैं संभाल लूंगा।'

'आज जाओगे न?'

'तुम थोड़ा-सा सब्र करो, मैं...।'

फ्रैंक्विस्ट ने उसकी बात काटते हुए कहा- 'तुम्हारी इसी आदत से तो मैं तंग आ चुकी हूं... ठीक है तुम यही चाहते हो तो ऐसा ही सही।' और उसने भड़ाक से फोन बंद कर दिया।

डिल्लन ने रिसीवर रखा और अपना चेहरा रूमाल से साफ करने लगा।

'लानत है इन औरतों पर। वह बड़बड़ाया। उसकी जिंदगी में मीरा के दाखिल होने से पहले वह औरतों को बड़ी हिकारत की नजर से देखता था, और अब ये औरतें ही उस पर शासन करने लगी हैं। आखिर मुझे हो क्या गया है?'

तभी दरवाजा खुला और हर्स्ट अंदर दाखिल हुआ। डिल्लन एकदम चौंक गया।

हर्स्ट पहले कभी इस जगह नहीं आया था।

'आप...।' डिल्लन ने सिर के इशारे से उसका स्वागत किया।

हर्स्ट ने सिर हिलाकर कुर्सी पर बैठते हुए कहा- 'मैं इधर से गुजर रहा था, सोचा कि तुमसे मिलता ही चलूं। कैसा चल रहा है?'

डिल्लन बैठ गया। वह बोला- 'ठीक चल रहा है।'

'कोई गड़बड़ी तो नहीं?'

डिल्लन ने सिर हिलाया- 'कोई गड़बड़ी नहीं मिस्टर हर्स्ट। मेरे विचार के अनुसार सारा काम एकदम सही चल रहा है।'

हर्स्ट ने उसकी ओर अजीब-सी नजरों से देखा।

डिल्लन को संदेह-सा हो गया-क्या हर्स्ट को उसकी योजना का पता पड़ गया है या फिर यह उसके दिमाग का वहम ही है?

सहसा हर्स्ट ने पूछ लिया- 'तुम्हारी गर्लफ्रेंड को आजकल क्या हो गया है?'

'मीरा को?' डिल्लन के चेहरे पर आश्चर्य के भाव पैदा हो गए- 'क्यों? उसे क्या हुआ?'

हर्स्ट ने कंधे उचकाए- 'मुझे क्या पता! वैसे कल रात उसने मुझसे टेलीफोन पर बुलाकर यह पूछा था कि तुम कहां थे। मैं उस वक्त खेल में बिजी था।'

डिल्लन का चेहरा फीका पड़ गया।

'ओह! उसकी तो आदत ही ऐसी है।' वह बोला- 'मैं जरा-सा भी देर से घर पहुंचता हूं तो वह चिंता करने लगती है। मैं उसे समझा दूंगा मिस्टर हर्स्ट! भविष्य में वह तुम्हें कष्ट नहीं देगी।'

'जैसा तुम ठीक समझो।' हर्स्ट बोला- 'यह तुम्हारा घरेलू मामला है। मुझे इसमें दखलंदाजी देने का कोई हक नहीं है।' वह उठ खड़ा हुआ और दरवाजे की ओर बढ़ गया।'

दरवाजे के हैंडिल को थामकर सहसा वह मुड़ा और डिल्लन ने पूछा- 'लिटिल अर्नी तो अब कोई मुसीबत खड़ी नहीं कर रहा है न?'

डिल्लन तुरंत समझ गया कि हर्स्ट यहां क्यों आया था। जबसे लिटिल अर्नी ने हर्स्ट को समाप्त करने के इरादे से अपने गनमैन भेजे थे, तभी से हर्स्ट उससे बुरी तरह भयभीत था। उसे हमेशा यही डर लगा रहता था कि कहीं अर्नी फिर से उसे समाप्त कराने के लिए कोई षड्यंत्र तो नहीं रच रहा है।

डिल्लन ने इनकार में सिर हिलाया।

'उसकी तो हिम्मत ही जवाब दे गई है मिस्टर हर्स्ट।' डिल्लन ने जवाब दिया- 'वैसे भी हम उसकी ओर कोई विशेष ध्यान नहीं दे रहे हैं।'

वह मन-ही-मन सोचने लगा। अगर इस समय हर्स्ट को यह पता लग जाए कि मैं क्या योजना बना रहा हूं, तो शायद इसे दौरा पड़ जाएगा।

'हां-यह ठीक है।' हर्स्ट ने सिर हिलाते हुए कहा- 'हमें उसके क्षेत्र में दखलंदाजी नहीं करनी चाहिए। हमारा काम बढ़िया ढंग से चल रहा है, फिर व्यर्थ ही उससे पंगा लेने से कोई फायदा नहीं है।'

उसके बाद हर्स्ट बाहर निकल गया।

दरवाजा बंद करने के बाद डिल्लन ने घृणापूर्वक थूक दिया।

'हरामजादा-कायर कहीं का। कहता है, हमें पंगा नहीं लेना चाहिए... ऊंह।'

मीरा ने हर्स्ट को फोन किया था, इस बात पर उसे बहुत गुस्सा चढ़ रहा था।

'चुड़ैल कहीं की। जैसे वह दूध पीती बच्ची थी।' वह बड़बड़ाया- 'जैसे उसे मालूम नहीं था कि मैं किसी दूसरी औरत के पास भी हो सकता हूं।'

फिर वह मन-ही-मन सोचने लगा-अब वक्त आ गया है, मीरा को भी ठिकाने लगाना पड़ेगा और साथ में इस कायर हर्स्ट को भी।

❖❖❖

डिल्लन के जाने तक मीरा प्रतीक्षा करती रही, फिर उसने खोजबीन आरंभ कर दी। उसे पूरा यकीन था कि डिल्लन के सामान में कहीं-न-कहीं उसे उस लड़की का पता मिल जाएगा। उसने डिल्लन के कपड़ों की सारी जेबें टटोल डालीं। दराज के सामान को भी सावधानी से छांटकर देखा और फिर उन्हें ज्यों-का-त्यों लगा दिया। पता उसे कहीं भी नहीं मिल सका।

वह बिस्तर पर बैठ गई और सोचने लगी। डिल्लन ने जरूर कहीं-न-कहीं उस लड़की का पता लिखा होगा। हो सकता है पता उसके पर्स में मौजूद हो। उसने खूंटी पर टंगी डिल्लन की कमीजों पर नजरें दौड़ाई । जल्दबाजी में डिल्लन उन्हें कोने वाली उस टोकरी में, जिसमें गंदे कपड़े डाले जाते थे, नहीं रख पाया था।

उसने ध्यानपूर्वक कमीजों को देखना आरंभ किया। एक कमीज के कफ पर लिखा, उसे वह पता मिल ही गया, जिसकी उसे तलाश थी।

लिखा था-एक सौ अट्ठावन, सनसैट ऐवेन्यू।

कमीज हाथ में थामे बड़ी देर तक मीरा गुस्से से सुलगती रही-तो यह पता है उस हरामजादी वेश्या का। और तुम डिल्लन-पाजी, हरामजादे-दो-दो औरतों से संबंध रखने वाले धोखेबाज!' वह बड़बड़ाती जा रही थी- 'अब देखना तुम्हारी इस रंडी की मैं क्या गत बनाती हूं।'

उसने कमीज वापस हैंगर पर टांग दी। कुछ देर सोचती रही, फिर एक भयंकर संकल्प उसकी आंखों में झिलमिलाने लगा। उसने दराज खोली और पिस्तौल निकाल ली, फिर कोट और हैट पहने तथा पिस्तौल पर्स में रखकर खड़ी हो गई। हो सकता है पिस्तौल की जरूरत ही न पड़े। उसने सोचा,

और डिल्लन के सामान में से रबड़ की एक मोटी-सी गोल नली निकाल ली। कुछ देर तक वह नली को थामे ध्यानपूर्वक उसे देखती रही, फिर उसे कलाई पर लपेट लिया और उसे आस्तीन के नीचे कर लिया।

फिर वह बाहर सड़क पर निकल आई और सामने जाती एक टैक्सी को हाथ देकर रुकने का इशारा किया। अंदर बैठकर उसने टैक्सी ड्राइवर को आदेश दिया- 'सनसैट ऐवेन्यू चलो और जरा जल्दी।'

टैक्सी एक झटके के साथ आगे बढ़ चली।

ड्राइवर बड़बड़ा- 'लानत है-इस शहर में एक भी तो ऐसा व्यक्ति नहीं है, जिसे जल्दी न हो।'

मीरा बात करने के मूड में नहीं थी, टैक्सी ड्राइवर बड़बड़ाकर चुप हो गया। उसने अपना सारा ध्यान ड्राइविंग पर केंद्रित कर लिया।

सनसैट ऐवेन्यू पहुंचने में उन्हें आधा घंटा लग गया।

सहसा ड्राइवर के ब्रेक लगा देने से मीरा चौंकी। ड्राइवर पूछ रहा था- 'किस नंबर के आगे रोकूं मैडम?'

मीरा ने बाहर झांका- 'बस यहीं रोक दो।' वह बोली और टैक्सी से उतर आई। बिल चुकाया और नंबर देखती हुई धीरे-धीरे आगे बढ़ चली।

एक सौ अट्ठावन नंबर पर पहुंचने तक वह स्वयं पर काफी कुछ नियंत्रण कर चुकी थी।

इतनी आलीशान कोठी तो काफी महंगी होनी चाहिए। उसने सोचा।

सहसा एक विचार ने उसे व्याकुल कर दिया-कहीं ऐसा करके वह कोई गलती तो नहीं करने जा रही। हो सकता है, यहां उस लड़की की बजाय डिल्लन का कोई अन्य मर्द सहयोगी रहता हो। इस सोच के साथ ही उसके कदम लड़खड़ाने लगे।

फिर उसने सोचा- 'जब इतनी दूर तक आ ही गई हूं, तो कोशिश करके देखने में क्या हर्ज है।'

वह कोठी के मुख्य दरवाजे पर पहुंची और कॉलबैल के स्विच को दबा दिया। कुछ देर बाद जब दरवाजा खुला तो उसका मुंह आश्चर्य से खुला-का-खुला रह गया। सामने बनी-संवरी फ्रैंक्विस्ट दरवाजे को थामे खड़ी थी। वह भी आश्चर्य से मीरा को देखे जा रही थी।

मीरा को एक जबरदस्त झटका-सा लगा-तो इस बिल्ली पर डिल्लन इतना पैसा फूंक रहा था। उसने सोचा। फिर जैसे उसे होश-सा आया।

'हैलो!' वह धीरे-से बोली- 'मुझे यकीन है तुम्हें जरूर आश्चर्य हुआ होगा।'

फ्रैंक्विस्ट ने शीघ्र ही अपने मनोभावों पर काबू पा लिया।

'ओह तुम...तुम यहां क्या करती फिर रही हो?' उसने पूछ ही लिया।

'डिल्लन ने बताया था कि तुम यहां रहने लगी हो।' मीरा बोली- 'मैंने सोचा क्यों न तुमसे मिल आऊं।'

'मेरा पता तुम्हें डिल्लन ने बताया था?' फ्रैंक्विस्ट ने आंखें संकुचित करते हुए कठोर स्वर में पूछा।

'हां!' मीरा ने सिर हिलाया- 'क्या मैं अंदर आ सकती हूं?'

फ्रैंक्विस्ट दरवाजे के बीचोंबीच खड़ी हो गई।

'नहीं... मैं तुमसे बात नहीं करना चाहती। यहां से दफा हो लो।'

मीरा ने इधर-उधर नजरें दौड़ाई। शीघ्र ही उसकी आंखों ने देख लिया कि दो व्यक्ति बाहर खड़े उसी को घूर रहे थे।

वह अपने चेहरे पर मुस्कान लाते हुए कहने लगी- 'ओह फ्रेंक-तुम्हें इतनी कठोरता से पेश नहीं आना चाहिए। सुनो-मैं तुम्हारे लिए एक संदेशा लेकर आई हूं।' कहते-कहते उसने अपना पर्स खोल लिया।

फ्रैंक्विस्ट उलझन भरे भाव लिए उसकी ओर देखती रही। उसकी समझ में नहीं आ रहा था कि मीरा क्या संदेशा देना चाहती थी।

मीरा ने पर्स में से पिस्तौल निकाल ली। उसने पिस्तौल फ्रैंक्विस्ट की ओर तान दी और उसे धमकाती हुई बोली- 'जल्दी अंदर चलो-रंडी की औलाद-मुझे तुमसे बहुत-सी बातें करनी हैं।'

पिस्तौल पर निगाह पड़ते ही फ्रैंक्विस्ट का चेहरा पीला पड़ गया। वह दो कदम पीछे हट गई। मीरा अंदर दाखिल हुई और उसने दरवाजा बंद कर लिया। उसने पिस्तौल फ्रैंक्विस्ट से सटा दी और उसे धमकाती हुई हॉल से निकालकर बड़े कमरे में ले आई। मीरा ने एक नजर कमरे में डाली-कमरा पूर्ण रूप से सुसज्जित था।

'हुं।' मीरा दांत किटकिटाते हुए बोली- 'तो यह है तुम्हारा प्रेम घोंसला।'

फ्रैंक्विस्ट की घिग्घी बंध गई। वह हकलाते हुए बोली- 'देखो... तुम्हें इसके लिए पछताना पड़ेगा। डिल्लन को यह खबर सुनने की देर है फिर वह...।'

'खामोश, रंडी की औलाद।' मीरा गुर्राई- 'बैठो, मुझे तुमसे बहुत-सी

बातें करनी हैं कुतिया।' कहते-कहते उसने अपनी कलाई पर लिपटी रबड़ की नली खोल ली।

'तुम मुझे पिस्तौल से नहीं धमका सकतीं।' फ्रैंक्विस्ट जो अब तक काफी कुछ संयत हो चुकी थी-बोली- 'बेहतर यही है कि तुम फौरन यहां से दफा हो जाओ।'

मीरा का रबड़ की नली थामे हाथ ऊपर उठा। एक झटके के साथ रबड़ की नली आगे लपकी और फ्रैंक्विस्ट के चेहरे से जा टकराई। फ्रैंक्विस्ट हड़बड़ाकर पीछे हटी और एक कुर्सी से उलझकर नीचे जा टकराई। मारे पीड़ा के वह तड़पकर रह गई। उसने दोनों हाथों में अपना चेहरा छुपा लिया।

'अबकी बार तुम नाचने लगोगी।' मीरा ने क्रूर स्वर में कहा।

'तुम पछताओगी... कह देती हूं।' फ्रैंक्विस्ट हांफते हुए बोली।

'चुड़ैल कहीं की-मुझे धमकी देती है-कुतिया, चुपचाप इस शहर से निकल जा और आइंदा कभी अपनी शक्ल न दिखाना।' मीरा ने डांटा

फ्रैंक्विस्ट ने अपने चेहरे से हाथ हटाए और चीख उठी।

'तुम मुझे यहां से बाहर नहीं निकाल सकतीं। डिल्लन अब मेरा है। वह मुझसे मुहब्बत करता है-सुना तुमने-वह मेरा है।'

मीरा के चेहरे पर भूकंप के से भाव पैदा हो गए। वह कठोर स्वर में बोली- 'तुम जरूर जाओगी... और हमेशा के लिए जाओगी-नहीं मानोगी तो यह देखती हो।' उसने पिस्तोल फ्रैंक्विस्ट के सामने लहराई।

सहसा फ्रैंक्विस्ट किसी बाज की तरह आगे को झपटी, उसने मीरा के पिस्तौल वाले हाथ पर झपट्टा मारा। पिस्तौल मीरा के हाथ से छूटकर नीचे जा गिरी। फ्रैंक्विस्ट ने तेजी से बढ़कर मीरा को कमर से पकड़ लिया।

मीरा फर्श पर गिर गई। फ्रैंक्विस्ट अभी भी उसके ऊपर थी। उसने मीरा की कमर छोड़ दी और अपने हाथ मीरा की गर्दन तक ले जाने की चेष्टा करने लगी।

मीरा ने अपना सिर फौरन झुका दिया। फ्रैंक्विस्ट के हाथ अभी उसके जबड़े तक ही पहुंच पाए थे कि मीरा ने एक जोरदार वार उसके कंधे पर कर दिया। फ्रैंक्विस्ट कराहकर रह गई। पर उसने मीरा को अपनी जकड़ से छूटने नहीं दिया।

मीरा तड़पकर किसी चिकनी मछली की तरह उसके बंधन से आजाद हो जाने की कोशिश करने लगी, पर फ्रैंक्विस्ट उसे मौका नहीं दे रही थी।

फ्रैंक्विस्ट के भारी बदन के नीचे से मीरा का निकल पाना कठिन हो रहा था। वह नीचे से ही अब भी, रबड़ की नली से फ्रैंक्विस्ट को पीटे जा रही थी।

रबड़ की नली के आघातों से फ्रैंक्विस्ट परेशान हो उठी। उसने उठकर कमरे से भाग जाना चाहा, पर तभी मीरा ने उसके दोनों घुटने पकड़ लिए और वह धड़ाम से आगे गिर गई।

'मुझे जाने दो...ओह छोड़ो मुझे...।' फ्रैंक्विस्ट हाथ-पैर पटकती हुई चीखी। मीरा ने उस पर रबड़ की नली बरसानी शुरू कर दी।

फ्रैंक्विस्ट की चीखों से पूरा कमरा गूंजने लगा। वह फ्रैंक्विस्ट को तब तक पीटती रही, जब तक कि बेहोश नहीं हो गई।

मीरा खड़ी हो गई-उसने घृणा भरी दृष्टि से फ्रैंक्विस्ट की ओर थूका और बोली- 'तुम्हारे लिए फिलहाल इतना ही काफी है।'

वह फ्रैंक्विस्ट को उसी हालत में पड़ी छोड़कर बाथरूम में घुस गई। उसका लिबास खराब हो चुका था, बाल बुरी तरह से बिखर गए थे। उसने पानी से अपना मुंह धोया और सावधानी से खून के धब्बे साफ किए। जितनी देर तक वह यह सब काम करती रही, उसका मस्तिष्क क्रियाशील होता रहा।

वह सोचने लगी- 'क्या डिल्लन इसके लिए उससे कोई प्रतिकार लेगा?'

उसे यकीन था कि डिल्लन जब यह देखेगा तो गुस्से से पागल हो उठेगा।

बाथरूम में उसके नजदीक ही बालों को संवारने वाली मशीन रखी थी। मीरा के बाल बुरी तरह से उलझकर खराब हो चुके थे। उसने मशीन की तरफ देखा।

'ऊंह... अब जो होगा-देखा जाएगा।' उसने स्वयं से कहा और फिर प्लग लगाकर मशीन का स्विच ऑन कर दिया।

❖❖❖

अगले दो दिनों तक डिल्लन गुमसुम-सा बना रहा।

मीरा को उम्मीद थी कि वह बिगड़ेगा, हो सकता है वह उसकी बुरी तरह पिटाई भी कर दे, लेकिन उसने मीरा से कोई बात नहीं की। हां-कभी-कभार वह मीरा को गंभीर विचार भरी नजरों से देख जरूर लेता था, पर जैसे ही मीरा की नजरें उससे मिलतीं, वह फौरन अपनी नजरें दूसरी ओर फिरा लिया करता था।

इस बीच मीरा ने छानबीन की थी और उसे पता चल गया था कि

फ्रैंक्विस्ट वह कोठी छोड़कर जा चुकी थी। वह यह सोचकर खुश थी कि उसने अपनी प्रतिद्वंद्वी का बिस्तर गोल कर दिया था। पर अभी भी वह डिल्लन की ओर से आशंकित थी। डिल्लन ने गुमसुम चेहरे से उसके मन के भावों का पता चल पाना उसे मुश्किल हो रहा था।

डिल्लन अपने दफ्तर में बैठा फ्रैंक्विस्ट के बारे में सोच रहा था।

उस दिन जब वह शाम को उसके पास पहुंचा था, तो उसकी हालत देखकर हैरत में पड़ गया था। फ्रैंक्विस्ट के चेहरे पर वहशत बरस रही थी। उसके दोनों गालों पर जलाए जाने के दो गहरे-गहरे जख्म बने हुए थे। उस समय वह कोई चुड़ैल जैसी लग रही थी। डिल्लन जैसा दरिंदा भी उसकी ऐसी हालत को देखकर कांप उठा।

फ्रैंक्विस्ट ने उसे सारा माजरा सुनाया तो वह दहल उठा। उसने फ्रैंक्विस्ट को यही सलाह दी कि वह यथासंभव जल्दी ही इस शहर से दूर निकल जाए। मीरा जैसी औरत से कुछ और भी भयंकर परिणाम की अपेक्षा की जा सकती है।

बात यह नहीं थी कि डिल्लन मीरा से डर गया था। सच बात तो यह थी कि फ्रैंक्विस्ट के झुलसे हुए चेहरे को देखकर डिल्लन की उसके प्रति लगाव की सारी भावनाएं समाप्त हो गई थीं।

बाहर पूलरूम में होने वाली बातचीत की आवाजें सहसा बंद हो गई और डिल्लन सचेत हो उठा। इससे पहले कि वह कुर्सी से उठकर यह जानने की कोशिश करे कि बाहर पूलरूम में आवाजें क्यों बंद हो गई थीं, ऑफिस का दरवाजा खुला और दो आदमी धड़धड़ाते हुए ऑफिस में घुस आए।

उन दोनों में से एक स्ट्रान था। स्ट्रान जो एफ.बी.आई. का एक कठोरतम जासूस था, जिससे डिल्लन एक बार पहले टकरा चुका था।

स्ट्रान ने अपना हैट पीछे खिसकाया और उंगली से अपनी नाक खुजलाता हुआ अपने साथी से बोला- 'जरा देखो तो... यहां कौन बैठा है?'

उसके साथी ने घृणा भरी दृष्टि से डिल्लन की ओर देखा।

डिल्लन ने खुले दरवाजे से बाहर की ओर देखा। उसके सारे आदमी मोम के पुतलों की तरह चुपचाप खड़े थे।

'इस प्रकार मेरे दफ्तर में घुसकर मुझे धमकाने की वजह?' उसने स्ट्रान से पूछा। उसकी काली आंखों में गुस्से के भाव उभरने लगे थे।

स्ट्रान धीरे-धीरे उसकी ओर बढ़ आया।

'तुम वही आदमी तो नहीं हो, जिसे कुछ अरसा पहले मैंने यह शहर छोड़कर चले जाने के लिए कहा था?'

डिल्लन उठकर खड़ा हो गया- 'हो सकता है, तुम्हें इस तरह की बातें करने की आदत हो-पर मेरी बला से। तुम यहां से जा सकते हो।' वह बोला।

स्ट्रान ने इधर-उधर नजरें दौड़ाई - 'वाह! क्या ठाठ हैं।' वह बोला- 'तो अब तुम बड़े आदमी बन गए हो। क्यों... मैं ठीक कह रहा हूं न बड़े आदमी?' उसका स्वर व्यंग्य भरा था- 'देखो मेरी बात सुनो। मैं दुबारा तुमसे कह रहा हूं। तुम फौरन इस शहर से दफा हो जाओ। बताओ-क्या विचार है?'

डिल्लन ने कंधे उचका दिए- 'क्यों जाऊं मैं? तुम मुझे कोई नुकसान नहीं पहुंचा सकते। मुझे मालूम है, मैं कहां हूं। तुम कुछ भी नहीं कर सकते-समझे।' डिल्लन बोला।

'जिस दिन मेरे हत्थे चढ़ गए, उस दिन तुम इस दिन को याद करोगे। तुम याद करोगे कि तुमने मेरी सलाह पर अमल क्यों नहीं किया था।'

'वह दिन कभी नहीं आएगा।' डिल्लन विश्वास भरे स्वर में बोला- 'और अब तुम यहां से चलते-फिरते नजर आओ।'

स्ट्रान हंसा। उसने सिर हिलाते हुए इनकार में कहा- 'तुम और तुम्हारी उस माशूका छोकरी के बारे में मैंने बहुत कुछ मालूम कर लिया है। तुम बहुत ऊंचा उड़ने की कोशिश कर रहे हो-पर तुम अधिक देर तक नहीं चल पाओगे-कोई भी दादा ज्यादा दिनों तक टिका नहीं रह सकता।'

स्ट्रान ने अपने दूसरे साथी की ओर देखा और बोला- 'क्यों, क्या ख्याल है तुम्हारा? मेरा दावा है कि हम छह महीने के अंदर-ही-अंदर इसे सीधा कर देंगे।'

उसके दूसरे साथी ने सिर हिलाया।

'मैं, तुम्हारी बात से सहमत नहीं हूं-स्ट्रान। हो सकता है, हमें इससे कुछ पहले ही मौका मिल जाए, इसकी मिजाजपुर्सी करने का।'

डिल्लन घृणा भरी नजरों से उन दोनों की ओर देखता रहा।

स्ट्रान ने सिर हिलाया- 'मिस्टर बिगमैन! फिलहाल हम चलते हैं। उम्मीद है-हमें ज्यादा प्रतीक्षा नहीं करनी पड़ेगी।'

दोनों डिल्लन पर निगाह डालते हुए बाहर निकल गए।

डिल्लन कमरे में चहलकदमी करने लगा। उसका मन आशंकित हो उठा था।

'ये हरामजादे, यदि ऐसा सोचते हैं तो जरूर कर गुजरेंगे।' उसने सोचा। तभी वैसी अंदर दाखिल हुआ। वह चापलूसी भरे स्वर में बोला- 'आपने

उन्हें खूब मुंहतोड़ जवाब दिया। ये एफ.बी.आई. वाले न जाने अपने आपको क्या समझते हैं?'

डिल्लन ने खीझ भरी नजरों से उसकी ओर देखते हुए कहा- 'अब से तुम्हें जरा ज्यादा सावधान रहना पड़ेगा।'

'ये लोग काफी समय से हमारे पीछे लगे हुए हैं।' वैसी ने बताया- 'अभी तक तो ये लोग हमसे कुछ हासिल नहीं कर पाए।'

तभी फोन की घंटी बज उठी। डिल्लन के संकेत पर वैसी दरवाजा बंद करके बाहर निकल गया। डिल्लन ने तत्परता से फोन उठाया और रिसीवर में बोला- 'यस-डिल्लन बोल रहा हूं।'

उधर से हर्स्ट की आवाज सुनाई दी।

'आखिर यह सब क्या हो रहा है डिल्लन?' हर्स्ट की आवाज में चिड़चिड़ापन था- 'तुम्हारा कौन-सा आदमी है जो लिटिल अर्नी के क्षेत्र में पूछताछ करता फिर रहा है। देखो-मैंने तुम्हें पहले ही हिदायत दे रखी है कि हमें उसके क्षेत्र में कोई काम नहीं करना है। मुझे पता है तुम क्या सोचे बैठे हो। मैं फिर कहे देता हूं, हमें लिटिल अर्नी के साथ कोई झगड़ा मोल नहीं लेना हैं जानते हो, अभी-अभी मेरे पास कोन फोर्टी आया था। वह शिकायत करके गया है। कौन है वह आदमी?'

'मुझे क्या मालूम। मैं कैसे बता सकता हूं।'

तुम्हें सब कुछ पता है। उस आदमी को वापस बुला लो। और उसे उस क्षेत्र से बाहर ही रखो-मैंने उससे कह दिया है कि कल तक सब ठीक हो जाएगा और यदि ठीक नहीं हुआ तो वह स्वयं मामला अपने हाथ में ले ले।'

वह बातचीत चल ही रही थी कि रॉक्सी अंदर दाखिल हुआ। डिल्लन ने उसे आंख के इशारे से समझाया कि फोन हर्स्ट का था।

रॉक्सी एक कुर्सी पर बैठ गया।

'मैं कहता हूं, मुझे मालूम ही नहीं है कि कौन उसके इलाके में पूछताछ करता फिर रहा है।' डिल्लन फोन पर कह रहा था।

'सुनो... तुम इस मामले को तत्काल संभाल लो डिल्लन, नहीं तो मैं स्वयं आकर तुमसे यह चार्ज ले लूंगा।'

उसके बाद हर्स्ट ने फोन का संबंध विच्छेद कर दिया।

डिल्लन ने रिसीवर रख दिया। वह रॉक्सी की ओर घूमा और बोला- 'तुमने सावधानी से काम नहीं लिया है।'

रॉक्सी चौंका। उसने पूछा- 'क्यों-कुछ गड़बड़ हो गई है क्या?'

'हां-हर्स्ट को पता लग गया है। वह बहुत गुस्से में है। मेरे विचार से उसे इस बात का डर है कि कहीं लिटिल अर्नी बहाना बनाकर उस पर फिर से हमला न कर दे।'

रॉक्सी मुस्कराया- 'हो सकता है मुझसे कुछ असावधानी हो गई हो।' वह बोला- 'लेकिन मैं काम पूरा करके लौटा हूं।' कहकर उसने एक कागज डिल्लन के आगे बढ़ा दिया।

'यह उन लोगों की सूची है, जो हमारी मशीनें लगवाएंगे। और एक नहीं बल्कि छह-छह आदमी हैं-जो हमारी मशीनें लगवाएंगे।'

'छह मशीनें।' डिल्लन ने हर्ष मिश्रित स्वर में कहा-उसने सूची देखी, फिर बोला- 'पर हमें पहले लिटिल अर्नी से निपटना होगा।'

'मैं उसके बारे में भी मालूम कर चुका हूं।' रॉक्सी बोला- 'आज रात लिटिल अर्नी और उसके गैंग के कुछ लोग हॉट क्लब में कोई प्रोग्राम देखने जा रहे हैं-अगर आज रात ही उन्हें घेर लिया जाए तो कैसा रहे?'

'उस इलाके की पोजीशन तो ठीक है न। मेरा मतलब है कि वहां सुरक्षित ढंग से फायरिंग की जा सकती है न।'

'बिलकुल! मैंने उस इलाके को अच्छी तरह से देखा हुआ है। हमारे लिए यह सुनहरी मौका हो सकता है।'

डिल्लन दरवाजे के पास पहुंचा, उसने आवाज लगाई। वैसी और मैक गोवन तुरंत अपना काम छोड़कर उसके पास आ पहुंचे। दोनों के अंदर आते ही डिल्लन ने दरवाजा बंद कर लिया।

'बैठो-तुमसे कुछ बातें करनी हैं।' डिल्लन ने कहा।

दोनों ने कुर्सियां खींच लीं और बैठ गए- 'बताइए-क्या काम है?' वैसी ने पूछा।

डिल्लन मेज के एक कोने पर बैठ गया और बोला- 'सुनो, आज मैं अपने हाथों के सब पत्ते खोलकर रख देता हूं।' कहकर वह कुछ क्षण रुका, फिर कहने लगा- 'बात ऐसी है कि हम अपना धंधा उतना फैला नहीं पा रहे हैं, जितना कि फैलाना चाहिए। हालांकि इसमें तुम लोगों का कोई कसूर नहीं हैं दोष मेरा और हर्स्ट का है। हर्स्ट दूसरे गिरोह से घबराता है और मुझे मना करता है कि मैं अर्नी के इलाके में कोई दखलंदाजी न करूं-परंतु मैं अर्नी से भयभीत नहीं हूं। अब मैं चाहता हूं कि हम अपना धंधा फैलाते जाएं। हर्स्ट अगर मना करता है तो उसकी परवाह न करें।'

वैसी और मैक गोवन ने परस्पर एक-दूसरे की ओर देखा। उनके चेहरों पर हिचकिचाहट के भाव पैदा हुए, फिर मैक गोवन विचार भरे स्वर में बोला- 'तुम्हारा मतलब है कि हमें हर्स्ट के आदेश नहीं मानने चाहिए?'

'हां-मेरे कहने का यही मतलब है।' डिल्लन बोला- 'सारा काम हम लोग करते हैं, और मजे हर्स्ट लूटता है, उस पर से तुर्रा यह कि वह कायर भी है। मेरी समझ में नहीं आता कि हमें हर्स्ट के आदेश क्यों मानने चाहिए।'

वैसी ने अपना सिर खुजलाया। फिर पूछा- 'तो क्या अब से हम उसे अपना बॉस न मानें?'

'ठहरो।' डिल्लन बोला- 'मैं तुम्हें सारी योजना समझाता हूं। हम लोग धंधा फैलाएंगे-जाहिर है, हर्स्ट इसका विरोध करेगा। विरोध लिटिल अर्नी की ओर से भी होगा। ऐसी सूरत में हमें उन दोनों को ही रास्ते से हटाना होगा। यह काम कठिन जरूर है, पर नामुमकिन नहीं। और फिर यह भी तो है कि अगर हमारा धंधा बढ़ता है, तो हमारी आमदनी में भी कई गुणा ज्यादा मुनाफा हो जाएगा।'

डिल्लन ने दोनों के चेहरों का निरीक्षण किया। उन पर उसकी बातों का मनोवांछित प्रभाव पड़ रहा था। डिल्लन ने कहना जारी रखा- 'कमाई के धंधे में रिस्क तो लेना ही पड़ता है, तुम अपनी ही मिसाल लो। आज तुम जितना सप्ताह में कमा लेते हो, धंधा फैलते ही उससे कई गुना ज्यादा आमदनी तुम्हें होने लगेगी।'

'मेरे विचार से तुम ठीक कह रहे हो।' वैसी तुरंत बोल उठा।

'इतनी जल्दबाजी में जवाब मत दो-वैसी! तुम दोनों भलीभांति सोच लो।' डिल्लन ने कहा- 'आमदनी में बढ़ोत्तरी चाहते हो तो थोड़ा हाथ-पांव भी हिलाने होंगे।'

मैक गोवन ने शंका भरे स्वर में पूछा- 'हम लोगों को क्या करना होगा?'

तभी सहसा दरवाजा खुला और धड़धड़ाते हुए हर्स्ट ने कमरे में प्रवेश किया। चारों व्यक्तियों को वहां देखकर वह थोड़ा हैरान-सा हो गया। उसने सवालिया निगाहों से डिल्लन की ओर देखा। डिल्लन चौंक गया।

'यहां क्या मीटिंग हो रही है?' हर्स्ट गुर्राया। फिर डिल्लन से बोला- 'इन लोगों को यहां से बाहर निकलने को कहो। मुझे तुमसे जरूरी बातें करनी हैं।'

वैसी और मैक गोवन तुरंत खड़े हो गए और हर्स्ट के पास से गुजरकर बाहर निकल गए।

रॉक्सी जहां बैठा था, वहीं बैठा रहा। उसने हर्स्ट की ओर दृष्टिपात तक नहीं किया।

हर्स्ट गुर्राया- 'इस आदमी को भी बाहर भेजो।' उसने रॉक्सी की ओर संकेत करते हुए कहा।

डिल्लन ने अपनी कुर्सी पीछे खिसका ली, फिर हर्स्ट के चेहरे को देखते हुए मेज पर उंगलियां नचाते हुए, भोली नजरों से हर्स्ट की ओर देखने लगा।

'सुना नहीं तुमने, मैंने क्या कहा है?' हर्स्ट तेज स्वर में बोला- 'इस आदमी को भी बाहर निकालो।'

डिल्लन ने सिर हिलाते हुए उत्तर दिया- 'इस आदमी से आपको कोई परेशानी नहीं होगी, पर मेरी समझ में नहीं आ रहा कि आज आपको हो क्या गया है। आप बहुत उखड़े-उखड़े मूड में दिखाई पड़ रहे हैं।'

हर्स्ट कुछ क्षण के लिए असमंजस में पड़ गया। फिर बोला- 'तुम्हें अपना यह खेल बंद कर देना चाहिए डिल्लन। मैंने तुम्हें पहले भी कहा था कि तुमने लिटिल अर्नी के इलाके में कोई घुसपैठ नहीं करनी है।'

'बात यह है मिस्टर हर्स्ट!' डिल्लन ने धीरे-से कहना शुरू किया- 'मैं कुछ ऐसी योजनाओं के बारे में सोच रहा हूं, जो हमें काफी आगे ले जा सकती हैं। और इसके लिए हमें लिटिल अर्नी के इलाके में घुसपैठ करनी ही होगी। तुम अर्नी से कुछ ज्यादा भयभीत हो। अब फर्ज करो कि यदि हम उस लिटिल अर्नी को ठिकाने लगा देते हैं तो कैसा रहेगा?'

हर्स्ट अवाक् होकर रह गया। उसके मुंह से कुछ देर के लिए तो बोल तक फूट न सका। फिर उसका चेहरा लाल हो उठा। उसने अपनी मुट्ठियां भींच लीं और चीख उठा- 'बस-बस! बहुत हो चुका। तुम फौरन बाहर निकलो-गेट आउट।'

डिल्लन ने उसकी बात पर कोई ध्यान नहीं दिया। उसने उचटती निगाह से रॉक्सी की ओर देखा।

हर्स्ट कहता गया- 'तुम्हारा ऐसा सोचना पागलपन ही है। मैं अभी, इसी क्षण तुम्हें अपनी टोली से निकाल रहा हूं। अब तुम मेरी टोली में शामिल नहीं हो-समझे। तुम तो पूरे शहर को ही खून से रंग देने की योजना बनाए बैठे हो। दफा हो जाओ यहां से।'

डिल्लन आगे झुका और ठंडे स्वर में बोला- 'यह तेरी-मेरी टोली का सवाल कहां से आ गया मिस्टर हर्स्ट! सुनो, सारे लोग मेरे साथ हैं और

अब वही होगा जो मैं चाहता हूं, समझे। मैं आज से ही इस समूचे धंधे को संभाल रहा हूं और अबसे तुम्हें वही मंजूर करना पड़ेगा, जो मैं चाहता हूं।'

हर्स्ट का चेहरा कानों तक लाल हो उठा। वह बड़ी मुश्किल से स्वयं पर काबू रख पाया। वह उठते हुए बोला- 'तुम नशे में लगते हो। इस धंधे में पुलिस की सुरक्षा की जरूरत होती है और वह तुम्हारे बस की नहीं है। जल्दी ही पुलिस यहां पहुंचेंगी और वह तुम्हें पकड़कर ले जाएगी। तुम कुछ भी नहीं कर पाओगे।'

'तुम क्या समझते हो मैंने इस धंधे में रहकर कुछ भी नहीं सीखा?' डिल्लन ने व्यंग्य भरे स्वर में उत्तर दिया- 'धन कहां से आएगा? धंधे से ही न। और धन पास में हो तो पुलिस प्रोटेक्शन हासिल करना क्या मुश्किल है। तुम स्वयं को ही तीसमारखां मत समझो मिस्टर हर्स्ट-मैं भी इस धंधे के गुर जानता हूं।'

'बहुत बकवास कर चुके।' हर्स्ट चीखा- 'अब तुरंत दफा हो जाओ और आइंदा इधर का रुख भी न करना, समझे।'

'जरूर-।' डिल्लन बोला, फिर तुरंत ही उसके हाथ में पिस्तौल दिखाई देने लगी। उसने पिस्तौल की नाल हर्स्ट की ओर तान दी- 'जरा इसके भी दर्शन कर लीजिए मिस्टर हर्स्ट!'

हर्स्ट जैसे जमकर रह गया। उसकी आंखें फैल गई, अरे-अरे! यह क्या करते हो-यह पिस्तौल क्यों निकाली है तुमने?' वह घिघियाया।

'इसलिए कि तुम्हें तुम्हारे खुदा के पास पहुंचा सकूं।' डिल्लन क्रूर स्वर में बोला- 'अगर हमें अलहदा ही होना है, तो फिर तुम्हें हमेशा के लिए ही अलहदा होना पड़ेगा।' कहने के साथ ही उसने पिस्तौल का ट्रिगर दबा दिया।

गोली की आवाज बंद केबिन में गूंज उठी। अपनी छाती को हाथों से थामे हर्स्ट आगे को बढ़ा, पर उसके घुटनों ने जवाब दे दिया। वह लड़खड़ाया और आगे की ओर मेज पर जा गिरा। डिल्लन की पिस्तौल ने एक गोली और उगली और हर्स्ट की खोपड़ी में एक बड़ा-सा भेद हो गया।

'मर हरामजादे!' डिल्लन ने घृणा से भरी गाली देते हुए थूक दिया।

रॉक्सी ने अपना हैट पीछे खिसकाया और विनोदपूर्ण स्वर में बोला- 'अरे-अरे, यह क्या कर दिया तुमने! तुमने सारे कालीन का ही सत्यानाश करके रख दिया।'

❖❖❖

मीरा ड्रेसिंग टेबल के सामने बैठी थी। उसने अपने शरीर पर गाउन लपेटा हुआ था। नहाने के कारण उसकी त्वचा कुछ अधिक लाल हो उठी थी। उसके होंठों में एक सिगरेट झूल रही थी और बड़े खुशगवार मूड में वह गुनगुनाती जा रही थी।

तभी एक झटके से दरवाजा खुला और डिल्लन धड़धड़ाता हुआ अंदर दाखिल हुआ। मीरा ने चौंककर पड़ी उसकी ओर, फिर अपनी कलाई घड़ी की ओर देखा। शाम के सात बज रहे थे।

'आज तो तुम बहुत जल्दी आ गए।' उसने अपने गाउन की डोरी ठीक करते हुए कहा।

डिल्लन ने उसकी बात का जवाब नहीं दिया। वह सोचपूर्ण मुद्रा बनाए खिड़की के पास पहुंचा और बाहर घूरने लगा।

मीरा उठकर उसके करीब पहुंची।

'क्या बात है, आज कुछ चिंतित लग रहे हो? कुछ गड़बड़ हो गई है क्या?'

'हां-।' मीरा की ओर देखे बगैर डिल्लन बोला और उसने खिड़की बंद करके पर्दा डाल दिया। 'बहुत कुछ गड़बड़ हो चुकी है।'

मीरा का दिल किसी अनिष्ट की आशंका से धड़कने लगा।

'ईश्वर के लिए बताओ भी-क्या हुआ है?'

डिल्लन ने अजीब-सी नजरों से उसकी ओर देखा।

'हर्स्ट मारा गया।' वह एकदम सपाट स्वर में बोला।

'लिटिल अर्नी के द्वारा?'

'नहीं-मैंने ही उसे समाप्त कर दिया। वह कुछ ज्यादा ही मुंह फाड़ने लगा था। आज वह सीधा मेरे दफ्तर में घुस आया और दूसरे लोगों की उपस्थिति में मुझे धमकाने लगा था। कहने लगा-यहां से दफा हो जाओ, आज से मुझे तुम्हारी जरूरत नहीं है।'

'और तुमने उसे मार डाला। हे भगवान! क्या तुम पागल तो नहीं हो गए हो? अब पुलिस से हमारी रक्षा कौन करेगा।' मीरा के स्वर में व्याकुलता थी।

डिल्लन ने मीरा का गिरेबान पकड़ लिया। वह सीधे उसकी आंखों में झांकता हुआ क्रूर स्वर में गुर्राया- 'तुम अपना मुंह बंद ही रखोगी, समझीं। मैं इस धंधे को चला रहा हूं-मैं इसे और भी आगे बढ़ाना चाहता हूं-हर्स्ट इसमें अड़चनें पैदा कर रहा था और मैं अपने लिए अड़चनें पैदा करने वाले

को कभी माफ नहीं करता, चाहे वह हर्स्ट हो या कोई और। यदि तुमने भी मेरे रास्ते में कोई अड़चन पैदा करने की कोशिश की तो मैं तुम्हें भी समाप्त कर दूंगा।'

मीरा ने उससे गला छुड़ाया और गले को सहलाती हुई बोली- 'मैं किसी से नहीं कहूंगी, पर अब तुम क्या करोगे?'

'अब मैं यह करूंगा कि इस धंधे को और आगे बढ़ाऊंगा। इस बारे में गैंग के सब लोग मुझसे सहमत हैं-देखना एक दिन मैं इस शहर पर हुकूमत करूंगा।'

'और पुलिस-पुलिस का क्या करोगे?'

'हर्स्ट, इसीलिए तो बचा रहता था कि वह पुलिस को धन खिलाता था। मैं उससे भी ज्यादा पुलिस पर धन खर्च करूंगा। फिर पुलिस का मुझे डर नहीं रहेगा।'

मीरा खामोश हो गई।

डिल्लन उत्साह से कहता गया- 'आज रात को मैं लिटिल अर्नी को भी समाप्त करने वाला हूं। मैंने उसके ठिकाने का पता लगा लिया है।'

मीरा आश्चर्य से उछल पड़ी।

'क्या...।'

'हां।' मैंने सारी योजना बना ली है। हर्स्ट का सफाया हो चुका है, बाकी रहता था अर्नी, सो आज रात उसका भी खात्मा हो जाएगा। उसके बाद मेरा कोई प्रतिद्वंद्वी नहीं रह जाएगा। फिर मैं बड़े आराम से सारे शहर भर में अपना धंधा फैला दूंगा। कुछ ही दिनों में मैं असीम धन-दौलत का मालिक बन जाऊंगा।'

'लेकिन तुमने शायद यह नहीं सोचा।' मीरा ने प्रतिवाद किया- 'लिटिल अर्नी कोई छोटा-मोटा बदमाश नहीं है। उसके पास असीम दौलत है, उसे पुलिस से सुरक्षा हासिल है, उसके पास बदमाशों का एक पूरा गिरोह है, ऐसी हालत में उससे टकराना...।'

'मालूम है... मालूम है।' डिल्लन ने हाथ का इशारा करते हुए कहा- 'लेकिन अब बहुत जल्दी ही यह सब मेरा होने वाला है।

उसकी धन दौलत... उसके गिरोह की बागडोर... सब मेरे हाथ में होगी। तुम नहीं समझतीं-चमत्कार को नमस्कार होता है।

'उसके रास्ते से हटते ही उसके गैंग के सारे आदमी स्वयं ही मेरे साथ

आ मिलेंगे, उसकी दौलत पर मैं कब्जा कर लूंगा और उसके धंधे हमारे अधिकार में आ जाएंगे। रही पुलिस सुरक्षा की बात, तो वह मैं तुम्हें बता ही चुका हूं, जबकि मैं पुलिस को, हर्स्ट और लिटिल अर्नी से भी ज्यादा रुपया खिला दूंगा तो यकीनन वह मेरी ओर देखेगी भी नहीं। क्या समझीं।'

तभी टेलीफोन की घंटी बजी। मीरा ने लपककर फोन उठा लिया।

'हैलो... हां वह यहीं हैं।' वह फोन में बोली, फिर डिल्लन को रिसीवर थमाते हुए कहा- 'रॉक्सी का फोन है, वह तुमसे बात करना चाहता है। लगता है-कोई गड़बड़ हो गई है।'

डिल्लन ने रिसीवर ले लिया, फिर दूसरी ओर से पूछा- 'हां, बोलो क्या बात है?'

'बड़ी गड़बड़ हो गई है।' रॉक्सी घबराए स्वर में बोला। 'उस हरामजादे वैसी ने हमें धोखा दे दिया। उसने जाकर लिटिल अर्नी को सारी बातें बता दी हैं कि किस तरह आज रात हम लोग उसे समाप्त करने वाले हैं। सुनकर वह बुरी तरह से भड़क उठा है और अब तुम्हारी जान के पीछे पड़ गया है। तुम्हें वहां से जल्द-से-जल्द निकल भागना चाहिए। वे किसी भी क्षण तुम तक पहुंच सकते हैं।'

डिल्लन का चेहरा पीला पड़ गया।

'लेकिन मेरा पता उसे कैसे मालूम हुआ?'

'बातों में वक्त जाया मत करो। मैंने कहा न, वे लोग किसी भी क्षण तुम्हारे पास पहुंच सकते हैं।' रॉक्सी ने बताया- 'बदमाशों से भरी दो कारें तुम्हारे घर की ओर आ रही हैं।'

डिल्लन के चेहरे पर पसीना फूट निकला।

'लेकिन मैं निकलूंगा कैसे? मेरे पास तो इस समय गाड़ी भी नहीं है। तुम ऐसा करो रॉक्सी-फौरन एक तेज कार लेकर पहुंच जाओ। मैं तुम्हें इमारत के नीचे एक कोने पर तैयार खड़ा मिलूंगा।'

'ठीक है-मैं पहुंच रहा हूं।' रॉक्सी बोला और संबंध विच्छेद कर दिया।

डिल्लन ने रिसीवर पटका और राख हुए चेहरे से मीरा की ओर देखा- 'जल्दी करो बेबी।' वह घबराए हुए स्वर में बोला- 'हमें जल्द-से-जल्द यहां से निकल जाना चाहिए।'

मीरा अलमारी की तरफ दौड़ गई। उसने जल्दी से गाउन उतार फेंका और लिबास बदलकर जूते पहन लिए। आधे मिनट में ही वह तैयार हो गई।

'तुम्हारी थामसन कहां है?' मीरा ने याद दिलाई।

डिल्लन दूसरे कमरे में थामसन उठाने चला गया। मीरा ने लपककर अलमारी में रखे डिल्लन के कोट की जेब से नोटों की एक बड़ी-सी गड्डी निकाल ली, और इधर-उधर देखते हुए अपने थैले में डाल ली।

डिल्लन थामसन लेकर आया, दरवाजा खोला और बाहर कॉरिडोर की ओर बढ़ गया। उसने मीरा को अपने पीछे-पीछे आने का संकेत किया।

तभी बाहर किसी कार के ब्रेक चरमराए। मीरा दौड़कर खिड़की के पास पहुंची। उसने पर्दे के कोने को हटाकर बाहर झांका। बाहर एक कार खड़ी दिखाई दी, जिसमें से चार आदमी उतरकर तेजी से अंदर की ओर लपक रहे थे।

'वापस लौटो डिल्लन-ये लोग आ पहुंचे हैं।' मीरा चीखी।

डिल्लन दौड़कर कमरे में वापस लौटा। उसने तुरंत दरवाजा बंद कर लिया।

कुछ क्षण उसने सोचा, फिर मीरा से बोला- 'जरा इस अलमारी को हाथ लगाओ। इसे दरवाजे के साथ लगाना है।'

दोनों ने अलमारी खिसकाकर दरवाजे के साथ लगा दी। तभी बाहर दरवाजा थपथपाया जाने लगा।

मीरा फोन की ओर झपटी और पुलिस का नंबर डायल करने लगी।

डिल्लन ने उसे मना करना चाहा, पर दरवाजे पर पड़ती लगातार दस्तक से उसका ध्यान दूसरी ओर बंट गया।

मीरा का फोन पुलिस स्टेशन में बैठे हवलदार ने रिसीव किया। मीरा ने उसे बताया कि लिटिल अर्नी के कुछ बदमाश उन पर हमला कर रहे हैं। हमारी मदद की जाए।

सुनकर हवलदार ने उसे ही डांटना शुरू कर दिया, वह बोला- 'तुमने जरूर कोई सपना देखा है मैडम! यह शहर है, यहां गुंडों-बदमाशों का राज नहीं है, जो इस प्रकार की वारदात करते रहें। जाओ, जाकर आराम से सोओ।'

कुछ देर दूसरी ओर से खामोशी-सी रही। मीरा ने हवलदार को किसी से फुसफुसाकर कहते हुए सुना- 'अब अर्नी उसके पीछे पड़ गया है।'

झुंझलाकर मीरा ने फोन पटक दिया। उसने डिल्लन की ओर देखा और बोली- 'पुलिस नहीं आ रही। लगता है, अर्नी ने उनसे मिलकर यह प्रोग्राम बनाया है।'

'मुझे पहले से ही ऐसी आशंका थी।' डिल्लन बोला- 'पुलिस हमारी मदद को नहीं आएगी-पर इस मुश्किल से निकलने के लिए मैं पुलिस की मदद का ख्वाहिशमंद भी नहीं हूं।'

इस बार दरवाजा जोर से थपथपाया जाने लगा।

डिल्लन ने सरगोशी की- 'पिछले दरवाजे से।'

किचन पार करके दोनों पीछे वाले रास्ते से बाहर निकल आए। थामसन संभाले डिल्लन आगे-आगे चल रहा था और मीरा उसके पीछे-पीछे। पिछली सीढ़ियां पार करके वे उस अंधेरे रास्ते में आ गए, जिसके अंत में दरवाजा था। मीरा को लग रहा था कि किसी भी क्षण वह दरवाजा एक झटके से खुल जाएगा और अर्नी के आदमी उसे दबोच लेंगे। उसके शरीर में कंपकंपी होने लगी।

दरवाजा खोलने से पहले डिल्लन ने बत्ती बुझा दी। उसने मीरा की बांह पर हाथ रखते हुए कहा- 'नीचे लेट जाओ।'

मीरा फर्श पर लेट गई। डिल्लन को ऊपर से दरवाजा तोड़े जाने की आवाजें आती सुनाई दे रही थीं। उसने धीरे-धीरे झुके-झुके ही दरवाजे को खोला। दरवाजा खुल गया। बाहर अंधकार था। कुछ भी दिखाई नहीं दे रहा था। दोनों ने एक-दूसरे के हाथ थाम लिए और धीरे-धीरे अंधेरे में आगे की ओर खिसकने लगे।

सहसा दो व्यक्ति उस रास्ते पर सामने की ओर दिखाई दिए, सड़क की रोशनी की पृष्ठभूमि में उनकी छाया साफ दिखाई दे रही थी। डिल्लन ने गोलियां चलाना आरंभ कर दिया। एक आदमी आगे को गिरा और ठंडा हो गया। दूसरा वहां से अंधेरे का लाभ उठाता भाग लिया और नजरों से ओझल हो गया।

डिल्लन गालियां बुदबुदाता हुआ नीचे की ओर गिरा और घुटनों के बल सरकता हुआ आगे की ओर बढ़ने लगा। तभी एक फायर की आवाज गूंजी और गोली डिल्लन के पास से होती हुई आगे गुजर गई। डिल्लन ने थामसन पर अपनी पकड़ मजबूत कर ली और थामसन को अर्धवृत्त में घुमाते हुए गोलियों की बौछार कर दी। फायरकर्ता गोली की रेंज में आ गया और वह सिर के बल पास वाली नाली में जा गिरा।

तभी एक बड़ी-सी बंद कार डिल्लन को दूसरी ओर सामने रुकती दिखाई दी। जैसे ही डिल्लन ने थामसन का रुख उस ओर करके बौछार करने

चाही, रॉक्सी ने चीखकर हाथ हिलाते हुए अपना नाम दोहराया।

डिल्लन ने तुरंत थामसन पर से हाथ हटा लिया।

फिर कार तेजी से उस स्थान पर आकर रुकी, जहां डिल्लन खड़ा था।

मीरा सहमी-सी डिल्लन के बिलकुल पीछे खड़ी थी। डिल्लन उठा। मीरा लपककर आगे बढ़ी और कार में बैठ गई। डिल्लन के बैठते ही, रॉक्सी ने कार आगे भगा दी। पीछे से गोलियों की एक तेज बौछार छूटी, किंतु वे लोग साफ बच गए। गोलियों से कार के पिछले शीशे में छेद हो गए।

अपने घुटनों में सिर दबाकर मीरा आगे को झुक गई।

'रॉक्सी, जरा जल्दी करो।' डिल्लन पीछे की ओर देखता हुआ बोला- 'कार को मोड़कर छोटी सड़क पर ले चलो। जल्दी करो।'

अगले मोड़ पर पहुंचकर रॉक्सी ने कार की गति थोड़ी धीमी की और व्हील तेजी से एक ओर घुमा दिया। गाड़ी फिसलती हुई पटरी के साथ रगड़ खाती दाईं ओर को मुड़ गई।

'हम सफल हो गए।' कार आगे निकल जाने के बाद रॉक्सी बोला- 'अब हम उनसे पीछा छुड़ा चुके हैं।'

डिल्लन के मुंह से संतोष भरी सांस निकल गई।

❖❖❖

कार तेजी से आगे बढ़ती जा रही थी।

आगे चलकर रॉक्सी ने कार की गति थोड़ी धीमी कर दी।

डिल्लन ने कहा- 'अब कार को रोक दो रॉक्सी। हमें पहले निश्चित कर लेना चाहिए कि हमने किधर जाना है।'

रॉक्सी ने कार सड़क के किनारे खड़ी कर दी। वह बोला- 'सबसे पहले तो हमने इस नामुराद शहर से बाहर निकलना है-उसके बाद विचार कर लेंगे।'

'थोड़ा रुको रॉक्सी-मुझे विचार करने दो।' कहकर डिल्लन ने थामसन अपने घुटनों पर से उठाकर नीचे रख दी, फिर सोचपूर्ण मुद्रा में बैठ गया। कुछ क्षण बाद उसने रॉक्सी से पूछा- 'अब तुम मुझे पहले यह बताओ कि यह सारा बखेड़ा हुआ कैसे?'

रॉक्सी, डिल्लन की नजरों की कठोरता से प्रभावित हुए बिना न रह सका। उसने स्वयं को संभाला और कहने लगा- 'वैसी ने हमें धोखा दिया। तुमने जिस प्रकार हर्स्ट को समाप्त कर दिया था, उससे लगता है, वह बेचैन

हो उठा था। शायद उसके मन में यही होगा कि तुम इस गिरोह को ज्यादा दिन तक नहीं संभाल सकोगे, इसीलिए वह अर्नी से जा मिला। मैक गोवन को जब यह पता लगा तो उसने सारी वस्तुस्थिति मुझसे कह सुनाई। मैं वैसी के पीछे लग गया और उसे जबान खोल देने को मजबूर कर दिया। उससे मुझे पता लगा कि अर्नी समय नष्ट करने में रुचि नहीं रखता है। उसने पुलिस को यह सूचना दे दी कि हर्स्ट का खून तुमने किया है और फिर तुम्हें समाप्त करने के लिए अपने गुंडे भेज दिए।'

'हुं... तो यह सारा किया-कराया उस हरामजादे वैसी का है।' डिल्लन ने घृणा से थूकते हुए कहा।

'हां, पर अब तुम्हें वैसी की चिंता करने की जरूरत नहीं पड़ेगी। मैंने उसका इंतजाम कर दिया है।'

'हमें यहां से निकल चलना चाहिए। कोई भी हमारी कार के शीशे टूटे देखकर पुलिस को सूचित कर सकता है।' मीरा ने आशंका व्यक्त की।

'तुम खामोश रहो।' डिल्लन ने उसे झिड़का। फिर रॉक्सी से पूछा- 'ये अर्नी इस वक्त होगा कहां?'

रॉक्सी की आंखें आश्चर्य से फैलने लगीं।

'कहीं तुम यह विचार तो नहीं कर रहे कि इस वक्त उसे तुम...।'

'तुमने ठीक समझा है।' डिल्लन दांत पीसते हुए दृढ़ स्वर में बोला। अचानक ही अर्नी के गुंडों द्वारा किए गए हमले से वह घबरा जरूर गया था-परंतु अब उसका आत्मविश्वास काफी कुछ लौट आया था।

'कोई भी हरामजादा मुझे इस तरह अपने धंधे से हटने के लिए मजबूर नहीं कर सकता। हमें अभी जाकर उसकी खबर लेनी होगी।'

'ओह... नहीं! डिल्लन, पागल मत बनो।' कार की पिछली सीट से मीरा ने घबराए हुए स्वर में कहा।

डिल्लन के दाएं हाथ का तेज प्रहार मीरा के चेहरे पर पड़ा। वह एक चीख के साथ पिछली सीट से जा टकराई- 'मैं तुझसे भी निपटूंगा कुतिया।' वह गुर्राया, फिर रॉक्सी से बोला- 'चलो, पहले लिटिल अर्नी से ही मिलते हैं।'

रॉक्सी ने क्षण-भर सोचा, फिर कार मोड़ ली।

कार वापस लौट चली। डिल्लन ने अपनी थामसन को ध्यानपूर्वक देखा, फिर बोला- 'मेरे विचार से इस काम के लिए यह थामसन उपयुक्त नहीं है।'

रॉक्सी ने सहमति जताई– 'हां, इसके साथ तुम अंदर दाखिल नहीं हो सकोगे।'

डिल्लन ने अपनी जेब से पिस्तौल निकाल ली और उसका निरीक्षण करने लगा। पीछे की सीट से मीरा की सिसकियां उभरती रहीं।

एक स्थान पर पहुंचने पर रॉक्सी ने कार धीमी की ओर डिल्लन से बोला– 'आगे बाईं ओर उसका स्थान हैं, मैं उसके सामने से कार निकालकर, तुम्हें संकेत से बताए देता हूं।'

कार धीरे-धीरे चलती रही। कार के अंदर अंधेरे में बैठा डिल्लन ध्यानपूर्वक देखता रहा। रॉक्सी ने हाथ के इशारे से संकेत दिया।

'वह देखो, उस बत्ती के साथ, वही जगह है।'

कार सामने से निकलने पर डिल्लन ने देखा। खिड़कियों में से रोशनी साफ दिखाई दे रही थी।

रॉक्सी ने कोई उत्तर नहीं दिया। वह भयभीत हो चुका था।

'ओ.के., कार रोक दो। मैं जाकर देखता हूं।' डिल्लन बोला।

रॉक्सी ने कार रोक दी और उसका इंजन बंद कर दिया। डिल्लन ने कार का दरवाजा खोला और बाहर निकल आया।

गली सुनसान पड़ी थी। रॉक्सी कार से नीचे उतरकर उसके नजदीक पहुंचा।

'तुम कार में ही बैठी रहो।' डिल्लन ने मीरा से कहा। ड्राइविंग सीट पर बैठ जाओ और हमारे लौटने की प्रतीक्षा करो। तुम्हें किसी भी क्षण हमारे लौटते ही तेजी से कार भगा ले चलने के लिए तैयार रहना चाहिए।'

मीरा पिछली सीट से उतरकर, ड्राइविंग व्हील पर आ बैठी। डिल्लन ने कार में सिर डाला ओर उसके कानों के पास फुसफुसाकर कड़े शब्दों में बोला– 'अपने आपको संभाले रखना बेबी! कार लेकर चंपत न हो जाना। यदि तुमने मुझे धोखा देने की कोशिश की तो फिर तुम्हें बहुत दुःखी होना पड़ेगा।'

'तुम घबराओ मत। मैं कार लेकर कहीं नहीं जाऊंगी। निश्चिंत रहो।' मीरा बोली।

'सुनो... मेरे विचार से हम अपना काम पूरा करके ही आएंगे। हो सकता है, इमारत के पीछे कोई फायर एस्केप हो। हम उसी रास्ते से लौटेंगे। क्यों ठीक है न?' उसने सिर घुमाकर रॉक्सी से कहा।

रॉक्सी ने सहमति जताई। वह बेहद डरा हुआ था।

दोनों इमारत के पीछे पहुंचे और अंधेरे में खड़े-खड़े घूरते रहे। अंधेरे में उन्हें फायर एस्केप ऊपर उठता दिखाई दिया।

'यदि मैं तुम्हें अपने हाथों पर लूं, तो तुम ऊपर पहुंच सकते हो।' डिल्लन रॉक्सी से बोला। रॉक्सी आगे बढ़ आया। वह अभी तक असमंजस में डूबा हुआ था।

'तुम वहां कुछ गड़बड़ी करने जा रहे हो?'

'तुम बिलकुल ठीक समझे।' डिल्लन ने उसे अपने हाथों की ओर इशारा किया। रॉक्सी ने अपने छोटे-छोटे पैर डिल्लन की चौड़ी हुई हथेलियों पर जमा दिए। डिल्लन ने उसे ऊपर उठा दिया। रॉक्सी ने फायर एस्केप का जंगला थाम लिया। उसने जंगले पर थोड़ा जोर लगाकर उसे नीचे खींचा। एस्केप बगैर कोई आवाज किए धीरे-धीरे नीचे लटक आया।

डिल्लन ने एक एस्केप पर अपने पैर जमा दिए। उसने धीरे-धीरे ऊपर चढ़ना आरंभ कर दिया। रॉक्सी उसके पीछे-पीछे बे-आवाज चलने लगा। जैसे ही कोई खिड़की फायर एस्केप के मोड़ पर पड़ती, डिल्लन सावधानी से उसमें अंदर की ओर झांककर देख लेता था।

तीन कमरों में अंधेरा था, लेकिन चौथी खिड़की प्रकाशित थी।

फायर एस्केप की अंतिम सीढ़ी पर पहुंचते ही, डिल्लन संभलकर पिस्तौल ताने धीरे-धीरे आगे की ओर बढ़ा। रॉक्सी एस्केप की अंतिम सीढ़ी पर खड़ा प्रतीक्षा करता रहा।

डिल्लन ने खिड़की में से झांककर देखा। कमरे में कई लोग थे। डिल्लन की नजरें एक शानदार कुर्सी पर बैठे व्यक्ति पर केंद्रित होकर रह गईं।

उसने हाथ के संकेत से रॉक्सी को अपने नजदीक बुलाया और पूछा-
'कुर्सी पर बैठा वह आदमी ही लिटिल अर्नी है ना?'

रॉक्सी ने झांका

'हां-बिलकुल वही है।'

डिल्लन कमरे के दृश्य को देखकर सोच में पड़ गया। यदि उसने इसी समय गोलियां चलाना आरंभ कर दिया, तो वापस नीचे चार-मंजिल तक उतरने से पहले ही उसका कीमा बनकर रह जाएगा। उसने पुनः कमरे में झांका।

औरतों में एक लंबी तथा सुनहरे बालों वाली महिला अर्नी से अधिक

महत्व दर्शाने की कोशिश कर रही थी। हाथ में स्कॉच का एक लंबा-सा भरा गिलास थामे वह अर्नी को रिझाने की कोशिश कर रही थी।

डिल्लन ने अंदाजा लगाया, वह शायद अर्नी को अपने जाल में लपेटने की कोशिश कर रही थी।

किसी ने ज्यूक बॉक्स ऑन कर दिया, इसलिए कमरे में संगीत की धीमी-धीमी आवाजें सुनाई पड़ने लगी थीं। वह औरत महिला की ताल पर अर्नी के सामने मटकने लगी थी। फिर डिल्लन ने देखा, लहराती, कूल्हे मटकाती उस औरत ने अर्नी को अपनी बांहों के घेरे में ले लिया।

डिल्लन अपना गाल सहलाता हुआ उठ खड़ा हुआ।

उसने महसूस किया कि लंबी औरत के लिटिल अर्नी पर छा जाने के कारण वह अब उसकी आंखों से ओझल हो चुका था।

कमरे के दूसरे लोग बड़ी दिलचस्पी से उन दोनों की प्रेमलीला को देख रहे थे। एक-दो औरतों के कहकहे भी कमरे में फूटने लगे थे।

डिल्लन को महसूस हुआ कि अर्नी अब शायद ज्यादा देर तक अपने पर नियंत्रण नहीं रख पाएगा। और कुछ देर बाद उसका यह विचार सही साबित हुआ।

अर्नी ने उस औरत का बाजू थामा और उसे साथ वाले कमरे में घसीट ले गया। फिर दरवाजा बंद हो गया।

'यह तो काम खराब हो गया।' डिल्लन बुदबुदाया- 'यह तो औरत को कमरे में घसीट ले गया। अब पता नहीं, यह कितनी देर में बाहर निकले।'

रॉक्सी ने कंधे उचकाए- 'वह औरत के साथ काम-क्रीड़ा करने कमरे में चला गया है। मेरे विचार से हम इस काम को फिर कभी के लिए छोड़ दें तो बेहतर है। इस वक्त मौका ठीक नहीं है।' रॉक्सी फुसफुसाया।

'चुप रहो।' डिल्लन गुर्राया- 'मैं आज अपना काम समाप्त करके ही रहूंगा-चाहे इसके लिए मुझे आज सारी रात ही इंतजार क्यों न करना पड़े।'

रॉक्सी खामोश हो गया। उसने नीचे गली में झांककर देखा, पर उसे कुछ दिखाई नहीं दिया। तभी डिल्लन ने उसे बांह से छूकर झिंझोड़ा। ऊपर वाली मंजिल की एक खिड़की से रोशनी फूट निकली थी।

'वे ऊपर वाले कमरे में चले गए हैं।' डिल्लन बोला- 'अब काम बन जाएगा।' और रॉक्सी के उत्तर की प्रतीक्षा किए बगैर वह अगली मंजिल की ओर बढ़ चला। उसने खिड़की से झांककर देखा। औरत पलंग पर बैठी, बड़े

खुशगवार मूड में गुनगुनाती हुई अपने कपड़े उतारने की कोशिश कर रही थी। लिटिल अर्नी कमरे में नहीं था। सामने दूसरे कमरे का दरवाजा आधा खुला हुआ था और उसमें से रोशनी आ रही थी। डिल्लन ने अंदाजा लगा लिया कि अर्नी अवश्य ही दूसरे कमरे में होगा।

औरत उठी और इठलाती हुई दूसरे कमरे में चली गई। कमरा खाली हो गया।

डिल्लन ने खिड़की के नीचे हाथ जमाकर उसका फ्रेंक ऊपर उठा लिया, खिड़की बगैर किसी आवाज के खुल गई।

तभी पिस्तौल हाथ में थामे रॉक्सी भी उसके पास पहुंच गया।

'तुम यहीं रुको रॉक्सी।' डिल्लन फुसफुसाया- 'मैं अंदर जा रहा हूं। कोई गड़बड़ी देखो तो फौरन फायर कर देना।'

उसने खिड़की पर एक पैर रखा और उछलकर अंदर कूद गया।

कुछ देर कमरे में खड़ा वह सुन-गुन लेने की कोशिश करता रहा।

उसे दूसरे कमरे से उन दोनों के धीमे-धीमे बतियाने की आवाजें सुनाई दे रही थीं। लिटिल अर्नी कम बोल रहा था, लेकिन औरत चहक रही थी। डिल्लन धीरे-धीरे दरवाजे के करीब पहुंचा और उसने अंदर झांककर देखा।

लिटिन अर्नी दरवाजे की ओर पीठ किए खड़ा था। उसने महरून कलर का गाउन पहन रखा था। सुनहरे बालों वाली वह औरत अपने लिबास से छुट्टी पा चुकी थी। उसका मुंह डिल्लन की दिशा में था।

डिल्लन ने धीरे-से दरवाजा खोला और पिस्तौल की नाल आगे किए हुए कमरे में दाखिल हो गया। औरत की निगाह जैसे ही डिल्लन पर पड़ी, उसके चेहरे का रंग बदल गया। वह सहम गई। उसका सारा नशा काफूर हो गया।

'तुम दोनों हिलोगे नहीं।' डिल्लन ने धीमे, मगर कठोर स्वर में उन्हें चेतावनी दी- 'अगर हिले तो तुम्हारी धज्जियां उड़ा दूंगा। मुझे डिल्लन कहते हैं।'

अर्नी जड़ हो गया। उसकी पलकें झपकनी बंद हो गईं।

औरत ने अपने हाथों से वक्षस्थल को ढक लिया और धीरे-धीरे सिसकने लगी। डिल्लन एक छोटा-सा घेरा काटकर औरत के पीछे पहुंच गया।

अब उसका मुंह ठीक अर्नी के सामने था। उसने दोनों को अपनी पिस्तौल के निशाने पर लिए रखा।

'क्यों... तुमने तो मेरे यहां पहुंच जाने की कल्पना तक नहीं की होगी। तुमने कभी सपने में भी नहीं सोचा होगा कि मैं तुम्हारी इतनी सुरक्षा व्यवस्था

को तोड़कर यहां तक भी पहुंच सकता हूं।'

लिटिल अर्नी ने अपने सूखे होंठों पर जुबान फिराई।

'मैं वही आदमी हूं, जिसे तुमने आज रात ठिकाने लगा देने का प्रोग्राम बनाया था। अब तुम मेरे साथ चल रहे हो।' कहकर उसने अपनी पिस्तौल हिलाई।

'पागल मत बनो डिल्लन। मैं और तुम दोनों मिलकर बहुत बड़े-बड़े काम कर सकते हैं।' अर्नी बोला, लेकिन उसकी आवाज में कोई दम नहीं था।

डिल्लन ने मुंह बिचका दिया।

'अब इन बातों के लिए बहुत देर हो चुकी मिस्टर अर्नी। वह कठोर स्वर में बोला- 'तुमने मुझे ठिकाने लगाने का इंतजाम करके स्वयं ही अपने लिए कांटे बो लिए हैं। मैं किसी धोखेबाज व्यक्ति से कोई संबंध नहीं रखा करता-समझे।' कहते-कहते उसने पिस्तौल की नाल उल्टी की और औरत के सिर पर दस्ते का प्रहार कर दिया।

औरत एक टूटी हुई गुड़िया की तरह नीचे जा गिरी और बेहोश हो गई। तुरंत ही डिल्लन ने पिस्तौल का रुख पलटकर अर्नी की ओर कर दिया।

'अब हिलोगे... मैं तुम्हें कुछ मजेदार सैर कराना चाहता हूं।'

अर्नी कुछ संकोच भरे भाव से बोला- 'तुम मुझे कपड़े दिलाने का समय दोगे। मैं कपड़े बदलना चाहता हूं।'

डिल्लन ने उसे क्रूर स्वर में डांटा- 'जल्दी करो।' खिड़की के रास्ते से बाहर निकलो। मैं तुम्हें किसी पिकनिक में ले जाने तो नहीं जा रहा।' कहते-कहते उसने पिस्तौल की नाल अर्नी की पीठ से सटा दी।

अर्नी खिड़की के पास पहुंचा। लेकिन वहां मौजूद पिस्तौल थामे रॉक्सी पर निगाह पड़ते ही सहमकर एक कदम पीछे हट गया। डिल्लन ने उसे पिस्तौल से टहोका लगाया।

'रुको नहीं-चलते रहो।'

रॉक्सी एक ओर हट गया। अर्नी सीढ़ियां उतरने लगा।

डिल्लन ने पिस्तौल जेब में रख ली और आगे झुककर अर्नी का टखना पकड़ लिया, फिर उसे जोरदार झटका दिया और छोड़ दिया। यह सब कुछ इतनी जल्दी हुआ कि रॉक्सी नहीं समझ पाया कि क्या हो गया है। एक सेकेंड पहले अर्नी वहां था और अब अर्नी वहां से गायब हो चुका था।

फिर एक लंबी भयभीत चीख नीचे से उसे सुनाई दी। अर्नी का जिस्म एक भारी धप्प की आवाज के साथ नीचे जा गिरा।

'जल्दी करो रॉक्सी!' डिल्लन ने उसकी बांहों को छूकर कहा- 'अब हमें यहां एक सेकेंड भी जाया नहीं करना चाहिए-जल्दी।'

दोनों तेजी से नीचे उतरे और अंधेरी गली में आ गए। डिल्लन ने अर्नी के शरीर की ओर देखा तक नहीं। दोनों तेजी से आगे भागते रहे।

मीरा कार स्टार्ट किए तैयार बैठी थी। जैसे ही दोनों हांफते हुए वहां पहुंचे, वह सतर्क हो गई। डिल्लन ने उससे कहा- 'तुम पीछे बैठो मीरा, कार रॉक्सी चलाएगा।'

दोनों कार में समा गए और रॉक्सी ड्राइविंग व्हील पर जा बैठा।

कार तेजी से आगे की ओर दौड़ चली।

'अर्नी का क्या हुआ?' मीरा ने पूछा।

'समाप्त हो गया।' डिल्लन ने जवाब दिया।

'अब कहां चला जाए?' डिल्लन ने रॉक्सी से पूछा- 'जाहिर है कि अपना अपार्टमेंट तो अब सुरक्षित नहीं रहा।'

रॉक्सी ने कहा- 'स्प्रिंग डेल में एक ऐसा आदमी है, जो हमें कुछ समय के लिए छुपा सकता है।'

'तुम उसे अच्छी तरह से जानते हो?' डिल्लन ने पूछा।

'हां।' रॉक्सी ने जवाब दिया और कार एक साइड को मोड़ ली।

'उधर हमारी खोज भी कोई नहीं करेगा-वह जगह बिलकुल सुरक्षित है।'

सहसा मीरा को एक विचार सूझा। वह तेज स्वर में बोल उठी- 'ओह रोको-गाड़ी रोको रॉक्सी।'

'तब तक पुल नजदीक आ चुका था और गाड़ी पुल पर से गुजर चुकी थी। वह पुल प्रदेश की सीमा को अलग करता था।

मीरा की चीख सुनकर रॉक्सी ने तत्काल ब्रेक लगा दिए। कार दीवार से टकराते-टकराते बची।

डिल्लन अपना संतुलन मुश्किल से कायम रख पाया।

उसने आतंकित हुए मीरा के चेहरे की ओर देखा।

'यह कार तुमने कहां से ली थी रॉक्सी?' मीरा ने पूछा।

'ओह... तो यह बात थी।' रॉक्सी ने डिल्लन की ओर देखते हुए कहा- 'मैं तो समझा था कि...।'

'यह कार तुमने कहां से ली थी?' इस बार मीरा ने तेज स्वर में पूछा। उसका चेहरा पीला पड़ चुका था।

'क्यों... यह पूछने की क्या जरूरत पड़ गई?' रॉक्सी बोला- 'जाहिर है कि मैंने इसे चुराया था।'

'मरवा दिया इस पागल ने।' मीरा, डिल्लन की ओर मुड़ी और बोली- 'देख रहे हो-हम प्रदेश की सीमा पार करके आए हैं।' बात डिल्लन की समझ में आ गई।

उसकी मुट्ठियां भिंच उठीं।

'तुमने हमें मरवा दिया हरामजादे।' वह गुर्राया- 'अब सी.बी.आई. वाले हमारे पीछे लग जाएंगे। क्या तुम्हें मालूम नहीं था कि एक चुराई हुई कार को प्रदेश की सीमा से बाहर ले जाना फेडरल अपराध है।'

रॉक्सी का चेहरा पीला पड़ गया। वह लड़खड़ाते स्वर में बोला- 'ओह... यह तो मुझे ध्यान नहीं रहा था। अब तो वे हर्स्ट की हत्या का इल्जाम भी हमारे सिर पर थोप देंगे। अब वे जरूर कहीं-न-कहीं हमें पकड़ लेंगे।'

'हम बर्बाद हो गए डिल्लन।' मीरा सिसकने लगी- 'सब कुछ पाकर भी हम लुट गए। अब जल्दी करो-हमें जल्दी से कहीं छिप जाना है।'

'चुप रहो।' डिल्लन ने डांटा- 'अभी कुछ नहीं बिगड़ा और तुम क्या लुट गईं। वह दौलत तुम्हारी कमाई हुई थी क्या?'

मीरा की सिसकियां फौरन बंद हो गईं। वह भयभीत हिरनी की तरह डिल्लन के चेहरे को देखने लगी।

डिल्लन ने कहना जारी रखा- 'तुम बहुत कुछ मेरे बारे में जानती हो। अगर हम स्ट्रान की गिरफ्त में आ गए, तो वह तुम्हें भी नहीं बख्शेगा। मेरा सहयोगी होने का आरोप तुम पर जड़ देगा और तुम भी उतनी ही अपराधी समझी जाओगी, जितना कि मैं।'

'अब इस किस्से को छोड़ो भी।' रॉक्सी बोला- 'हमें पहले अपने बचाव का इंतजाम करना चाहिए। सबसे पहले तो हमें इस कार से निजात हासिल करनी पड़ेगी, इसका टूटा हुआ पिछला शीशा, कहीं भी हमें एफ.बी.आई. की गिरफ्त में ला सकता है। थोड़ा आगे चलकर हम इस कार को छोड़ देंगे और पैदल ही चल पड़ेंगे।'

कुछ देर स्तब्धता व्याप्त रही। रॉक्सी ने कार आगे बढ़ा दी।

कुछ देर बाद डिल्लन ने धीमे स्वर में मीरा से पूछा- 'तुम्हारे पास कुछ नोट हैं क्या?'

'नोट...नोट मेरे पास कहां से आए। तुम्हें पता तो है कि हमें कितनी

जल्दी वहां से भागना पड़ा था। मुझे कुछ भी लाने का मौका ही कब मिल पाया था।' कहते-कहते उसने अपने पर्स को मजबूती से थाम लिया।

डिल्लन आगे झुका और उसने पर्स मीरा के हाथ से छीन लिया।

मीरा ने विरोध किया तो डिल्लन ने उसे जोरदार थप्पड़ मारकर पीछे हटा दिया।

'तुम्हारे पास नोट हैं ही नहीं, तो फिर यह पर्स मुझे दिखाने में क्यों डर रही हो?'

डिल्लन ने पर्स में से नोटों की गड्डी निकालकर अपनी जेब के हवाले की और पर्स मीरा की ओर उछाल दिया।

'ओह... ये मेरे पैसे हैं।' मीरा बोली- 'ये पैसे मुझे वापस कर दो।'

डिल्लन ने हिंसक दृष्टि से उसको घूरा। मीरा सहमकर चुप हो गई। कुछ और दूर जाने पर रॉक्सी ने कार की गति धीमी कर दी।

'स्प्रिंगडेल यहां से थोड़ी ही दूर है। हम यहां से पैदल ही चलेंगे।' वह बोला।

उसने कार सड़क से थोड़ा हटाकर एक ओर रोक दी। तीनों कार से उतरे। डिल्लन ने अपना कोट उतार लिया और थामसन उसमें लपेट ली। फिर तीनों पैदल ही आगे बढ़ने लगे।

पहला मोड़ काटते ही उन्हें रोशनियां दिखाई देने लगीं।

'हम जिस आदमी के पास जा रहे हैं, वह जरा लालची किस्म का है। तुम्हें उसको कुछ खिलाना-पिलाना पड़ेगा।' रॉक्सी बोला।

तीनों चलते रहे। मीरा दोनों के बीचोंबीच चल रही थी। अंधेरे में रेतीली सड़क पर आगे बढ़ते हुए उसे इस बात का ध्यान ही नहीं हो रहा था कि वह कहां जा रही है। उसका दिमाग सोचने में व्यस्त था। वह सोच रही थी-स्ट्रान जैसा आदमी डिल्लन को पकड़े बिना चैन से नहीं बैठेगा। उसे किसी-न-किसी तरह से डिल्लन से पीछा छुड़ाना ही होगा, नहीं तो उसके साथ-साथ मेरा भी बेड़ा गर्क हो जाएगा। लेकिन वह पीछा छुड़ाएगी कैसे? नोटों की गड्डी तो डिल्लन ने कब्जा ली है और बगैर पैसों के वह कैसे भाग पाएगी।

'लो आ पहुंचे।' सहसा रॉक्सी की आवाज सुनकर वह चौंक पड़ी।

तीनों ने उस ओर देखा।

सामने एक बिल्डिंग दिखाई दे रही थी।

रॉक्सी ने कहा- 'हम लोग पीछे की ओर से चलेंगे।'

सड़क से उतरकर तीनों पिछवाड़े की ओर बढ़ चले।

मीरा सोच रही थी-इन दो दरिंदों के बीच वह अकेली फंसकर रह गई है। अब न जाने उसका क्या होगा।

रॉक्सी ने दरवाजा थपथपाया। थोड़ी प्रतीक्षा के बाद दरवाजा खुला और एक दुबले-पतले से आदमी ने दरवाजे को थोड़ा खोलकर बाहर झांका। उसकी आंखों में संदेह के भाव थे।

'अरे... ये तो तुम हो जोये।' रॉक्सी ने अपने चेहरे पर मुस्कान लाते हुए कहा- 'तुमसे दुबारा मिलकर बहुत खुशी हुई। मेरे कुछ मित्र मेरे साथ हैं, क्या हम लोग अंदर आ सकते हैं?'

जोये के चेहरे पर से संदेह के बादल छंट गए- 'श्योर... व्हाई नॉट!' वह बोला और एक ओर को हट गया।

जोये के पीछे-पीछे तीनों अंदर एक कमरे में जा पहुंचे। रॉक्सी ने परिचय करवाया- 'ये जोये चेस्टर है, मेरा दोस्त है। इसी के बारे में मैंने तुम्हें बताया था।' उसने डिल्लन को बताया।

जोये ने अपनी खोपड़ी जैसे चेहरे पर मुस्कान पैदा करने की कोशिश की। फिर अपनी पतलून से हाथ रगड़कर उनकी ओर बढ़ाता हुआ बोला- 'तुम लोगों से मिलकर बहुत खुशी हुई।'

डिल्लन के संकेत पर रॉक्सी ने कहना शुरू किया।

'सुनो जोये-हम लोग कुछ दिन के लिए यहां आराम करना चाहते हैं, तुम्हें हमारे यहां टिकने में कोई एतराज तो नहीं होगा?'

'ठहरो!' जोये बोला- 'पहले मैं तुम तीनों के पीने के लिए इंतजाम करता हूं, उसके बाद हम इस सुझाव पर भली-भांति विचार कर सकेंगे।'

जोये ने चार व्हिस्की के पैग तैयार किए-तीन गिलास उन्हें थमा दिए और चौथा अपने हाथ में लेकर उसने पूछा- 'तुम लोग कितने दिन यहां टिकना चाहते हो?'

'कुछ दिन ही-ज्यादा-से-ज्यादा चार हफ्ते।' रॉक्सी बोला।

जोये ने व्हिस्की की चुस्की भरी और बोला- 'एक हजार डॉलर प्रति सप्ताह खर्च करना होगा।'

डिल्लन के चेहरे पर गुस्से के भाव पैदा हो गए। उसने कुछ कहने के लिए जुबान खोली ही थी कि रॉक्सी ने उसका हाथ दबाकर उसे रुकने का इशारा किया।

डिल्लन ने उसका हाथ झटक दिया।

'एक हजार डॉलर प्रति सप्ताह।' वह गुर्राया- 'तुम पागल तो नहीं हो गए हो। यह बदमाश तो मेरी खाल उतार लेने की कोशिश कर रहा है।'

जोये के चेहरे पर मुस्कान फैल गई- 'दस मिनट पहले रेडियो पर एनाउसमेंट हुई है कि पुलिस तुम तीनों को हर्स्ट की हत्या और कार चुराने के जुर्म में गिरफ्तार करना चाहती है।'

डिल्लन उठ खड़ा हुआ- 'तो क्या हुआ?'

'तुम्हारा मिजाज बहुत गर्म है।' जोये ने अपने गंदे हाथ मेज पर फैलाते हुए उसकी ओर देखते हुए कहा- 'मैं रॉक्सी को जानता हूं-मैं उसका दोस्त हूं, इसकी खातिर मैं यह रिस्क भी उठाने के लिए तैयार हूं, लेकिन इस काम के बदले कुछ नोट तो मिलने ही चाहिए।'

'तुम्हें नोट जरूर मिलेंगे।' डिल्लन बोला- 'पर हजार नहीं। तुम्हें केवल पांच सौ डॉलर मिलेंगे-समझे।'

जोये ने इनकार में सिर हिलाया- 'नहीं... इतने कम नोटों के लिए मैं इतनी बड़ा रिस्क उठाने को तैयार नहीं हूं।'

डिल्लन आगे को लपका और उसने जोये का कॉलर थाम लिया। फिर उसे झिंझोड़ते हुए बोला- 'चोर-कमीने! मेरा जो कुछ होगा वह तो बाद की बात है, पर मैं तेरा खून अभी कर दूंगा। मुझ पर हत्या का इल्जाम है। एक और हत्या कर देने से मुझ पर कोई अंतर नहीं पड़ेगा-समझे।'

जोये के औसान खत्म हो गए। वह घबरा गया।

घिघिया हुआ बोला- 'तुम जो कुछ दोगे, मुझे मंजूर है। पहाड़ियों में मेरा एक फार्म है। रॉक्सी को उस फार्म के बारे में मालूम है-वहां तुम लोगों की कोई खोज नहीं कर पाएगा। मेरी मां वहां रहती है, पर तुम लोगों की देखभाल कर लेगी।'

डिल्लन ने उसका कॉलर छोड़ दिया और रॉक्सी की ओर देखा।

रॉक्सी ने सहमति में सिर हिलाते हुए उत्तर दिया- 'यह ठीक कह रहा है-मैंने वह जगह देखी है, निस्संदेह वह हमारे छुपने के लिए बहुत उपयुक्त जगह है।'

'हमें एक कार की भी जरूरत है।' डिल्लन ने जोये को देखते हुए कहा।

'तुम मेरी कार ले सकते हो। मैं उसे तुम्हें बेच दूंगा। कार पुरानी बेशक है, पर चलती बहुत अच्छी है।' जोये ने उत्तर दिया।

डिल्लन ने अपनी पीठ पीछे की ओर घुमा ली, ताकि जोये उसके नोटों को न देख सके। उसने गड्डी से कुछ नोट बाहर खींचे और बाकी गड्डी अपनी जेब में डाल ली। फिर वह घूमा और जोये से बोला- 'मैं तुम्हें बारह सौ डॉलर दिए देता हूं। इसमें तुम्हारी कार की कीमत भी शामिल है और दो हफ्ते रुकने का किराया भी।'

जोये ने नोट लपक लिए। उसने नोटों को सावधानी से गिना। इतनी सारी धनराशि पाकर वह खुश हो उठा।

'कार मंगवाओ और थोड़ा खाने-पीने का सामान भी उसमें रखवा दो।' डिल्लन बोला- 'ये जो नोट मैंने तुम्हें दिए हैं न, इनमें उस खाने का खर्च भी शामिल है।'

'जरूर-जरूर-अभी लीजिए।' जोये बोला- 'आप लोगों की सहायता करके मुझे बड़ी खुशी होगी।'

जोये बाहर निकल गया, तो डिल्लन ने रॉक्सी को डांटा।

'यह तुम मुझे किस हरामजादे के पास ले आए हो। यह तो एक नंबर का लालची आदमी है।'

रॉक्सी खामोश रहा।

तीनों जोये के लौटने तक कुछ नहीं बोले।

'कार तैयार है।' जोये बोला- 'उसकी पेट्रोल की टंकी फुल भरी हुई है। जो सामान तुम कह रहे थे, मैंने उसमें रखवा दिया है।'

डिल्लन ने रॉक्सी से पूछा- 'तुम उस जगह को जानते हो?'

'हां।'

'तो फिर चलो-हम सारी रात तो यहीं नहीं खड़े रहेंगे।'

तीनों उठ खड़े हुए। जोये उन्हें दरवाजे तक छोड़ने आया। वह बोला- 'कुछ दिन बाद मैं तुम लोगों से मिलने आऊंगा और आकर बताऊंगा कि हालात कैसे हैं।'

रॉक्सी ने सिर हिलाकर सहमति जताई और कार की ड्राइविंग सीट पर बैठ गया। डिल्लन और मीरा पीछे बैठ गए। रॉक्सी ने एक्सीलेटर दबाया और कार तेजी से आगे बढ़ गई।

कुछ दूर जाने पर डिल्लन ने पूछा- 'फार्म काफी दूर है क्या?'

'ज्यादा दूर नहीं है, फिर भी तीन घंटे तो लग ही जाएंगे-रास्ता ठीक नहीं है न।'

इसके बाद वे खामोश हो गए। कार आगे बढ़ती रही।

मीरा ने सिर उठाया और अपने हाथ से डिल्लन की बांह का स्पर्श किया।

वह ऊंघने लगा था। अतः एकदम चौंकते हुए उसने पूछा- 'क्यों-क्या बात है?'

'सुनो।' मीरा धीरे-से बोली।

डिल्लन के कान खड़े हो गए।

उसने महसूस किया कि उनकी कार के इंजन के अतिरिक्त भी कोई अन्य आवाज सुनाई दे रही थी। उसने कार से सिर निकालकर पीछे की ओर देखा।

उसे दूर एक रोशनी लहराती दिखाई दी।

उसने फिर से सुनने की कोशिश की। इस बार उसे पुलिस सायरन की हल्की-सी आवाज भी सुनाई दे गई।

सहसा उसका दिमाग अत्यधिक सचेत हो उठा।

'हमारे पीछे कोई पुलिसमैन लग गया है।' उसने रॉक्सी को बताया।

रॉक्सी इतना चौंका कि कार पटरी पर चढ़ते-चढ़ते बची।

पीछे से हिलती झटके खाती रोशनी अब और भी नजदीक आती जा रही थी।

'कार की गति तेज करो रॉक्सी।' डिल्लन बोला- 'वह बहुत तेजी से आ रहा है।'

रॉक्सी ने एक्सीलेटर पर दबाव बढ़ा दिया। कार की गति तेज हो गई।

पर लगता था कि पीछा कर रहा पुलिसमैन भी सतर्क हो उठा था। उसकी मोटरसाइकिल के इंजन की आवाज भी बढ़ गई। वह और अधिक नजदीक आता गया।

डिल्लन ने कोट में लिपटी थामसन निकाल ली और उसकी बैरल की सहायता से कार के पिछले शीशे में छेद कर लिया। थामसन नीचे रखकर उसने पिस्तौल निकाल ली।

'ओह नो!' मीरा चीखी- 'अभी गोली मत चलाना।'

डिल्लन ने उसकी परवाह नहीं की। उसकी पिस्तौल ने लगातार दो बार गोलियां उगलीं, पर दोनों बार सड़क के उतार-चढ़ाव के कारण निशाना ठीक न लग सका। पुलिसमैन ने अपनी मोटरसाइकिल को झोंका खिलाकर

आगे बढ़ना जारी रखा। मोटरसाइकिल और कार का फासला प्रतिक्षण कम होने लगा।

डिल्लन ने पिस्तौल एक ओर रख दी और थामसन संभाल ली।

'मैं अभी इस पाजी को ठीक किए देता हूं।' वह जहर भरे स्वर में बोला- 'और थामसन की नाल कार के पिछले शीशे के छेद में डाल दी।

अभी वह निशाना लगा भी नहीं पाया था कि पुलिसमैन ने गोलियां चलाना शुरू कर दिया। उसने चार बार गोलियां चलाई और हर बार उसकी गोली कार के पिछले शीशे से टकराती रही।

तभी डिल्लन की थामसन गरज उठी। उसकी बंदूक से गोलियों की वर्षा होनी शुरू हो गई। आगे बढ़ती मोटरसाइकिल की लाइट गायब हो गई।

'मैंने उसे ठिकाने लगा दिया है।' डिल्लन ने कहा- 'तुम आगे बढ़ते रहो रॉक्सी।' उसने थामसन सीट के नीचे रख ली और बैठ गया। तभी उसका हाथ किसी गर्म और चिपचिपी चीज से छू गया। उसने फौरन हाथ खींच लिया।

'खून!' तुरंत उसके जेहन में विचार उभरा।

उसने अपने जिस्म पर हाथ फिराकर देखा। उसे महसूस हुआ कि उसे कहीं भी कोई चोट नहीं आई है, फिर तुरंत उसे मीरा का ख्याल आया और उसने अंधेरे में देखा।

मीरा सीट के एक कोने में सिकुड़ी पड़ी थी।

'क्या बात है मीरा? चोट लग गई है क्या?' उसने मीरा को हिलाया।

सहसा मीरा को जोरदार खांसी उठ आई।

'कार रोको रॉक्सी।' डिल्लन बोला- 'इसे गोली लग गई है।'

'कोई पीछे से आ तो नहीं रहा?' रॉक्सी ने पूछा।

'नहीं, तुम फौरन कार रोको।'

रॉक्सी ने कार एक साइड में करके खड़ी कर दी और अंदर की लाइट जला दी। दोनों ने मीरा की ओर देखा। वह सीठ के एक कोने में गठरी बनी पड़ी थी। अपने एक हाथ में उसने छाती के दाई ओर का हिस्सा दबाया हुआ था और उसकी उंगलियों से खून की धारा फूट रही थी।

रॉक्सी ने नीचे झुककर उसे ध्यान से देखा और बोला- 'इसकी तो बहुत बुरी हालत है-इसके लिए डॉक्टर का लाना बहुत जरूरी है।'

'लगता तो ऐसा ही है।' डिल्लन बोला- 'हमें डॉक्टर को बुलाना ही

होगा। तुम ऐसा करो रॉक्सी, शहर जाकर किसी डॉक्टर को ले आओ। तब तक मैं इसके पास रुकता हूं।' कहकर उसने मीरा को कार से उतारकर सड़क के एक ओर लिटा दिया।

रॉक्सी असमंजस में पड़ गया। उसने कुछ कहना चाहा, किंतु डिल्लन की आंखों के भाव देखकर सहम गया।

'ओ.के.... मैं चलता हूं।' वह भारी आवाज में बोला और कार में जा बैठा।

मीरा को जैसे होश-सा आ गया। उसने सिर उठाया और धीमी आवाज उसके गले से निकली- 'रॉक्सी, तुम कहां जा रहे हो?'

'मैं डॉक्टर को लेने जा रहा हूं। तुम्हें गोली लगी है मीरा-हौसला रखो, तुम ठीक हो जाओगी।'

सहसा मीरा भयभीत हो उठी- 'रॉक्सी... मुझे इसके साथ छोड़कर मत जाओ-प्लीज रॉक्सी।'

'हौसला रखो मीरा।' रॉक्सी बोला ओर कार आगे बढ़ा ले गया।

डिल्लन मीरा के ऊपर झुका और बोला- 'तुम ठीक हो जाओगी बेबी।'

मीरा थोड़ा और पीछे सरक गई।

'प्लीज डिल्लन... मुझे एक मौका और दो... मैं जानती हूं तुम क्या करने वाले हो प्लीज... ओह! मुझ पर रहम करो।'

'तुम्हें क्या हो गया है मीरा... तुम किस बात का मौका चाहती हो?'

मीरा हांफने लगी थी- 'तुम मुझे मारोगे तो नहीं?'

डिल्लन ने अभिनय छोड़ दिया। एकाएक वह हिंसक हो उठा। गुर्राते हुए बोला- 'मैं तुम्हें एक मौका और दूं ताकि तुम मुझे भी समाप्त कर डालो-क्यों? तुमने फ्रैंक्विस्ट को कौन-सा मौका दिया था। याद करो, तुमने उसका चेहरा किस बुरी तरह से जला डाला था। और तुम... चोर कहीं की. .. मेरे सारे नोट ले आई और मुझे बताया तक नहीं। तुम तो मौका लगते ही किनारा कर जाने वाली थीं न।'

'रहम-रहम-।' मीरा चीखी।

'किस बात का रहम!' डिल्लन क्रूर हंसी हंसा- 'तुम पर रहम करके क्या मैंने अपने गले में फांसी का फंदा डलवाना है। तुम मेरी बहुत-सी राज की बातें जानती हो। पुलिस का वायदा माफ गवाह बनकर तुम मुझे फांसी के फंदे तक पहुंचा सकती हो।'

'ओह... मेरा दम निकला जा रहा है।' मीरा कठिनाई से बोल पा रही थी- 'मुझे और कष्ट मत दो प्लीज!' उसने अपना खून भरा हाथ आगे बढ़ाया।

'जरूर-जरूर... मैं तुम्हें अभी सारे गमों से निजात दिलाए देता हूं।' कहकर डिल्लन ने दांत पीसे।

सहसा उसका पिस्तौल वाला हाथ ऊपर उठा और उसने पिस्तौल का दस्ता मीरा के सिर पर दे मारा।

मीरा के मुंह से एक जोरदार चीख निकली और वह बेहोश हो गई। कुछ देर बाद ही उसने दम तोड़ दिया।

डिल्लन उठा और उससे कुछ ही फासले पर खड़ी कार की ओर बढ़ गया। बादलों से बाहर आकर चंद्रमा की चांदनी फैलने लगी थी। उसने घर पर बैठे रॉक्सी की ओर देखा, जो किसी सोच में डूबा हुआ था।

जैसे ही उसने डिल्लन के कदमों की आहटें सुनीं, वह हड़बड़ाकर उठ बैठा और चौंककर उसकी ओर देखने लगा।

❖❖❖

जोये चेस्टर का फार्म हाउस एक पहाड़ी के दामन में स्थित था। वह मुख्य सड़क से कई मील दूर हटकर था और वहां से उसे देखे जा सकने की संभावनाएं लगभग न के बराबर थीं।

कार के इंजन की आवाज सुनकर जोये की मां-मांचेस्टर फार्म की ऊंची जगह पर खड़ी हो गई और उस दिशा में देखने लगी। वह एक बदसूरत सी कमीनी दिखने वाली औरत थी।

रॉक्सी और डिल्लन फार्म हाउस पर पहुंचे। रॉक्सी मांचेस्टर को पहले से ही जानता था, इसलिए उन्हें अपना परिचय देने की जरूरत महसूस नहीं हुई।

सूर्योदय का समय था। सारी रात डिल्लन और रॉक्सी ने जंगल में ही व्यतीत की थी। उन्होंने रात के समय फार्म हाउस पर रहना मुनासिब नहीं समझा था। दोनों परेशानी और थकावट महसूस कर रहे थे। साथ ही पुलिस का डर भी उन्हें व्याकुल किए दे रहा था। डिल्लन हर आहट पर चौंक-चौंक उठता था।

मांचेस्टर पहले से ही अपने बेटे से फोन पर बात कर चुकी थी। अतः कहने-सुनने को और कुछ बाकी नहीं बचा था।

'मेरे विचार में तुम दोनों अपना कमरा देखना चाहोगे।' मांचेस्टर बोली।

'जरूर।'

दोनों फार्म हाउस में दाखिल हुए। चारों ओर बेइंतिहा गंदगी फैली हुई थी। धूल और बदबू से डिल्लन नाक सिकोड़कर रह गया।

मुख्य कमरा खाली और गंदा था। एक बूढ़ा आदमी, जो मांचेस्टर की आयु के ही लगभग था, अंगीठी के पास बैठा कांप रहा था। उसका सिर गंजा था और दाढ़ी बढ़ी हुई थी। उन दोनों के आगमन पर न तो वह चौंका और न ही अपना सिर उठाया।

मांचेस्टर उन्हें अंतिम कमरे में ले आई। कमरा खुलते ही बदबू के मारे दोनों ने नाक सिकोड़ ली।

'तुम लोग बैठो-मैं तुम्हारे लिए नाश्ता लेकर आती हूं।' मांचेस्टर कमरे से बाहर निकल गई।

डिल्लन ने पीछे से आवाज लगाई- 'जरा जल्दी लाना और ढेर सारा लाना-हमें बहुत जोर से भूख लगी है।'

डिल्लन ने क्रोध भरी दृष्टि से रॉक्सी की ओर देखा।

'लानत है, तुम तो कहते थे कि यहां हर चीज का आराम है। इसी कसाईखाने के एक हजार डॉलर दिए गए हैं।'

'लेकिन यह जगह सुरक्षित भी तो है।' रॉक्सी ने तर्क दिया। फिर बोला- 'मेरे विचार से उन हजार डॉलरों में से जोये ने इस बुढ़िया को कुछ नहीं देना है। वह सब कुछ अपने पास ही रख लेगा।'

डिल्लन खिड़की के पास पहुंचा और बाहर की ओर देखने लगा।

रॉक्सी का दिल घबराने लगा। उसे रात की एक-एक घटना याद आने लगी।

मीरा की तड़पड़ाहट-उसको छोड़कर न जाने की प्रार्थना-डिल्लन का हिंसक बर्ताव-सब कुछ एक-एक करके उसकी आंखों के सामने मूर्तिमान होने लगा। उसे याद आया कि किस प्रकार मीरा के मृत शरीर को बजरी के ढेर में दफन कर दिया था। डिल्लन और स्वयं उसने भी उसके जिस्म को बजरी से ढक दिया था।

रॉक्सी किसी अप्रिय आशंका से कांप उठा। हो सकता है कि उसकी लाश कई सप्ताहों तक किसी को न मिल सके और यह भी हो सकता है कि कल ही उसकी लाश पुलिस द्वारा बरामद कर ली जाए।

पुलिस...। पुलिस का विचार आते ही उसके जिस्म से झुरझुरी छूटने लगी।

डिल्लन ने शायद उसके विचार भांप लिए थे। अतः उसे डांटते हुए बोला- 'जो कुछ हो चुका, उसे भूल जाओ रॉक्सी। वह कोई अच्छी लड़की नहीं थी, जितकी मौत पर पश्चाताप किया जा सके। फिर और कोई चारा भी तो नहीं था हमारे पास। यदि हम उसे उसी अवस्था में छोड़ देते और वह पुलिस के हत्थे चढ़ जाती, तो उसने सब कुछ उगल देना था।'

रॉक्सी ने दीर्घ निःश्वास भरी।

'हां... अब उसे भूल जाना ही बेहतर है।'

तभी मांचेस्टर वहां पहुंची और बोली- 'तुम लोगों का खाना तैयार है। खा लो।'

दोनों व्यक्ति दूसरे कमरे में चले आए। वहां मेज पर एक गंदा-सा अखबार बिछा हुआ था और मेज पर बूढ़ा चेस्टर पहले से ही बैठा हुआ खाना खा रहा था। दोनों हिचके।'

मांचेस्टर बोली- 'इसकी परवाह मत करो। यह जरा कम सुनता है।'

डिल्लन और रॉक्सी कुर्सियों पर जा बैठे। उन्होंने खाना शुरू कर दिया। खाना इतना बदजायका था कि डिल्लन बार-बार नाक-भौंह सिकोड़ने लगा, किंतु रॉक्सी चुपचाप खाने में लग गया।

तभी दरवाजा खुला और एक लड़की अंदर दाखिल हुई।

दोनों ने अपने हाथ रोक दिए और आश्चर्य से उसकी ओर देखने लगे।

वह एक बड़े आकार की लड़की थी। उसके रेशमी बाल कंधों पर झूल रहे थे, उसका लिबास सूती था और साथ ही गंदा भी। लिबास इतना गंदा था कि वह मुश्किल से उसके भरपूर जिस्म को ढक पा रहा था। लड़की के चेहरे के नक्श सुंदर थे, किंतु उसकी आंखें कुछ असामान्य थीं। उसकी आंखें किसी बच्चे जैसी थीं। लड़की ने भयभीत दृष्टि से उन दोनों की ओर देखा।

मांचेस्टर बोली- 'क्रिसी, बैठ जाओ। ये दोनों बहुत सज्जन व्यक्ति हैं। ये तुम्हें कोई कष्ट नहीं देंगे।'

लड़की डरती-डरती उनके समीप बैठ गई। धीरे-धीरे सामान्य होते हुए उसने पूछा- 'बाहर खड़ी वह बड़ी-सी कार तुम्हारी ही है न?'

'हां।' रॉक्सी ने उत्तर दिया।

उसके चेहरे पर मुस्कान खिल उठी। उसने रोटी का बड़ा-सा टुकड़ा उठाकर मुंह में रख लिया और उसे चबाती हुई बोली- 'हमारे पास कार नहीं है। क्या तुम मुझे अपनी कार में सैर करवा दोगे?'

'क्रिसी! खाना खाओ, इन लोगों को तंग मत करो।' मां ने उसे डांटा।

क्रिसी ने बुरा-सा मुंह बनाया और खाना खाने लगी। मांचेस्टर दूध का एक गिलास भरकर उसके लिए लाई थी। क्रिसी दूध पीने लगी।

डिल्लन ने देखा कि दूध उसकी ठोड़ी पर से नीचे गिरता हुआ उसके गंदे कपड़ों को भिगो रहा था। तभी उसने यह भी नोट किया कि क्रिसी में से कुछ इस प्रकार की गंध आ रही थी, जैसे दूध पीते छोटे बच्चों के कपड़ों से आती है-ऐसे बच्चों के कपड़ों से जिनकी देखभाल ढंग से नहीं की जाती। उसे मतली-सी होने लगी। उसने अपनी प्लेट एक ओर खिसका दी और उठ खड़ा हुआ।

'क्यों... खाना मजेदार नहीं है क्या?' मांचेस्टर ने पूछा और साथ ही कॉफी का एक मग उसकी ओर बढ़ा दिया- 'लो कॉफी पियो।'

फिर वह किचन की ओर चली गई।

क्रिसी ने हाथ बढ़ाकर डिल्लन वाली प्लेट भी उठा ली और देखते-ही-देखते वह उस प्लेट को भी साफ कर गई।

रॉक्सी ने क्रिसी से पूछ लिया- 'तुम्हें ज्यादा भूख लगी लगती है? है न यही बात?'

क्रिसी ने गर्दन हिलाकर सहमति जताई, फिर रॉक्सी से पूछा- 'तुम मुझे कार में सैर तो करवाओगे न?'

'हां-हां, जरूर।' रॉक्सी ने सिर हिलाकर उत्तर दिया।

सहसा क्रिसी के चेहरे पर अजीब-से भाव पैदा हो गए और उसके मुंह से हुंकार-सी निकलने लगी। साथ ही उसके मुंह से लार भी टपकने लगी। मांचेस्टर झपटकर उसके पास पहुंची और उसकी खोपड़ी को जोर-जोर से थपथपाने लगी। किसी बच्ची की भांति अपनी मां की छातियों से चिपटकर क्रिसी हुंकार-सी भरती रही। कुछ देर ऐसी ही स्थिति रही, फिर क्रिसी शांति हो गई।

रॉक्सी ने गौर से लड़की की ओर देखा। क्रिसी के चेहरे पर अब हिस्टीरिया के लक्षणों का नामोनिशान तक नहीं था।

'अट्ठारह वर्ष की हो गई है, पर लगता है कि अब भी दूध पीती बच्ची ही हो।' मांचेस्टर खिसियाने-से स्वर में बोली।

डिल्लन, जो पहले से ही इस सबसे बेजार हो रहा था, अब और बर्दाश्त न कर सका। वह बुदबुदाता हुआ बाहर निकल कर कार के पास चला

आया। उसने कार में झांका तो देखा कि कार की पिछली सीट मीरा के सूखे खून से गंदी हुई पड़ी थी। उसने सीट के नीचे से एक कपड़ा निकाला और पास के कुएं से बाल्टी भरकर सीट धोने में लग गया। सीट साफ करके वह बाल्टी धोने में लग गया। जैसे ही वह बाल्टी का गंदा पानी फेंकने को हुआ, तभी रॉक्सी वहां आ पहुंचा।

'यदि मैं कुछ दिन और इस जगह रुक गया तो यकीनन पागल हो जाऊंगा।' डिल्लन बोला– 'उस पाजी के बच्चे ने मुझे किसी नरक में फंसा दिया। इस बार अगर वह मुझे दिखाई दे गया तो मैं उसकी हत्या ही कर डालूंगा।'

रॉक्सी कार के हुड पर बैठ गया। उसने एक सिगरेट सुलगा ली और उसका कश भरते हुए बोला– 'लेकिन यह भी तो सोचो–यहां हम लोग सुरक्षित भी तो हैं।'

'क्या खाक सुरक्षित हैं।' डिल्लन उखड़ गया– 'वह छोकरी तो मेरा दिमाग ही झिंझोड़कर रख देती है।'

'वह बेचारी तो रहम के काबिल है। तुम्हें पता है, उसका दिमागी संतुलन ठीक नहीं है। वह तो निरी बच्ची है। तुम उसे इसी नजर से देखोगे तो वह तुम्हें कोई कष्ट नहीं देगी।' रॉक्सी ने सलाह दी।

उन दोनों में ये बातें चल ही रही थीं कि क्रिसी वहां आ पहुंची।

पिछली सीट को गीली देखकर वह डिल्लन से बोली– 'तुमने सीट को क्यों गीला कर दिया है?'

'ओह–तौबा मेरी।' डिल्लन ने थूका– 'यह शैतान की खाला तो यहां भी आ पहुंची। अब तुम्हीं इसे संभालो रॉक्सी।' और वह पैर पटकता हुआ वहां से चला गया।

क्रिसी ने रॉक्सी से कहा– 'यह आदमी मुझे बिलकुल अच्छा नहीं लगता है। न जाने अपने आपको क्या समझता है।'

'नहीं–नहीं, वह आदमी बिलकुल ठीक है।' रॉक्सी ने उसे समझाया।

'पर तुम्हें नहीं मालूम, वह थोड़ा–सा चिंतित है, इसीलिए चिड़चिड़ा हो गया है।'

'तुम मुझे कार में घुमाने ले चलोगे न मिस्टर?' क्रिसी ने फिर से अपनी रट दोहराई।

'अभी नहीं, पर कल मैं तुम्हें कार में घुमा लाऊंगा। वैसे तुम दिन–भर क्या करती रहती हो क्रिसी?' रॉक्सी ने पूछा।

क्रिसी ने कार की ओर ललचाई नजरों से देखा, फिर बोली- 'मैं तो कुछ भी नहीं करती... बस सारे दिन खेलती रहती हूं। खेलना मुझे बहुत अच्छा लगता है।'

रॉक्सी को उस पर दया आने लगी- 'बेचारी लड़की, इतनी बड़ी हो जाने के बावजूद भी इसका मस्तिष्क किसी बच्चे से ज्यादा विकसित नहीं हो पाया। कितनी सुंदर, स्वस्थ तथा भोली है, किंतु बातें...।' उसके मन में रॉक्सी के प्रति उत्सुकता जागने लगी।

'सुनो क्रिसी...तुम मेरे साथ खेलना पसंद करोगी?' उसने पूछा।

क्रिसी के चेहरे पर उलझन भरे भाव पैदा हुए, जैसे वह सोच रही हो कि 'हां- कर दे या 'ना' कर दे-फिर उसने सहमति में सिर हिला दिया।

डिल्लन, जो कार के दूसरी ओर खड़ा क्रिसी की ओर देख रहा था, बोल उठा- 'इसे नदी तट पर ले जाओ रॉक्सी और तैरना सिखाओ। देखने में इतनी बुरी भी नहीं है। तुम इसे और भी कुछ सिखा देना।' कहकर उसने अपनी आंख दबा दी।

रॉक्सी का चेहरा लाल हो उठा।

'तुम्हें उसके लिए इस ढंग से नहीं सोचना चाहिए डिल्लन।' उसने बुरा मानते हुए कहा- 'यह बेचारी तो पहले से ही किस्मत की मारी हुई है। देख नहीं रहे हो-इसका मस्तिष्क किसी बच्चे जैसा है। आइंदा से इसके प्रति ऐसे विचार मन में नहीं लाना।'

'ओह लानत है।' डिल्लन बोला- 'मैंने तो तुम्हें नेक सलाह दी थी और तुम बुरा मान गए।'

'बुरा मानने की बात ही है।' रॉक्सी बोला और क्रिसी का हाथ थामे उसे नदी की ओर ले चला।

डिल्लन ने उन्हें जंगल की ओर जाते और दूर पेड़ों के नीचे गायब होते देखा।

फार्म हाउस पर अपने दो दिनों के प्रवास के दौरान डिल्लन बुरी तरह से बोरियत महसूस कर रहा था। जंगल में जाने से वह घबराता था, क्योंकि उसे डर था कि हो सकता है कि एफ.बी.आई. वाले जंगल में छुपे हों। बूढ़े चेस्टर की ओर बैठे देखते रहने से भी उसे घृणा थी, और मांचेस्टर द्वारा अपने बेटे के गुणगान सुनने भी उसे अच्छे नहीं लगते थे।'

लेकिन रॉक्सी खुश था। उसने अपना ध्यान दूसरी ओर लगा लिया था और फार्म के कामों में रुचि लेनी शुरू कर दी थी। क्रिसी तो उससे इतनी

घुल-मिल गई थी कि वह हर समय किसी पालतू कुत्ते की तरह उसके इर्द-गिर्द मंडराती रहती थी। शुरू-शुरू में उससे क्रिसी को जो डर व झिझक महसूस होती थी, अब वह उसे अपने मन से निकाल चुकी थी और उसने रॉक्सी के साथ-साथ फार्म के कामों में दिलचस्पी लेनी शुरू कर दी।

अजीब थी क्रिसी भी। रॉक्सी को आश्चर्य होता था कि जिन भारी-भारी लकड़ी के टुकड़ों या बोरियों को हिला पाना भी उसके बस का नहीं होता था, उन्हें क्रिसी बड़ी आसानी से उठाकर फेंक देती थी। रॉक्सी की देखरेख में अब उसने दिल लगाकर फार्म का काम करना शुरू कर दिया। जब वे दोनों थक जाते या बोर हो जाते तो रॉक्सी उसे घुमाने ले जाता था।

डिल्लन को इस काम में कोई दिलचस्पी नहीं थी। वह सारे कामों को घृणा की नजरों से देखता था। जब कभी भी वह एकांत में रॉक्सी से मिलता, तब क्रिसी का जिक्र तक भी नहीं करता था। क्रिसी ठीक आठ बजे सो जाती थी और डिल्लन तथा रॉक्सी दोनों देर तक बैठे ताश खेलते रहते थे।

रविवार का दिन था और आज जोये चेस्टर ने फार्म पर आना था। डिल्लन व्याकुलता से उसके आगमन की प्रतीक्षा कर रहा था। पहाड़ियों से घिरे उस फार्म हाउस में वह एक प्रकार से कैद होकर रह गया था। बाहर के हालात का उसे कुछ भी पता नहीं था, क्योंकि फार्म हाउस में न तो कोई रेडियो था और न ही समाचार-पत्र मंगाने का कोई साधन था। आज जोये आ रहा था और उसी से नए ताजा हालात की खबरें मिलनी थीं, इसलिए डिल्लन की उत्सकुता चरम सीमा पर पहुंच चुकी थी।

रॉक्सी भी हालात जानने को व्याकुल था, उसका भी आज किसी काम में दिल नहीं लग रहा था, इसलिए दोनों की निगाहें धूल भरी उस सड़क की ओर टिकी हुई थीं, जिधर से जोये चेस्टर ने आना था।

जोये दस बजे के बाद वहां पहुंचा। वह एक नई कार में आया था और बहुत खुश दिखाई पड़ रहा था। सबसे पहले क्रिसी ने उसे आते देखा और वह उसकी ओर दौड़ गई। उसने कार रुकवाई और उसमें पिछली सीट पर बैठकर मचलने लगीं।

डिल्लन और रॉक्सी उसकी ओर देखते रहे।

डिल्लन रॉक्सी से धीमे स्वर में बोला- 'हमें जोये से एकांत में बातें करनी होंगी।'

रॉक्सी ने सहमति जताई और बोला- 'बिलकुल, बूढ़े चेस्टर दंपत्ति या क्रिसी की उपस्थिति में उससे कोई प्रश्न मत पूछना।'

जोये से एकांत में मिल पाने का मौका मिलने में उन्हें काफी वक्त लग गया।

जोये बहुत देर अपनी मां, क्रिसी और बूढ़े बाप से बातें करता रहा। क्रिसी तो उसे छोड़े ही नहीं पा रही थी। अंत में जब वह उनसे निपटकर बाहर आया, तो तीनों जंगल की ओर टहलते हुए निकल गए और कुछ दूर जाकर घास पर बैठ गए।

'हां तो अब बताओ। वहां क्या कुछ हो रहा है?' डिल्लन ने पूछा।

जोये की आंखों में चिंता भरे भाव पैदा हो गए। वह बोला- 'हालात कुछ अच्छे नहीं हैं दोस्त! एफ.बी.आई. वाले बड़े जोर-शोर से तलाश जारी रखे हुए हैं।'

'क्या मतलब?' डिल्लन के चेहरे पर दहशत के भाव पैदा होने लगे। 'तुम अखबार लाए हो?'

जोये ने इनकार में सिर हिलाया। फिर खेद भरी आवाज में बोला- 'मुझे अफसोस है, मैं अखबार नहीं ला सका। दरअसल, मुझे अखबार लाने का ध्यान ही नहीं रहा था।'

'ओह! तुम भी अजीब आदमी हो। शहर से आ रहे हो और अखबार तक लेकर नहीं आए।'

रॉक्सी को भी बात अखरी- 'यह सब क्या है जोये! तुम्हें कम-से-कम अखबार तो लेकर आना ही चाहिए था। तुम्हें मालूम है, हम यहां एकांत में पड़े हालात को जानने के लिए कितनी उत्सुकता से मरे जा रहे हैं।'

'मुझे अफसोस है।' जोये ने फिर खेद व्यक्त किया- 'यदि मुझे मालूम होता कि अखबारों में तुम लोगों की इतनी दिलचस्पी है, तो मैं हर सूरत में इस बात को याद रखता।'

डिल्लन फूट पड़ने को हुआ, किंतु हालात की मजबूरी से जब्त कर गया। उसकी मुट्ठियां बार-बार खुल और बंद हो रही थीं। उसका जी चाह रहा था कि वह जोये के चेहरे पर एक ऐसा जोरदार मुक्का दे मारे कि इस बेवकूफ को दिन में भी तारे नजर आ जाएं।

'सुनो।' अंत में वह बोला- 'हमें यहां एक रेडियो चाहिए, जिससे कि हमें यह पता लगता रहे कि उस ओर क्या हो रहा है, समझे।'

जोये ने सिर हिलाया और बोला- 'अबकी बार आऊंगा तो जरूर लेता आऊंगा।'

'अबकी बार नहीं।' डिल्लन ने उसे घुड़का- 'अबकी बार तो पता नहीं तुम कब लौटो, हमें रेडियो आज ही चाहिए, तुम शहर वापस जाकर हमारे लिए रेडियो लेकर आओगे, समझ गए।'

रॉक्सी ने बात बदली- 'हां तो जोये बताओ-उधर क्या कुछ हो रहा है।'

जोये फिर चिंतित हो उठा।

'एफ.बी.आई. वाले मुझसे पूछताछ करने आए थे।' उसने बताया- 'उन्हें तुम्हारी कार मेरे मकान से थोड़े फासले पर खड़ी मिल गई थी, अब वे सब लोगों से पूछते फिर रहे हैं।'

डिल्लन ने व्यग्रता से पूछा- 'क्या उन्हें पता है कि तुम्हारा यहां कोई फार्म हाउस है?'

जोये ने इनकार में सिर हिलाया- 'नहीं, मेरे विचार में अभी उन्हें यह मालूम नहीं हुआ है। लेकिन यदि पता चल गया तो वे लोग यहां तक जरूर पहुंचेंगे, फिर यह बात मेरे तथा मेरे परिवार वालों के लिए अच्छी नहीं रहेगी। ऐसी स्थिति में...।'

'ऐसी स्थिति में क्या?' रॉक्सी ने पूछा।

'सुनो... ऐसी स्थिति में वे मेरा मुंह खोलने के लिए मुझे मजबूर भी कर सकते हैं। मैं वैसे ही परेशान हूं। मेरी किस्मत ने साथ नहीं दिया, तुम्हारे द्वारा दी गई सारी रकम मैं जुए में हार गया हूं।'

'तुम जुआ खेले तो इसमें दूसरों का क्या कसूर है?' डिल्लन ने क्रोध से कहा।

'नहीं, तुम्हारा कोई कसूर नहीं।' जोये जल्दी से बोला- 'मैं तो अपनी बदकिस्मती की बात बता रहा था।' फिर उसने बात बदलने के उद्देश्य से रॉक्सी से पूछा- 'तुम सुनाओ, तुम तो शायद बोरियत महसूस नहीं कर रहे हो यहां। मां ने मुझे बताया था कि तुम बड़ी दिलचस्पी से फार्म के काम में उनका हाथ बंटा रहे हो। अभी-अभी तुमने पुरानी बाड़ को बड़े कारगर तरीके से दुबारा बांध दिया है।'

'हां।' रॉक्सी बोला- 'समय बिताना कठिन हो जाता है, तो मुझे कुछ-न-कुछ करने में ही आनंद आने लगता है।' कहकर उसने कंधे उचकाए।

'अब इन फिजूल की बातों को छोड़ो जोये।' डिल्लन ने बेसब्रेपन से कहा।

'तुम यह बताओ कि हमारे बारे में क्या हो रहा है?'

'तो सुनो-मैं तुम्हें बता ही चुका हूं कि एफ.बी.आई. वाले बड़े जोर-शोर से तुम्हें खोज रहे हैं और उनकी साधन-संपन्नता के बारे में तुम मुझसे बेहतर जानते हो।'

'वे लोग तुम पर तो शक नहीं कर रहे कि शायद तुमने हमें छुपा रखा है?'

'फिलहाल तो नहीं-पर उन्होंने तुम्हें खोज निकालने वाले के लिए पांच हजार डॉलर का इनाम घोषित कर दिया है।'

'पांच हजार डॉलर।' रॉक्सी ने दोहराया।

'हां, पांच हजार डॉलर। मेरे विचार से उन्होंने जल्दी खोज निकालने की वजह से ऐसा लालच दिया है।'

कुछ देर के लिए स्तब्धता छा गई। रॉक्सी और डिल्लन दोनों ही इस जानकारी को हजम करने की चेष्टा करते रहे।

फिर जोये ने कहा- 'इन पांच हजार डॉलरों के लालच में किसी का भी इमान डोल सकता है।' कहकर जोये उठ खड़ा हुआ और बोला- 'अच्छा, अब मैं चलता हूं-मां मेरा इंतजार कर रही होगी। फिर बातें करेंगे।' और वह अपनी पतली-पतली टांगें उठाता हुआ वहां से चल पड़ा।

रॉक्सी ने धीमे स्वर में कहा- 'कुछ समझ में आया-यह क्या कह रहा था।'

डिल्लन की मुट्ठियां भिंच गईं- 'हां! मैं समझ गया। जोये एक नंबर का हरामजादा है। उसने अप्रत्यक्ष रूप में हमें यह इशारा दिया है कि वह पांच हजार डॉलर हासिल कर सकता है। धोखेबाज कहीं कहा। लेकिन मेरा भी नाम डिल्लन है। अगर वह सोचता है कि इस प्रकार मुझे आतंकित करके पांच हजार डॉलर मुझसे झटक लेगा तो वह बहुत बड़ी गलतफहमी में है। मैं उस हरामजादे को...।'

रॉक्सी ने बात काटी- 'शांत रहो डिल्लन। सुनो, इस वक्त हम उसके रहमोकरम पर हैं, वह चाहे तो खैर...। तुम इस वक्त उससे उल्टा-सीधा कुछ न कह देना। अगर वह बक गया तो हमारा बेड़ागर्क हो जाएगा।'

डिल्लन गुस्से भरी आवाज में बोला- 'क्या पता, हम पर इनाम रखा भी गया है या कि यह पाजी हमें ब्लैकमेल करके हमसे पैसे झटकना चाहता है।

फर्ज करो, उन्होंने कोई इनाम वगैरह नहीं रखा हो तो... मैं समझता हूं यह इसी हरामजादे की चाल है।'

'लेकिन वह ब्लफ देने वाला आदमी नहीं है।' रॉक्सी बोला- 'मैं उसे जानता हूं डिल्लन। वह शायद ठीक ही कह रहा है। पुलिस ने अवश्य इनाम घोषित कर रखा होगा। जोये जरा लालची जरूर है, अगर हम उसे कुछ पैसों का लालच दें तो शायद वह अपनी जुबान न खोले।'

'कितने पैसे?'

'यही लगभग दो हजार डॉलर। हालांकि पुलिस द्वारा घोषित इनाम से यह कहीं कम रकम है।'

'और फर्ज करो, उसे दो हजार डॉलर दे भी दिए और उसने फिर भी पुलिस को क्लू दे दिया तो फिर...?'

'वह इतना गिरा हुआ आदमी नहीं है-वह ऐसा नहीं करेगा, मुझे उम्मीद है।'

'और इतना सब कुछ मुझे अपने पल्ले से ही देना पड़ेगा। तुम भी तो कुछ दो। मैं पहले ही उस पाजी को एक बड़ी रकम दे चुका हूं। इनाम तो हम दोनों पर ही घोषित किया गया है। तुम भी तो मेरे साथ मुजरिम हो। तुम भी तो कुछ पल्ले से खर्च करो न।'

रॉक्सी ने व्याकुलता से पहलू बदला। फिर बोला- 'तुम जानते ही हो दोस्त-मेरे पास तो एक सिक्का तक नहीं है, मुझे भी तो तुम्हारे साथ ही इतनी जल्दबाजी में भागना पड़ा था कि मैं एक फूटी कौड़ी तक अपने साथ नहीं ला सका था।'

डिल्लन ने असंतुष्टि से कंधे झटकाए और बड़बड़ाता हुआ फार्म की ओर चल दिया। रॉक्सी भी उठ खड़ा हुआ और उसके पीछे-पीछे चल पड़ा।

फार्म हाउस के पास पहुंचने पर जोये ने उन दोनों को वापस आते देखा तो वह टहलता हुआ उनके करीब आ पहुंचा।

डिल्लन जोये से बोला- 'सुनो... मैं समझता हूं कि वह पांच हजार डॉलर वाला इनाम तुम जैसे व्यक्ति को अपनी ओर आकर्षित कर सकता है। हम नहीं चाहते कि तुम इससे हाथ धो बैठो, इसलिए हमने फैसला किया है कि तुम्हें कुछ रकम दे दी जाए ताकि तुम अपनी जुए में हारी रकम का कुछ घाटा पूरा कर सको।'

जोये की आंखों में चमक आ गई- 'तुमने मुझे गलत समझा है दोस्त।' वह बोला- 'मेरे तुम्हें बताने का यह मतलब हरगिज नहीं था। मैं तो तुम्हें

सावधान रहने को कह रहा था। मुझे इनाम की परवाह नहीं। रही जुए में हारने वाली बात, वह तो मैंने दोस्त होने के नाते से उसका तुमसे जिक्र कर दिया था।'

'फिर भी।' डिल्लन ने अपनी घृणा पर काबू पाते हुए कहा- 'मेरा ख्याल है-दो हजार डॉलर से काम चल जाएगा।'

'ओह... तुम लोगों का बहुत-बहुत धन्यवाद। वाकई तुम सच्चे दोस्त हो।' कहकर उसने अपनी हथेलियां मलीं।

डिल्लन ने दो हजार के नोट उसकी ओर बढ़ा दिए, जिन्हें जोये ने बड़ी जल्दी से लपक लिया। फिर उसने कांपते हाथों से नोटों को गिना।

उसकी आंखों में छलकते लालच को देखकर रॉक्सी कांप उठा।

जोये ने नोट गिने और कांपते हाथों से उन्हें अपनी जेब में रख लिया।

डिल्लन बोला- 'सुनो जोये! हमने तुम्हें पैसे जरूर दे दिए हैं, पर यह मत समझ बैठना कि तुम हमें डबलक्रॉस करके पुलिस से भी पैसे झपट लोगे।' उसका स्वर गुस्से से भरा था- 'तुम किसी गलतफहमी में मत पड़ जाना। यह मत भूल बैठना कि तुम्हारे माता-पिता भी हमारे साथ ही हैं-समझे।'

जोये की आंखें फैल गईं।

'ओह नहीं... तुम्हें इस प्रकार से नहीं सोचना चाहिए।' वह बोला- 'तुम लोग चिंता मत करो, मैं सब कुछ संभाल लूंगा।' फिर जल्दी से अपनी कार की तरफ बढ़ गया। ऐसा लग रहा था, जैसे उसे यहां से भाग जाने की जल्दी हो।

वह कार में जा बैठा और उसकी कार रेतीली सड़क पर तेजी से दौड़ने लगी।

कुछ ही देर में कार उनकी आंखों से ओझल हो गई।

कार के स्टार्ट होने की आवाज सुनकर मांचेस्टर और क्रिसी दोनों बाहर निकल आई थीं-पर तब तक जोये वहां से जा चुका था।

'चला गया।' मांचेस्टर ने दुःखी दिल से कहा- 'मुझे तो अभी उससे बहुत-सी बातें करनी थीं।'

'वह इस तरह बगैर हमें बताए क्यों चला गया है?' क्रिसी ने पूछा।

मांचेस्टर उसके नजदीक पहुंची और उसे सांत्वना देने लगी।

रॉक्सी बोला- 'जोये ने बहुत से काम करने होते हैं क्रिसी। वह जल्दी ही वापस लौटेगा, तुम्हें चिंतित होने की जरूरत नहीं है।'

❖❖❖

जोये के चले जाने के बाद डिल्लन की व्याकुलता कुछ और भी ज्यादा बढ़ गई।

वक्ती तौर पर दो हजार डॉलर जोये को दे देने के बाद, उसे यह तसल्ली जरूर हो गई थी कि जोये अब सब कुछ संभाल लेगा–लेकिन इस समय जब वह ढलान पर बैठा, डूबते सूरज की ओर देखता हुआ, यह सोच–सोचकर व्याकुल हुआ जा रहा था कि कहीं जोये गद्दारी न कर बैठे। उसकी जेब लगभग खाली हो चुकी थी, कुल मिलाकर सौ डॉलर ही उसके पास बाकी बचे थे और यही सोचें उसकी आशंकाओं में और भी वृद्धि कर रही थीं।

वह व्याकुल होकर उठ खड़ा हुआ। उसने रॉक्सी की तलाश में इधर–उधर नजरें दौड़ाई –फिर उसकी तलाश में इधर–उधर देखने निकल पड़ा। वह समूचे फार्म हाउस की खिड़कियों में झांकता फिरा, किंतु उसे रॉक्सी दिखाई न दिया। एक खिड़की से उसे मांचेस्टर काम करती दिखाई दी। उसने सिर नीचे झुका लिया और दूसरी खिड़की पर झांका। यह खिड़की दूसरी खिड़कियों की अपेक्षा जरा ऊंची थी, इसलिए उसे उचककर उसमें झांकना पड़ा। अगले ही पल उसने अंदर का जो दृश्य देखा–उसे देखकर उसके सारे बदन में सनसनी दौड़ गई।

मोमबत्ती की हिलती–डुलती मद्धिम रोशनी में क्रिसी उसे अपने कपड़े उतारती दिखाई दी। उसे कपड़े उतारने में परेशानी हो रही थी और बटन खोलते समय उसके हाथ कांप रहे थे। डिल्लन ने खिड़की से सिर चिपका लिया।

जब तक रोशनी बुझ नहीं गई, वह उसी प्रकार खिड़की से चिपका अंदर का दृश्य देखता रहा। क्रिसी के मखमली, सुपुष्ट जिस्म को भोगने की उसकी दानवी इच्छा बलवती हो उठी। उसे महसूस होने लगा कि बहुत अरसे से उसने किसी औरत के जिस्म को नहीं रौंदा था।

तभी पीछे से आहट सुनाई पड़ी और नीम अंधेरे में रॉक्सी प्रकट हुआ। डिल्लन ने चौंककर खिड़की से अपना सिर हटा लिया और एक बेशर्म हंसी हंसा।

'तुम यहां क्या कर रहे हो?' रॉक्सी ने पूछा।

'मैं तुम्हें ही ढूंढ रहा था।' डिल्लन ने बात बनाई। उसके दिमाग में अभी भी क्रिसी का शरीर कौंध रहा था।

'खिड़की से चिपके अंदर तुम मुझे ढूंढ रहे थे।' रॉक्सी ने संदेह भरे स्वर में कहा।

'हां।'

'तुम झूठ बोल रहे हो। तुम शायद यह तो नहीं सोच रहे थे कि कमरे में मैं क्रिसी के साथ...।'

'अगर सोच भी रहा था तो क्या हुआ? वह चीज ही ऐसी है।'

रॉक्सी को गुस्सा चढ़ आया। उसने डिल्लन को गिरेबान से दबोच लिया।

'सुनो... तुम्हारी नीयत बहुत ही खराब है। तुम्हें उस बच्ची के लिए ऐसे शब्द इस्तेमाल नहीं करने चाहिए। मैं कहे देता हूं... अगर तुमने क्रिसी पर कोई बुरी निगाह डाली तो मुझसे बुरा कोई नहीं होगा। मैं हरगिज यह सहन नहीं करूंगा-समझे।'

डिल्लन ने एक झटके से उसका हाथ झटक दिया। उसकी आंखों में भूकंप के भाव पैदा हो गए।

'गंदे चूहे।' वह दहाड़ा- 'तुम्हारी इतनी हिम्मत कि मेरे गिरेबान पर हाथ डाल सको। हरामजादे! मैं तेरा खून कर दूंगा। और सुनो... यदि मैंने उस लड़की को हासिल करना है, तो तुम या कोई और मुझे नहीं रोक सकता-मैं जिस चीज को चाहता हूं, उसे हासिल करके रहता हूं।' और उसने रॉक्सी को एक जोरदार धक्का दे दिया। रॉक्सी नीचे जा गिरा।

'आइंदा से तुम मेरे रास्ते में आने की कोशिश मत करना।' उसने चेतावनी दी।

रॉक्सी कपड़े झाड़ता उठ खड़ा हुआ। वह बेहद आतंकित हो उठा था। डिल्लन ने एक ही वार में उसकी मर्दानगी हवा कर दी थी।

'ठीक है-जैसा तुम ठीक समझते हो, करो।' वह धीरे-से बोला- 'मैं तो तुम्हारे भले की ही बात सोच रहा था। अब जो हुआ उसे भूल जाओ-मेरे विचार में यह मेरा पागलपन ही था।'

डिल्लन भी समझ गया कि रॉक्सी से दुश्मनी मोल लेना उसके हित में नहीं था। अतः बोला- 'ओ.के., हमें किसी छोकरी जैसी मामूली बात पर आपस में मनमुटाव नहीं रखना चाहिए। मैंने तुम पर हाथ उठा दिया, इसका मुझे भी अफसोस है।'

'अब बात को खत्म ही कर दें तो बेहतर है।' रॉक्सी बोला। फिर बात बदलने की गरज से कहा- 'यदि हम एक चक्कर शहर का भी लगा आएं

तो कैसा रहे? मैं समझता हूं, इसमें हमें सारे हालात का पता भी लग जाएगा।'

'ठीक कहते हो।' डिल्लन बोला- 'हम आज ही शहर चलते हैं। मैं अपनी थामसन भी साथ लिए चलता हूं, फिर जोये को भी टटोल लेंगे और इधर-उधर से सूंघकर हालात का कुछ जायजा भी ले लेंगे।

'तो चलो, चलते हैं। उस बुढ़िया को बताना ठीक नहीं होगा।'

दोनों कार में सवार होकर शहर की ओर चल पड़े। रास्ते में डिल्लन ने कहा- 'सुनो... क्यों न हम रास्ते में किसी सर्विस स्टेशन पर हाथ साफ कर लें। इस तरह कुछ नकदी भी हमारी जेब में आ जाएगी।'

रॉक्सी ने सिर हिलाकर सहमति जताई- 'जरूर एक पंथ दो काज वाली बात हो जाएगी।' वह बोला।

वे दोनों रात के अंधकार में आगे बढ़ते रहे। डिल्लन कुछ परेशान हालत में थामसन घुटनों पर टिकाए अंधकार में घूरता रहा।

कुछ देर के बाद रॉक्सी बोला- 'इस मोड़ के बाद ही एक पेट्रोल पंप है। हम पहले वहां पहुंचकर पेट्रोल भरवाते हैं, फिर यदि वहां कोई विशेष सुरक्षा न हुई तो उन्हें आश्चर्यचकित कर देंगे।'

डिल्लन ने कहा- 'हां, तुम उन्हें बातों में लगाए रखना, बाकी का काम मैं पूरा कर दूंगा।'

उन्होंने गाड़ी पेट्रोल पंप के सामने जाकर रोक दी। पेट्रोल पंप का कर्मचारी पहुंचा तो रॉक्सी ने दस गैलन पेट्रोल डाल देने का आदेश दिया।

डिल्लन ने दरवाजा खोला और दूसरी ओर उतर गया। अंधेरे में कार की ओट में छुप जाने की वजह से पेट्रोल पंप का कर्मचारी उसे नहीं देख सका।

डिल्लन ने ऑफिस की ओर निगाह दौड़ाई। ऑफिस खाली था।

रॉक्सी बोला- 'जरा जल्दी हाथ चलाओ, हमारे पास इतना समय नहीं है।'

'बस हो गया सर।' कर्मचारी बोला और उसने टंकी का कैप बंद कर दिया।

रॉक्सी ने उसे पैसे थमाए और पूछा- 'यहां अखबार भी मिल सकेगा क्या?'

'जरूर, ऑफिस में है-मैं अभी लाए देता हूं।' कर्मचारी बोला।

रॉक्सी ने दरवाजा खोला और बाहर निकल आया। वह कर्मचारी से बोला- 'मैं भी तुम्हारे साथ चलता हूं। कार चलाते-चलाते टांगें अकड़ गई

हैं-इसी बहाने जरा टांगें भी सीधी हो जाएंगी।'

वह कर्मचारी के पीछे-पीछे ऑफिस की ओर बढ़ गया।

अंधेरे से निकल डिल्लन भी उसके पीछे-पीछे हो लिया और दरवाजे के पास पहुंचकर खड़ा हो गया।

जैसे ही कर्मचारी ने दराज खोला-दरवाजे पर खड़ा डिल्लन धड़धड़ाता हुआ ऑफिस में घुस गया। उसने थामसन की नाल कर्मचारी की पीठ से सटा दी और गुर्राते हुए बोला- 'हैंड्सअप! कोई शरारत मत करना।'

कर्मचारी ने पीछे मुड़कर देखा तो मुंह फाड़कर रह गया।

रॉक्सी आगे बढ़ा और उसने दराज में से सारी नकदी और नोट समेट लिए।

'ये तो कुछ ज्यादा माल नहीं है-कुछ और भी है क्या?' उसने कर्मचारी से पूछा।

पेट्रोल पंप के कर्मचारी की घिग्घी बंध गई। वह हकलाते हुए बोला- 'बस... यही है सर!'

'यह तो कुछ भी न हुआ।' रॉक्सी ने व्यंग्य किया- 'यह तो वही मिसाल हुई-खोदा पहाड़ और निकला चूहा।'

डिल्लन ने थामसन की नाल से कर्मचारी को कुर्सी पर बैठ जाने का संकेत किया। फिर बोला- 'जानना चाहते हो कि मैं कौन हूं-मैं डिल्लन हूं-वह डिल्लन जिसकी पुलिस बड़ी सरगर्मी से तलाश करती फिर रही है।'

'मैं नहीं जानता बॉस!' कर्मचारी की घिग्घी बदस्तूर जारी थी।

'मुझे पकड़ने के लिए पुलिस ने पांच हजार डॉलर का इनाम रखा हुआ है-तुम्हें यह बात मालूम है न?'

'मुझे मालूम नहीं...।' उसने सिर हिलाते हुए कहा।

'अखबार कहां है?' डिल्लन ने पूछा।

रॉक्सी पहले से ही अखबार उठा चुका था और उसे देख रहा था।

अंत में उसने अखबार फेंक दिया और बोला- 'इसमें तो एक शब्द भी हमारे बारे में नहीं छपा है।'

'मुझे पहले ही शक था।' डिल्लन सर्द आवाज में बोला। फिर रॉक्सी से कहा- 'अब तुम बाहर जाकर कार में बैठो और मेरी प्रतीक्षा करो।'

रॉक्सी बाहर निकल आया। जैसे ही वह कार में बैठने लगा, ऑफिस से दर्दनाक चीख उभरी-ऐसी चीख जो सिर्फ किसी हलाल होते व्यक्ति के

गले से ही निकल सकती थी। उसने घबराकर अपने दोनों कान बंद कर लिए। कुछ देर बाद डिल्लन दौड़ता हुआ कार के पास पहुंचा और बोला- 'जल्दी... जल्दी करो रॉक्सी।'

'यह चीख कैसी थी?' रॉक्सी ने गेयर बदलते हुए पूछा।

'उसी पेट्रोल पंप के कर्मचारी की थी। तुम क्या समझते हो मैं उसे छोड़ देता ताकि वह दूसरे लोगों को हमारे बारे में बताता फिरे।'

रॉक्सी कुछ नहीं बोला। कार आगे दौड़ती रही।

कुछ देर बाद रॉक्सी बोला- 'अब कहां चलें... वापस फार्म हाउस पर?'

'वापस क्यों?' डिल्लन ने क्रुद्ध स्वर में कहा- 'हमें जोये के पास चलना है रॉक्सी। हमें उस हरामजादे की भी तो मिजाजपुर्सी करनी है।'

कार जोये के मकान के सामने पहुंचकर रुकी। डिल्लन कार से बाहर कूद गया। फिर रॉक्सी से बोला- 'तुम यहीं रुको रॉक्सी-मैं अंदर जाता हूं। यदि कुछ गड़बड़ नजर आए तो हॉर्न बजाकर मुझे संकेत कर देना।'

रॉक्सी ने कुछ विरोध करने के लिए मुंह खोलना चाहा, परंतु डिल्लन के कठोर चेहरे की ओर देखता हुआ चुप रह गया।

जोये के मकान से एक खिड़की में से रोशनी आ रही थी। डिल्लन ने दरवाजे पर दस्तक दी और प्रतीक्षा करने लगा। कुछ देर बाद दरवाजा खुला और जोये ने बाहर झांका। फिर जैसे ही उसकी निगाह डिल्लन पर पड़ी, वह सहमकर कुछ पीछे हट गया।

डिल्लन ने थामसन की नाल उसकी गर्दन से सटा दी और उसे धकियाता हुआ अंदर दाखिल हो गया और अंदर से दरवाजा बंद कर लिया।

जोये की आंखें फैल गई। उसके मुंह से बोल तक न फूट सका।

'हरामजादे-तू समझता था कि डिल्लन को धोखा दे देगा। कुतिया के बच्चे! तू मुझसे डबलक्रॉस करना चाहता था। निकाल-निकाल वह नोट जो तू मुझसे झटक लाया था।'

जोये ने अपनी जेब से नोटों की गड्डी निकालकर उसकी ओर बढ़ा दी। उसके हाथ कांप रहे थे, फिर कांपते स्वर में बोला- 'तुम गलत समझ रहे हो। मैं...।'

डिल्लन ने उसके हाथ से नोटों की गड्डी छीन ली। वह गुर्राया- 'और उन हजार डॉलरों को भी वापस कर सूअर की औलाद, जिन्हें तू कहता था कि मैं जुए में हार गया हूं। जल्दी कर-वरना अभी तेरी खोपड़ी का तरबूज बनाता हूं।'

थामसन जोये के पेट की ओर तनी हुई थी।

'लाता हूं... लाता हूं... गोली मत चलाना मिस्टर।' वह घिघियाते हुए बोला। वह एक मेज के पास पहुंचा और उसकी दराज में से टटोलकर नोटों की एक गड्डी डिल्लन की ओर बढ़ा दी- 'बस यही है-बाकी डॉलर कार खरीदने में खर्च हो गए हैं।'

'ठीक है, अब पैर उठाओ और मेरे साथ चलो। मुझे तुमसे काम भी है।' वह जोये को थामसन की नाल सटाए बाहर निकाल लाया और उसे कार की पिछली सीट पर बैठ जाने का संकेत कर दिया।

जोये बैठ गया और डिल्लन उससे सटकर बैठ गया। उसने थामसन नीचे रख दी और पिस्तौल निकाल ली।

कुछ दूर चलने तक खामोशी रही-फिर जोये ने पूछा- 'तुम मुझे कहां लिए जा रहे हो?'

डिल्लन ने अंधेरे में जोये के चेहरे की ओर देखा और फिर एक जोरदार मुक्का उसके जबड़े पर जड़ दिया। जोये एक दबी-सी आह के साथ आगे को दोहरा होकर रह गया। उसकी नाक से खून बह निकला-उसने अपने दोनों हाथ नाक पर रख दिए।

डिल्लन ने झटके के साथ उसके हाथ उसकी नाक पर से हटा दिए।

इसके लिए उसे थोड़ा बल प्रयोग करना पड़ा।

जोये रो पड़ा- 'ओह! नहीं... प्लीज... नहीं।'

'थोड़ा और भी तो मजा चख, सूअर की औलाद।' डिल्लन बोला और फिर से एक जोरदार हाथ उसके चेहरे पर जमा दिया।

जोये के मुंह से एक लंबी-सी आह निकली और वह त्यौराकर सीट के नीचे झुक गया। डिल्लन का हाथ उसकी पीठ पर भी पड़ा।

जोये बेहोश हो गया।

सामने दूर पानी की परछाई देखकर रॉक्सी ने कार रोक दी। डिल्लन सीट से नीचे उतरा और रॉक्सी से बोला- 'इसे बाहर निकाल लो, रॉक्सी। मैं नहीं चाहता कि इस बार भी मुझे कार की सीटों की धुलाई करनी पड़े।'

रॉक्सी ने जोये को बाहर निकालने में डिल्लन की मदद ली। जोये को अब तक होश आ चुका था, लेकिन उसकी हालत ऐसी नहीं थी कि वह अपने पैरों पर खड़ा हो सकता। वह लड़खड़ाता और कांपती टांगों के साथ सड़क पर नीचे जा गिरा।

डिल्लन ने रॉक्सी से कहा- 'कार जरा और आगे बढ़ा लो।'

रॉक्सी ने कार थोड़ी-सी आगे बढ़ाकर खड़ी कर दी।

डिल्लन ने जोये की खोपड़ी का निशाना लगाया और जोये की खोपड़ी किसी तरबूज की तरह फूट गई। जोये समाप्त हो गया।

रॉक्सी ने अपना मुंह फेर लिया।

डिल्लन गुर्राया- 'जल्दी करो रॉक्सी-अब हमने इसे नदी में फेंकना है।'

उसने पिस्तौल कार में रख दी और रॉक्सी की मदद से जोये को हाथ-पैरों से पकड़कर नदी की ओर ले चले। एक छपाक की आवाज हुई और जोये का मुर्दा जिस्म नदी में समा गया। नदी का बहाव तेज था-चंद्रमा की रोशनी में उसका बहता पानी साफ दिखाई दे रहा था।

डिल्लन ने पानी में हाथ-पैर धोए-फिर उन्हें घास के साथ रगड़ता हुआ बोला- 'जोये का किस्सा तमाम हुआ। अब यह हमारे खिलाफ जुबान नहीं खोल सकेगा।'

रॉक्सी उसकी पीठ पीछे गुमसुम-सा खड़ा रहा। उसकी निगाहें डिल्लन की पीठ पर टिकी हुई थीं। सहसा एक भयानक आशंका उसके दिमाग में उभरी और वह भय से कांप उठा।

अगले दो दिन का समय बहुत धीरे-धीरे व्यतीत हुआ। रॉक्सी और डिल्लन दोनों ही परेशान रहे। उन्होंने जोये के बारे में कोई बात नहीं की-पर दोनों के दिमाग पर जोये बुरी तरह से छाया रहा।

तीसरे दिन सवेरे नाश्ते के समय मांचेस्टर ने कहा- 'आज जोये का यहां आने का वायदा है। वह मुझसे वायदा करके गया था कि अगली बार वह कुछ सामान यहां के लिए ले आएगा।'

रॉक्सी ने डिल्लन की ओर देखा और फिर अपनी प्लेट पीछे हटा दी।

'शायद वह अखबार भी लेकर आएगा।' वह बोला- 'हमने उससे अखबार लाने के लिए कहा था।' उसने उठकर खड़े होते हुए कहा।

मांचेस्टर मेज साफ करने लगी।

'यदि वह कह गया है तो जरूर लेकर आएगा। मेरा बेटा जुबान का बड़ा पक्का है।'

डिल्लन के होंठों पर अजीब-सी मुस्कराहट तैर गई। वह रॉक्सी के पीछे-पीछे हो लिया। दोनों कुछ देर तक एक साथ चलते रहे, फिर रॉक्सी ने धीरे-से पूछा- 'तुम्हारा क्या विचार है, पुलिस वाले यहां तक पहुंच जाएंगे क्या?'

डिल्लन ने सिर हिलाया- 'लगता तो नहीं है, फिर भी हमें सावधान रहना होगा।'

रॉक्सी कुएं के किनारे बैठकर सिगरेट सुलगाने लगा। डिल्लन ने देखा, उसके हाथ कांप रहे थे। कुछ देर तक दोनों खामोश रहे। फिर रॉक्सी बोला- 'यहां रहकर हम जोखिम उठा रहे हैं।'

'और हम लोग जा भी कहां सकते हैं।' डिल्लन ने कुछ मायूसी भरे अंदाज में कहा।

दोनों काफी देर तक यही सोच-विचार करते रहे, परंतु नतीजा कुछ भी नहीं निकला। अंत में रॉक्सी उठ खड़ा हुआ और कहने लगा- 'मेरे विचार से अब मुझे बाड़ ठीक करने जाना चाहिए, वहां काम समाप्त होने ही वाला है। हम इस विषय में फिर विचार-विमर्श करेंगे।' उसके बाद रॉक्सी चला गया।

डिल्लन उसे जाते हुए देखता रहा। ज्यों ही रॉक्सी मोड़कर काटकर गायब हुआ-उसने क्रिसी को बाहर आते देखा। वह रॉक्सी की खोज में बाहर निकली थी। डिल्लन ने ललचाई नजरों से उसके गदराये जिस्म को देखा। उसकी कामवासना उत्तेजित होने लगी। वह धीरे-धीरे क्रिसी की ओर बढ़ने लगा, ताकि वह भयभीत होकर भाग न खड़ी हो।

वह उसके करीब पहुंचा और मुस्कराते हुए बोला- 'मैं शूटिंग का अभ्यास करने जा रहा हूं। तुम साथ चलना चाहोगी? वहां तुम्हें यह देखने को मिलेगा कि निशाना कैसे लगाया जाता है।'

एक पल के लिए क्रिसी के चेहरे पर रौनक आ गई। फिर तत्काल ही वह गंभीर हो गई। उसने इनकार में सिर हिलाया और बोली- 'मैं रॉक्सी को ढूंढ रही हूं। रॉक्सी किधर है?'

डिल्लन ने नम्र स्वर में कहा- 'रॉक्सी पुराने तारों की किसी बाड़ को ठीक कर रहा है।' कहते-कहते उसने होलस्टर से पिस्तौल निकाल ली और उसे हाथों में इधर-उधर घुमाने लगा। क्रिसी ने पिस्तौल की चमकती नाल देखी और उसकी आंखें उस पर जमकर रह गईं। वह उसे और नजदीक से देखने के लिए आगे बढ़ी।

'अच्छी पिस्तौल है न?' डिल्लन ने उसे पिस्तौल दिखाते हुए पूछा।

क्रिसी अब रॉक्सी को भूल चुकी थी। उसकी आंखें पिस्तौल पर टिकी हुई थीं।

'यदि तुम चाहो तो इससे फायर भी कर सकती हो।' डिल्लन ने लालच दिया- 'किंतु इसके लिए तुम्हें जंगल में मेरे साथ चलना पड़ेगा, क्योंकि यहां फायरिंग करने से किसी के आहत हो जाने का खतरा है।'

क्रिसी की आंखों में दिलचस्पी के भाव पैदा हो गए।

'क्या यह बहुत शोर करती है?' उसने पूछा।

'हां-शोर तो बेशक करती है, किंतु तुम तो एक बहादुर लड़की हो, तुम इसे चलाकर देख लेना।'

वह मुड़ा और चल दिया। क्रिसी असमंजस में डूबी उसे जाते देखती रही। डिल्लन उसे बिलकुल अच्छा नहीं लगता था, लेकिन पिस्तौल का लालच उस पर हावी हो रहा था।

वह उसके पीछे-पीछे चल पड़ी। रास्ते में उसने पूछा- 'क्या मैं इसे हाथ में लेकर देख सकती हूं?'

'अवश्य।' डिल्लन ने कारतूस निकालकर क्लिप बंद कर दिया और पिस्तौल उसे थमा दी। 'लो-किंतु जरा सावधानी से संभालना।'

क्रिसी ने पिस्तौल हाथ में लेकर इस प्रकार सहलाई, जैसे वह किसी गुड़िया को सहला रही हो- 'यह तो कुछ भारी-सी लगती है।' वह बोली।

डिल्लन ने उसकी ओर देखा और उसके नजदीक आ गया। उसने अपना हाथ बढ़ाकर उसकी बांह को छू लिया। उसके स्पर्श मात्र से ही क्रिसी के समूचे जिस्म में एक तेज लहर दौड़ गई। वह परेशान होकर फौरन पीछे हट गई।

डिल्लन मुस्करा दिया।

'हमें फार्म हाउस से थोड़ा आगे चलकर शूटिंग करनी होगी-अन्यथा शोर सुनकर वे लोग आ पहुंचेंगे और फिर हमें शूटिंग से रोक देंगे।'

क्रिसी का दिमाग फिर रॉक्सी की ओर घूम गया।

डिल्लन की उसे दुबारा छूने की हिम्मत नहीं हुई।

दोनों आगे बढ़ते रहे, फिर जंगल में एक खुले स्थान पर पहुंचकर डिल्लन ने कहा- 'मेरे विचार से यही मुनासिब जगह है।'

वह नीचे बैठ गया और क्रिसी से बोला- 'आओ-नीचे बैठ जाओ-मैं तुम्हें बताता हूं कि पिस्तौल में किस तरह गोलियां भरी जाती हैं।'

क्रिसी, डिल्लन के पास खड़ी होकर उसकी ओर देखती रही। डिल्लन

ने मुस्कराने की चेष्टा की-किंतु उसका चेहरा केवल फैलकर ही रह गया। उसकी आंखों के भाव क्रिसी को भयभीत किए दे रहे थे। वह एक कदम पीछे हट गई।

डिल्लन ने क्लिप जेब से निकाल लिया और क्रिसी से बोला- 'लाओ-पिस्तौल मुझे दे दो। मैं इसमें गोलियां भरता हूं।'

क्रिसी ने दूर से ही पिस्तौल उसे लौटा दी। वह एक इंच भी आगे न बढ़ी।

डिल्लन ने पिस्तौल लेते समय उसके हाथ को फिर से छू लिया। वह एक कदम और पीछे हट गई।

'बैठ जाओ।' डिल्लन अपने स्वर को यथासंभव मुलायम बनाते हुए बोला- 'मैं तुम्हें दिखाता हूं कि यह चलती कैसे है।'

क्रिसी बिलकुल नहीं हिली। डिल्लन को लगा जैसे वह भाग खड़ी होना चाहती थी। वह बोला- 'तुम उस ओर देखो-उसने एक पेड़ की टूटी हुई शाखा की ओर संकेत किया- 'देखो-मैं उसको टारगेट बना रहा हूं।'

डिल्लन को महसूस हुआ, जैसे उत्तेजना से उसका हाथ कांप रहा था। उसने गोली चलाई, एक तेज आवाज गूंजी, लेकिन निशाना चूक गया।

क्रिसी ने पीछे हटकर 'ओह' कहा। पिस्तौल की आवाज से वह भयभीत हो गई, किंतु फिर भी वह कोशिश करना चाहती थी।

डिल्लन ने एक बार फिर से सांस रोककर निशाना साधा। उसने फिर से घोड़ा दबाया। फिर से धमाका हुआ। अबकी बार शाख टूटकर नीचे गिर गई।

'अब तुम चलाकर देखो।' वह खड़ा होते हुए बोला।

क्रिसी अब उसके पास आ गई। उसकी नजरें पिस्तौल पर टिकी हुई थीं। रॉक्सी के बारे में तो वह भूल ही चुकी थी।

'ठीक है, तुम यहीं खड़ी रहो।' डिल्लन कठिनाई से कह सका। मारे उत्तेजना के उसका सांस फूलने लगा था।

अब क्रिसी उसके बिलकुल पास आ गई। उसका चेहरा उत्साह से चमक रहा था।

डिल्लन उसके पीछे आ गया। वह पेड़ की शख की ओर देखती रही।

'तुम पिस्तौल इस प्रकार पकड़ो।' उसने क्रिसी की कलाई पकड़कर पेड़ की ओर उठाते हुए कहा। उसकी सख्त मांसल रचना से क्रिसी को अपना

हाथ जलता हुआ महसूस हुआ। डिल्लन ने महसूस किया कि वह कांप उठी थी-किंतु पिस्तौल चलाने की चाहत की इच्छुक थी, इसलिए उसने अपनी कलाई डिल्लन को पकड़ लेने दी।

डिल्लन को सारे जिस्म का रक्त चलता-सा महसूस होने लगा। उसने क्रिसी की कमर पर हाथ रखकर उसे अपने घेरे में ले लिया।

'घबराना मत।' वह भारी आवाज में बोला- 'तुम्हें बिलकुल चोट नहीं आएगी।'

गोली चली, साथ ही पिस्तौल क्रिसी के हाथ से छूटकर नीचे जा गिरी।

इससे पहले कि वह पिस्तौल नीचे से दुबारा उठाए, डिल्लन की जकड़ मजबूत हो गई। क्रिसी भयभीत हो उठी। वह कांप गई और उसने बड़बड़ाना शुरू कर दिया।

डिल्लन की आंखों में हिंसक भाव पैदा हो गए। उसने डांटा- 'यह बड़बड़ाना बंद करो।'

उसने उसे अपनी ओर घसीट लिया। क्रिसी का पागलों जैसा चेहरा डिल्लन को परेशान किए दे रहा था, पर उसके पुष्ट उरोज व गदराए यौवन की गर्मी उसे मदहोश किए दे रही थी। उसने उसके सुपुष्ट उरोज अपनी हथेलियों में भर लिए और उसे अपने से सटाकर उन्हें बुरी तरह दबोच दिया। क्रिसी किसी स्प्रिंग के मानिंद उछल गई। वह उसकी पकड़ से आजाद हो गई डिल्लन फिर से उस पर झपटा, किंतु इस बार क्रिसी ने अपने मजबूत हाथों से उसे बुरी तरह झटक दिया। निश्चत ही उसके जिस्म में बहुत जान थी। डिल्लन को लगा जैसे किसी फौलादी रोबोट ने उसे दूर फेंक दिया हो।

क्रिसी उछलकर भाग खड़ी हुई और उसकी ओर देखे बगैर जंगल की ओर दौड़ गई।

डिल्लन ने उसके पीछे जाने की कोशिश नहीं की। उसके बलशाली जिस्म का करारा धक्का खाकर वह सहम गया। वह उसे जंगल की ओर दौड़ते देखता रहा। फिर जैसे उसे होश-सा आया, उसने एक बार फिर उसके पीछे जाने की सोची, पर उसे ठिठक जाना पड़ा। सामने रॉक्सी खड़ा था।

उसका चेहरा गुस्से से भरा हुआ था।

'मैंने तुम्हें देख लिया था, कमीने चूहे।' वह कहर भरे स्वर से बोला।

डिल्लन का पारा चढ़ गया। वह पहले से ही खीझ से भरा बैठा था और

अब रॉक्सी के अचानक आ टपकने तथा फिर अपने लिए अपमान भरे शब्द सुनकर उसका गुस्सा आसमान पर जा पहुंचा। वह गुस्से से दहकती आंखों से देखता हुआ रॉक्सी की ओर बढ़ा।

रॉक्सी ने अपना कोट उतारकर वहीं फेंका और दांत किटकिटाता हुआ बोला- 'मैंने इस बारे में तुम्हें पहले ही चेतावनी दी थी न। अब यह बात मुझे तुम्हारी खोपड़ी में ठीक से बैठानी पड़ेगी।'

वह बड़ी तेजी से डिल्लन की ओर लपका। डिल्लन ने अपना बचाव करने की कोई कोशिश नहीं की। उसे अपनी ताकत पर जरूरत से ज्यादा भरोसा था-जैसे ही रॉक्सी उसकी ओर बढ़ा, उसने अपना बायां हाथ घुमाया और उसके चेहरे पर प्रहार कर दिया।

रॉक्सी बड़ी तेजी से घूम गया, जिससे डिल्लन का मुक्का पूरी तरह से नहीं लग सका। डिल्लन का मुक्का उसके कंधे पर से फिसलकर रह गया।

रॉक्सी दोनों मुक्कों से डिल्लन पर पिल पड़ा।

डिल्लन झुंझलाकर रह गया। उसके वार खाली जा रहे थे।

रॉक्सी दाएं-बाएं होता-डिल्लन के मुक्कों को विफल करता हुआ उस पर मुक्के जमाता रहा। उसका हरेक मुक्का डिल्लन के जिस्म पर प्रहार कर रहा था।

डिल्लन ने आगे बढ़कर रॉक्सी को अपनी जकड़ में ले लेने की कोशिश की, किंतु रॉक्सी किसी चिकनी मछली की भांति उसकी पकड़ से निकल गया। वह अब भी बच-बचकर उस पर मुक्के बरसाता जा रहा था।

डिल्लन बुरी तरह से मार खा रहा था, किंतु उसने हाथ चलाने बंद नहीं किए। वह भी रॉक्सी पर प्रहार करता रहा। तभी रॉक्सी के दो तेज मुक्के डिल्लन के जबड़े पर पड़े और उसकी गर्दन पीछे की ओर झुककर रह गई।

डिल्लन का गुस्सा चरम सीमा पर पहुंच गया। वह संभला और रॉक्सी पर पिल पड़ा। उसने एक जोरदार मुक्का रॉक्सी के चेहरे पर जड़ दिया। इस बार रॉक्सी बच नहीं सका और वह नीचे जा गिरा। डिल्लन कूदकर उसके ऊपर सवार हो गया और उस पर मुक्कों की झड़ी लगा दी।

इस बार बाजी डिल्लन के हाथ रही, उसने अपने वजन से रॉक्सी को दबा लिया। नीचे पड़ा रॉक्सी निकलने के लिए छटपटाने लगा, किंतु डिल्लन ने उसे उठने ही नहीं दिया।

धीरे-धीरे रॉक्सी की ताकत जवाब देने लगी। वह ढीला पड़ता गया और उसकी पकड़ से आजाद होने के लिए अपनी लातें चलाने लगा।

तभी डिल्लन ने अपने दोनों हाथों को जोड़कर एक-दो हत्थड़ उसके चेहरे पर दे मारा। रॉक्सी का तड़पड़ाना बंद हो गया।

'तुम हमेशा ही चालाकी दिखाते रहना चाहते थे मरदूद।' डिल्लन उसकी गर्दन दबाए, हांफता हुआ बोला- 'ले अपनी करनी की सजा भोग।'

वह उसकी छाती पर हांफता हुआ, तब तक बैठा रहा-जब तक कि उसे यकीन नहीं हो गया कि रॉक्सी ने दम तोड़ दिया है।

फिर वह हाथ झाड़कर उठा और एक लंबी-सी सांस भरी।

डिल्लन कुछ देर अपने जख्मी चेहरे को टटोलता हुआ वहीं खड़ा रहा। फिर लड़खड़ाते कदमों से फार्म हाउस की ओर चल पड़ा।

वह बहुत सतर्कता से चल रहा था। अत: किसी ने उसे नहीं देखा। फार्म हाउस में पहुंचकर उसने एक बेलचा और कुदाल तलाश किया और उन्हें लेकर वापस जंगल की ओर लौट पड़ा।

फिर उसने एक कब्र खोदी और रॉक्सी का मुर्दा जिस्म उसमें पटक दिया। उसने कब्र को समतल किया और उस पर ऊपर से पेड़ों की कई शाखों की टहनियां और पत्ते बिछा दिए।

अब कब्र को खोज पाना मुश्किल था, क्योंकि कब्र सड़क से काफी हटकर जंगल में थी।

झाड़ियों के पीछे सांस रोके खड़ी क्रिसी ने सब कुछ अपनी आंखों से देखा। उसकी आंखें नम थीं।

जब डिल्लन संतुष्ट होकर वहां से चला गया तो वह झाड़ियों से बाहर निकली और चुपचाप कब्र के पास आकर खड़ी हो गई।

अचानक उसके नेत्रों में परिवर्तन हुआ। नम होती हुई उसकी आंखों में प्रति हिंसा के भाव जाग्रत होने लगे। उसकी मुट्ठियां भिंच उठीं और उसके गले से अजीब-सी गुर्राहट निकलने लगी।

कुदाल और बेलचा वापस रखकर डिल्लन खेतों में भटकता रहा।

वह सोचना चाहता था कि उसका आगे का प्रोग्राम क्या होना चाहिए।

क्या कार लेकर चल देना ठीक होगा? क्या क्रिसी कोई गड़बड़ी करेगी? यह भी तो हो सकता है कि वह सब कुछ भूल ही जाए। वह इतनी मासूम

थी कि उसके लिए भूल जाना कठिन नहीं था।

उसके पास रकम भी थी और कार भी। रॉक्सी की मौत से प्रभावित हुए बगैर वह सोचता रहा। जब भी कोई व्यक्ति उसके रास्ते में रोड़े अटकाने की कोशिश करता था, तो वह उसे अपने रास्ते से हमेशा के लिए साफ कर दिया करता था। स्वयं को जीवित रखने के लिए वह इस नियम का पालन करता आया था।

कुछ दूर आगे बूढ़े चेस्टर दंपती उसे खेतों में काम करते हुए मिले। डिल्लन उनके नजदीक पहुंचा तो मदर चेस्टर ने अपना काम करना बंद कर दिया ओर अपने बालों को ठीक करते हुए उसकी ओर देखा।

'लगता है, रॉक्सी यहां से भाग गया है।' डिल्लन ने मदर चेस्टर को बताया।

'भाग गया है।' मदर चेस्टर ने आश्चर्य व्यक्त करते हुए कहा- 'भला वह क्यों भाग गया है?'

डिल्लन ने अपने कंधे उचकाए।

'तुम तो नहीं जा रहे हो न?'

'अभी तो नहीं जा रहा, पर जाना तो होगा ही।'

मदर चेस्टर ने सिर हिलाते हुए कहा- 'जोये अभी तक नहीं पहुंचा। ईश्वर जाने क्या बात है। ऐसा पहले तो कभी नहीं हुआ। जोये जो कुछ कहता है, उसे पूरा जरूर करता है।'

'हो सकता है बीमार पड़ गया हो।' डिल्लन ने आगे बढ़ते हुए कहा।

उसने फैसला कर लिया था कि वह आज ही इस जगह को छोड़ देगा।

कुछ देर वह यूं ही खड़ा रहा, फिर मदर चेस्टर को खामोश देखकर आगे बढ़ गया। वह काफी दूर तक यूं ही निरुद्देश्य चलता रहा।

तभी उसकी निगाह तार के खंबे पर पड़ी, जिस पर कोई नोटिस चिपका हुआ था। उसने नोटिस पढ़ा और उसके पैरों के नीचे से जमीन निकल गई।

नोटिस पर उसी की तस्वीर छपी थी और नीचे लिखा था-

'इस व्यक्ति की पुलिस को तलाश है-इसे जिंदा या मुर्दा लाने वाले को पांच हजार डॉलर का इनाम दिया जाएगा।'

नीचे पुलिस अधिकारी के दस्तखत थे-जिसे डिल्लन ठीक से न पढ़ पाया।

नोटिस पढ़ते ही भय की एक तेज लहर उसके समूचे जिस्म में दौड़ गई।

यहां इन सुनसान पहाड़ियों में उसकी फोटो लगी हुई थी। कोई भी उसे पहचानकर पुलिस को सूचित कर सकता था, और फिर एफ.बी.आई. वालों को जीपों या हैलीकॉप्टर के द्वारा यहां तक पहुंचने में अधिक देर नहीं लगनी थी।

डिल्लन का सारा जिस्म पसीने से भीग उठा। वह तेजी से मुड़ा और लगभग भागता हुआ-सा वापस फार्म हाउस में पहुंच गया।

दिन का बाकी हिस्सा उसने अपने कमरे में बंद रहकर ही काटा।

खिड़की के पास बैठा वह बाहर की ओर देखता रहा। घबराहट से उसका बुरा हाल हो रहा था और हर आहट पर वह चौंक-चौंक उठता था।

वह रॉक्सी के बारे में सोचने लगा। उसे यकीन ही नहीं आ रहा था कि रॉक्सी मर चुका था-और स्वयं उसी ने गला घोंटकर उसकी हत्या की थी। और तो और उसे कब्र में दफनाया भी उसी ने था। उसे लग रहा था कि अभी-अभी दरवाजा खुलेगा और रॉक्सी कमरे में दाखिल हो जाएगा। फिर सहसा उसे ध्यान आया। रात के समय ताश खेलने के लिए उसके पास कोई साथी नहीं था। रात के इतने लंबे घंटे अब वह कैसे काट पाएगा।

रॉक्सी का विचार आते ही उसकी विचारधारा क्रिसी की ओर मुड़ गई।

वह दीवार का सहारा लिए उसके बारे में सोचने लगा। जितना वह उसके बारे में सोचता था, उसकी व्याकुलता भी उतनी ही बढ़ती जा रही थी। उसे बाहर आने में डर महसूस हो रहा था, क्योंकि उसे भय था कि कहीं क्रिसी से टकराव न हो जाए। हो सकता है कि वह अपनी मां से सारा वाक्या कह दे। उसकी मां सुनेगी तो गुस्से से पागल हो उठेगी। और इस वक्त वह उस बूढ़ी औरत से दुश्मनी लेने के पक्ष में नहीं था।

सूरज डूबने तक वह अपने कमरे में बंद पड़ा रहा। फिर चंद घंटों के बाद यह अनुमान लगाकर कि अब क्रिसी सो चुकी होगी-वह बाहर निकला।

मदर चेस्टर डिनर तैयार कर रही थी। उसने डिल्लन की ओर कठोर नजरों से देखा और पूछा- 'ये क्रिसी को क्या हो गया है?'

'क्यों? क्या हुआ उसे?' डिल्लन ने अपने चेहरे पर कोई भाव लाए बगैर कहा।

मदर चेस्टर ने कंधे उचकाए और बोली- 'कुछ पता नहीं क्या हुआ है।

वह अजीब-से मूड में है, जबसे लौटी है, उसने एक शब्द भी नहीं बोला है।'

डिल्लन के मुंह से राहत की सांस निकली।

'हो सकता है कि वह इस बात से परेशान हो कि रॉक्सी चला गया है।' उसने राय जाहिर की।

एक प्लेट में खाना लाकर डिल्लन के सामने रखती हुई मदर चेस्टर भी वहीं बैठ गई।

'ओह... मैंने उसे रॉक्सी के चले जाने के बारे में तो बताया ही नहीं है।' वह बोली- 'सुनकर कहीं वह और ज्यादा व्याकुल न हो उठे।'

डिल्लन ने अपनी प्लेट में थोड़ा-सा खाना डाला और बाकी की प्लेट बूढ़े चेस्टर की ओर खिसका दी। वह बोला- 'पर उसे कभी-न-कभी तो इस बात का पता लग ही जाएगा।'

'जोये अभी तक नहीं आया है क्या?' खाना खाते हुए बूढ़े चेस्टर ने पूछा।

डिल्लन ने नजरें उठाकर उसकी ओर देखा। जुबान से वह कुछ नहीं बोला।

'मुझे लगता है, वह बीमार पड़ गया है।' मदर चेस्टर व्याकुल स्वर में बोली।

डिल्लन खामोशी से खाना खाता रहा। बड़ी देर बाद यूं ही गुमसुम बैठा सोच में डूबा रहा। रॉक्सी के बगैर अपना कमरा उसे काटने को दौड़ेगा। थोड़ी-थोड़ी देर बाद क्रिसी के विचार भी उसके जहन को झकझोरते रहे। डिल्लन ने अपना सिर झटककर इन विचारों को झटकना चाहा, पर कामयाब नहीं हुआ। अनेक आशंकाएं रह-रहकर उसके दिमाग से टकराती रहीं।

मदर चेस्टर प्लेटें धोने लगी और बूढ़ा चेस्टर सोने चला गया, तो वह उठ बैठा और अपने कमरे की ओर चल पड़ा।

आशंकाओं ने अब भी उसका पीछा नहीं छोड़ा था। मोमबत्ती की नाचती परछाइयां उसे भयभीत करने लगीं।

तभी उसकी निगाह उस स्कॉच की बोतल पर जा टिकीं, जिसने रॉक्सी अपने लिए इस्तेमाल किया करता था।

डिल्लन ने आज तक शराब छुई तक न थी। सारी जिंदगी वह एक अनुशासन के साथ व्यतीत करता आया था, पर आज उसके दिमाग पर भारी बोझ था और उस बोझ से छुटकारा पाने का उसे एक ही सहारा दिखाई दिया-शराब।

वह आगे बढ़ा। मग में व्हिस्की डाली और एक ही बार में ढेर सारी शराब गले में उतार गया। व्हिस्की का तत्काल असर हुआ। डिल्लन बुरी तरह से खांसने लगा। खांसते-खांसते वह दुहरा हो गया।

फिर जब खांसी थोड़ी-सी रुकी तो अपनी अव्यवस्थित सांसों पर काबू करने की कोशिश करने लगा।

धीरे-धीरे व्हिस्की ने अपना असर दिखाना शुरू कर दिया। उसका परेशान दिमाग एकदम शांत हो गया। उसके अंदर नए उत्साह का संचार होने लगा।

उसने मोमबत्ती उठाई और मेज पर टिका दी। फिर समय बिताने के लिए अपनी जेब से नोटों की गड्डी निकाली और नोट गिनने बैठ गया।

उसने नोटों की दो गड्डियां बनाईं और उन्हें जेब में रख लिया-फिर मोमबत्ती बुझा दी। खिड़की से चंद्रमा की चांदनी अंदर पड़ रही थी, इससे कमरे में खासी रोशनी हो गई थी। वह खिड़की के पास जा बैठा।

उसने बोतल की अंतिम स्कॉच की बूंदें भी अपने गले में उतार लीं। अब तक उस पर नशा तारी होने लगा था।

सहसा उसे किसी की याद सताने लगी। वह उसे पा लेने के लिए व्याकुल हो उठा। नशा कुछ और गहरा हो गया था और अब उसे अंधकार में हर तरफ क्रिसी-ही-क्रिसी नजर आने लगी थी।

घंटों बीतते गए और वह उसी प्रकार खिड़की के पास बैठा क्रिसी के ख्यालों में खोया रहा। फिर धीरे-धीरे एक भयानक संकल्प उसके मनो-मस्तिष्क पर हावी होने लगा। क्रिसी को पा लेने की चाहत उसे बुरी तरह से प्रताड़ित करने लगी।

वह उठ खड़ा हुआ और नीचे झुककर उसने अपने जूते उतार डाले। जुर्राबें पहने वह दबे पांव बाहर निकला और क्रिसी के कमरे की ओर बढ़ चला। उसके पैरों से जरा-सी भी आहट नहीं हो रही थी। अंधेरे में हाथ आगे बढ़ाता हुआ, टटोल-टटोलकर बिना आवाज किए चलता हुआ वह क्रिसी के कमरे में दरवाजे पर पहुंचा और दरवाजे की मुठिया थाम ली। फिर धीरे-से हैंडल घुमाया और अंदर दाखिल हो गया।

कमरे में पूर्णतया अंधकार था। उसे कुछ भी दिखाई नहीं दिया। उसने धीरे-से दरवाजा बंद कर दिया और अंधेरे में टटोलता-टटोलता आगे बढ़ने लगा। अचानक उसे लगा कि कमरे में दूसरा कोई और भी आदमी मौजूद

था। वह थमक गया और कुछ देर यूं ही खड़ा प्रतीक्षा करता रहा। फिर संभलकर आगे बढ़ा और रेलिंग के पास बिछी चारपाई के नजदीक खड़ा हो गया। उसने अपने हाथ इस अंदाज में आगे बढ़ा रखे थे कि यदि क्रिसी चीखे तो फौरन उसका मुंह दबा ले।

तभी उसके एक हाथ ने किसी ठंडी-लिजलिजी-सी चीज का स्पर्श किया। उसने तुरंत अपना हाथ पीछे खींच लिया और झुककर उस चीज को देखना चाहा-पर कमरे में अंधेरा होने की वजह से उसे देखने में नाकामायब रहा। ठंडी लिजलिजी उस वस्तु के स्पर्श से उसके रोंगटे खड़े हो गए थे।

उसे स्वयं पर गुस्सा आने लगा। वह व्यर्थ ही भयभीत हो रहा था।

क्रिसी को भोगने की इच्छा फिर से बलवती होने लगी और उसने नीचे झुककर उसके बिस्तर को टटोला।

इस बार उसकी उंगलियां एक चेहरे पर जा पड़ीं। उसने टटोलकर चेहरे पर हाथ फिराया, उसके गाल, उसकी नाक तथा ठोड़ी का स्पर्श किया। उसे लगा, क्रिसी के शरीर में वह गर्मी नहीं थी, जिसकी उसे अपेक्षा थी। उसका चेहरा अकड़ा-अकड़ा तथा ठंडा था। उसने पलकों पर हाथ फिराया, पलकें काफी खुरदरी और मिट्टी से भरी महसूस हुई।

फिर जैसे उसे बिजली के तार ने छू लिया। वह चिहुंककर एकदम पीछे हट गया। उसने कांपते हाथों से जेब में माचिस टटोली। उसका समूचा जिस्म पसीने से भर उठा।

उसने माचिस जलाई। एक हल्की-सी तीली घिसने की आवाज हुई और कमरे में शोला-सा कौंध उठा।

उसने बिस्तर पर गंदी चादर में लिपटे उस शरीर की रूपरेखा देखी और उसे लकवा-सा मार गया।

चादर से रॉक्सी का क्षत-विक्षत चेहरा झांक रहा था। उसकी आंखें अब भी आश्चर्यजनक ढंग से फटी हुई थीं। डिल्लन को यूं लगा, जैसे वे आंखें सीधी उसके चेहरे पर गड़ी जा रही थीं।

डिल्लन के हलक से जोरदार चीख निकली।

बिस्तर से थोड़ा परे हटकर कोने में लेटी क्रिसी चीख सुनकर चौंक उठी और वह एकदम उठ बैठी। जैसे ही उसकी निगाह डिल्लन पर पड़ी, वह भयभीत हो गई।

डिल्लन के हाथ में जलती माचिस की तीली समाप्त होकर बुझ गई। क्रिसी एकदम से उठ खड़ी हुई और एक कोने में सिमट गई।

फिर जैसे ही डिल्लन ने दूसरी तीली जलाई तो उसने देखा।

क्रिसी ने अपने दाएं हाथ में अपनी छाती के साथ पिस्तौल ताना हुआ था और उसका निशाना ठीक डिल्लन की ओर था। वह पिस्तौल रॉक्सी का था और क्रिसी रॉक्सी की लाश को कब्र से निकाल लाने के साथ-साथ पिस्तौल भी लेती आई थी।

डिल्लन ने एक कदम आगे बढ़ाया, तभी क्रिसी के हाथ में थमी पिस्तौल ने आग उगली। अंधेरे में एक शोला-सा लपका और गोली डिल्लन से जा टकराई। डिल्लन के मुंह से एक हृदय विदारक चीख निकली और वह लहराकर फर्श पर जा गिरा। क्रिसी के हाथ से पिस्तौल छूट गई और उसने घबराकर दोनों हाथों से अपना चेहरा ढांप लिया।

डिल्लन कुछ देर तड़पा, फिर शांत हो गया। जीवन समाप्त होने से पहले उसे सिर्फ कुछ ही पीड़ा झेलनी पड़ी।

■ ■ ■

www.ingramcontent.com/pod-product-compliance
Lightning Source LLC
LaVergne TN
LVHW010925051026
849532LV00003B/851

9789352780600